TOM FALKNER ist studierter Psychologe und Drehbuchautor. Die große Liebe zu Büchern hat ihn zum Romanschreiben gebracht. Er liebt es, sich in andere Menschen einzufühlen und die Welt durch ihre Augen zu betrachten – je verrückter die Person, desto besser. Das Buch ist für ihn die Bühne, und Falkner ist der Schauspieler, der in die Rollen all seiner Figuren schlüpfen kann und darf. Genau darin besteht für ihn das Vergnügen: mit jedem seiner Charaktere zu leben, zu leiden und zu lieben.

TOM FALKNER

GOTT IST BÖSE

Thriller

Ullstein

Besuchen Sie uns im Internet:

www.ullstein.de

Wir verpflichten uns zu Nachhaltigkeit
- Papiere aus nachhaltiger Waldwirtschaft
  und anderen kontrollierten Quellen
- ullstein.de/nachhaltigkeit

MIX
Papier | Fördert
gute Waldnutzung
FSC® C021394

FSC
www.fsc.org

Originalausgabe im Ullstein Taschenbuch

1. Auflage August 2023

© Ullstein Buchverlage GmbH, Berlin 2023

Wir behalten uns die Nutzung unserer Inhalte für Text und Data Mining
im Sinne von § 44b UrhG ausdrücklich vor.

Umschlaggestaltung: zero-media.net, München

Titelabbildung: © Arcangel / © Jarno Saren (Nägel),

© FinePic®, München (Hintergrund)

Gesetzt aus der Quadraàt Pro powered by *pepyrus*

Druck und Bindearbeiten: ScandBook, Litauen

ISBN 978-3-548-06705-6

Die Selbstherrlichkeit aber ist die schlimmste unter den Todsünden und muss bestraft werden.

Gott

1

Die Spannung im Raum war mit den Händen zu greifen. Sechs Stühle, angeordnet zu einem Kreis. Fünf einfache Holzstühle, helles Birkenholz mit Metallbeinen, dazu ein gepolsterter schwarzer Sessel mit Armlehnen und einem hohen Rückenteil. Hinter jedem Stuhl hatte eine Person Aufstellung bezogen. Fünf junge Menschen und er, der Therapeut.

Der Sessel war normalerweise für ihn reserviert, aber heute würde einer der Gruppenteilnehmer darauf sitzen. Derjenige, der seiner Ansicht nach in den letzten Wochen die größten Fortschritte gemacht hatte. Noch wussten sie nicht, wer das sein würde.

Es war ein Experiment. Die Person, die seinen Platz einnahm, durfte die Sitzung leiten. Natürlich taten sie alle so, als sei es ihnen egal. Aber er sah die Gier in ihren Augen, die Hoffnung, einmal aus der Gruppe herausstechen zu können. Das wünschte sich jeder von ihnen.

Sie waren alle auf die eine oder andere Art in eine Sackgasse geraten. Fünf junge Menschen, die bereits Gerichtsakten und Vorstrafen hatten. Die einem Verfahren entgegensahen und ein Gutachten von ihm benötigten.

Der gemeinsame Nenner waren die Aggressionen, die sie

nicht in den Griff bekamen. Deshalb waren sie hier. Um zu lernen, wie man seine Impulse kontrollierte.

Robert Forster ging um den Stuhlkreis herum in die andere Ecke des Raums und schaltete die Kamera ein, mit der er die Sitzungen aufzeichnete. Er diskutierte sie später in seinen Seminaren an der Universität.

Es war ein großer Raum in einem gesichtslosen Gebäude in der Innenstadt, in dem sich verschiedene Firmen und Institutionen niedergelassen hatten. Vom Fenster aus sah man auf einen Dönerladen und eine Weinhandlung. Es gab einen Fahrstuhl und eine Tiefgarage. Die Ausfahrt mündete direkt neben einem Hotel auf die Straße. Zur Förde waren es nur ein paar Hundert Meter.

Im hinteren Bereich befanden sich eine Küche und die Toiletten. Bis auf die Stühle und einen Tisch, auf dem Flyer für verschiedene Freizeitangebote lagen, war der Raum leer. Eine große Uhr im Bahnhofsdesign war genau in der Mitte zwischen den beiden Fenstern angebracht.

An den Wänden hingen Plakate gegen Gewalt und abstrakte Zeichnungen in Schwarz-Weiß, die nach Forsters Meinung das genaue Gegenteil darstellten. Schlanke, mit wenigen Pinselstrichen angedeutete Figuren, die sich attackierten. Aber das war nur seine Interpretation, andere mochten das anders sehen.

Den Raum hatte man auf Forsters Wunsch hin für das Anti-Aggressions-Training angemietet. Weder seine Praxis noch das Institut für Psychologie boten den geeigneten Rahmen. Die Räumlichkeiten in dieser Etage gehörten der Stadt und wurden von unterschiedlichen Gruppen genutzt, unter anderem auch von einigen seiner Kollegen, die hier spezielle Klienten betreuten. Die zentrale Lage und der hohe Sicherheitsstandard machten die Sache attraktiv.

Forster ließ sich Zeit. Er spürte, dass die Jugendlichen vor Ungeduld vibrierten. Trotzdem sagte niemand ein Wort.

Das war das Erste, was sie hatten lernen müssen. Nur zu sprechen, wenn sie dazu aufgefordert wurden. Selbstkontrolle war das Thema, um das sich in ihren Sitzungen alles drehte. Jeder von ihnen wusste, dass er nicht auf dem Sessel am Fenster sitzen würde, wenn er das Schweigen brach.

Forster hörte den gepressten Atem zu seiner Linken und das Geräusch einer Hand, die über Jeansstoff rieb, zu seiner Rechten. Er sah, wie sich einer der Jungen immer wieder nervös die Lippen leckte und wie das einzige Mädchen in der Gruppe an seinen Fingern zupfte. Alle versuchten, ihre Anspannung zu verbergen. Keinem gelang es.

Forster fixierte Joel und Leander und bedeutete ihnen, sich auf ihre Stühle zu setzen.

Zwei Augenpaare loderten gefährlich auf. Fäuste ballten sich, Zähne knirschten. Das war die zweite Lektion. Sich mit Niederlagen abzufinden.

Für einen Moment war er sich nicht sicher, ob die beiden sich fügen würden oder ob die Stimmung kippen würde. Es gab Sicherheitspersonal im Nebengebäude, und Forster hatte einen Notfallknopf in der Tasche, aber wenn tatsächlich einer der jungen Männer auf ihn losging, käme die Security vermutlich zu spät. Ein Messer war leicht zwischen den Rippen hindurch ins Herz gerammt, eine Kehle schnell durchtrennt, eine gebrochene Nase rasch mit der Handkante so weit in den Schädel gedrückt, dass binnen Sekunden der Exitus eintrat.

Das war sein Berufsrisiko. Kalkulierbar, aber immer da. Die Waffen, mit denen er den Jugendlichen gegenübertrat, waren ausschließlich psychologischer Natur. Ein scharfer Blick aus seinen blaugrauen Augen. Seine Präsenz. Und seine Berufserfahrung. Er war kein unsportlicher Typ, doch er wusste, dass er gegen einen jungen Mann, der in Raserei handelte, kaum eine Chance hatte.

Bisher hatte er alle kritischen Situationen erfolgreich gemeistert. Das war gut, aber auch gefährlich. Er hatte sich längst daran gewöhnt. Die Angst, die ihn am Anfang seiner Berufslaufbahn regelrecht überschwemmt hatte, war nur noch ein Kitzeln irgendwo im Hinterkopf. Ein durchaus angenehmes Gefühl, so wie es in der Achterbahn, beim Fallschirmspringen oder bei manchen besonders mitreißenden Kinofilmen entstand. Angstlust, wie man es im Psychologenjargon nannte. Ein feines Gruseln, das zu einer Adrenalinausschüttung führte, aber keine Panik erzeugte, sondern ein Gefühl besonderer Lebendigkeit. Weil man wusste, dass die Gefahr nicht echt war.

In diesem Fall war sie es allerdings. Die Jugendlichen hatten sich zwar im Behandlungsvertrag verpflichtet, unbewaffnet zu den Sitzungen zu erscheinen, doch Forster nahm an, dass dennoch der eine oder andere von ihnen ein verstecktes Messer oder irgendeine andere Waffe in der Hose oder im Stiefel hatte.

Forster erwiderte die flammenden Blicke von Joel und Leander, bis die beiden wegschauten und seiner Aufforderung folgten, sich auf ihre Holzstühle zu setzen. Die Enttäuschung, dass sie heute nicht auf dem Sessel des Therapeuten Platz nehmen würden, war ihnen deutlich anzusehen, auch wenn sie versuchten, sich gleichgültig zu geben. Zuckende Mundwinkel, schnelles Blinzeln, unruhige Finger. Forster entging keines der Signale, er war darauf geschult.

Die Anspannung der anderen drei stieg weiter an.

Forster signalisierte Tessa, den Platz auf ihrem Holzstuhl einzunehmen. Wieder regten sich Enttäuschung und Trotz, wieder brodelte es, doch auch dieses Mal passierte nichts.

Nun standen nur noch Dustin und Vincenzo hinter ihren

Holzstühlen, zwei hochaggressive junge Männer. Die Anklagen lauteten auf schwere Körperverletzung und Mord.

Für Forster war vollkommen klar, wer von den beiden sich das Anrecht auf die Rolle des Therapeuten für die heutige Sitzung erworben hatte. Für die beiden Männer war es das ganz offensichtlich nicht. Forster sah Aufregung, Euphorie und bange Erwartung über ihre Gesichter fliegen. Er deutete auf den Therapeutensessel am Fenster.

»Vincenzo.«

Die Augen des Italieners leuchteten auf. In denen von Dustin Heuer glomm der Hass.

»Verdammter Spaghettifresser«, spie er aus und machte ein paar schnelle Schritte auf Vincenzo zu. Der ging sofort in Kampfposition.

Forster zeigte auf Dustins Stuhl. »Setz dich hin«, sagte er ruhig.

Neben ihm regte sich einer der anderen jungen Männer. Joel.

»Hau ihm auf die Nase«, rief er Vincenzo zu. »Ich will sehen, wie das Blut spritzt.«

Forster wandte sich an den Italiener. »Deine Entscheidung. Wenn du dich nicht im Griff hast, wirst du ebenfalls nicht auf dem Therapeutensessel sitzen.«

Vincenzo, der sich offensichtlich ungerecht behandelt fühlte, schnaufte. »Und was ist mit ihm?« Seine Augen hafteten an Dustin.

»Jeder, der sich prügelt, verlässt die Gruppe. Er kommt auch nicht wieder. Das wisst ihr.«

Forster sah, wie widerstreitende Gefühle in Dustins Brust tobten. Der junge Mann brauchte sein Gutachten, um nicht für lange Zeit hinter Gitter zu wandern. Forsters Urteil entschied darüber, ob man eine verminderte Schuldfähigkeit anerkennen würde.

Dustin war zum Zeitpunkt der Tat betrunken gewesen. Die Frage war, ob man von Vorsatz ausgehen musste.

»Ich hab nix gemacht.« Dustin ließ sich auf die Sitzfläche des Holzstuhls fallen, der gefährlich knackte.

Vincenzo grinste zufrieden. Er schritt zu Forsters Sessel, drehte sich zur Gruppe um und hob die Hände, als wollte er die anderen segnen. Dann setzte er sich.

Der Knall war ohrenbetäubend.

Ein greller Lichtblitz zuckte zwischen Vincenzos Beinen auf. Dann riss ihn die Detonation in Stücke.

2

Das Blut war überall. Es klebte an den Wänden und Fenstern, auf den Plakaten, den schwarz-weißen Bildern und der Bahnhofsuhr. An jedem Kleidungsstück, auf sämtlichen Schuhen und auf den Gläsern von Forsters Brille. Der Boden war davon bedeckt. Selbst an der Decke hafteten Spritzer, die aussahen wie rote Tränen.

Vincenzo war vom Therapeutensessel geschleudert worden und lag mit seltsam verdrehten Gliedmaßen mitten im Raum. Es hatte ihn von innen heraus zerrissen. Sein Körper war aufgeplatzt, die Gedärme quollen aus seinem Bauch. Das Gesicht dagegen war überraschenderweise intakt geblieben. Es sah jung und unschuldig aus, auch wenn es über und über mit Blut bedeckt war. Vincenzos Augen waren weit aufgerissen, sein leerer Blick war wie staunend zur Decke gerichtet.

In Forsters Ohren hallte der Knall nach. Eine ganze Weile lang hörte er die Stimmen um sich herum wie aus weiter Ferne. Dann gewann das Entsetzen, das er in den Mienen der Jugendlichen sah, auch in ihren Schreien Gestalt. Schrill und unartikuliert bei den einen, eine Folge wüster Flüche bei den anderen.

»Krasser Scheiß«, murmelte Dustin, der gewöhnlich durch nichts zu erschüttern war.

Forster nahm die Brille ab und startete einen vergeblichen Versuch, sie mit dem Hemdzipfel sauber zu wischen. Erst jetzt registrierte er, dass es nicht nur Blut war, was an den Fenstern hinter dem Sessel haftete. Er erkannte Knochensplitter und Teile einer weichen, weißgrauen Masse. Offenbar war Vincenzos Kopf auf der Rückseite nicht so unversehrt geblieben wie vorn. Auf dem Boden lagen ein paar kleine rechteckige weiße Objekte. Zähne vermutlich.

Der Sessel war auseinandergerissen worden. Teile der Rückenlehne, der Sitzfläche und der Armlehnen lagen überall im Raum verteilt. Nur der Metallfuß mit den Rollen stand noch an seinem Platz.

Die herumfliegenden Teile hatten zwei der Jugendlichen getroffen, Dustin und Leander. Dustin starrte ungläubig auf seinen rechten Oberschenkel, aus dem ein langes spitzes Holzstück ragte, Leander war auf seinem Stuhl zusammengesunken, offenbar bewusstlos. Aus einer Wunde an seiner Stirn sickerte Blut. Tessa, die neben den beiden saß, kauerte mit angezogenen Beinen auf ihrem Platz und hatte sichtlich Mühe zu begreifen, was geschehen war. Niemand schien in der Lage, sich zu rühren. Bis auf einen.

Joel war aufgestanden. In seinen Augen tanzte ein wildes Feuer, auf seinen Lippen lag ein Lächeln. Er ging vor Vincenzo in die Hocke, wühlte mit beiden Händen in dessen Eingeweiden und zog die Darmschlingen so weit heraus, wie er es vermochte. Anschließend erhob er sich und hängte sich die Gedärme wie eine Kette um den Hals.

Einen Moment lang stand er einfach nur da, hoch aufgerichtet, ein Gott des Horrors und der Tränen. Dann kniete er nieder und begann, das Blut von Vincenzos Hals zu lecken.

3

Als die Rettungskräfte eintrafen, hatte Robert Forster das Gefühl, dass nur Sekunden vergangen waren. Die von blutigen Schlieren bedeckte Uhr an der Wand belehrte ihn eines Besseren. Der Beginn der Sitzung lag bereits über eine halbe Stunde zurück.

Wahrgenommen hatte er das Verrinnen der Zeit nicht. Aber er war zu Leander gegangen, hatte ihn in die stabile Seitenlage bugsiert und die Blutung an der Stirn mit einem Tuch gestillt. Außerdem hatte er Dustin immer wieder gut zugeredet, das Holzstück nicht aus seinem Oberschenkel zu ziehen. Die Gefahr, dass Blut aus einer verletzten Arterie sprudelte, war viel zu groß.

Nachdem Leander die Augen wieder aufgeschlagen und ruhig geatmet hatte, hatte sich Forster auf Vincenzos leeren Holzstuhl gesetzt. Er fühlte sich vollkommen erschöpft, und den Jugendlichen schien es genauso zu gehen. Bewegt hatte sich in den letzten zehn Minuten niemand. Bis auf Joel, der immer noch neben Vincenzo kniete und nicht aufhören konnte, den zerfetzten Körper zu betasten und immer wieder am Hals des Toten zu lecken. Forster brachte nicht die Energie auf, ihn daran zu hindern.

Die beiden Polizisten, die als Erste den Raum betraten, zogen Joel mit angewiderten Mienen vom Leichnam weg. Sie nahmen ihm die Kette aus Darmschlingen ab und legten sie nach einem Moment der Ratlosigkeit neben dem Toten auf den Boden.

Gleich darauf kamen weitere Beamte, die Tessa und Joel hinausführten. Sanitäter beförderten Leander und Dustin auf Tragen und brachten sie weg. Eine Polizistin winkte Forster. Er erhob sich wie in Trance und folgte ihr.

Tessa und Joel saßen bereits im Nebenraum am Tisch. Tessa war leichenblass, Joel dagegen lächelte mit rot verschmierten Lippen. Neben der Tür standen ein Mann und eine Frau in der Uniform der Sicherheitsfirma, beide mit betretenen Mienen. Erst jetzt realisierte Forster, dass er nicht auf den Notfallknopf gedrückt hatte.

Zu den Uniformierten gesellten sich Beamte in Zivil. Alles schien wie in Zeitlupe abzulaufen, doch Forster wusste, dass das nur der Schock war. Er reduzierte alle Empfindungen auf ein Minimum und verzerrte die Wahrnehmung von Zeit und Raum. Das Handeln erfolgte automatisiert und instinktgesteuert. Es würde eine Weile dauern, bis er wieder in Kontakt mit seinen Gefühlen kam und sein Denken wie gewohnt funktionierte. Ein uralter biologischer Mechanismus, der sich nicht umgehen ließ. Forsters Fachwissen half ihm hier nicht weiter.

Trotzdem entging ihm nicht, dass eine der Beamtinnen aus der Menge herausstach. Eine junge Frau mit mediterranem Teint, halblangen dunklen Haaren und braunen Augen. Klein, schlank und sportlich, vielleicht Mitte zwanzig. Sie trug schwarze Jeans, ein hellbraunes Top und einen dunkelbraunen Blazer. Offenbar leitete sie die Ermittlungen.

»Dr. Forster?« Sie legte ihm kurz die Hand auf den Arm, und Forster blickte in warme braune Augen. »Lassen Sie uns in die Küche gehen, da sind wir ungestört.«

Forster folgte ihr in den winzigen Raum, in dem sich ein großer Kühlschrank und ein mit buntem Geschirr beladenes Regal neben dem Spülbecken drängten. Die Gruppenräume waren großzügig bemessen, aber bei der Küche hatte der Architekt an Platz gespart.

Die Beamtin füllte ein Glas mit Leitungswasser und reichte es ihm.

»Trinken Sie. Das hilft gegen den Schock.« Sie lächelte knapp. »Aber das wissen Sie natürlich selbst.«

Forster nahm das Glas dankbar entgegen.

»Kommissarin Kayra Davari von der Bezirkskriminalinspektion Kiel. Mordkommission«, stellte die Frau sich vor, nachdem er getrunken hatte. »Ich möchte Ihnen mein Beileid zum Tod Ihres Patienten aussprechen.« Sie sah ihn anteilnehmend an. »Fühlen Sie sich in der Lage, mir ein paar Fragen zu beantworten?«

»Ich denke schon.« Tatsächlich hätte Forster sich lieber in der Ecke auf den Boden gesetzt und den Kopf in den Händen vergraben, aber ihm war klar, wie wichtig es war, in einem solchen Fall rasch die Ermittlungen aufzunehmen. In den ersten achtundvierzig Stunden nach der Tat waren die Chancen, einen Täter zu fassen, am größten. Danach begannen sich Spuren zu verlieren und aufzulösen, und die Aussagen von Zeugen wurden zunehmend unzuverlässig.

Direkt nach der Tat waren die Eindrücke frisch und unverfälscht. Je länger das Erlebnis zurücklag, desto mehr verwischten die gespeicherten Bilder und wurden von nachfolgenden Ereignissen überlagert. Forster wusste, dass Erinnerungen kein Abbild der Wirklichkeit waren, sondern nur ein Konstrukt, das von vielen Faktoren beeinflusst wurde, nicht zuletzt auch von dem Wunsch, seelischen Schmerz fernzuhalten.

»Gut.« Davari nahm ein schwarzes Notizbuch und einen Bleistift aus der Handtasche. Er sah das Mitleid in ihren Augen, aber ihre Stimme war sachlich. »Der Name des Toten ist Vincenzo Biraghi?«

Forster nickte.

»Können Sie mir sagen, warum er an Ihrer Gruppe teilgenommen hat? Ein Anti-Aggressions-Training, wenn ich richtig informiert bin?«

»Ja.« Forster stellte das Glas beiseite und versuchte, sich zu sammeln. Normalerweise war die Herausgabe von Patienteninformationen nicht erlaubt, auch nicht an die Polizei. Als Psychologe unterlag er der Schweigepflicht, die über den Tod hinaus galt. Sie konnte nur durch eine richterliche Anordnung aus besonderem Grund aufgehoben werden. In diesem Fall allerdings stand alles, was die Beamtin wissen musste, in den Gerichtsakten, die der Polizei ohnehin zugänglich waren.

Der siebzehnjährige Vincenzo Biraghi hatte seinen Stiefvater erstochen. Weil dieser Vincenzos Mutter und seine Schwester wiederholt auf brutalste Weise verprügelt hatte. Irgendwann hatte Vincenzo es nicht mehr ertragen. Er hatte den Stiefvater zur Rede gestellt und versucht, ihn aus dem Haus zu werfen. Der Stiefvater hatte ihn ausgelacht und als halbe Portion bezeichnet. Er war mit dem Messer auf Vincenzo losgegangen. Der junge Mann hatte es ihm im Kampf abgenommen und den Stiefvater seinerseits damit attackiert.

Bis zu diesem Punkt wäre das Ganze als Notwehr durchgegangen. Problematisch wurde es, weil Vincenzo nicht nur ein- oder zweimal zugestochen hatte, sondern unfassbare dreiunddreißig Mal. Der Polizei hatte er gesagt, dass er hatte sichergehen wollen, dass sein Stiefvater nicht wieder aufstand. Damit er seiner Mutter und seiner Schwester niemals mehr Gewalt antun konnte. Forsters Aufgabe bestand darin, ein Gutachten für die anstehende Gerichtsverhandlung zu verfassen. War es trotz der hohen Anzahl an Stichen eine Notsituation gewesen – oder vorsätzlicher Mord?

»Wie lautete Ihr Urteil?«, fragte Davari.

»Ich hatte mir noch keine abschließende Meinung gebildet«, erwiderte Forster. Nicht, weil er mauern wollte, sondern weil es die Wahrheit war. Vincenzo war ein Patient gewesen, dessen Gefühlswelt schwer zu ergründen gewesen war.

Die Kommissarin schrieb etwas in ihr Notizbuch. »Gibt es jemanden in der Gruppe, der einen Grund hatte, Biraghi zu töten?«

Forster musste nicht lange darüber nachdenken. »Die Jugendlichen scheuen keine Auseinandersetzung. Wenn es ums Überleben geht, setzen sie ihre Fäuste ein, vielleicht auch ein Messer. Aber sie wählen den direkten Weg. Sie können ihre Aggressionen schlecht kontrollieren und geraten deshalb immer wieder in Gewaltsituationen, aber sie sind nicht heimtückisch. Das langfristige Planen der Tat und die aufwendige Herstellung einer Bombe passen nicht zu ihrer Charakterstruktur.«

Davari sah ihn neugierig an. »Was ist mit dem Jungen, der das Blut abgeleckt hat?«

Forster nahm seine Brille ab und schaute auf die Flecken, die sich nicht hatten entfernen lassen. Er hielt die Sehhilfe unter den Wasserhahn und rieb mit dem Daumen über das Glas. Langsam lösten sich die roten Schlieren. »Joel Drews. Er hat eine psychiatrische Störung. Eine krankhafte Fixierung auf Blut.«

»Die sich wie äußert?«

»Er verletzt andere Personen vorsätzlich. Mit Nadeln. Wenn das Blut fließt, versucht er, es abzulecken.«

»Weil er sich für einen Vampir hält?« Davari tippte mit der Spitze des Bleistifts auf die aufgeschlagene Seite des Notizbuchs.

»Nein. Er hat keine Wahnvorstellungen.« Forster nahm ein Geschirrtuch und trocknete die Brillengläser.

»Sondern?«

Forster überlegte, wie sich Joels Störung am besten in Worte fassen ließ. »Es ist eine Art Zwang«, erklärte er. »Joel führt diese

Handlungen aus, wenn er angespannt ist. Die Psychodynamik ähnelt der von Personen, die sich selbst verletzen. Nur dass Joel sich nicht die Arme ritzt, sondern dass ihm fremdes Blut Erleichterung verschafft.«

Davari machte sich weitere Notizen. »Er nimmt freiwillig an der Gruppe teil?«

»Nein. Auf Anordnung des Gerichts. Nachdem er eine Kommilitonin mit einem Skalpell verletzt hatte, weil er ihr Blut lecken wollte.«

Die Kommissarin stutzte. »Eine Kommilitonin? Ich dachte, jemand mit einer solchen Störung lebt in irgendeiner Einrichtung. In einer psychiatrischen Klinik oder einem Wohnheim für psychisch beeinträchtigte junge Menschen.«

Forster setzte die Brille wieder auf. Seiner persönlichen Meinung nach wäre das sinnvoll, aber die Rechtslage sah anders aus. »Dazu waren die Vorfälle bis zu dem Angriff auf die Studentin nicht schwerwiegend genug«, erläuterte er. »Für eine Einweisung muss ein deutliches Risiko der Selbst- oder Fremdgefährdung bestehen. Das war erst mit der Benutzung des Skalpells statt einfacher Nadeln der Fall. Vorher ist er trotz seiner Blutlust irgendwie durchgekommen. Seine Eltern haben dafür gesorgt, dass er sein Abitur an einer öffentlichen Schule ablegen durfte und zum Studium zugelassen wurde.« Forster machte eine Pause. »Medizin.«

Kayra Davari lachte auf. »Das ist ein Witz.«

»Nein.«

»Was machen die Eltern beruflich?«

»Sie sind beide Anwälte. Sie für Familienrecht, er für Strafrecht.«

»So wie Ihr Vater.«

Forster hob die Augenbrauen. Man kannte ihn sowohl beim Landeskriminalamt als auch bei der Bezirkskriminalinspektion, weil er regelmäßig als Gutachter für die Behörden tätig war, aber der jungen Kommissarin war er bisher nicht begegnet. »Sie haben sich über mich informiert?«

Davari zuckte mit den Schultern. »Routine.« Ein leises Piepen ertönte, das den Eingang einer Nachricht signalisierte. Die Kommissarin schaute kurz auf ihr Smartphone.

»Mein Vater hat vor mehr als zehn Jahren aufgehört zu arbeiten.« Forster füllte sein Glas erneut mit Leitungswasser und trank. »Inzwischen erinnert er sich meistens nicht einmal mehr daran.«

Der Blick der Kommissarin wurde fragend.

»Demenz«, erklärte Forster knapp. Das Schlimmste, fand er, was einem Menschen widerfahren konnte. Aber er wollte nicht darüber reden.

Die Kommissarin wischte auf ihrem Smartphone. »Diese Blutlust«, fragte sie nebenbei. »Könnte die ein Motiv sein, eine Bombe zu zünden?«

Forster fühlte ein Grummeln in den Eingeweiden. Genau wie bei Vincenzo hatte er es auch bei Joel schwierig gefunden, ihn einzuschätzen. Die beiden jungen Männer waren noch nicht lange Teil der Gruppe gewesen.

»Ausschließen kann ich es nicht. Aber Joel und Vincenzo haben sich gut verstanden. Ich glaube nicht, dass Joel ausgerechnet Vincenzo attackiert hätte.«

Die Kommissarin neigte den Kopf. »Konnte Joel denn wissen, dass sich Vincenzo heute als Erster in Ihren Sessel setzt?«

Aus dem Grummeln wurde ein Brennen. Magensäure schoss Forsters Kehle herauf.

»Den Jugendlichen war bekannt, dass einer von ihnen die heutige Sitzung leiten dürfte. Es war aber nicht klar, wer das sein würde.«

Davaris Blick war ernst. »Wussten die Jugendlichen auch, dass

Sie nicht auf dem Sessel sitzen würden, ehe Sie das Zepter an jemanden aus der Gruppe übergeben?«

Forster konnte nicht antworten, weil seine Zunge plötzlich am Gaumen klebte.

»Tut mir leid, wenn ich Sie erschrecke«, sagte Kayra Davari. Sie drehte ihr Smartphone so, dass er auf das Display sehen konnte. Ein Foto von dem aufgeplatzten Sitzkissen, darin Metallsplitter und Drähte.

»Meine Kollegen halten das für die Überreste eines Druckzünders«, erläuterte sie. »Der eingebaute Sensor hat dafür gesorgt, dass die Bombe explodiert, sobald jemand auf Ihrem Sessel Platz nimmt.« Davari drückte auf den Knopf, und der Bildschirm wurde schwarz. »Wir gehen deshalb davon aus, dass nicht einer der Teilnehmer das geplante Opfer war«, fuhr sie fort, »sondern Sie.«

4

Fast hätte er vergessen, dass Mittwoch war. Als es ihm wieder einfiel, war sein erster Impuls, das Treffen zu verschieben. Aber dann sagte er sich, dass ihm das Gespräch mit den Kollegen guttun würde.

War es nicht das, was sie ihren Patienten predigten? Dass sie über ihre Traumata sprechen mussten, um sie zu verarbeiten? Für einen Therapeuten, der Zeuge einer Bombenexplosion geworden war, galt das ohne Frage genauso. Umso mehr, wenn die junge Kommissarin recht hatte und der Anschlag eigentlich ihm gegolten hatte.

»Hast du einen Verdacht?«, erkundigte sich Simon Hildebrand, als sie in Forsters Gruppenraum im Stuhlkreis saßen.

Dieselbe Frage hatte ihm Kommissarin Davari am Nachmittag auch gestellt, doch Forster hatte keine Antwort darauf gewusst. Er hatte keine Feinde, und erst recht gab es niemanden, dem er zutraute, ihn in die Luft sprengen zu wollen. Als Fallanalytiker hatte er an der Ergreifung einiger Gewaltstraftäter mitgewirkt, doch diesen Personen war er nie persönlich begegnet. Wenn es keine undichte Stelle bei der Ermittlungsbehörde gab, wussten die Täter nicht einmal von seiner Existenz.

Eine andere Möglichkeit war, dass ein Straftäter, der aufgrund eines Gerichtsgutachtens von Forster verurteilt worden war, seine

Strafe als ungerecht empfand und sich an ihm rächen wollte. Aber Forster war kein Patient eingefallen, der dafür infrage käme. Diejenigen, die zu solch brutaler Gewalt fähig wären, saßen hinter Gittern oder in der geschlossenen Psychiatrie, und die anderen hätten einen weniger spektakulären Weg gewählt, um ihren Rachedurst zu stillen.

Die Kommissarin würde trotzdem sämtliche seiner forensischen Fälle durchgehen und die betreffenden Personen überprüfen. Er selbst hatte im Laufe des späten Nachmittags dasselbe getan und sich durch seine alten Aufzeichnungen gearbeitet, war aber zu keiner Erkenntnis gelangt.

»Nein«, sagte er müde.

»Es kann doch nur einer der Jugendlichen aus der Gruppe gewesen sein«, argumentierte Hildebrand und fuhr sich mit der Hand über die millimeterkurz gestutzten blonden Haare. Wie immer war der Kollege komplett in Schwarz gekleidet, Ausdruck seiner wenig optimistischen Perspektive auf die Welt. Trotzdem war er ein guter Therapeut. »Bist du einem von ihnen auf die Füße getreten? Vielleicht, ohne dass du es gemerkt hast?«

»Ich weiß es nicht«, sagte Forster und versuchte, sich an die letzten Sitzungen mit der Gruppe zu erinnern. Die Stimmung war immer latent aggressiv, wie bei dieser Klientel nicht anders zu erwarten, aber es hatte keine ungewöhnlichen Vorkommnisse gegeben. Er hatte das Gefühl gehabt, dass sich die Jugendlichen bei ihm wohlfühlten.

»Der Täter muss sich nicht zwangsläufig im Raum befunden haben«, mischte sich René Steinke ein. Er trug eines seiner modischen Hemden, gelb mit einem dezenten Muster in Orange. Die blonden Locken tanzten auf seinen Schultern. Für einen Therapeuten sah er eigentlich zu unkonventionell aus, doch Forster wusste, dass er bei den Intellektuellen beliebt war. Seine Klientel speiste sich zu wesentlichen Teilen aus Altachtundsechzigern, Künstlern und Lehrern. »Die Bombe war mit einer Zündvorrichtung ausgestattet, wenn ich das richtig verstanden habe?«

»Ein Druckzünder«, bestätigte Forster.

»Also könnte der Täter sich zum Zeitpunkt der Explosion am anderen Ende der Stadt aufgehalten und sich ein bombensicheres Alibi besorgt haben.« Steinke nippte an seinem Weinglas.

»Das glaube ich nicht.« Lars Gericke pustete sich eine Strähne seiner dunklen Föhnfrisur aus der Stirn. Er hatte sich in einen der dunkelgrauen Schwingsessel gefläzt und die langen Beine ausgestreckt. Sie steckten in verwaschenen Blue Jeans, zu denen er braune Sneakers und ein weißes Hemd trug. In der Hand hielt er einen dickwandigen Tumbler, in dem er seinen Whisky schwenkte. »Wenn der Täter nicht vor Ort ist, entgeht ihm die Show. Das würden diese Jugendlichen nicht tun. Sie wollen dabei sein und zusehen.«

Forster horchte in sich hinein, welches Argument ihm plausibler erschien, doch seine innere Stimme, sonst ein zuverlässiges Instrument, war verstummt.

»Aber weshalb sollten sie Robert angreifen?«, beharrte Steinke auf seinem Standpunkt. »Er hilft ihnen.«

»Das mag der eine oder andere von ihnen anders sehen«, gab Gericke zu bedenken. »Insbesondere dann, wenn Roberts Begutachtung nicht so ausfällt, wie der Betreffende es sich erhofft.«

Hildebrand, der nie etwas anderes trank als Wasser, stellte sein Glas auf einen der niedrigen Bistrotische, die zwischen den Stühlen aufgestellt waren. »Hast du denn einem von ihnen eine Beurteilung in Aussicht gestellt, die derjenige als Provokation empfinden könnte?«

Forster dachte darüber nach, konnte sich aber nicht konzentrieren. In seinem Kopf lief beständig derselbe Film ab. Der Moment, in dem die Bombe explodierte und Vincenzo in Stücke riss. Vermutlich sollte er darüber reden, doch er schaffte es nicht, die grauenvollen Bilder in Worte zu fassen.

Dabei hätte er kaum bessere Zuhörer finden können.

Nicht umsonst nannten sie sich »die Psychologische Mittwochs-Gesellschaft«, in Anlehnung an Sigmund Freuds Gruppierung desselben Namens, die jener 1902 gegründet hatte, um im kollegialen Kreis über die psychoanalytische Arbeit zu diskutieren. Zu den prominentesten Mitgliedern hatten Alfred Adler und Carl Gustav Jung gehörten, die zunächst als Schüler Freuds galten, später aber ihre eigenen theoretischen Schulen begründeten. Freuds Gruppe traf sich regelmäßig mittwochabends im Wartezimmer von Freuds Praxis und diskutierte bei Kaffee und Kuchen Krankengeschichten ebenso wie wissenschaftliche, künstlerische und gesellschaftliche Fragen.

Forster und seine Kollegen hielten es ähnlich. Sie arbeiteten alle vier als Therapeuten, und sie trafen sich jeden zweiten Mittwoch, um schwierige Fälle miteinander zu besprechen. Weil Forster die längste Berufserfahrung besaß, verglichen ihn die Kollegen gelegentlich mit Freud. Dabei hatte er bei ihren Treffen meist das Gefühl, dass vor allem er es war, der von den anderen lernte. Er schätzte Renés streitbaren Geist, Lars' messerscharfe Analysen und Simons philosophischen Blick auf die Welt.

Die psychoanalytische Arbeit war eine einsame Angelegenheit. Der Therapeut verschrieb sich ganz der Betrachtung der Psyche der Patienten. Er selbst spielte als Person keine Rolle.

Hier bei den Kollegen hätte er sich öffnen können, doch der Schock saß zu tief. Er fühlte sich wie hinter einer Glasscheibe.

Sein Blick glitt über die leeren Wände. Weiß, ohne jede Dekoration. Je weniger Dinge den Geist einengten, desto besser konnte sich dieser entfalten. Im Zimmer nebenan, in dem Forster die Einzelgespräche führte, waren die Wände in einem hellen Apricot gestrichen. Forster hatte ein paar Bilder aufgehängt, abstrakt, mit geometrischen Figuren. Rot und Orange waren die dominierenden Farben. Es gab einige Bücherregale, die eine behagliche Atmosphäre schufen, dazu die Couch, die beiden Sessel und niedrige Tische, um ein Wasserglas abzustellen. Hier im Gruppenraum dagegen wäre jedes weitere Möbelstück zu viel. Die Anwesenheit mehrerer Personen war Anregung genug.

Forster blinzelte, weil die Stimmen um ihn herum laut geworden waren. Die Kollegen diskutierten noch immer darüber, ob das Motiv für den Anschlag in Forsters Arbeit lag. Forster versuchte sich zu fokussieren, so wie er es auch tat, wenn er Patienten gegenübersaß.

»Natürlich sind nicht alle zufrieden mit meinem Urteil«, sagte er bezugnehmend auf Hildebrands Frage. »Aber ich bin mir sicher, dass mich niemand aus der Gruppe deshalb tätlich angreifen würde.«

Gericke beugte sich vor, legte die Unterarme auf die Knie und verschränkte die Finger. »Irgendjemand hat es aber getan, Robert. Wie erklärst du dir das?«

Forster hatte das Gefühl, dass eine kalte Hand nach seinem Herzen griff. Es war die entscheidende Frage, doch er hatte keine Antwort darauf.

Die Türklingel erlöste ihn von Gerickes durchdringendem Blick.

»Entschuldigt mich kurz«, sagte er und erhob sich.

»Guten Abend, Dr. Forster.«

Die Frau, die vor der Tür stand, trug noch dieselbe Kleidung wie am Morgen, die schwarzen Jeans, das hellbraune Top und den kurzen dunkelbraunen Blazer, der mit der Farbe ihrer Haut und ihrer Augen harmonierte. Das halblange schwarze Haar war zusammengebunden.

»Kommissarin Davari.«

»Darf ich kurz hereinkommen?«

»Bitte.« Forster dirigierte sie ins Therapiezimmer. Auf dem Weg dorthin passierten sie die offen stehende Tür des Gruppenraums.

»Sie haben Besuch?« Davari sah ihn an.

»Kollegen.«

»Mit denen Sie über das Attentat sprechen?«

»Ja.« Forster hatte diesen Begriff bisher nicht verwendet. Doch bei objektiver Betrachtung war es genau das.

Kayra Davari betrat das Therapiezimmer und setzte sich. Forster nahm in seinem Sessel Platz.

»Gibt es etwas Neues?«, fragte er. »Wie geht es den Jugendlichen?« Da er kein Angehöriger war, bekam er vom Krankenhaus keine Auskunft, und die Familien hatte er so kurz nach dem Anschlag nicht belästigen wollen. Sicherlich hatte man dort anderes zu tun, als sich um die Sorgen des Gruppenleiters zu kümmern.

Davari lächelte. »Besser als erwartet«, erwiderte sie. »Dustin Heuer und Leander Grossmann sind aus dem Krankenhaus entlassen worden. Die Wunde an Dustins Oberschenkel ist versorgt worden, sie ist nicht besonders tief. Und Leander hat ebenfalls nur eine Schürfwunde an der Stirn, keine Gehirnerschütterung, wie die Ärzte zunächst befürchtet hatten. Sie alle haben großes Glück gehabt.«

»Hm.« Forster versuchte, die Gefühle, die auf ihn einstürzten, zurückzudrängen. Ihm wären in Bezug auf die Ereignisse des heutigen Nachmittags eine Menge Begriffe eingefallen. *Glück* kam nicht unbedingt an erster Stelle. Aber die Kommissarin hatte natürlich recht. Die Bombe hätte sie alle zerfetzen können.

»Joel Drews ist in eine psychiatrische Einrichtung überstellt worden. Tessa Eilers ist bei ihren Eltern«, setzte Davari ihren Bericht fort.

Forster fragte sich, ob sie dort gut aufgehoben war; die Familie hatte wesentlichen Anteil an Tessas unglücklicher Persönlichkeitsentwicklung. Aber im Augenblick gab es wohl keine Alternative.

»Schön«, sagte er deshalb nur und betrachtete sein Gegenüber. Ihrem Namen, den tiefbraunen Augen und dem Bronzeton ihrer Haut nach zu urteilen stammte Davaris Herkunftsfamilie aus dem arabischen Raum. Genauer eingrenzen konnte Forster es nicht, dazu kannte er zu wenige Menschen, die von dort kamen. »Aber ich nehme an, das ist nicht der Grund, aus dem Sie mich aufgesucht haben?«

»Nein.« Wieder lächelte die Kommissarin. »Ich bin hier, weil ich eine gute Nachricht für Sie habe.« Ihr Blick glitt über die Einrichtung und die abstrakten Gemälde an den Wänden. Sie betrachtete die Couch, auf der ein paar Kissen und eine bunte Decke lagen.

Die meisten Menschen, die keine Analyse gemacht hatten, konnten sich nur schwer vorstellen, dass man es als angenehm empfinden könnte, mit jemandem zu sprechen, der hinter einem saß, während man selbst ausgestreckt auf der Couch lag, die Augen zur Decke gerichtet oder geschlossen. Tatsächlich machte die Konstellation das Reden aber leichter, das hatte nicht nur Freud behauptet, diese Erfahrung hatte auch Forster während seiner Lehranalyse gemacht, die bei der Ausbildung zum Psychoanalytiker verpflichtend war. Hunderte von Stunden hatte er auf der Couch seines Lehranalytikers verbracht und mehr über sich selbst gelernt, als er sich jemals hätte vorstellen können.

Forster merkte, dass er abdriftete, und konzentrierte sich wieder auf die Kommissarin. »So? Haben Sie den Täter gefunden?« Er konnte sich nicht vorstellen, was ansonsten im Zusammenhang mit der entsetzlichen Explosion eine frohe Botschaft sein könnte.

»Nein. Noch nicht«, sagte Davari. »Aber ich kann Ihnen mitteilen, dass wir uns getäuscht haben. Der Angriff galt nicht Ihnen.« Sie sah ihn freundlich an. »Die Kriminaltechnik hat die Überreste des Zünders untersucht. Offenbar war es kein Druckzünder, sondern ein Fernzünder.«

Forster blinzelte. Normalerweise bewegten sich die Gedanken mit Lichtgeschwindigkeit durch seinen Kopf, doch heute waren sie so träge, als müssten sie sich durch ein enges Rohr zwängen.

»Das heißt?«

»Dass derjenige, der die Bombe gezündet hat, bestimmen konnte, wen er tötet. Wir gehen davon aus, dass er tatsächlich Vincenzo Biraghi treffen wollte.«

Forster wartete darauf, dass sich so etwas wie Erleichterung einstellte. Stattdessen verstärkte sich sein Unbehagen. »Es wusste aber niemand, dass Biraghi auf dem Sessel sitzen würde.«

Davari nahm ihr Smartphone hervor. »War das eine spontane Entscheidung?«

»Nein.«

»Also gibt es vermutlich Aufzeichnungen?«

»Selbstverständlich.« Forster fertigte von allen Sitzungen Protokolle an, und er hielt auch seine Planungen für die folgenden Stunden schriftlich fest.

»Digital?«

»Ja.«

»Jemand könnte sich Zugriff auf Ihren Rechner verschafft haben und auf diese Weise an die Information gelangt sein. Eine Person, die es explizit auf Biraghi abgesehen hatte.« Davari neigte den Kopf. »Wir nehmen an, dass derjenige sich vorher vergewissert hat, ob sich der Aufwand lohnt. Die Holzstühle der Teilnehmer eignen sich nicht, um eine Bombe zu platzieren. Ihr gepolsterter Sessel dagegen war ein hervorragendes Versteck.«

Forster dachte darüber nach. Sein Computer war nicht leicht zu knacken. Er hatte sich von einem Mitarbeiter in der IT-Abteilung des LKA eine Sicherheitssoftware installieren lassen, die seine Patientenakten schützte. Aber keine Software war so gut, dass ein begabter Hacker sie nicht überwinden könnte.

»Wer diese Dinge in Erfahrung bringen will, findet einen Weg«, stimmte Kayra Davari ihm zu, nachdem er seine Überlegungen mit ihr geteilt hatte. »Wenn nicht über das Internet, dann vielleicht, indem er sich Zutritt zu Ihren Praxisräumen verschafft.«

Forster konnte das nicht ausschließen. Während seiner Patientengespräche war das Büro auf der Rückseite des Hauses leer. Er selbst hatte keine Einbruchsspuren bemerkt, aber das musste nichts heißen.

»Sie haben recht«, räumte er ein. »Jemand könnte diese Information besessen haben.« Er nahm seine Brille ab und massierte mit zwei Fingern die Stelle über der Nasenwurzel. Irgendetwas störte ihn, aber er bekam es nicht zu fassen.

Davari nahm erneut das Zimmer in Augenschein. »Sie haben hier im Haus einen Gruppenraum, wie ich gesehen habe. Warum finden die Treffen der Anti-Aggressions-Gruppe nicht dort statt?«

Forster setzte die Brille wieder auf und sah die Kommissarin verwundert an. Die Frage schien ihm vom entscheidenden Thema wegzuführen. »Es ist ein städtisches Projekt«, erklärte er höflich. »Die Stadt finanziert es und stellt den Raum zur Verfügung. Ich betreue die Anti-Aggressions-Gruppe, aber es gibt noch weitere Gruppen, die von anderen Kollegen geleitet werden.«

»Aha.« Davari tippte auf ihrem Smartphone.

Forster bearbeitete erneut die Stelle über der Nasenwurzel,

und endlich schälte sich ein Gedanke aus der trägen Masse in seinem Kopf heraus.

»Sie gehen davon aus, dass es ein gezieltes Attentat auf Biraghi war«, sagte er zu Davari. »Aber das würde bedeuten, dass der Täter sehen konnte, was im Raum passiert. Weil er selbst anwesend war.«

»Richtig.« Davari hob die Hand, ehe er etwas einwenden konnte. »Ich weiß. Sie halten das für ausgeschlossen. Weil die Persönlichkeitsstruktur der Jugendlichen nicht zu derjenigen des Täters passt.«

»Sie denken, ich irre mich?« Forster musterte die junge Kommissarin. Gehörte sie zu jenen, die alles Psychologische für Hokuspokus hielten und sich jegliche Einmischung in ihre Ermittlungen verbaten? Sein erster Eindruck von ihr war ein anderer gewesen. Davari wirkte auf ihn wie eine Frau, die ihre Arbeit ernst nahm und mit Umsicht verrichtete. Aber vielleicht lag er falsch. Sein Sensorium war beeinträchtigt, seit er hatte mitansehen müssen, wie Vincenzo Biraghi von der Bombe in Stücke gerissen worden war.

Davari schnitt eine Grimasse, und Forster erkannte, dass ihr Ablenkungsmanöver mit Absicht erfolgt war.

»Genau genommen darf ich mit Ihnen nicht darüber sprechen«, erklärte sie. »Sie sind in den Fall involviert. Schlimmstenfalls könnten Sie selbst der Täter sein.«

»So ist es.« Forster hatte oft genug mit der Polizei zusammengearbeitet, um die Regeln zu kennen.

»Ich sage es Ihnen trotzdem«, entschied die Kommissarin. »Weil ich denke, dass Sie uns helfen können.«

Forster schwieg, so wie er es auch tat, wenn ihm Patienten gegenübersaßen, die sich nur mühsam dazu durchrangen, ihm etwas anzuvertrauen.

»Meine Kollegen haben sämtliche Hintergrundinformationen gecheckt, nachdem wir den Zünder untersucht hatten«, berichtete die Kommissarin. »Vincenzo Biraghi hat seinen Stiefvater erstochen. Wir denken an eine Vergeltungstat.«

»Sie meinen Blutrache, so wie bei der italienischen Mafia?« Forster hob müde die Mundwinkel. »Sicher nicht. Biraghis Stiefvater war Deutscher. Er hieß Matthias Meyer, war hier geboren und aufgewachsen. Seine Mutter hat ihn nach dem Tod ihres Mannes kennengelernt. Die beiden waren Kollegen. Werftarbeiter. Biraghi hatte einen Arbeitsunfall. Irgendwas mit einer elektrischen Metallsäge, die ihm den linken Arm abgetrennt hat. Man hat ihn zu spät gefunden, er ist verblutet. Meyer hat sich um die Witwe und die beiden Kinder gekümmert. Zwei Jahre später haben sie geheiratet.«

»Exakt.« Davari, die auf ihrem Smartphone mitgelesen hatte, nickte – die Informationen, die Forster referiert hatte, standen in ähnlicher Form in Biraghis Akte. »Aber es gibt trotzdem einen Verdächtigen.«

Sie hielt ihm das Smartphone hin. Forster erblickte das Polizeifoto eines grobschlächtigen Mannes mit breiter Stirn, tief liegenden Augen und einem rasierten Schädel, auf den ein Spinnennetz tätowiert war.

»Matthias Meyer hatte einen Bruder«, erläuterte die Kommissarin. »Georg Meyer. Ein ziemlich übler Zeitgenosse. Kein Schulabschluss, keine Ausbildung, aber mehrere Vorstrafen wegen Körperverletzung. Meyer hält sich mit Gelegenheitsjobs über Wasser. Bis zur Hochzeit seines Bruders haben die beiden im gemeinsamen Elternhaus gewohnt. Danach ist Georg ausgezogen, und Aurora Biraghi ist mit ihrem Sohn und ihrer Tochter eingezogen. Soweit wir das aus den Akten und Bankunterlagen ersehen können, hat Matthias Meyer seinen Bruder regelmäßig finanziell unterstützt, vermutlich als Ausgleich dafür, dass Georg ihm seine Hälfte des Hauses überlassen hat. Nach Matthias' Tod haben die Zahlungen aufgehört, und das Haus ist an Matthias' Witwe übergegangen. Georg dagegen lebt in einer kleinen Mietwohnung in Gaarden.«

Forster hatte keine Mühe, die Informationen zusammenzusetzen. »Georg Meyer hat also nicht nur einen wesentlichen Teil seiner Einkünfte verloren, sondern auch die Hoffnung, seine Hälfte des Elternhauses eines Tages zurückzubekommen. Und er hat Vincenzo dafür verantwortlich gemacht. Ein Mordmotiv, meinen Sie.«

»Sehen Sie das anders?«

»Ihre Theorie ist plausibel«, befand Forster. »Aber wie hätte Georg Meyer die Bombe in meinem Behandlungsraum installieren und zünden sollen? Wenn sich ein derart auffälliger Mann dort herumgetrieben hätte, wäre er dem Sicherheitspersonal aufgefallen.«

Davari schaltete das Smartphone aus und steckte es ein. Forster sah sie fragend an, doch ehe sie reagieren konnte, wusste er die Antwort bereits selbst.

»Sie glauben, Georg Meyer hatte einen Komplizen, richtig? Jemanden, den er dafür bezahlt hat. Einen meiner Patienten.«

»Halten Sie das für abwegig?«

»Nein.« Forster hätte gern etwas anderes gesagt, aber das wäre nicht ehrlich gewesen. Die Teilnehmer seiner Anti-Aggressions-Gruppe waren labil. Sie hatten nicht dieselben Skrupel wie andere Menschen. Sie waren leichter zu manipulieren. Wenn man ihnen genügend Geld bot, waren sie vermutlich zu fast allem bereit. Schlimmstenfalls hatten sie sogar Spaß daran.

»Robert?«

Forster und Davari zuckten zusammen, als die Stimme von der Tür her ertönte.

Lars Gericke, der im Rahmen stand, hob entschuldigend die Hand. »Verzeihung. Ich wollte nicht stören. Aber es ist schon spät. Wenn wir nicht mehr weitermachen, würden wir nach Hause gehen, Simon, René und ich.«

Kayra Davari stand auf. »Nein. Ich muss mich entschuldigen. Ich habe Ihren Freund aufgehalten.«

Gericke lächelte. Es war nicht zu übersehen, dass ihm die junge Frau gefiel. »Ihnen würde ich alles verzeihen.«

»Danke.« Davari stieg nicht auf seinen Flirtversuch ein. Sie wandte sich wieder Forster zu, der gleichfalls aufgestanden war. »Ich melde mich bei Ihnen, sobald wir etwas Neues wissen. Und falls Ihnen noch etwas einfällt ...«

Sie reichte ihm eine Visitenkarte und schlängelte sich anschließend an Gericke vorbei. Forster begleitete sie zur Haustür. Auf dem Weg dorthin warf die Kommissarin einen Blick in den Gruppenraum.

»Simon Hildebrand und René Steinke«, stellte Forster die Kollegen vor, die sich erhoben hatten. Sie kamen in den Flur und gaben der Kommissarin die Hand. »Und Lars Gericke.« Forster wies auf den Kollegen, der hinter ihm stehen geblieben war.

Gericke trat vor und schüttelte Davari ebenfalls die Hand. »Sehr erfreut.« Er neigte den Kopf. »Darf ich fragen, wie es Roberts Patienten geht? Den Überlebenden, wenn man so will?«

Davari erzählte, was sie Forster mitgeteilt hatte. »Sie werden wieder gesund«, beendete sie ihren Bericht. Forster sah ihr an, wie erleichtert sie darüber war.

»Die physischen Wunden mögen schnell heilen«, bemerkte Simon Hildebrand düster. »Aber das psychische Trauma wird sie lange begleiten.«

Davari nickte ernst und sah Forster an. »Denken Sie, Sie können den Jugendlichen helfen?«

Forster spürte die Verantwortung wie eine schwere Last auf den Schultern. Natürlich wollte er für die Jugendlichen da sein, doch er selbst hatte ebenfalls ein Trauma erlitten. Er wusste nicht, ob seine Kraft für alle reichen würde.

»Das Erlebnis muss natürlich aufgearbeitet werden«, sagte er. »Und zwar so rasch wie möglich.« Er stockte. Könnte er die Kollegen um Hilfe bitten? Durfte er das überhaupt? Oder musste er warten, bis die polizeilichen Ermittlungen abgeschlossen waren? »Wann kann ich mit den Jugendlichen sprechen?«

Davari nahm sich Zeit, um über die Frage nachzudenken.

»Wir müssen die Teilnehmer der Anti-Aggressions-Gruppe natürlich befragen«, erklärte sie. »Aber das spricht nicht gegen eine therapeutische Intervention.«

»Wäre es nicht besser, wenn die Jugendlichen zuerst die Gelegenheit hätten, den Schock zu verwinden, ehe man sie diesem zusätzlichen Druck aussetzt?«, mischte sich René Steinke ein. Er war nicht nur Psychoanalytiker, sondern auch ausgebildeter Kinder- und Jugendlichentherapeut und arbeitete oft mit Problemfamilien.

»Dafür fehlt uns leider die Zeit«, entgegnete Davari. »Wir suchen einen skrupellosen Mörder. Das Beste, was wir tun können, ist, die Ermittlungen und die Therapie parallel durchzuführen.«

»Das ist besser als nichts«, befand Forster. »Allerdings werde ich nicht jeden einzeln betreuen können, sondern nur die Gruppe als Ganzes.«

Die Kommissarin blickte zu Forsters Kollegen und stellte die Frage, die er nicht hatte aussprechen mögen. »Wäre es möglich, dass Sie Dr. Forster unterstützen?«

Hildebrand wehrte sofort ab. »Ich habe keinerlei Erfahrung

mit jugendlichen Straftätern. Und auch keine freien Kapazitäten.«
Hildebrand war auf Paar- und Familientherapie spezialisiert.
Trennung, Scheidung, Sorgerecht, damit kannte er sich aus, und
oft gelang es ihm sogar, das Zerbrechen einer Beziehung oder Familie abzuwenden. Seine Warteliste war lang.

»Das geht mir genauso«, erklärte René Steinke bedauernd.
Die Intellektuellen und Alternativen standen bei ihm Schlange,
und die Familienprobleme, mit denen er sich beschäftigte, hatten
nichts mit forensischer Psychologie zu tun.

»Ich habe ebenfalls keinen Platz im Terminkalender«, schloss
sich Lars Gericke an. Im Gegensatz zu den beiden anderen arbeitete Gericke auch forensisch, allerdings nicht mit Gewaltstraftätern wie Forster, sondern vorwiegend mit Sexualstraftätern. Sein
Spezialgebiet war der Täter-Opfer-Ausgleich, und Gericke leistete
dort hervorragende Arbeit. Er hatte auch schon etliche Studien zu
diesem Thema durchgeführt und eine ganze Reihe wissenschaftlicher Artikel verfasst. »Ich würde mir selbstverständlich etwas
freischaufeln. Aber ich glaube nicht, dass es Sinn macht. Ich bezweifle, dass sich die Jugendlichen jemand anderem als Robert
öffnen würden.«

Forster nickte müde. Gericke hatte vollkommen recht. Es gab
keinen anderen Weg. Er musste diese Aufgabe allein bewältigen.

Davari reichte ihm zum Abschied die Hand. »Ich wünsche Ihnen viel Kraft. Das ist sicher nicht leicht für Sie.«

»Danke.« Forster öffnete ihr die Haustür und sah ihr nach, wie
sie über den Gartenweg in der Dunkelheit verschwand.

Die vier Männer kehrten in den Gruppenraum zurück, doch
das Gespräch kam nicht mehr richtig in Gang. Gericke und Hildebrand diskutierten verschiedene Ansätze der Trauma-Behandlung. Forster, der sich kaum noch konzentrieren konnte, schaute
aus dem Fenster in die dunkle Nacht.

Er hätte gern mit den Kollegen über Davaris Idee gesprochen, dass einer der Jugendlichen aus der Anti-Aggressions-Gruppe als Handlanger für den Bruder von Biraghis Stiefvater tätig geworden war, aber ihm war klar, dass es sich um Ermittlungsinterna handelte, die er nicht weitergeben durfte. Wenn er wollte, dass Kayra Davari ihn weiterhin ins Vertrauen zog, musste er sich an die Spielregeln halten.

Als Steinke zum wiederholten Mal gähnte, beschlossen die Kollegen aufzubrechen.

Forster verriegelte hinter ihnen die Tür, ging durch den Flur in sein Büro und legte Davaris Visitenkarte neben das Telefon. Anschließend trat er auf der Rückseite des Hauses auf die Terrasse. Kein einziger Stern war zu sehen, kein winziger Lichtstreif der Hoffnung. Forster legte den Kopf in den Nacken und blinzelte.

Wenn er sich jetzt ins Bett legte, würde er keine ruhige Minute haben. Stattdessen würden die schrecklichen Bilder wieder und wieder vor seinem geistigen Auge aufflackern. Es war besser, wenn er wach blieb, bis ihn die Müdigkeit übermannte und er in einen tiefen, traumlosen Schlaf fiel.

In der Zwischenzeit würde er darüber nachdenken, wie er die Jugendlichen bei der Überwindung des Traumas unterstützen könnte. Sie hatten etwas Unfassbares erlebt, und eine Reaktion würde mit Sicherheit darin bestehen, die zugehörigen Emotionen abzuspalten. Wenn er ihnen helfen wollte, musste er sich etwas Besonderes einfallen lassen. Eine therapeutische Maßnahme, die den Jugendlichen die Möglichkeit bot, den Kontakt zu ihren Gefühlen zurückzugewinnen.

5

Das Institut für Psychologie befand sich in einem fünfstöckigen weißgrauen Kasten mit zahllosen Fenstern in der Olshausenstraße. Die unteren drei Etagen wurden von einer Forschungseinrichtung belegt, die sich mit der Pädagogik der Naturwissenschaften beschäftigte. Deshalb stand auch der von den Mitarbeitern sogenannte Lolli vor dem Gebäude, eine vielleicht zwei Meter hohe blaugraue Steinskulptur, die das Symbol der Einrichtung war, von der aber niemand wusste, was sie darstellen sollte.

Die Psychologie nahm die beiden oberen Etagen ein und hatte bisher allen Versuchen der Forschungseinrichtung, das gesamte Gebäude für sich zu beanspruchen, erfolgreich getrotzt. Im Inneren war Grau die vorherrschende Farbe, auch wenn man versucht hatte, die tristen Gänge durch Bilder an den Wänden aufzulockern. Aber so recht ließ sich der muffige Charme der Sechzigerjahre des letzten Jahrhunderts, als das Gebäude errichtet worden war, nicht vertreiben.

Auf der Rückseite befanden sich ein Parkplatz und ein Parkdeck. Dort stellte Alessia Ahrens ihren Wagen ab, oben auf dem Parkdeck, ganz am hinteren Ende. Es gab zu viele Idioten und auch zu viele Neider. Sie wollte nicht, dass ihr jemand versehentlich eine Delle in den Wagen fuhr oder mutwillig den Lack mit einem Schlüssel zerkratzte.

Zufrieden mit sich selbst schwang sie die langen gebräunten Beine aus dem zitronengelben Mercedes Cabrio und kontrollierte, dass die hauchdünne Strumpfhose keine Laufmasche hatte. Anschließend betätigte sie den Funkschlüssel und sah zu, wie sich das faltbare Dach des Cabrios schloss.

Es war ein schöner Tag, wie so oft Mitte Oktober, wenn das Semester begann. Der Himmel zeigte das typische helle Blau des Nordens und war fast wolkenlos. Die Luft war angenehm mild, der Wind nur eine leichte Brise.

Alessia verstaute den Autoschlüssel in ihrer Louis-Vuitton-Handtasche, rückte die Gucci-Sonnenbrille zurecht und warf ihre langen blonden Haare zurück. Mit einem Blick in die getönte Seitenscheibe des Wagens versicherte sie sich, dass Top und Rock gut saßen und ihre Vorzüge betonten. Sie hatte ein schönes Gesicht und hübsche runde Brüste, das hatten ihr schon mehr als genug Menschen gesagt. Dafür tat sie auch einiges. Wenigstens jeden zweiten Tag ins Fitnessstudio und jeden Morgen mindestens eine Stunde vor dem Spiegel, um sich zu schminken. Es lohnte sich; ihr YouTube-Channel, in dem sie Fitness- und Schminktipps gab, hatte mehr als zehntausend Abonnenten.

Sie bekam auch jede Menge Post von jungen Mädchen, die sie um Rat fragten. Und von Jungs, die sie daten wollten. Aber Alessia hatte kein Interesse. Sie wollte einen richtigen Mann, keinen schmalbrüstigen Studenten und auch keinen aufgeblasenen Bodybuilder mit Spatzenhirn.

Der Mann, der sie wirklich faszinierte, war Dr. Robert Forster. Letzte Woche hatte er die Einführungsveranstaltung für das fünfte Semester in seinem Bereich gehalten. Rechtspsychologie, eines der Wahlpflichtfächer, die sie belegen konnte.

Das war einer der Gründe, warum sie sich dazu entschieden hatte, in Kiel zu studieren. Kaum eine andere Universität in

Deutschland bot Veranstaltungen in forensischer Psychologie an. Und Alessia faszinierte das Böse. Sie verschlang Thriller, schaute sich massenhaft Splatter-Movies an und verfolgte jeden Podcast über echte Verbrechen, je blutiger, desto besser. Es gab nichts, bei dem man sich herrlicher gruseln konnte. Das war fast so gut wie Sex.

Die Freundinnen aus ihrer Schulclique hatten sich Universitäten in anderen Städten, einige sogar im Ausland gesucht. Alessia hatte auch darüber nachgedacht. Doch die Alternative war zu verlockend. Ihre Eltern waren seit drei Jahren überwiegend in Amerika. Ihr Vater baute in New York eine Dependance seiner Firma für Sicherheitstechnik auf. Deshalb hatte Alessia die Villa in Düsternbrook für sich allein. Inklusive Schwimmbad, Sauna und Partykeller. Warum sollte sie das gegen eine Wohnung in Berlin oder London tauschen, selbst wenn es eine teure Eigentumswohnung wäre? Von ihren eher mittelmäßigen Englischkenntnissen einmal ganz abgesehen.

Die ersten beiden Studienjahre waren dennoch enttäuschend gewesen. Unter den Kommilitoninnen gab es keine, mit denen sie sich auch nur annähernd so gut verstanden hätte wie mit ihren Schulfreundinnen. Blasse, langweilige junge Frauen, die einen Haufen Probleme mit sich herumschleppten und offenbar darauf hofften, im Studium die Lösung dafür zu finden. Männer waren überhaupt nur drei dabei. Sie himmelten Alessia an, aber keiner spielte in ihrer Liga.

Auch das Studium selbst war nicht das, was sie sich erhofft hatte. Lauter nüchterne Grundlagenseminare, Wahrnehmung und Kognition, Emotion und Motivation, Lernen und Gedächtnis, dazu jede Menge Mathematik und Statistik. Erst wenn man diese Module abgeschlossen hatte, kamen die Themen, derentwegen sich Alessia für das Fach entschieden hatte.

Ihr Berufsziel war völlig klar. Sie wollte Kriminalpsychologin werden. Das hatte sie beschlossen, als sie Robert Forster vor fünf oder sechs Jahren das erste Mal in einem Podcast gehört hatte.

Gab es etwas Spannenderes, als herauszufinden, warum Menschen schreckliche Dinge taten? Und der Polizei dabei zu helfen, solche Personen aus dem Verkehr zu ziehen?

Alessia ging die Treppe vom Parkdeck hinunter und überquerte die Zufahrt zum Parkplatz. Sie betrat das Gebäude durch die Hintertür und nahm den Fahrstuhl in den vierten Stock. Natürlich hätte sie auch laufen können, aber wenn es sich einrichten ließ, vermied sie den Weg durch die Etagen des Forschungsinstituts. Zu oft war ihr dort schon ein Mann begegnet, der sie mit unverhohlener Lüsternheit musterte. So etwas brauchte sie nicht.

Vor dem Schwarzen Brett gegenüber dem Sekretariat blieb sie stehen. Die beiden folgenden Semester erforderten neben den Studienleistungen auch das Ansammeln sogenannter Versuchspersonenstunden. Das bedeutete, dass man sich als Teilnehmer für ein Experiment zur Verfügung stellen musste. Angeblich, um Erfahrung mit wissenschaftlichen Methoden zu sammeln, aber tatsächlich ging es nur darum, dass die höheren Semester genügend Versuchspersonen für die Experimente zusammenbekamen, über die sie ihre Examensarbeiten schrieben.

Alessia studierte die Aushänge. Die Experimente, für die Probanden gesucht wurden, klangen allesamt sterbenslangweilig. Sie würde lieber noch abwarten. Wenn man wollte, durfte man schon im fünften Semester Stunden sammeln, doch wirklich gefordert waren sie erst im sechsten.

Sie nahm ihr Smartphone zur Hand, um nachzusehen, wie oft ihr neuestes YouTube-Video in der letzten Stunde gelikt wurde, und entdeckte, dass ihr jemand eine Nachricht an ihre Studierenden-Mail-Adresse geschickt hatte. Jeder, der hier an der Universität eingeschrieben war, hatte eine. Alessia benutzte ihre nur, wenn sie eine Frage an einen Dozenten oder ans Prüfungssekretariat hatte. E-Mail war oldschool, ihre privaten Kontakte liefen über verschiedene Messenger.

Alessia öffnete die Mail und sah, dass sie von Dr. Robert Forster kam. Neugierig las sie den kurzen Text. Ihre Mundwinkel hoben sich, und sie verspürte ein lustvolles Kribbeln.

Rasch machte sie auf dem Absatz kehrt und lief zurück zum Fahrstuhl. Das Angebot, das Forster ihr gemacht hatte, würde sie sich nicht durch die Lappen gehen lassen. Endlich fing das Studium an, interessant zu werden!

6

»Bist du sicher, dass wir hier richtig sind?«

Mila kämpfte sich hinter Tyler durchs Unterholz. Er hatte sie im Auto mitgenommen, weil die Strecke mit dem Fahrrad zu weit gewesen wäre.

Sie wusste, dass er es nur aus Höflichkeit getan hatte. Trotzdem hatte ihr Herz während der gesamten Fahrt schneller geschlagen.

Tyler war der netteste Junge im ganzen Semester. Gut, es waren insgesamt nur drei, aber er wäre auch dann der netteste gewesen, wenn ihn hundert andere umringt hätten. Mila hatte sich schon bei der Erstsemestereinführung in ihn verliebt. Gezeigt hatte sie es ihm natürlich nicht. Sie hatte schließlich Augen im Kopf.

Tyler sah gut aus. Er war ein lässiger, schlaksiger Typ mit dunklen Locken und braunen Augen. Seine Eltern waren beide Lehrer. Er wohnte noch zu Hause und kam jeden Tag mit seinem himbeerfarbenen Smart in die Uni. Mila fand den Wagen toll.

Sie selbst dagegen war bestenfalls Durchschnitt. Brav, bieder, langweilig. An ihrem Gesicht war nichts Besonderes, und ihre dunklen Haare waren so gekräuselt, dass sie sich unmöglich in Form bringen ließen. Meist fasste Mila sie einfach mit einer bunten Spange hinter dem Kopf zusammen. Ihre Eltern waren einfache Leute. Ihr Vater arbeitete bei der Müllabfuhr, ihre Mutter war Kassiererin im Supermarkt. Sie waren unbändig stolz auf ihre einzige Tochter, die als Erste in der Familie das Abitur geschafft hatte und nun sogar studierte. Mila liebte ihre Eltern, aber sie schämte sich auch ein wenig für sie. Wie würde sie vor ihren Kommilitoninnen dastehen, wenn ihre Eltern zur Abschlussfeier kamen, ihr Vater mit seinem billigen Anzug, der für alle feierlichen Anlässe herhalten musste, ihre Mutter mit der selbst gelegten Dauerwelle?

Aber so weit war es ja noch nicht.

Trotzdem war ihr klar, dass sie bei Tyler keine Chance hatte. Nicht nur, weil sie selbst so unscheinbar war, sondern vor allem, weil Tyler seit dem ersten Semester nur Augen für Alessia hatte.

Ausgerechnet! Nach Milas Ansicht war Alessia eine eingebildete, aufgeblasene Tussi, die nichts weiter vorzuweisen hatte als ihr gutes Aussehen und das Geld ihrer Eltern. Mila war schleierhaft, warum sie ausgerechnet Psychologie studierte. Ein Talent, sich in andere einzufühlen und empathisch zu handeln, hatte sie jedenfalls nicht. Auch wenn Alessia die Forensik anstrebte – ganz ohne diese Eigenschaften funktionierte das nicht. Doch vermutlich würde Alessia ihren späteren Arbeitgeber ebenso blenden wie Tyler und sämtliche Dozenten. Alessia stand immer im Mittelpunkt, während man Mila meist gar nicht sah.

Ironischerweise war Tyler für Alessia ebenso wenig interessant wie Mila für ihn. Aber was nützte ihr das? Sie waren beide blind vor Liebe und nicht bereit, ihren Blick auf irgendjemand anderen zu richten.

Mittlerweile hatten sie sich ein ganzes Stück vom Parkplatz entfernt und befanden sich mitten in einem undurchdringlichen Waldstück. Mila stolperte über eine vorstehende Wurzel. Sie griff nach einem Ast, um nicht zu stürzen, und schürfte sich die Handfläche auf. Rasch saugte sie an der Hand, um die Blutung zu stoppen.

»Tyler!«

Ihr Kommilitone wandte sich zu ihr um. »Es muss hier gleich sein«, sagte er ungeduldig. »Dr. Forster hat mir die Koordinaten geschickt. Wir sind auf dem richtigen Weg.«

Mila lief weiter hinter ihm her, und tatsächlich lichtete sich gleich darauf das Dickicht. Vor ihnen lag ein eingezäuntes Gelände, auf dem sich ein großes, lang gestrecktes betongraues Gebäude befand, eine aufgegebene Lagerhalle vielleicht.

»Siehst du? Das muss es sein.« Tyler beschleunigte seine Schritte.

Er fand ein offen stehendes Tor und betrat das Gelände ohne Scheu. Mila war froh, dass sie nicht allein hergekommen war. Spätestens hier hätte sie der Mut verlassen, und sie wäre wieder umgekehrt.

Sie umrundeten die große Halle. Als sie die Rückseite erreichten, an der sich eine breite Betonrampe befand, sahen sie, dass sie nicht die Ersten waren.

Drei Jugendliche saßen oben auf der Rampe und ließen die Beine baumeln, zwei Jungen und ein Mädchen. Der eine der Jungen war weißblond und riesig, der andere dunkelhaarig wie Tyler, allerdings noch sehr viel attraktiver. Einer von der Sorte, die sie gar nicht anschauten, sondern über sie hinwegblickten, als wäre sie Luft. Das Mädchen dagegen war nicht einmal für Mila Konkurrenz. Straßenköterblond, mit kurzen abstehenden Haaren und einem flächigen Gesicht, das sie einfach nur gewöhnlich aussehen ließ.

Das sind Frauen und Männer, hörte sie Alessias Stimme im Hinterkopf, keine Mädchen und Jungen. Aber Mila fühlte sich selbst so wenig erwachsen, dass es ihr falsch erschien, von Gleichaltrigen oder Jüngeren als Frau und Mann zu sprechen.

Sie konnte geradezu sehen, wie Alessia die Augen verdrehte. Aber das tat sie ja ständig, wenn Mila etwas sagte. Es war wirklich keine glückliche Konstellation, dass ausgerechnet sie drei eine Arbeitsgruppe bildeten, aber aus verschiedenen Gründen war niemand von ihnen bereit, etwas daran zu ändern. Mila nicht, weil sie in Tyler verliebt war. Tyler nicht, weil er in Alessia verliebt war. Und Alessia nicht, weil es niemanden sonst im Semester gab, der Lust hatte, sich mit ihr abzugeben. Sie war hochnäsig und arrogant, und außer Tyler war das jedem klar. Wenn Mila nur wüsste, was er an Alessia fand!

»Das müssen diese Jugendlichen sein, für die Dr. Forster die forensischen Gutachten schreibt«, sagte Tyler, der stehen geblieben war, um die drei auf der Rampe zu mustern.

Mila fühlte sich unbehaglich. Sie war mit Tyler hierhergekommen, weil Dr. Forster ihnen eine Nachricht geschickt hatte. Von einer therapeutischen Maßnahme, die zugleich ein Experiment sein sollte, war die Rede gewesen. Eine Beschreibung, die eher dazu angetan war, Mila abzuschrecken. Aber zu den tausend Euro Honorar, die es zusätzlich zu den Versuchspersonenstunden geben sollte, konnte sie auf keinen Fall Nein sagen.

Von links näherte sich ein Motorengeräusch, und gleich darauf fuhr ein gelbes Mercedes Cabrio mit offenem Verdeck auf das Gelände. Alessia stieg aus und verschloss das faltbare Dach. Sie musterte erst die drei auf der Rampe, dann Tyler und Mila. Ihre Miene verdüsterte sich.

Offensichtlich hatte sie einen Aversions-Aversions-Konflikt. Diesen Terminus hatten sie bereits im ersten oder zweiten Semester gelernt. Er beschrieb das Problem, zwischen zwei Möglichkeiten wählen zu müssen, die einem beide nicht gefielen. Alessia entschied sich für ihre Kommilitonen.

»Was macht ihr denn hier?«, fragte sie, als sie Tyler und Mila erreicht hatte.

»Dasselbe wie du, vermutlich«, gab Mila patzig zurück. »Dr. Forster hat uns eine Einladung geschickt. Zu einem Experiment.«

»Ja. Toll, oder?« Alessias blaue Augen leuchteten. Sie neigte den Kopf zu den dreien auf der Rampe. »Dann sind das wohl die Straftäter, um die es geht.«

Mila musste schlucken. »Du meinst, das sind richtige Verbrecher?«

»Keine Ahnung. Aber Dr. Forster schreibt Gutachten für ihre Gerichtsverhandlungen, also müssen sie wohl irgendetwas ausgefressen haben. Etwas, das schlimmer ist als ein paar geklaute Ohrringe im Kaufhaus.«

Sie fixierte Milas Ohrstecker, und Mila lief rot an. Sie hatte den Modeschmuck tatsächlich an der Kasse vorbeigeschmuggelt, ohne zu bezahlen, aus dem simplen Grund, dass sie das Geld nicht hatte. Die glänzenden bernsteinfarbenen Schmucksteine hatten ihr so gut gefallen, und sie hatte es einfach nicht geschafft, sie im Laden hängen zu lassen. Aber das konnte Alessia auf keinen Fall wissen. Sie hatte nur geraten.

Tyler fuhr sich durch die Locken und lächelte Alessia an. »Schön, dass du auch dabei bist.«

Alessia verdrehte die Augen. »Hör auf zu schleimen, ja?«, sagte sie und holte ein Zigarettenpäckchen aus ihrer Handtasche hervor. Sie steckte sich eine der dünnen langen Zigaretten zwischen die roten Lippen und zündete sie an. Die drei Jugendlichen sprangen von der Rampe und strebten auf sie zu.

»Hast du für mich auch 'ne Kippe?«, fragte der junge Mann mit den kurzen blondierten Haaren, der Mila um gut einen Kopf überragte. Er hatte doppelt so breite Schultern wie Tyler. Seine Beine steckten in verwaschenen löchrigen Jeans. Am linken Oberschenkel trug er einen Verband oder eine Bandage, die sich unter dem Stoff abzeichnete. Er hatte beim Gehen auch leicht gehinkt.

»Bitte.« Alessia hielt ihm das Päckchen hin. Sie schien keine Angst vor ihm zu haben.

»Ich bin Dustin«, sagte der Blonde, nachdem Alessia ihm Feuer gegeben hatte.

»Freut mich. Alessia.« Sie streckte ihm die Hand hin, und er schüttelte sie.

Alessia bot dem anderen jungen Mann und der Frau das Päckchen an. Der Mann griff zu, die Frau lehnte ab.

»Leander.« Er reichte Alessia nicht die Hand, sondern neigte sich ihr zu und sah ihr tief in die Augen, während sie das Feuerzeug aufflammen ließ. Mila fand das übergriffig, doch Alessia schien es zu gefallen.

Tyler versteifte sich. Die unerwartete Konkurrenz behagte ihm nicht. Kein Wunder, der Mann sah wirklich unverschämt gut aus. Samtbraune Augen und ein kantiges Kinn, eine vorwitzige Tolle, die ihm in die Stirn fiel, Mund und Wangen mit Bartstoppeln übersät. Teure Markenklamotten und ein großes Pflaster über der rechten Augenbraue, das ihm etwas Verwegenes verlieh.

»Wo ist denn Dr. Forster?«, fragte Tyler und schaute auf seine Armbanduhr.

»Wird schon noch kommen«, beschied ihn der Blonde und zog an seiner Zigarette.

Tatsächlich erklang erneut ein Motorengeräusch, und ein weiterer Wagen fuhr über den Platz vor der Halle. Er bog um die Ecke und verschwand gleich darauf aus ihrem Blickfeld. Sie hörten das Klappen einer Autotür, dann das Quietschen einer schweren Stahltür. Offenbar hatte jemand das Gebäude von der Seite

aus betreten. War das Dr. Forster gewesen? Mila hatte es nicht er-
kennen können, der Wagen war ein schwarzer SUV mit getönten
Scheiben gewesen. Ob Dr. Forster einen solchen Wagen fuhr?
Mila wusste es nicht.

»Warum haben wir eigentlich da hinten im Wald geparkt,
wenn man hier direkt vorfahren kann?«, erkundigte sie sich bei
Tyler. Der zuckte nur mit den Schultern.

»Ich hab's mir auf der Karten-App angesehen. Da war nur der
Parkplatz eingezeichnet, auf dem wir stehen. Dass es einen Weg
hierher gibt, war nicht zu erkennen.«

»Woher wusste Alessia dann, wo sie hinmuss?«, fragte Mila.
Die ganze Situation gefiel ihr nicht, und der kleine Streit mit Tyler
war eine gute Möglichkeit, ein wenig Dampf abzulassen.

»Sie hat ein Navi«, erwiderte Tyler knapp. Auch er fühlte sich
nicht wohl, doch im Gegensatz zu Mila zog er sich in solchen Fällen lieber in sein Schneckenhaus zurück.

Leander flirtete ungeniert mit Alessia. Dustin schnorrte eine
weitere Zigarette. Das Mädchen – nein, die junge Frau – vergrub
die Hände in den Taschen ihrer grünen Cargohose und starrte ungeduldig die Auffahrt entlang.

»Wie seid ihr denn hergekommen?«, sprach Mila sie an.

»Mit dem Bus. Und den Rest zu Fuß.«

»Und ... warum?«

Die Frau kniff die Augen zusammen. »Weil Dr. Forster uns
hierherbestellt hat, was denn sonst? Er hat gesagt, wir machen
hier ein Experiment, das uns helfen soll, den Schock zu verarbeiten.«

Mila blinzelte. Offenbar gab es da etwas, von dem sie nichts
wussten. »Was denn für ein Schock?«, fragte sie.

Die junge Frau sagte es ihr.

Mila und Alessia starrten sie ungläubig an. So, als wären sie nicht sicher, ob sie vielleicht einen Witz gemacht hatte. Wie konnte das sein? Wussten die Studenten nicht, warum sie hier waren? Hatte Dr. Forster ihnen nicht gesagt, was sie erwartete? Vielleicht, weil sich dann niemand bereitgefunden hätte, an dem Experiment teilzunehmen?

Würde sie deshalb jetzt womöglich Ärger bekommen? Aber Forster hatte ihnen nicht verboten, darüber zu reden. Und wenn er ihnen helfen wollte, mussten die Studenten ohnehin erfahren, worum es ging.

Tessa hatte in der letzten Nacht so gut wie gar nicht geschlafen. Immer wieder hatte sie das Bild von Vincenzo vor Augen gehabt. Wie er mit seinem Siegerlächeln auf dem Stuhl von Dr. Forster Platz genommen hatte. Und wie ihn Sekunden später die Bombe in Stücke gerissen hatte.

Ihr bisheriges Leben war weiß Gott kein Zuckerschlecken gewesen, aber sie hatte noch nie etwas erlebt, das sie auch nur annähernd so sehr erschüttert hatte. Die Erinnerung an all das Blut und die Gewebefetzen, die durch den Raum geflogen waren, schnürte ihr die Kehle zu, während sie zugleich die ganze Zeit das Gefühl hatte, sich übergeben zu müssen. Ein paarmal hatte sie das letzte Nacht auch getan, bis schließlich nur noch grünliche Galle gekommen war und sie trocken gewürgt hatte. Heute Morgen hatte sie mühsam ein paar Schlucke Wasser getrunken, aber nichts gegessen. Sie konnte sich nicht vorstellen, dass sie jemals wieder einen Bissen hinunterbekommen würde.

Ihre Mutter, die den ganzen Tag nichts anderes tat, als auf dem Sofa zu hocken, billigen Weizenkorn mit Limo in sich hineinzuschütten und sich Realitysoaps auf dem riesigen Flachbild-TV anzusehen, hatte nichts davon bemerkt. Und ihr Vater, der frühmorgens aus dem Haus ging und den ganzen Tag auf dem Bau schuftete, von wo er am Nachmittag betrunken heimkehrte, natürlich ebenfalls nicht. Nur Linus, ihr jüngerer Bruder, hatte gemerkt, dass sie anders war als sonst. Aber gefragt hatte er nicht. Wie jeden Morgen hatte er nur rasch ein paar Nutella-Brote in sich hineingestopft und war dann losgerannt. Wahrscheinlich wartete sein Dealer, der ihn mit irgendwelchen Pillen versorgte. Linus war schon vor zwei Jahren, mit vierzehn, auf die schiefe Bahn geraten, aber die Eltern schien das nicht zu stören. Sie kümmerten sich ebenso wenig um ihn, wie sie sich um Tessa und ihren älteren Bruder Elias gekümmert hatten.

Irgendwo unter dem dumpfen Schmerz, der sie seit gestern begleitete, verspürte sie eine jähe Sehnsucht. Wie gern wäre sie jetzt bei Elias. Er hatte etwas aus seinem Leben gemacht. Eine Banklehre nach der Schule, jetzt eine Anstellung bei der Sparkasse. Tessa kroch gelegentlich bei ihm unter. Aber er schickte sie immer wieder nach Hause. Er hatte den Kontakt zu den Eltern abgebrochen, und er wollte nicht in die Konflikte zwischen ihnen und Tessa hineingezogen werden.

Tessa hatte versucht, ihm nachzueifern. Sie hatte eine Lehre als Bäckereifachverkäuferin angefangen. Aber ihr Chef war ein Ekel. Er hatte ihr mitgeteilt, dass er sie entlassen würde, weil sie angeblich nicht freundlich genug zu den Kunden war. Tessa war ausgerastet. Deswegen saß sie jetzt in Forsters Anti-Aggressions-Gruppe. So wie Vincenzo, der seinen Stiefvater erstochen hatte.

Tessa schloss die Augen und schluckte. Egal, worüber sie nachdachte, am Ende landete sie immer wieder an diesem Punkt. Sie konnte nur hoffen, dass Forsters Experiment ihr helfen würde. Ansonsten sah sie für ihre Zukunft schwarz.

Die Hintertür der Lagerhalle öffnete sich, und ein Mann trat auf die Betonrampe, auf der sie mit Dustin und Leander gesessen hatte. Es war nicht Dr. Forster.

Tessa schaute zu den drei Studenten, doch auch ihnen war der Mann offenbar unbekannt.

Er sah aus, als würde er selbst noch studieren. Tessa schätzte ihn auf Mitte zwanzig. Er war blond und hatte leuchtend blaue Augen, schmale Hüften und breite Schultern. Mit dem dunklen Anzug wirkte er seriös.

»Guten Tag«, sagte er. »Wie ich sehe, sind wir vollzählig. Dr. Forster hat mich gebeten, Sie in Empfang zu nehmen. Wir bereiten die erste Sitzung vor. Dr. Forster stößt dann später dazu. Wenn Sie mir bitte folgen wollen?«

Alessia sah, wie Mila und Tyler zögerten, und auch die drei Jugendlichen aus Forsters Anti-Aggression-Gruppe wirkten unentschlossen. Schwache Charaktere, allesamt. Alessia lächelte den fremden Mann an und betrat mit festen Schritten die Betonrampe. Die anderen folgten ihr wie eine Schafherde.

Sie kamen in einen kahlen Flur mit niedriger Decke, betongrauen Wänden und einer grellen Reihe von Leuchtstoffröhren. Zu beiden Seiten zweigten jeweils drei Räume ab, alle mit einer massiven Stahltür mit einem kleinen Fenster im oberen Drittel ausgestattet. Momentan standen die Türen offen.

»Bitte«, sagte der Mann. »Gehen Sie in die Kabine, an der Ihr Name steht. Legen Sie Ihre persönlichen Sachen ab und ziehen Sie den Overall an, der für Sie bereitliegt.«

Alessia warf einen Blick in den ersten Raum auf der rechten Seite. Er sah aus wie eine Gefängniszelle. Ein schmales Bett an der Wand, auf dem eine kratzige graue Wolldecke und ein dünnes Kissen lagen. Gegenüber ein Tisch und ein Stuhl, am hinteren Ende ein Vorhang. Sie musste nicht lange rätseln, was er verbarg. Auf dem Bett lag ein grellorangener Overall, wie ihn Häftlinge in amerikanischen Gefängnissen trugen.

»Ist das Ihr Ernst?« Alessia stemmte die Hände in die Seiten.

Der Mann blickte sie freundlich an. »Ich dachte, Dr. Forster hätte Sie aufgeklärt?«

»Er hat uns eine Einladung geschickt. Zu einem Experiment, bei dem wir ihn unterstützen sollen. Es ginge um die Behandlung von Traumapatienten, hat er geschrieben.«

»Das ist richtig.« Der Mann lächelte. »Ich nehme an, Sie haben schon etwas von der Konfrontationstherapie gehört? Man versucht, ein schlimmes Ereignis zu verarbeiten, indem man sich einer Situation aussetzt, die ähnliche Reaktionen auslöst, im Gegensatz zu der Ursprungssituation jedoch zu bewältigen ist.«

»Ja. Selbstverständlich.« Tatsächlich konnte Alessia sich nicht daran erinnern, aber das würde sie dem Mann sicherlich nicht auf die Nase binden.

»Vermutlich hat man Sie im Verlauf des Studiums auch schon über das Stanford-Prison-Experiment aufgeklärt?«, forschte der Mann weiter.

Alessia sah, wie Tyler neben ihr auf der Lippe kaute.

»Sie wollen, dass wir hier Wärter und Gefangene spielen?«, fragte er.

»Nein. Sie spielen die Gefangenen. Wir haben das Experiment etwas abgewandelt. Lassen Sie sich überraschen.«

Mila wich in Richtung Eingangstür zurück. »Ich mache da nicht mit.«

»Bitte.« Der Mann lächelte. »Die Teilnahme ist freiwillig. Wir wissen, dass wir Ungewöhnliches verlangen. Das ist der Grund dafür, dass jeder von Ihnen ein Honorar von tausend Euro erhält.«

»Wir auch?« Dustin, der große blonde Mann mit der Bodybuilderfigur, drängte sich vor.

»Jeder«, bestätigte der Mann im Anzug.

Dustin nickte und las die Namensschilder an den Türen. Als er seines gefunden hatte, trat er in die Zelle. »Das lasse ich mir nicht zweimal sagen.«

Leander, der Dunkelhaarige mit dem Blick, der Alessia im Magen gekitzelt hatte, tat es ihm gleich, obwohl er nicht so aussah, als wären tausend Euro ein Argument für ihn. Die Uhr an seinem Handgelenk, die Designerjeans und das modisch zerrissene T-Shirt hatten zusammen mit Sicherheit mehr gekostet. Aber er war ein Adrenalin-Junkie, das hatte Alessia sofort gesehen, und außerdem jemand, dem seine coole Attitüde über alles ging. Wahrscheinlich gurgelte er jeden Morgen mit Eiswürfeln.

Die junge Frau, Tessa, zauderte, obwohl sie von allen Anwesenden die tausend Euro bestimmt am besten gebrauchen könnte. Ihre Klamotten waren billigste Grabbeltischware, genau wie ihr Make-up, und die Frisur, wenn man die abstehenden Haare überhaupt so nennen konnte, war vermutlich mit einer stumpfen Schere im heimischen Badezimmer entstanden.

Alessia wusste nicht so recht, ob sie die Geschichte, die Tessa ihnen aufgetischt hatte, glauben sollte. Eine Bombe, die in einer Sitzung bei Dr. Forster explodiert war? Das klang doch allzu sehr nach einem Horrormärchen. Wahrscheinlich hatte Forster die drei entsprechend instruiert, um eine möglichst schaurige Atmosphäre für sein Experiment zu schaffen.

Tessa straffte die Schultern und betrat die Zelle, an der ihr Name stand.

Der Mann im Anzug lächelte Alessia an. »Wie steht es mit Ihnen? Dr. Forsters Gruppe hat sich entschieden. Sind Sie auch dabei?«

»Natürlich.« Alessia scannte die Schilder der noch unbenutzten Zellen. Ihre war die letzte in der Reihe auf der rechten Seite. Wenn sie ehrlich war, widerstrebte es ihr, sich in einen dieser unförmigen orangefarbenen Overalls zu kleiden. Aber ihr größtes

Ziel war, Dr. Forster zu beeindrucken. Das würde ihr wohl kaum gelingen, wenn sie sich bei dieser Sache drückte. Also hob sie das Kinn und warf ihre langen blonden Haare zurück. Bevor sie die Kabine betrat, wandte sie sich zu Mila und Tyler um.

»Und? Was ist mit euch?«, spottete sie. »Habt ihr Schiss?«

Mila schluckte. Die ganze Situation gefiel ihr nicht. Aber was sollte schon geschehen? Es war ein wissenschaftliches Experiment. Und sie vertraute Dr. Forster. Sie hatte ihn zwar erst einmal gesehen, letzte Woche bei der Einführungsveranstaltung zu dem Forensik-Seminar, das er in diesem Semester halten würde. Aber er war ein Mann mit einer absolut rechtschaffenen Ausstrahlung. Er würde nichts tun, was ihnen schadete.

Sie hatte auch keine Lust, vor Tyler als Feigling dazustehen. Der zauderte zwar selbst noch, aber sie wusste, dass er am Ende mitspielen würde, allein schon, weil er vor Alessia glänzen wollte. Wenn sie jetzt ging, hätte sie den Kampf um ihn endgültig verloren.

Aber konnte sie überhaupt gewinnen? Vermutlich nicht. Also, warum sollte sie nicht einfach das Spielfeld verlassen?

Doch da waren noch die tausend Euro. Und die Tatsache, dass sie nicht wusste, wie sie ohne Tyler in die Stadt zurückkommen sollte. Die Jugendlichen hatten zwar etwas von einer Bushaltestelle gesagt, doch Mila hatte keine Ahnung, wo sich diese befand. Sie wollte nicht allein im Wald herumirren. Und sich die nächsten Jahre bis zum Examen von Alessia verspotten lassen, weil sie auf tausend Euro verzichtet hatte, nur weil ihr die Courage gefehlt hatte.

»Wie lange wird das Ganze denn dauern?«, fragte sie den Mann im Anzug.

»Das hängt davon ab, wie schnell wir einen Sieger finden. Spätestens am Dienstag sind wir fertig.«

Mila wurde mulmig zumute. Das war fast eine ganze Woche. Zugleich fand sie es beruhigend, dass er von einem Sieger sprach. Also war das Ganze doch nur ein Spiel. Eines, bei dem sie sich gruseln sollten, in Wirklichkeit jedoch harmlos. Aber was war mit der Uni? Die Vorlesungszeit hatte gerade begonnen. Sie konnten doch nicht gleich in den ersten Wochen fehlen.

Der Mann im Anzug erriet ihre Gedanken. »Ihnen entstehen selbstverständlich keine Nachteile, wenn Sie morgen und Anfang nächster Woche bei den Veranstaltungen nicht anwesend sind«, erklärte er. »Die Kollegen sind informiert und werden Ihnen entsprechende Unterlagen zum Nacharbeiten bereitstellen.«

Damit war ihrem Hauptargument der Boden entzogen, doch die Unsicherheit blieb. Rasch schaute sie zwischen Tyler und den offenen Zellentüren hin und her.

Sie wusste nicht, was den Ausschlag gab, das Geld oder die Anerkennung, die sie vielleicht von Tyler ernten würde. Aber das spielte auch keine Rolle. Sie würde die Sache jetzt durchziehen.

7

Die Bilder liefen in Endlosschleife vor ihren Augen ab, aber egal, wie oft Kayra Davari sie sich ansah, sie konnte einfach nicht begreifen, was geschah. Im ersten Moment hob Vincenzo Biraghi, der junge Mann im Video, triumphierend die Arme. In der nächsten Sekunde explodierte der Stuhl, auf den er sich setzte, und riss ihn in Stücke.

Davari hatte sich die Aufzeichnung, die Dr. Robert Forster, der Leiter des Anti-Aggressions-Trainings, von der Sitzung angefertigt hatte, aufs Smartphone übertragen und seit dem gestrigen Nachmittag immer wieder angeschaut. Neue Erkenntnisse hatte es ihr nicht gebracht und auch ihr Entsetzen nicht gemildert. Sie konnte sich kaum vorstellen, wie die Jugendlichen dieses Erlebnis verkraften sollten, die das Ganze nicht nur auf Video gesehen, sondern real miterlebt hatten.

»Wie bringt es jemand fertig, so etwas zu tun?«, fragte sie ihre Kollegin Inga Jessen, die neben ihr am Steuer saß. »Und dabei auch noch zuzusehen?«

Jessen parkte den Wagen, beugte sich zu Kayra herüber und tippte auf den Stopp-Button auf dem Display.

»Wir wissen nicht, ob es wirklich so war«, mahnte sie. »Es ist eine Möglichkeit, dass einer der Jugendlichen aus der Gruppe die Bombe dort platziert hat, im Auftrag von diesem Meyer oder aus einem anderen Grund, aber es könnte auch ganz anders gewesen sein.«

»Klar.« Davari öffnete den Gurt und stieß die Wagentür auf. Natürlich war es nur eine Theorie, dass Georg Meyer, der Bruder von Vincenzos Stiefvater Matthias Meyer, den Mord bestellt hatte. Aber das Motiv war plausibel. Vincenzo hatte Matthias Meyer erstochen. Georg hatte nicht nur seinen Bruder verloren, sondern auch eine wichtige Einnahmequelle und die Chance, eines Tages sein Elternhaus zurückzubekommen. Den Kontakt zu einem der Jugendlichen aus Forsters Therapiegruppe herzustellen wäre vermutlich kein Problem für ihn gewesen. Meyer hätte Vincenzo nur beschatten müssen, um herauszufinden, wo die Sitzungen stattfanden. Eine Anleitung zum Bombenbauen konnte sich heutzutage jeder aus dem Netz herunterladen, und auch die nötigen Bauteile konnte man dort bestellen. Motiv, Mittel, Gelegenheit. Nach Davaris Ansicht war das Anlass genug, sich bei den Ermittlungen auf Meyer und die Jugendlichen zu konzentrieren.

Inga Jessen stieg ebenfalls aus. Sie umrundete den Wagen und blieb neben Davari stehen. Zusammen schauten sie zu dem Haus auf der gegenüberliegenden Straßenseite.

Davari musterte die neue Kollegin aus dem Augenwinkel. Sie arbeiteten erst seit Mitte des Monats zusammen, und Inga war den größten Teil der Zeit auf einer Fortbildung gewesen. Sie war erst gestern Abend zurückgekommen. Davari wusste noch nicht so recht, was sie von ihr halten sollte.

Inga hatte gleich nach dem Abitur bei der Schutzpolizei angefangen. Einige Jahre lang war sie Streife gefahren, ehe man sie aufgrund ihrer pädagogischen Begabung an die Polizeischule nach Eutin versetzt hatte, wo sie auch lebte. Dort hatte sie mehr als fünfzehn Jahre lang den Nachwuchs für die Landespolizei ausgebildet. Vor einem halben Jahr, kurz vor ihrem vierzigsten Geburtstag, hatte Inga beschlossen, dass es an der Zeit für eine Veränderung war.

Sie hatte sich bei der Mordkommission, dem Kommissariat 1 der Bezirkskriminalinspektion Kiel in der Blumenstraße, beworben. Man hatte sie gern übernommen, aber der Laufbahnwechsel war mit einer Reihe von Weiterbildungen verbunden. Inga hatte lange nicht mehr an Ermittlungen teilgenommen. Sie beherrschte die Dinge, die sie den Polizeischülern beigebracht hatte – Tatortsicherung, Zeugenbefragung, Ermittlungstaktik, Zugriff –, aber bei den kriminaltechnischen Methoden, die sich rasant weiterentwickelt hatten, bestand Nachholbedarf.

Als Davari am gestrigen Morgen vom Kommissariatsleiter für den Fall eingeteilt worden war, war einer der anderen Kollegen für Inga eingesprungen, doch nun waren Davari und Jessen das Team, das den Bombenanschlag am Walkerdamm bearbeiten sollte.

Das Ungewöhnliche war, dass Davari die Ermittlungen leitete, obwohl Jessen älter und erfahrener war und den höheren Dienstrang hatte. Aber Jessen war neu bei der Mordkommission, während Davari bereits seit zwei Jahren dabei war.

Eigentlich war sie noch zu jung gewesen, als sie in die Abteilung gekommen war. Mord war das anspruchsvollste Arbeitsfeld bei der Kriminalpolizei, und die meisten ihrer Kollegen waren über vierzig. Doch Kayra hatte sich in den ersten Berufsjahren bewährt und gezeigt, dass sie nicht nur über einen scharfen Verstand und großes Engagement verfügte, sondern auch in der Lage war, die grauenvollen Bilder, die man als Mordermittlerin zwangsläufig sah, zu verarbeiten.

Davari wusste nicht, wie Jessen mit der Situation zurechtkam. Sicherlich wäre es besser gewesen, wenn man ihr einen älteren und ranghöheren Partner zugeteilt hätte. Doch es war eben Kayra, deren Partner in den Ruhestand gegangen war, sodass eine Stelle frei wurde.

Davari bedauerte das sehr. Lutz Krämer war ein hervorragender Ermittler und außerdem ein väterlicher Freund gewesen. Sie hatten nicht nur etliche Mordfälle gemeinsam gelöst, sondern auch oft mit einer Tasse Kaffee im Blauen Engel am Bahnhof gesessen, auf die Förde geschaut und sich über Gott und die Welt unterhalten. Aber nun musste sie eben mit Inga Jessen zurechtkommen.

Zumindest schien die neue Kollegin nicht der Typ für Kompetenzgerangel zu sein. Inga Jessen wirkte bodenständig und burschikos. Zu Blue Jeans trug sie einen dunkelblauen Troyer, eine kurze hellbraune Lederjacke und braune Boots. Die Kleidung stand ihr gut; Inga war mittelgroß, hatte kurz geschnittene blonde Haare und tiefblaue Augen. Sie sah so typisch norddeutsch aus wie die Stadt und die Landschaft hier oben am Meer.

»Du hast recht«, stimmte die Kollegin zu. »Die Erklärung ist plausibel. Aber wir dürfen uns trotzdem nicht zu früh festlegen.«

Der Tonfall hatte etwas Belehrendes, doch Davari beschloss, das zu ignorieren. Nach über fünfzehn Jahren als Ausbilderin bei der Polizeidirektion für Aus- und Weiterbildung konnte Jessen vermutlich gar nicht anders.

Davari betrachtete das Gebäude, vor dem sie geparkt hatten. Es war ein zweistöckiges Haus in einer wenig attraktiven Gegend unweit eines großen Einkaufszentrums, des Stadtrings und der Müllverbrennungsanlage. Gegenüber befand sich ein Spielplatz mit einigen in die Jahre gekommenen Geräten. Ein paar Jugendliche lungerten auf den beiden Bänken herum, von denen die Farbe abblätterte, *Monster*-Dosen in der einen, Zigaretten in der anderen Hand. Die Attribute der Coolness hatten sich trotz der bunten

Aufdrucke auf den Packungen, die jedem Raucher einen baldigen und schmerzhaften Tod prophezeiten, nicht verändert.

Inga Jessen nahm eine Schachtel Salbeibonbons aus der Tasche und steckte sich einen davon in den Mund. »Ich persönlich halte diesen Joel Drews für höchst verdächtig«, bemerkte sie. »Ich meine: einem Toten die Gedärme aus dem Leib ziehen, sie sich um den Hals hängen und sein Blut ablecken? Wie krank ist das denn?« Sie hielt Davari die Schachtel hin.

Davari bediente sich dankend. »Drews hat eine psychiatrische Störung«, erklärte sie. »Aber Dr. Forster meint, Joel und Vincenzo hätten sich gut verstanden. Er kann sich nicht vorstellen, dass ausgerechnet Joel die Explosion herbeigeführt hat. Nachdem wir wissen, dass es ein Fernzünder war und der Täter entscheiden konnte, ob er Vincenzo Biraghi in die Luft sprengt oder nicht, ist Joel nicht unbedingt der Hauptverdächtige. Erst recht nicht, wenn es stimmt, dass Georg Meyer hinter der Sache steckt. Jemand, der so in seinem eigenen Film lebt wie Joel, hätte sich von ihm vermutlich nicht zum Handlanger machen lassen.«

Jessen verstaute die Bonbons in der Jackentasche. »Du setzt voraus, dass der Täter im Raum war oder eine andere Möglichkeit hatte zu beobachten, wer auf dem Stuhl saß. Das muss aber nicht so sein. Es könnte auch jemand von außen die Bombe gezündet haben. Willkürlich, ohne eine bestimmte Person treffen zu wollen.« Sie hob die Hand, um Davaris Entgegnung abzuwehren. »Egal. Irgendwo müssen wir anfangen. Gehen wir also für den Moment davon aus, dass es einer der Jugendlichen war. An wen denkst du?«

Davari knirschte mit den Zähnen. Sie konnte nur hoffen, dass Jessen ihr lehrerhaftes Verhalten mit der Zeit ablegte, sonst würde die Zusammenarbeit unerquicklich werden.

»Im Prinzip kommt jeder der Jugendlichen infrage«, sagte Davari. »Aber mein Favorit ist Dustin Heuer. Gewaltbereit und mit einer extrem kurzen Lunte. Außerdem hat er vor drei Jahren eine Lehre in einer Kfz-Werkstatt begonnen. Beste Voraussetzungen, um so etwas wie einen Sprengsatz mit Fernzünder zu konstruieren.«

»Warum besuchen wir ihn nicht an seinem Arbeitsplatz?«, erkundigte sich Jessen.

»Weil er ihn nicht mehr hat. Man hat ihm gekündigt, nachdem er mit einem Schraubenschlüssel auf seinen Meister losgegangen ist. Deswegen ist er bei Dr. Forster in Behandlung.«

»Okay.« Jessen neigte ihren Kopf in Richtung des Gebäudes. »Er wohnt hier?«

»Ja«, sagte Davari und fügte, weil es kein Schild gab, das darauf hinwies, hinzu: »Das ist ein Wohnheim für schwer erziehbare Jugendliche.«

»Aha?« Jessen musterte das Haus mit neuem Interesse.

»Seine Eltern haben lange versucht, mit ihm klarzukommen, aber es hat nicht funktioniert«, erläuterte Davari.

Jessen wandte sich ihr zu. »Schlechte Verhältnisse?«

»Nein, gar nicht. Biobauern mit eigenem Hof. Dustin hat zwei Brüder, die beide dort mitarbeiten. Eine nette, unauffällige Familie. Nur Dustin ist aus der Art geschlagen. Möglicherweise die Folge eines Zwischenfalls bei der Geburt. Er hatte für ein paar Minuten zu wenig Sauerstoff. Kann sein, dass sein Gehirn dabei Schaden genommen hat.«

Jessen hob die Augenbrauen. »Hast du letzte Nacht auch geschlafen?«

»Nicht viel«, gab Davari zu. Sie hatte es versucht, aber all die Fragen, die auf sie einstürmten, hatten sie nicht zur Ruhe kommen lassen. Da sie allein lebte, hatte es niemanden gestört, dass sie nach knapp vier Stunden wieder aufgestanden und ins Büro gefahren war, um zu recherchieren.

Kurz hatte sie mit dem Gedanken gespielt, ihren Vater anzurufen. Abtin Davari war Informatiker. Er hätte ihr sicherlich sagen können, ob es möglich war, sich heimlich Zugriff auf Robert Forsters Daten zu verschaffen. Wahrscheinlich hätte er es ihr zuliebe sogar ausprobiert. Aber es war mitten in der Nacht. Sie wollte ihn nicht wecken. Ihre Eltern hatten beide anstrengende Berufe, die ihre volle Konzentration erforderten, ihr Vater an der Uni, ihre Mutter Aysan in einem Pharmaunternehmen. Außerdem war ihr Vater krank.

Ein verschleppter Infekt, eine falsche Medikation. So hatte es angefangen. Dann hatten plötzlich Abtins Nieren versagt. Nun war er seit mehreren Jahren auf die Dialyse angewiesen. Trotzdem verschlechterten sich seine Werte zusehends. Er brauchte ein Spenderorgan, doch auf der Transplantationsliste stand er noch immer weit unten. Davari hatte lange darüber nachgedacht. Dann hatte sie ihm angeboten, sich testen zu lassen. Wenn es möglich war, würde sie ihm eine Niere spenden.

Ihre Mutter wollte das nicht. Sie machte sich Sorgen um die Gesundheit ihrer Tochter. Aber das war nicht nötig. Man konnte auch mit nur einer Niere leben.

Der Gedanke an die Eltern zauberte wie immer ein Lächeln auf Davaris Lippen. Sie waren wunderbare Menschen, die auch in den schweren Stürmen des Lebens nie ihren Optimismus und ihre gute Laune verloren hatten. Als Teenager waren sie zum Studieren nach Deutschland gekommen, hatten sich verliebt und rasch geheiratet. Abtin war ungeachtet seiner Herkunft und der trockenen Materie, mit der er sich beruflich befasste, ein aufgeklärter und moderner Mann. Deshalb hatte er beschlossen, nach dem Examen nicht in den Iran zurückzukehren. Aysan hätte dort nicht dieselben Chancen gehabt wie hier, und die Liebe zu seiner Frau war größer als die Liebe zu seiner Heimat. Sie waren beide gläubige Moslems, doch mit der Auslegung der Religion in ihrem Land waren sie nicht einverstanden.

Sie hatten sich hier eine Existenz aufgebaut, allen Vorbehalten zum Trotz. Selbst als ihr Vater von einer Gruppe Skinheads abgefangen und zusammengeschlagen worden war, hatte er seine Entscheidung nicht geändert.

Mittlerweile war man hier im Land besser an das Fremde gewöhnt. Kayra, die hier aufgewachsen war und so gut Deutsch sprach wie alle anderen in ihrer Klasse, hatte nur selten Probleme gehabt. Natürlich hatte es die eine oder andere dumme Bemerkung von einem Mitschüler gegeben. Aber Kayra hatte schon als kleines Mädchen mit dem Kampfsport angefangen, Kung Fu To'A, einer persischen Kampfkunst, die sich aus dem chinesischen Kung Fu und dem altpersischen To'A zusammensetzte. Wer ihr dumm kam, bereute es schnell. Das hatten schon bald alle gewusst und respektvollen Abstand gehalten. Zu respektvoll vielleicht. Bis heute hatte es in ihrem Leben nur zwei flüchtige Beziehungen gegeben. Aber das machte nichts. Kayra Davari ging in ihrer Arbeit auf. Mehr brauchte sie nicht.

Die Jugendlichen auf dem Spielplatz waren auf sie aufmerksam geworden. Pfiffe und obszöne Bemerkungen schwappten zu ihnen herüber. Die beiden Frauen ignorierten sie. Davari schüttelte die Gedanken an ihre Herkunft ab und ging auf die Eingangstür des Wohnheims zu. Sie betätigte mehrfach die Türklingel, doch niemand öffnete.

Inga Jessen neigte den Kopf in Richtung Spielplatz. »Ich nehme an, das sind die Herrschaften, die hier wohnen.«

»Das vermute ich auch.« Davari hatte sich bereits umgedreht

und überquerte die Straße. Das Gejohle der Jugendlichen wurde lauter.

Davari zog ihr Smartphone hervor und betrachtete das Foto, das sie aus Dustin Heuers Ermittlungsakte kopiert hatte. Rasch stellte sie fest, dass er nicht unter den jungen Männern war, die auf den beiden Bänken herumhingen.

»Hallo«, sagte sie freundlich. »Wir sind auf der Suche nach Dustin. Dustin Heuer.«

Die Jugendlichen wechselten rasche Blicke.

»Wie kommt Dustin zu zwei so scharfen Bräuten?«, erkundigte sich einer von ihnen, der mit ausgestreckten Beinen auf der Bank saß, die Ellenbogen lässig auf der Rückenlehne abgestützt. Seine verwaschenen Jeans hatten zahllose Risse und Löcher. Das T-Shirt zeigte einen Totenschädel, Arme und Hals waren von bunten, wenig kunstfertig gestochenen Tattoos bedeckt.

Davari und Jessen zogen synchron ihre Dienstausweise hervor und schoben ihre Jacken so weit zurück, dass die Schulterholster mit den Dienstwaffen sichtbar wurden.

»Bullen.« Der Anführer der Gruppe spuckte aus.

Davari steckte ihren Ausweis zurück und lächelte. »Ihr redet nicht mit Bullen. Schon klar. Aber wir könnten euch eine Menge Ärger machen. Zum Beispiel euren Wohngruppenleiter bitten, eure Zimmer zu durchsuchen. Was würden wir da wohl finden? Nur ein paar Dosen Energydrinks und Zigaretten? Oder hat der eine oder andere von euch vielleicht ein bisschen Kokain oder ein paar bunte Pillen gebunkert?«

»Du blöde Schlampe!« Der Mann, der eben noch so lässig auf der Bank gelümmelt hatte, schoss hoch und packte Davari am Kragen.

Inga Jessen wollte ihr beispringen, doch das war nicht nötig.

Ehe der junge Mann sichs versah, lag er am Boden, den rechten Arm schmerzhaft auf den Rücken gedreht.

Davari schaute die anderen an, die immer noch auf den beiden Bänken saßen und keinerlei Anstalten machten, ihrem Kumpel zu helfen.

»Also? Wie sieht es aus? Könnt ihr mir sagen, wo ich Dustin finde?«

Einer der Jugendlichen zog an seiner Zigarette und stieß betont cool den Rauch aus. »Der ist weggegangen. Hat eine Nachricht von seinem Psychodoc bekommen. Die wollen sich treffen, um über gestern zu reden.« Ein sensationslüsterner Ausdruck trat in seine Augen. »Ist das wahr? Da hat einer eine Bombe gezündet und einen Typen aus der Gruppe in die Luft gesprengt?«

Davari ließ den jungen Mann los, den sie mit dem Knie auf dem Boden festgenagelt hatte. Sie war ärgerlich, und zwar auf sich selbst. Warum hatte sie Forster nicht angerufen und gefragt, für wann er sein Gespräch mit den Jugendlichen geplant hatte?

»Ich bin sicher, wenn ihr regelmäßig die Zeitung lest, erfahrt ihr alles, was ihr wissen wollt«, gab sie zurück und machte Inga ein Zeichen, mit ihr zum Wagen zu gehen.

»Zeitung?« Der Jugendliche mit den Tattoos rappelte sich hoch. »Auf welchem Stern lebst du? Das steht doch alles im Netz.«

Sie stiegen ein, und Davari startete den Motor.

»Was war das?«, fragte Jessen.

»Kung Fu To'A. Persische Kampfkunst.«

»Nicht schlecht«, urteilte die neue Kollegin.

Sie fuhren am Einkaufszentrum vorbei und von dort auf den Schnellweg. Bis nach Schilksee war es nicht weit.

Inga Jessen holte ihr Notizbuch hervor und schrieb etwas hinein. »Wir fahren zu Dr. Forster?«

»Ja.« Wenn der Therapeut sich mit der Gruppe traf, dann vermutlich bei sich zu Hause. Die Büroetage im Walkerdamm war bis auf Weiteres nicht benutzbar, und der Ort, an dem die Jugendlichen das Trauma erlitten hatten, wäre auch kaum geeignet, um es zu verarbeiten. Der Gruppenraum in Forsters Praxis dagegen hatte eine beruhigende Wirkung, das hatte Davari am Vorabend festgestellt.

Jessen sah sie neugierig von der Seite an. »Wie ist er denn, dieser Dr. Forster? Man hört ja tolle Geschichten über ihn. Eine Koryphäe in der Forensik und ein exzellenter Fallanalytiker, heißt es.«

Davari dachte kurz nach. »Forster ist ein starker Charakter«, erwiderte sie. »Jemand, der seine innere Mitte gefunden hat. Eine Spur zu distanziert vielleicht, wahrscheinlich aufgrund seines Berufs. Er wägt sehr genau ab, was er sagt. Man merkt, dass er eine Menge auf dem Kasten hat, aber er gibt einem nicht das Gefühl, dass er sich überlegen fühlt. Ich schätze, er ist ein guter Therapeut.«

8

Der Overall war richtig cool. Nicht so ein schlabberiges, unförmiges Ding, wie man es aus amerikanischen Filmen kannte. Dort war die Kleidung wohl unter anderem auch dazu gedacht, die Gefangenen zu demütigen. Dieser Overall dagegen saß passgenau, hatte ein Bündchen in der Taille und jede Menge Reißverschlüsse, mit denen man ihn nach Wunsch verändern konnte.

Die Ärmel ließen sich auf Höhe der Ellenbogen und Schultern abtrennen, die Beine an den Waden und oberhalb der Knie. Es gab sogar einen umlaufenden Reißverschluss über dem Bündchen, sodass man Oberteil und Hose getrennt voneinander tragen konnte. Die Hose hatte außerdem bequeme Taschen.

Das kam Tessa sehr entgegen. Sie versteckte gerne ihre Hände, wenn sie angespannt war. Das war ein Trick, den Dr. Forster ihr beigebracht hatte. Wenn sie ihre Hände in den Hosentaschen hatte, gewann sie eine Sekunde, ehe sie die Fäuste heben und etwas Dummes tun konnte. Einige kritische Situationen hatte sie auf diese Weise gemeistert. Leider nicht alle.

Tessa fuhr sich durch die widerspenstigen Haare. Auch wenn sie dasselbe trug wie die beiden anderen Frauen, würde man ihr immer noch ansehen, dass sie aus einer anderen Schicht stammte. Aber das Gefälle war nicht mehr ganz so groß. Mila schien im Übrigen recht nett zu sein. Im Gegensatz zu Alessia. Eingebildete Schnepfen wie sie hatte Tessa schon immer gehasst.

Sie trat aus dem kleinen Raum zurück in den Gang und sah, dass die anderen bereits dort waren. Dustin, Leander und Tyler gefielen die Overalls anscheinend ebenfalls. Mila dagegen schaute unglücklich an sich herunter, und Alessia war ganz offensichtlich wütend, dass man ihr ihre Designergarderobe weggenommen hatte.

Der Mann im dunklen Anzug lächelte. »Damit sind wir vollzählig«, stellte er fest. »Kommen Sie.« Er ging ihnen voran zu der schweren Metalltür am Ende des Gangs und zog sie auf.

Dahinter lag ein großer länglicher Raum mit grauen Betonwänden. Von einer Seitenwand zur anderen waren es sicher mehr als dreißig Meter, bis zur gegenüberliegenden Wand wenigstens fünfzehn, bis zur Decke zehn. Der Raum hatte keine Fenster, nur ein massives verschlossenes Rolltor an der einen und eine riesige verspiegelte Glasscheibe an der anderen Querseite.

Tessa nahm an, dass sich dort der Beobachtungsraum befand, so wie man es aus amerikanischen Krimiserien kannte. Wer auf der anderen Seite saß, konnte zu ihnen hereinblicken, wurde aber selbst nicht gesehen. Vermutlich war das der Platz, den Dr. Forster einnehmen würde.

Tessa mochte den Therapeuten. Sie hatte schon einige Psychologen kennengelernt, aber Forster war der Erste, bei dem sie sich angenommen fühlte. Er schien sie wirklich zu verstehen und ihr helfen zu wollen.

Der Raum war leer bis auf sechs sonderbar aussehende Stühle, die im Halbkreis aufgestellt waren. Sie hatten Ähnlichkeit mit den Schulbänken, die man aus alten Filmen kannte. Der Stuhl selbst war eine einfache Holzbank mit gerader Rückenlehne. Fest damit verbunden war ein Pult, auf dem sich eine Art hölzerner Handfes-

sel befand. Sie erinnerte Tessa an Bilder, die ihnen ihr Geschichts-
lehrer gezeigt hatte, von einem mittelalterlichen Pranger auf einem Marktplatz.

Über der Handfessel war im Abstand von vielleicht einem halben Meter ein großer rechteckiger Kasten montiert. Darin befand
sich offenbar ein Objekt, das mit einer Öse und einem Bolzen gesichert war. Von diesem Bolzen aus verlief eine Kette über eine
Rolle zu einer Metallkugel, die in einer Art Seifenschale auf dem
Pult lag.

Was, um alles in der Welt, sollte das sein?

Tessa blickte rasch zu den anderen und sah, dass ihre Mienen
ebenso ratlos waren, wie sie sich fühlte.

Der Mann im dunklen Anzug trat vor. »Noch einmal: Herzlich
willkommen. Wir freuen uns sehr, dass Sie unsere Einladung angenommen haben. Wie Sie sehen, haben wir bei diesem Projekt
keine Mühen gescheut. Sie werden Teil eines Experiments sein,
über das man auf der ganzen Welt berichten wird. Wir werden das
selbstverständlich gebührend feiern, wenn unsere Arbeit beendet
ist. Ich darf Sie aber schon jetzt zu einem Begrüßungsschluck ein-
laden.«

Er wies auf einen Stehtisch in der Ecke, der Tessa bisher nicht
aufgefallen war. Darauf stand ein Tablett mit Gläsern und einer
Flasche Champagner. Der Mann im Anzug schenkte ein und ging
mit dem Tablett herum.

Es war wohl die Nervosität, jedenfalls kippten sie alle den
Schaumwein hinunter, ehe der Mann im dunklen Anzug auch nur
»Prost« sagen konnte. Er lächelte und füllte die Gläser erneut.

Dieses Mal gab Tessa sich Mühe, in kleinen Schlucken zu trinken. Der Champagner kostete sicherlich ein Vermögen, und man
musste ihn würdigen. Einen Unterschied zu dem billigen Sekt,
den ihre Mutter manchmal kaufte, schmeckte sie allerdings nicht,

er war nur nicht so süß. Sie mochte weder das eine noch das andere.

Der Mann im Anzug verteilte den letzten Rest aus der 1,5-Liter-Flasche und griff dann nach dem Klemmbrett, das ebenfalls auf dem Tisch gelegen hatte.

»Ich darf Ihnen jetzt eine kurze Einführung geben, ehe Dr. Forster dazustößt«, verkündete er. »Im Grunde ist es ganz einfach. Wir machen eine Art Realityshow. Ein Spiel. Es gibt Aufgaben, die Sie bewältigen müssen. In jeder Runde scheidet eine Person aus, und am Ende gibt es einen Sieger.«

Leander verzog den Mund. »Und wo ist der Witz? Ich dachte, das hier«, er zeigte auf den Stuhlkreis, »soll uns helfen, unser Trauma zu bewältigen.«

Der Mann im Anzug lächelte. »Es gibt natürlich ein paar kleine Unterschiede zu einer gewöhnlichen Fernsehshow. Das werden Sie im Verlauf des Experiments entdecken. Mehr darf ich Ihnen nicht verraten, sonst wäre der Effekt verpufft.«

Tyler schob sich die Ärmel seines Overalls über die Ellenbogen. »Was genau wollen Sie denn erforschen?«

»Hat Ihnen Dr. Forster das nicht in seiner Einladung geschrieben?«, fragte der Mann im dunklen Anzug erstaunt. »Es geht um die Rolle der Angst in der Motivationspsychologie. Konkret: Kann ein gewisses Maß an ängstlicher Erregung die Leistungsfähigkeit steigern? Und gibt es einen Punkt, an dem sich die Wirkung umkehrt?«

Alessia kniff die Augen zusammen. »Sie wollen uns also das Fürchten lehren?«

Das Lächeln des Mannes wurde noch ein wenig breiter. »Richtig. Macht Ihnen das Angst?«

»Pah.« Alessia verschränkte die Arme vor der Brust. »So leicht lasse ich mich nicht ins Bockshorn jagen.«

»Schön.« Der Mann im dunklen Anzug nickte. »Dann nehmen Sie bitte Platz. Die Stühle sind bereits mit Ihren Namen gekennzeichnet.« Er hielt ihnen das Tablett hin. »Die leeren Gläser dürfen Sie mir geben.«

Tessa trank schnell den letzten Rest Champagner aus, bevor sie den Kelch zurückstellte. Sie war ein wenig aufgeregt, aber auf der anderen Seite: Was sollte ihr noch einen Schrecken bereiten nach dem, was sie gestern erlebt hatte? Gab es etwas Schlimmeres, als dabei zuzusehen, wie jemand, den man gekannt hatte, von einer Bombe zerfetzt wurde?

9

Robert Forster war nicht zu Hause, weder in seiner Praxis noch in seinen privaten Wohnräumen, und folglich hielt sich auch Dustin Heuer nicht bei ihm auf. Kayra Davari fluchte. Warum hatte sie nicht vorher angerufen? Um nicht denselben Fehler ein zweites Mal zu machen, wählte sie seine Nummer im Psychologischen Institut.

Sie erreichte nur eine Sekretärin, die ihr mitteilte, dass Dr. Forster an diesem Donnerstagmorgen zu Hause arbeitete. Was nicht stimmte, wie Davari mittlerweile festgestellt hatte.

Nacheinander versuchte sie, zu den Mitgliedern der Anti-Aggressions-Gruppe Kontakt aufzunehmen, doch weder von Dustin Heuer noch von Leander Grossmann oder Tessa Eilers gab es eine Spur. Dustins Wohngruppenleiter konnte ebenso wenig Auskunft geben wie Tessas Eltern, und die Eltern von Leander waren überhaupt nicht zu erreichen. Die Handys der drei Jugendlichen waren ausgeschaltet. Joel Drews war der einzige Teilnehmer der Gruppe, der auffindbar war. Er befand sich in der geschlossenen Psychiatrie, konnte aber nicht vernommen werden, weil er unter dem Einfluss starker Beruhigungsmittel stand.

Davari und Jessen kehrten frustriert ins Kommissariat 1 im obersten Stockwerk des »Blume« genannten Gebäudes in der Blumenstraße zurück und fanden dort die Nachricht vor, dass die Staatsanwältin sie sprechen wollte.

»Die sind abgetaucht? Alle drei? Und Dr. Forster auch?«, fragte Andrea Timm, die zuständige Kapitaldezernentin für die Ermittlungssache »Sprengstoffanschlag Walkerdamm«, als sie wenig später in ihrem Büro im Landgericht am Schützenwall standen. Auf Timms Schreibtisch lag die Aktenmappe, in der sich der Bericht befand, den Davari am gestrigen Abend verfasst hatte.

Dr. Andrea Timm war eine schlanke blonde Frau Anfang fünfzig. Ihr scharfer Blick war legendär, ihre scharfe Zunge gefürchtet. Den eisblauen Augen hinter der Brille mit dem schwarzen Gestell entging fast nichts, und die strengen dunklen Kostüme, die sie mit Vorliebe trug, unterstrichen ihre natürliche Autorität. Andrea Timm war seit fast fünfundzwanzig Jahren für die Staatsanwaltschaft tätig. Sie war respektiert und hoch geschätzt, weil sie ihre Arbeit mit bedingungslosem Engagement verrichtete.

Davari stimmte ihr zu, dass es eine seltsame Situation war.

»Welche Schlüsse ziehen Sie daraus?«, erkundigte sich die Staatsanwältin. Sie öffnete die Aktenmappe und breitete die beigelegten Fotos auf dem Tisch aus, eine Dokumentation der Zerstörung nach der Bombenexplosion vom vergangenen Nachmittag. Schwere Kost, doch Andrea Timm verzog keine Miene, obwohl sie Derartiges sicherlich nicht allzu häufig zu sehen bekam. Nur ihre Stimme klang noch härter als gewöhnlich.

»Ich nehme an, die Jugendlichen haben einen geheimen Rückzugsort«, erklärte Davari. »Sie sind verstört, und die Einzigen, bei denen sie sich geborgen fühlen, sind die anderen Gruppenteilnehmer, die dasselbe erlebt haben. Wahrscheinlich haben sie sich mit Alkohol und Drogen eingedeckt und versuchen, sich zu betäuben. Einer Befragung durch die Polizei gehen sie aus dem Weg, weil sie ihnen die Erlebnisse erneut vor Augen führen würde. Das wollen sie nicht. Sie wollen das alles so schnell wie möglich vergessen.«

»Und Dr. Forster?«

»Nimmt sich vermutlich eine Auszeit. Oder vielleicht ist er auch bei den jungen Leuten. Er trifft sich mit ihnen an einem unbekannten Ort, damit sie ungestört reden können.«

»Hm.« Dr. Timm schob die Bilder zurück in die Mappe und schaute Inga Jessen an. »Sehen Sie das genauso?«

»Es ist eine Möglichkeit«, erwiderte Jessen ausweichend.

Davari ärgerte sich, dass sie sich nicht vorher abgesprochen hatten. Oder legte es Jessen darauf an, sie auszustechen?

»Aber Sie favorisieren eine andere Theorie«, stellte die Staatsanwältin fest.

Jessen hob die Hand, als würde sie auf eine unsichtbare Tafel deuten. »Angesichts der Faktenlage erscheint es mir plausibel, dass sich die drei Jugendlichen abgesetzt haben.«

Timm kniff die Augen zusammen. »Sie gehen von einer gemeinschaftlichen Tat aus?«

»In solchen Gruppen entstehen naturgemäß Konflikte. Biraghi hat sich vermutlich Feinde gemacht. Die anderen könnten herausgefunden haben, dass er derjenige war, der für den Ehrenplatz auf dem Sessel von Dr. Forster vorgesehen war. Weil man ihm das nicht gegönnt hat, haben die anderen einen Plan ersonnen, wie sie ihn im wahrsten Sinne des Wortes aus dem Weg räumen.« Jessen drehte die Handflächen nach oben. »Vielleicht war nicht einmal geplant, ihn zu töten. Möglicherweise sollte es nur ein Streich sein, aber bei der Dosierung des Sprengstoffs ist etwas schiefgelaufen. Uns allen ist bekannt, dass man die entsprechenden Anleitungen im Netz findet, wenn man weiß, wo man suchen muss. Aber das Netz ist auch eine gigantische Ansammlung von

Falschinformationen. Wenn die Mengen nicht stimmen, wird aus dem Knallfrosch schnell eine tödliche Waffe.«

Davari musste zugeben, dass Jessens Argumentation nicht von der Hand zu weisen war. Es könnte tatsächlich so gewesen sein, wie die Kollegin es darstellte. Sie wussten zu wenig über die Jugendlichen, um ausschließen zu können, dass es Konflikte in der Gruppe gegeben hatte. Dr. Forster hatte zwar behauptet, dass das nicht der Fall war, aber vielleicht hatte er seine Klienten nur schützen wollen? Erneut danach fragen konnte sie ihn nicht, nachdem er ebenso vom Erdboden verschluckt worden war wie die drei Jugendlichen.

Machte sie einen Fehler, wenn sie dennoch an ihrer Theorie festhielt, dass Georg Meyer der Drahtzieher des Anschlags war? Aber im Gegensatz zu den Gruppenmitgliedern hatte Meyer definitiv ein Motiv gehabt. Sie würde Jessens Idee im Kopf behalten, aber weiter ihren Weg gehen, so wie sie es für richtig hielt.

Andrea Timm griff in ihre Schreibtischschublade und holte eine Zeitung hervor, die sie auf den Tisch warf. »Ich verrate Ihnen vermutlich kein Geheimnis, wenn ich Ihnen sage, dass sich die Presse bereits auf den Fall gestürzt hat.« Sie tippte auf die Schlagzeile.

Tod statt Therapie – Bombe zerfetzt jugendlichen Gewaltverbrecher hatte es auf die Titelseite des auflagenstärksten deutschen Blattes geschafft.

Davari verschränkte die Arme. Sie ahnte, dass das nicht die ganze Botschaft war, und sie hatte recht.

»Wie Sie sich ebenfalls denken können, beunruhigt das die politischen Entscheidungsträger.« Dr. Andrea Timm beugte sich vor und faltete die Hände vor sich auf dem Tisch. »Ich will offen zu Ihnen sein. Man macht Ihrer Kommissariatsleitung und mir bereits Druck. Einige Herren in den oberen Etagen sind nicht glücklich darüber, dass ausgerechnet Sie beide den Fall bearbeiten.«

»Ach so?« Davari kochte innerlich vor Wut, gab sich nach außen hin aber ahnungslos. »Weshalb denn das?«

Die Staatsanwältin fixierte sie mit ihren eisblauen Augen. »Sie, Frau Davari, sind mit Ihren sechsundzwanzig Jahren zu jung, meint man. Ihre Kollegin macht gerade einen Laufbahnwechsel durch und ist möglicherweise nicht auf dem neuesten Stand. Und außerdem ...«

»... sind wir beide Frauen«, ergänzte Davari, die nicht länger an sich halten konnte.

»Richtig.« Die Staatsanwältin lehnte sich auf ihrem Stuhl zurück. »Auch das spielt eine Rolle.« Ein feines Lächeln erschien auf ihren Lippen, das allerdings alles andere als freundlich war. »Aber nichts davon ist ein überzeugendes Argument. Sie sind beide erfahrene Beamtinnen und besitzen alle Kompetenzen, die es zur Aufklärung dieses Falls braucht. Das sieht auch Ihre Kommissariatsleitung so.« Dr. Andrea Timm machte eine Handbewegung in Richtung Tür, die zeigte, dass die Audienz beendet war. »Enttäuschen Sie mich nicht«, sagte sie. »Und erstatten Sie mir regelmäßig Bericht.«

»Selbstverständlich.« Davari und Jessen verließen den Raum und machten sich auf den Weg zurück ins Kommissariat.

Es war gut zu wissen, dass die Staatsanwältin hinter ihnen stand, und die Solidarität würde vielleicht auch Inga und sie enger zusammenschweißen, aber zugleich war sich Davari der Verantwortung nur allzu bewusst, die auf ihr lastete.

»Das ist ein großer Fall für eine junge Kommissarin wie dich«, bemerkte Jessen, als sie im Auto saßen.

Davari zog es vor, nicht darauf zu antworten. Sie konnte Inga nicht einschätzen. Traute sie ihr eine Ermittlung dieser Größenordnung nicht zu? Hatte sie irgendwelche anderen Vorbehalte? Oder war es einfach nur diese norddeutsche Sachlichkeit, mit der Davari nicht immer umgehen konnte, obwohl sie hier aufgewachsen war? Dass die Leute hier tatsächlich genau das meinten, was sie sagten, ganz im Gegensatz zu ihrer iranischen Familie, wo jedes Wort auch eine Geste war, ein Streicheln, eine Ermutigung, ein Hinweis oder eine versteckte Kritik?

Letzten Endes war es egal. Ihre Gefühle spielten keine Rolle. Sie mussten einfach ihre Arbeit tun.

Die nächsten Stunden verbrachten sie damit, die Berichte durchzugehen, die sie von der Spurensicherung, der Rechtsmedizin und den Kollegen, die die Haustürbefragung durchgeführt hatten, bekommen hatten. Sie studierten die Akten der Teilnehmer der Anti-Aggressions-Gruppe, nahmen das weitere Umfeld unter die Lupe und stellten alle möglichen Recherchen an.

Es war eine konzentrierte und durchaus angenehme Atmosphäre. Die meiste Zeit schwiegen sie, nur zwischendurch tauschten sie knapp ihre Erkenntnisse aus.

Davari fingen vom konzentrierten Lesen bereits die Augen zu brennen an, als Inga Jessen plötzlich einen Pfiff ausstieß.

»Ich habe hier etwas«, sagte sie und hob den Kopf. »Das solltest du dir ansehen.«

10

Der Assistent machte seine Sache gut. Er wählte seine Worte sorg-fältig und traf den richtigen Ton. Was er sagte, klang plausibel und vertrauenerweckend.

Mit federnden Schritten ging er von einem zum anderen und bat die Teilnehmer, die Reißverschlüsse an den Ellenbogen ihrer Overalls zu öffnen und die Ärmel abzunehmen. Anschließend klappte er die Handfesseln auf und forderte sie auf, ihre Handge-lenke in die beiden halbmondförmigen Hohlräume zu legen.

Der Mann hinter der verspiegelten Scheibe lächelte.

Die Probanden verhielten sich genau so, wie er es vorherge-sehen hatte. Keiner tanzte aus der Reihe, obwohl sie unter nor-malen Umständen alle sechs eine mehr oder weniger stark ausge-prägte Tendenz dazu hatten. Sie waren Außenseiter, wenn auch auf ganz unterschiedliche Weise. Aber das Trauma bei den Patien-ten aus der Anti-Aggressions-Gruppe, der starke Wunsch zu ge-fallen bei den Studenten, das Geld und natürlich das Bedürfnis, von den anderen nicht für uncool gehalten zu werden, wirkten wie eine Droge. Im Handumdrehen wurde aus aufmüpfigen Jugend-lichen und reflektierten Studenten eine Gruppe willfähriger Be-fehlsempfänger.

Alle hatten auf den ihnen zugewiesenen Stühlen Platz genommen und die Ärmel ihrer Overalls abgetrennt. Zwölf grellorangefarbene Stoffhüllen, die nun paarweise unter den Stühlen lagen.

Als allerdings die erste Probandin – die Studentin Mila Bruns, wie ihm ein Blick in die Anmeldeunterlagen für das Wintersemester verriet – ihre Handgelenke in die Vertiefung der Bretter legen sollte, kam die ganze Sache ins Stocken.

»Sie wollen uns fesseln?« Milas Stimme kiekste.

Der Mann hinter der Scheibe griff nach dem Mikrofon, das vor ihm auf dem Tisch stand, und schaltete es ein. Der Ton wurde über einen Lautsprecher an der Hallendecke übertragen. Dazwischen war ein Stimmverzerrer geschaltet.

»Hallo. Hier spricht Dr. Robert Forster«, sagte er. »Sie können mich nicht sehen, aber ich sehe Sie. Lassen Sie mich noch einmal betonen, was Ihnen mein Mitarbeiter bereits gesagt hat. Sie unterstützen ein wissenschaftliches Experiment, das zweifelsohne Aufmerksamkeit erregen wird. Ihre Teilnahme ist absolut freiwillig und erfolgt ohne jeden Zwang.«

Er machte eine Pause und ließ seinen Blick über die Gesichter der sechs jungen Leute gleiten. Sie wirkten unsicher und angespannt, zugleich aber auch neugierig und aufgekratzt.

»Allerdings gibt es einen Punkt, ab dem es kein Zurück mehr gibt, und dieser Zeitpunkt ist jetzt«, fuhr der Mann hinter der Scheibe fort. »Treffen Sie Ihre Entscheidung. Wenn Sie Ihre Hände in den Nachbau der mittelalterlichen Fesselvorrichtung legen, der sich auf dem Pult vor Ihnen befindet, stimmen Sie der Teilnahme am gesamten weiteren Experiment zu. Es besteht danach keine Möglichkeit mehr, die Sache abzubrechen. Dafür werden Sie fürstlich entlohnt. Sie bekommen tausend Euro und außerdem die gesamten dreißig Versuchspersonenstunden, die Sie während Ihres Studiums erbringen müssen. Aber, wie gesagt: Es ist einzig und allein Ihre Entscheidung. Jeder von Ihnen kann jetzt aufstehen und gehen.«

Er betätigte einen Knopf auf dem Schaltpult vor sich, das Ähnlichkeit mit der Steuereinrichtung eines Musikstudios hatte. Tatsächlich stammten Teile davon aus diesem Bereich, doch sein Assistent hatte darüber hinaus einige Veränderungen vorgenommen.

Im Versuchsraum schaltete sich der Beamer ein und projizierte die Darstellung einer Stoppuhr an die betongraue Wand über der großen Scheibe, hinter der er saß.

»Sie haben ab jetzt fünf Minuten, um Ihre Entscheidung zu treffen«, erklärte er. »Wenn Sie bereit sind, legen Sie Ihre Hände in die Fesselvorrichtung. Wenn nicht, stehen Sie auf, holen Ihre persönlichen Sachen aus der Kabine und verlassen das Gebäude. Sollten Sie sich nicht entscheiden können und nach Ablauf der fünf Minuten immer noch auf Ihrem Stuhl sitzen, werten wir das als Zustimmung.«

Er startete die Stoppuhr.

Die Studenten und die Teilnehmer des Anti-Aggressions-Trainings rutschten unruhig auf ihren Plätzen herum. Sie tauschten heimliche Blicke. Nicht, um sich zu verständigen, sondern um zu checken, was die anderen taten. Keiner wollte der Erste sein, der sich die Blöße gab aufzustehen. Wer jetzt ging, war in den Augen der anderen ein Feigling.

Die Sekunden verrannen. Nur noch eine Minute. Fünfundvierzig, dreißig, fünfzehn Sekunden.

Noch immer hatte sich niemand bewegt.

Er beugte sich so weit vor, dass seine Lippen beinahe das Mikrofon berührten.

»Zehn, neun, acht«, begann er den Countdown mitzuzählen.

Mila Bruns schnellte von ihrem Stuhl hoch, sank aber in der nächsten Sekunde wieder zurück.

»Drei. Zwei. Eins. Aus.«

Einer nach dem anderen legten sie ihre Handgelenke in die Mulden im Holz, und der Mann im Anzug klappte die Oberteile der Fesselvorrichtungen herunter und arretierte sie.

Es war überhaupt nicht schlimm. Die Aussparungen waren groß genug, die Arme wurden nicht eingeklemmt, und es tat auch nicht weh. Selbstständig befreien konnte man sich allerdings auch nicht, weil man die Hand nicht durch die Öffnung bekam, egal, wie eng man die Finger zusammenpresste.

Alessia versuchte es trotzdem ein paarmal heimlich, musste dann aber einsehen, dass es nicht funktionierte.

Der Mann im dunklen Anzug verließ den Raum und kam gleich darauf mit einem Objekt zurück, das aussah wie eine Feuerschale auf Rädern. Er platzierte es im Scheitelpunkt des Stuhlkreises, auf halbem Weg zwischen den Stühlen und der undurchsichtigen Scheibe.

Zu Alessias Verblüffung war es wirklich eine Feuerschale. Der Mann im Anzug nahm ein Feuerzeug und entflammte ein paar Grillanzünder, die er aus der Tasche zog. Er warf sie in die Schale, in der sich neben einigen großen Holzscheiten auch vertrocknetes Gras oder Stroh befand, das sofort zu brennen begann. Die Flammen griffen auf die Holzscheite über, die langsam Feuer fingen.

Der Mann im Anzug verließ ein weiteres Mal den Raum und kehrte mit zwei Fackeln zurück, die er am Holzfeuer entzündete und rechts und links in die passenden Halterungen an der Feuerschale steckte.

Alessia lachte. Natürlich war das alles nur Hokuspokus. Was sollte es auch sonst sein? Es war wie mit der Geisterbahn auf dem Jahrmarkt. Alle wollten sich gruseln, aber selbstverständlich durfte man den zahlenden Kunden keine echten Schrecken zumuten. Dr. Forster mit seiner Studie über Angst und Leistungsmotivation stand vor demselben Problem. Sie war wirklich gespannt, wie er es lösen wollte.

Der Lautsprecher an der Decke knackte, und plötzlich war wieder die Stimme des Mannes hinter der Scheibe zu hören. Sie klang fremd und blechern. Offenbar benutzte Forster einen Stimmverzerrer. Noch ein Versuch, die Sache möglichst Furcht einflößend zu gestalten, nahm Alessia an.

»Es freut mich, dass Sie sich alle entschieden haben zu bleiben«, sagte der Mann hinter der Scheibe. »Ich werde Ihnen jetzt das erste Spiel erklären. Es ist simpel. Ihre Aufgabe besteht darin, die Metallkugel, die sich momentan in der Schale neben ihren Fesseln befindet, so lange wie möglich festzuhalten.«

»Ach ja? Wie denn?«, polterte Dustin, der Blonde mit der Bodybuilderfigur. Er wackelte mit den Fingern. »Wir stecken hier fest. Wie sollen wir irgendwas greifen?«

»Mein Assistent wird Ihnen die Kugeln anreichen«, ertönte die Stimme aus dem Lautsprecher. »Sie sind so groß, dass jeder von Ihnen sie mit den Fingerspitzen halten kann. Das ist zunächst einmal nicht besonders schwierig. Die Kugeln sind nicht schwer. Das Modell bei den Herren wiegt fünfhundert Gramm, das der Damen dreihundert. Aber Sie werden feststellen, dass es mit der Zeit anstrengend wird.«

Dustin zog eine verächtliche Miene. »Was für eine Kinderkacke ist das denn?«

»Die Aufgabe erscheint Ihnen nicht anspruchsvoll genug?«, erkundigte sich die blecherne Stimme. »Dann freut es mich, Ihnen mitteilen zu dürfen, dass das tatsächlich nicht alles ist. Mein Assistent wird Ihnen zusätzlich einfache Rechenaufgaben stellen.

Sie haben sich vielleicht schon gefragt, welche Rolle die Fackeln spielen? Nun, während der Zeit, die Sie benötigen, um das Ergebnis auszurechnen, wird mein Assistent Ihre Metallkugel mit der Fackel erwärmen. Je nachdem, wie lange Sie rechnen, könnte das ein wenig unangenehm werden.«

Alessia verspürte einen Stich. Das konnte Forster doch nicht ernst meinen? So eine erhitzte Metallkugel konnte zu Verbrennungen an den empfindlichen Fingerkuppen führen.

»Wenn es Ihnen zu heiß wird, müssen Sie die Kugel fallen lassen«, erklärte der unsichtbare Spielleiter. »Das bedeutet, dass Sie verloren haben.«

»So what?«, gab Dustin zurück. »Da scheiß ich doch drauf.«

Der Mann hinter der Scheibe lachte. »Nun, das ist der Punkt, an dem es interessant wird. Sie erinnern sich, dass wir den Zusammenhang zwischen Angst und Motivation erforschen wollen?«

Er machte eine Pause, um die Spannung zu steigern.

»Schauen Sie einmal hoch«, sagte er dann. »Die Kugel, die Sie festhalten sollen, ist über eine Kette mit einem Sicherungsbolzen verbunden. Wenn Sie die Kugel fallen lassen, löst sich der Bolzen, und das Objekt, das sich in der schmalen Kiste über Ihren Handfesseln befindet, fällt herunter.«

Alessia hatte plötzlich einen trockenen Mund. Natürlich war das alles nur ein Fake, aber es war verdammt gut gemacht.

»Das ist das zweite Spielelement«, erklärte der Mann hinter der Scheibe. »Wir nennen es den *Russisch-Roulette-Faktor*.«

Alessias Handflächen wurden feucht.

»Sie fragen sich, was das bedeutet?«, fuhr der Mann im Plauderton fort. »Nun, in fünf der Kästen befindet sich eine Kunststoffplatte. Möglicherweise schmerzt es, wenn sie Ihnen auf die Handgelenke fällt. Mehr dürfte jedoch nicht passieren. Im schlimmsten Fall bricht der Knochen, aber das sollte zu verkraften sein.«

Wieder machte er eine Pause. Alessia spürte, wie ihr Herz hart in der Brust schlug.

»In einem der sechs Kästen über Ihren Handfesseln allerdings versteckt sich eine fünfzehn Kilo schwere Metallplatte mit einer messerscharfen Klinge auf der Unterseite«, sagte der Mann hinter der Scheibe. »Eine Guillotine, die nicht Ihren Kopf, sondern Ihre Hände abtrennt, vollständig und sauber.«

Ein kollektiver Aufschrei ging durch die Gruppe.

»Das ist nicht Ihr Ernst!«

»Das dürfen Sie nicht!«

»Bitte! Ich will hier raus!«

Die Stimme aus dem Lautsprecher blieb gänzlich unbewegt.

»Sie hatten die Chance zu gehen«, erklärte der Spielleiter. »Jetzt ist es zu spät.«

11

Der Assistent nahm die erste Kugel aus der Schale und reichte sie Tyler, der links außen im Halbkreis saß. Der Student hielt sie mit seinen langen schmalen Fingern. Die Aufgabe schien ihm keine Mühe zu bereiten, aber sein Blick, mit dem er den Sicherungsbolzen und den Holzkasten über seinem Platz beäugte, zeigte, welche Sorgen ihn quälten. Er wusste nicht, ob er glauben sollte, was er gehört hatte. Aber er war sich auch alles andere als sicher, dass es nicht stimmte.

Dustin, der blonde Muskelprotz neben Tyler, hielt seine Kugel ebenso mühelos. Er schien sich auch keine Gedanken über den Inhalt des Holzkastens zu machen. Sein Blick war stur auf die Metallkugel in seinen Händen gerichtet. Seine Überlegung war logisch und schlicht: Es spielte keine Rolle, was sich in der Kiste über ihm befand. Weil er das Spiel nicht verlieren würde.

Der Mann hinter der Scheibe lächelte. Wenn es nur um die Kraft ginge, hätte Dustin recht. Darin war er allen anderen im Raum haushoch überlegen. Den Teil mit den Rechenaufgaben hatte er entweder überhört oder einfach ausgeblendet. Es passte zu einem Charakter wie Dustin. Er reduzierte die Welt auf die Dinge, die er kontrollieren konnte. Wenn etwas nicht so funktionierte, wie er es wollte, schlug er zu. Genau damit hatte er sich seinen Platz in der Anti-Aggressions-Gruppe gesichert.

Leander rechts neben Dustin hatte ebenfalls kein Problem mit dem Festhalten der Kugel. Im Gegensatz zu Dustin war er allerdings zu intelligent, um sich einzig und allein auf seine Kraft zu verlassen. Wie bei Tyler konnte man auch an seinem Gesicht ablesen, dass es hinter seiner Stirn arbeitete. Seine Gedanken würden jedoch in eine gänzlich andere Richtung gehen. Während Tyler über die Moral des Spielleiters nachdachte, war Leander alles Moralische fremd. Sein einziges Bestreben würde darin bestehen, die richtige Strategie zu finden, um am Ende als Sieger aus dem Spiel hervorzugehen.

Die drei Frauen waren ebenso leicht zu durchschauen. Mila hatte jedes seiner Worte geglaubt. Sie zitterte schon jetzt vor Furcht, weil sie überzeugt davon war, dass sich das echte Fallbeil über ihrem Platz befand.

Tessa neben ihr kochte vor Wut. Sie scherte sich nicht darum, ob es stimmte. Allein das Gefühl, jemandem ausgeliefert zu sein, trieb ihren Puls in die Höhe. Wenn sie die Möglichkeit dazu hätte, würde sie irgendetwas zerschlagen. Aber sie konnte nichts weiter tun, als die Metallkugel zwischen ihren Fingerspitzen festzuhalten.

Alessia war die Einzige, die nichts als ein verächtliches Lächeln für das gesamte Szenario übrighatte. Sie glaubte nicht an das Fallbeil, sondern hatte das Ganze als grandiosen Fake abgehakt. Ob sie sich dennoch Mühe geben würde, ihre Kugel nicht fallen zu lassen? Vermutlich ja, schließlich wollte sie den anderen auch dann nicht unterlegen sein, wenn es nicht um ihre körperliche Unversehrtheit ging.

Der Assistent zog sechs Metalltafeln aus seiner Jackentasche, die er vor den Stühlen platzierte. Sie trugen die Zahlen eins bis sechs. »Wir beginnen jetzt mit den Rechenaufgaben«, verkündete er.

Der Mann hinter der Scheibe drückte wieder auf einen Knopf, und der Beamer im Versuchsraum warf das Bild eines Würfelbechers an die Wand, dasselbe, das er auch auf einem der Monitore in der Kabine sah. Ein virtueller Würfel sprang aus dem Becher, drehte sich ein paar Mal um die eigene Achse und blieb dann auf einem virtuellen Tisch liegen. Die Seite, die nach oben wies, zeigte drei Augen.

Leander, vor dessen Stuhl die Tafel mit der Drei lag, wurde blass. Das überlegene Lächeln, das er bis zu diesem Moment präsentiert hatte, verlor sich.

Der Assistent nahm eine der Fackeln und ging zu Leander. Er hielt sie unter die Metallkugel, sodass die Spitze der Flamme leicht daran leckte.

»Sechs plus acht.«

Leander blinzelte. »Vierzehn.«

»Richtig.« Der Assistent nahm die Fackel weg.

Leander grinste. Die Erleichterung war ihm anzusehen, auch wenn er sich große Mühe gab, sie hinter seiner selbstgefälligen Miene zu verstecken.

»Das hätte ich auch gekonnt«, murrte Dustin neben ihm.

»Keine Sorge.« Der Assistent drehte sich mit einer fast tänzerisch anmutenden Bewegung zu Dustin. »Sie kommen sicher auch bald an die Reihe.«

Der Mann hinter der Scheibe tippte auf eine Taste, und der virtuelle Würfel fiel erneut aus dem Würfelbecher. Dieses Mal zeigte er die Zwei, die Nummer, die auf der Tafel vor Dustins Stuhl stand.

»Sehen Sie?« Der Assistent trat zu Dustin und hielt die Fackel unter dessen Kugel; deutlich dichter, als er es bei Leander getan hatte. »Manchmal geht es schneller, als man denkt.«

Dustin fixierte den Assistenten böse. Man sah ihm an, dass sich die Metallkugel rasch erhitzte. Dustins Mundwinkel zuckten.

Der Assistent lächelte.

»Was?«, fauchte Dustin. Der Speichel spritzte aus seinem Mund.

Der Assistent legte den Kopf schief. »Wenn Sie eine Frage haben, sprechen Sie bitte in vollständigen Sätzen.«

Dustin keuchte. »Was soll ich rechnen?«

»Oh, Verzeihung.« Der Assistent senkte die Fackel für eine Sekunde, nur um sie gleich darauf wieder unter Dustins Kugel zu halten. Der junge Mann zuckte zusammen.

»Hundertdreiundzwanzig minus achtundsiebzig.«

»Was?«

»Das ist die Aufgabe.«

Man sah Dustin an, dass er wirklich versuchte, die Lösung zu finden. Aber die Hitze an seinen Fingern musste mittlerweile so groß sein, dass er sich unmöglich konzentrieren konnte. Sein Gehirn konnte nicht rechnen, es schrie vor Schmerz.

»Ich ... weiß ... es ... nicht«, brachte er mühsam hervor. Seine Augen waren riesengroß, auf seiner Stirn stand der Schweiß.

»Schade.« Der Assistent hob die Fackel höher. Die Flamme leckte über Dustins Finger.

Dustin schrie auf und ließ die Kugel los.

Sie fiel, und der Sicherungsbolzen rutschte aus der Öse. Einen Sekundenbruchteil darauf schoss ein silbergraues Objekt aus dem Holzkasten über Dustins Platz und landete auf seinen Handgelenken.

Dustin lachte auf. »Das ist ja bloß Styropor.«

»Glück gehabt.« Der Assistent verließ kurz den Raum und kehrte mit zwei Metallschalen zurück, die er unter Dustins Fingern an die Holzfessel hängte.

»Tauchen Sie Ihre Hände hinein«, sagte er. »Sonst bekommen Sie Brandblasen.«

Dustin beäugte die Schalen misstrauisch, stellte dann aber fest, dass sie lediglich Eiswasser enthielten. Er steckte seine Finger hinein und stöhnte.

»Was für ein krasser Scheiß, Mann. Das tut richtig weh.«

Der Assistent lächelte. »Was soll ich sagen? Es hätte schlimmer kommen können, meinen Sie nicht?« Er wandte den Blick zum Beobachtungsraum. »Wir wären dann bereit für die dritte Runde.«

Wieder erschien der virtuelle Würfelbecher an der Wand, wieder fiel eine Zahl. Dieses Mal war es die Sechs.

Mila zuckte zusammen. Die Sechs war die Zahl, die auf der Tafel vor ihrem Stuhl stand.

»Oh Gott.« Sie zitterte am ganzen Körper.

Niemals würde sie es auch nur annähernd so lange schaffen wie Dustin, die Hitze an ihren Fingern auszuhalten. Und im Kopfrechnen war sie noch nie eine Leuchte gewesen. Sie wusste schon jetzt, dass sie das Spiel verlieren würde.

Was würde dann passieren? Käme aus dem Kasten über ihr ebenfalls ein Fallbeil, das bloß eine Attrappe aus Styropor war? Oder wäre es aus Metall und hätte eine messerscharfe Klinge, die ihre Hände abtrennte?

Aber das konnte doch gar nicht sein. Sie waren Teilnehmer bei einem wissenschaftlichen Experiment. Sie mussten vielleicht ein paar Schmerzen erdulden, aber natürlich würde niemand sie ernsthaft verletzen.

Trotzdem raste ihr Herz wie verrückt, als der Assistent mit der Fackel auf sie zukam. Mila biss sich auf die Lippen.

Der Assistent blieb vor ihr stehen. Ganz langsam hob er die Flamme, und Mila spürte, wie die Kugel zwischen ihren Fingerspitzen warm wurde.

»Eins plus eins«, sagte der Assistent freundlich.

Mila wollte antworten, aber ihre Zunge gehorchte ihr nicht. In ihrem Kopf verschwamm alles. Wo eben noch Gedanken gewesen waren, war nur noch gähnende Leere. All ihre Sinne waren auf die Metallkugel zwischen ihren Fingern gerichtet, die immer heißer wurde. Sie würde ihr die Haut verbrennen, die Hornschichten auflösen und sich bis zum Knochen durchfressen. Der Schmerz würde ihr den Verstand rauben, bis sie schließlich loslassen musste. Und dann ...

»Meine Güte, Mila.« Alessia verdrehte die Augen. »Die Frage kann jedes Baby beantworten.«

Auf einmal war die Welt um Mila herum wieder klar. »Zwei«, sagte sie.

Der Assistent nahm die Fackel herunter, und Mila war plötzlich so leicht ums Herz, dass sie vergaß, sich auf das Festhalten zu konzentrieren. Sie merkte, wie die Metallkugel zwischen ihren Fingern ins Rutschen geriet.

Rasch verstärkte sie den Druck wieder, doch es war zu spät.

Die Kugel glitt ihr aus den Fingern und fiel.

12

»Du hättest nichts tun können, Robert.«

Das war der Satz, den Lars Gericke in den letzten fünfzig Minuten am häufigsten geäußert hatte. Darüber hinaus hatte er wenig gesagt. Bei der Psychoanalyse und der tiefenpsychologisch fundierten Psychotherapie bestand die Aufgabe des Therapeuten in erster Linie darin, dem Patienten den Weg durch seine eigene Gefühlswelt zu weisen. Dazu gab es die sogenannten Deutungen. Sie wurden sparsam verwendet. Wenn sie glückten, waren sie wie Samenkörner, die keimten und wuchsen, bis aus dem ersten Trieb ein ganzer Baum geworden war.

Robert Forster trat aus der Tür des Altbaus in der Schillerstraße, in dem Lars Gericke, Simon Hildebrand und René Steinke ihre Praxisräume hatten. Es war eine Gemeinschaftspraxis. Der Kassensitz gehörte Steinke. Hildebrand und Gericke hatten sich vor ein paar Jahren bei ihm eingekauft.

Obwohl der Bedarf groß war und die Wartezeit auf einen Therapieplatz oft weit über ein halbes Jahr betrug, wurde die Zahl der Kassensitze klein gehalten. Eine unsinnige Politik der Krankenkassen, der sich nur begegnen ließ, indem sich mehrere Therapeuten einen Sitz teilten. Forster selbst hatte Glück gehabt. Er hatte seinen Kassensitz von seinem Lehranalytiker übernommen, der damals gerade in den Ruhestand gegangen war und sich Forster als Nachfolger gewünscht hatte.

Lars Gericke hatte ihn am Morgen angerufen. In Gerickes Terminkalender gab es zwar keine freien Zeitfenster, aber er hatte Forster angeboten, seine Mittagspause für ihn zu opfern.

Forster hatte nicht lange gezögert. Er wusste, dass er über den schrecklichen Moment reden musste, in dem die Bombe explodiert war, wieder und wieder, auch wenn er die Bilder lieber verdrängt hätte. Aber die Verdrängung verschloss die Tür zu seinem Inneren. Sie blockierte seine Gefühle. Man konnte nicht einen Teil seiner Emotionen verdrängen und den anderen nicht. Ihm blieb keine andere Wahl, als daran zu arbeiten. Wenn er den Kontakt zu seinen Emotionen verlor, konnte er seinen Beruf nicht mehr ausüben. Ein Therapeut, der sich nicht in seine Patienten einfühlen konnte, war wie ein Chirurg ohne Skalpell.

Seine Termine für diesen Tag hatte Forster abgesagt. Er fühlte sich nicht in der Lage zu arbeiten. Damit war er für die Sitzung bei Gericke frei gewesen.

Forster überquerte die Straße und betrat den Schrevenpark auf der gegenüberliegenden Seite. Es war ein kleiner Park mit einem See mitten im Herzen der Stadt. Forster benutzte den Holzbohlenweg, der ein Stück am Ufer entlangführte. Im Sommer waren die Bänke dort meist besetzt. Jetzt, Ende Oktober, saß nur auf einer Bank eine Frau und tippte auf ihrem Handy. Ein kleiner weißer Hund grub sich in ihrer Nähe durch die heruntergefallenen Blätter. Forster ging an ihr vorbei und setzte sich auf die Bank am Ende der Reihe. Abwesend zog er die kleine Schachtel mit den Pfefferminzpastillen aus der Sakkotasche und schob sich ein paar davon in den Mund. Das Aroma vertrieb den schlechten Geschmack, den er seit der Explosion im Mund hatte. Endlich hatte er wieder das Gefühl, richtig atmen zu können.

Ein paar Enten schwammen träge vorbei. Die Sonne spiegelte sich auf dem Wasser. Die bunt belaubten Bäume glänzten im milden Herbstlicht.

Forster war froh, dass er Gerickes Angebot angenommen hatte. Der Gedanke, dass er die Verantwortung für Biraghis Tod trug, quälte ihn. Was wäre geschehen, wenn er nicht Biraghi, sondern einen der anderen ausgewählt hätte? Wäre der Knopf des Fernzünders dann ebenfalls betätigt worden?

Das war die einzige Stelle, an der Gericke ungeduldig geworden war. »Du bist nicht der Regisseur«, hatte er gesagt. »Sondern nur ein Teil im Plan des Täters.« Und dann den Satz hinzugefügt, den er mehrfach wiederholt hatte: »Du hättest nichts tun können, Robert.«

Aber es war nicht Forsters Art, die Verantwortung abzugeben. Es war seine Aufgabe gewesen, mit den Jugendlichen zu arbeiten, damit sie ihre Aggressionen in den Griff bekamen. Ganz offensichtlich war ihm das nicht gelungen.

Nun musste er zumindest den Überlebenden helfen, mit dem Trauma fertigzuwerden.

13

Pauline Berger hätte vor Freude Luftsprünge machen können. Beschwingt ging sie neben Leonie und Marleen durch das Foyer des neu gebauten Juridicums.

»Mensa oder Campus Suite?«, war die Frage, die ihre Kommilitoninnen diskutierten. Pauline war das vollkommen egal. Die ersten Semesterwochen ließen sich so viel besser an, als sie gehofft hatte. All die Jahre in der Schule war sie eine Außenseiterin gewesen. Weil sie viel zu mühelos viel zu gute Noten bekam und darüber hinaus absolut unsportlich war. Sie aß eben gern, und das sah man ihr an. Wenn sie nicht musste, bewegte sie sich nicht. Sport war nichts für sie. Lieber lag sie auf dem Sofa und las.

Sie hätte nicht gedacht, dass sie an der Uni Freundinnen finden würde, doch genau das war passiert. Gleich bei der ersten Einführungsveranstaltung war sie mit ihren beiden Sitznachbarinnen ins Gespräch gekommen. Sie begeisterten sich ebenso für Strafrecht wie sie. Auch sie hatten in der Schule gute Noten gehabt, saßen gerne auf dem Sofa und hielten Sport für eine überflüssige Beschäftigung.

Auf einmal lag das ganze Leben verheißungsvoll und strahlend vor ihr, genau wie dieser wunderschöne Oktobertag. Der Himmel war wolkenlos und von einem fast unwirklichen, transparenten Blau, viel heller, als sie das aus ihrer hessischen Heimat kannte. Sie hatte einen Neuanfang gewollt, deswegen war sie weit von zu Hause weggegangen. Das Laub der Bäume leuchtete in bunten Farben, und die Luft roch so herrlich frisch. Man spürte, dass das Meer ganz nah war.

Am Wochenende würde sie mit Leonie und Marleen einen Strandspaziergang machen, und anschließend würden sie sich in ein Café setzen und ein leckeres Stück Kuchen essen. Und in den kommenden Jahren würden sie gemeinsam durchs Studium gehen und alles lernen, was es über Recht und Gesetz zu wissen gab.

Das war noch eine Gemeinsamkeit. Sie hatten alle drei den Traum, Richterin zu werden, ein Berufsziel, das nur die Besten der Besten erreichten. Aber bisher hatte Pauline immer dazugehört. Warum sollte sich daran etwas ändern?

Sie überquerte an der Seite ihrer beiden neuen Freundinnen den Vorplatz des Juridicums und ging mit ihnen die Olshausenstraße entlang, die zur Mensa am Westring führte, für die sich Leonie und Marleen mittlerweile entschieden hatten, weil sie anschließend noch etwas beim Studentenwerk erledigen wollten, das sich im selben Gebäude befand. Auf dem Weg dorthin begegneten ihnen jede Menge junge Menschen, darunter etliche, die gerade, genau wie sie, einen aufregenden neuen Lebensabschnitt begannen.

Auf der linken Seite passierten sie das Sportforum, rechts das Fitnesszentrum des Unisports. Danach kamen linker Hand die Kindertagesstätte und der hässliche graue Kasten mit dem blauen Vorbau und dem seltsamen Lolli vor der Tür. Hier saßen die Psychologen. Pauline wusste das, weil sie eine Weile zwischen Jura und Psychologie geschwankt hatte. Dann hatte sie sich entschieden, lieber ein Fach zu studieren, in dem es um Fakten ging, nicht um Befindlichkeiten.

Ein paar Hundert Meter weiter erreichten sie den Christian-

Albrechts-Platz mit dem Hochhaus, in dem sich das Immatrikulationsamt und die Prüfungssekretariate befanden. Vor dem
Audimax stand eine Gruppe älterer Studenten mit einem bunt
geschmückten Bollerwagen, in dem eine Frau mit einem Doktor-
hut auf dem Kopf und einem überdimensionalen Äskulapstab aus
Pappmaché in der Hand saß. Unzählige Menschen liefen über den
Platz, einige zum Mensagebäude, andere zur Ladenzeile am Westring, in der sich auch eine Filiale der Campus Suite befand. Pauline sog das alles in sich auf. Es war herrlich, nach all den Jahren
als Außenseiterin plötzlich Teil von etwas so Großem zu sein.

Der weiße Lieferwagen schoss mit überhöhter Geschwindigkeit über den Platz und kam schlingernd vor dem Audimax-Ge-
bäude zum Stehen. Nur ein paar Sekunden darauf flogen die Hin-
tertüren auf. Pauline erhaschte einen kurzen Blick auf zwei Personen und blinzelte. Es waren ein Mann und eine Frau. Beide trugen
Overalls, der Mann in Schwarz, die Frau in einem grellen Orange.
Doch das war es nicht, was Pauline irritierte.

Der Mann war maskiert. Er hatte einen schwarzen Strumpf
über sein Gesicht gezogen, mit Löchern für Mund und Augen.
Kurz ließ er den Blick über den überfüllten Platz schweifen. Dann
stieß er die Frau aus dem Wagen.

Die Türen des Transporters schlossen sich, und ein paar Sekunden später wendete der weiße Wagen und raste davon, über
die Ampelkreuzung am Westring in Richtung Norden.

Pauline sah ihm nur kurz hinterher. Dann richtete sie ihre Aufmerksamkeit auf die Frau.

Sie war auf das graue Pflaster gestürzt und versuchte nun aufzustehen. Es gelang ihr nicht, weil sie offenbar völlig entkräftet
war. Pauline bemerkte, dass sich die Steinplatten um die Frau
herum rot färbten.

Zuerst begriff sie nicht, woher das Blut kam. Kopf und Rumpf der Frau waren unversehrt. Dann fiel Paulines Blick auf die Arme der Frau, und ihr drehte sich der Magen um.

Die Frau hatte keine Hände mehr. Stattdessen waren da nur noch Stümpfe, aus denen das Blut schoss wie aus einer Fontäne.

14

Neben Mettenhof war Gaarden der zweite soziale Brennpunkt der Stadt. Dabei hätte sich aus dem Bestand an Altbauten durchaus etwas machen lassen. Aber das Ostufer war eben die falsche Seite. Das Leben der Erfolgreichen spielte sich entweder auf der Westseite im Zentrum oder sehr viel weiter im Norden, in Heikendorf, Laboe oder Schönberg ab.

In Gaarden dagegen traf man die Gestrauchelten. Natürlich wohnten hier auch Studenten, weil die Mieten günstig waren, und die Stadt hatte in den letzten Jahren einige Anstrengungen unternommen, das Bild des Stadtteils zu verschönern. Zum Teil war es auch gelungen. Aber noch immer gab es heruntergekommene Häuser mit Wohnungen, die nicht einmal das Wenige wert waren, das sie an Miete kosteten.

Vor einem dieser Häuser standen Kayra Davari und Inga Jessen. Die Namen auf den Klingelschildern waren nahezu unleserlich, also drückte Davari einfach wahllos auf die Knöpfe. Irgendjemand würde sicherlich öffnen, weil die Gegensprechanlage vermutlich defekt und den Mietern aus den oberen Stockwerken der Weg nach unten zu weit war, um nachzusehen, wer vor dem Haus stand. Im Grunde war es schon ein Wunder, dass die Haustür verschlossen war.

Der Summer ertönte, und Davari stemmte sich gegen das Holz

mit der abblätternden Farbe. Die Tür war schwergängig und ließ sich nur mühsam öffnen. Womöglich war sie gar nicht verriegelt gewesen, und Davari hatte beim ersten Versuch nur nicht genügend Kraft aufgewendet.

Auf der rechten Seite im Erdgeschoss öffnete sich die Wohnungstür einen Spaltbreit, und ein vielleicht elf- oder zwölfjähriger Junge mit dunklem Haar und olivfarbener Haut spähte heraus.

»Hallo«, sagte Davari. »Wir suchen Georg Meyer. Kannst du uns verraten, wo wir ihn finden?«

Der Junge musterte sie neugierig. Davari hatte den Eindruck, dass es nur ihrem ebenfalls fremdländischen Aussehen zu verdanken war, dass er die Tür nicht wieder zuschlug.

»Wo kommst du her?«, fragte er.

Normalerweise lautete ihre Antwort darauf, dass sie Deutsche war, doch für den Jungen machte sie eine Ausnahme. »Ich bin hier geboren«, erklärte sie. »Aber meine Eltern stammen aus dem Iran.«

Der Junge lächelte und öffnete die Tür ein Stück weiter. Davari sah, dass er barfuß war. »Ich bin auch hier geboren«, sagte er. »Meine Eltern kommen aus der Türkei.«

»Das ist ein schönes Land«, entgegnete Davari.

»Ja.« Der Blick des Jungen schweifte ab.

Inga Jessen sah ihre Kollegin auffordernd an.

»Wie ist es?«, fragte Davari den Jungen erneut. »Weißt du, wo Georg Meyer wohnt?«

»Klar.« Die Augen des Jungen wanderten zur Decke. »Zweiter Stock. Aber ich würde da nicht hingehen. Er hat keinen Respekt. Nicht vor Frauen. Und schon gar nicht vor ausländischen Frauen.«

Davari war gerne bereit, das zu glauben. Sie hatte die Akte des Mannes gelesen. Vorbestraft war Meyer wegen Körperverletzung, aber es lagen auch weitere Berichte von Polizeieinsätzen vor. Bei den meisten ging es um verbale Attacken im öffentlichen Nahverkehr oder in Supermärkten, und es waren fast immer Frauen arabischer Herkunft, die Meyer angegriffen hatte.

»Keine Sorge«, sagte sie. »Wir kommen schon zurecht.«

Sie wusste nicht genau, warum sie dem Jungen nicht sagte, dass sie von der Polizei waren. Vermutlich, weil sie oft genug erlebt hatte, dass sich ein zuvor offener Blick dann verdunkelte. Viele Menschen mit Migrationshintergrund hatten schlechte Erfahrungen mit der Polizei gemacht. Wenn nicht hier, dann in dem Land, aus dem sie kamen.

Sie winkte dem Jungen noch einmal zu und machte sich an den Aufstieg.

Als sie den Treppenabsatz zwischen erstem und zweitem Stock erreicht hatten, klingelte ihr Mobiltelefon. Sie meldete sich knapp und lauschte dem Anrufer. Das Lächeln, das das Gespräch mit dem Jungen auf ihre Lippen gezaubert hatte, wich fassungslosem Entsetzen.

»Was ist passiert?«, fragte Jessen, nachdem Davari das Telefonat beendet hatte.

Davari brauchte ein paar Sekunden, um sich zu sammeln.

»Da hat jemand eine junge Frau auf dem Christian-Albrechts-Platz aus einem Transporter gestoßen«, sagte sie. »Die Hände der Frau wurden abgetrennt, mit einem Beil oder dergleichen, meinen die Kollegen. Man hat die Frau ins UKSH gebracht.«

Jessen sah sie einen Moment lang ungläubig an. Dann nickte sie. »Wir fahren hin.«

Während sie mit ihrem Dienstwagen den Ostring entlangrasten, sprangen Davaris Gedanken zwischen den beiden Fällen hin und her. Sie fuhren mit Blaulicht, weil im dichten Verkehr sonst kein Durchkommen gewesen wäre. Davari musste sich auf die Straße konzentrieren, um in der engen Gasse, die sich zwischen den Fahrzeugschlangen gebildet hatte, nicht mit einem der Wagen zu kollidieren.

Gestern die Bombenexplosion in der Therapiegruppe, heute eine Frau, der man offenbar die Hände abgehackt hatte. Das waren zwei Vorfälle, die völlig aus dem Rahmen fielen in einer Stadt, in der sich Mord und Totschlag ansonsten in Grenzen hielten.

Natürlich gab es die üblichen Dramen. Suizide aus enttäuschter Liebe oder wegen vergeigter Prüfungen. Der Mann, der seine Ex-Frau und ihren Geliebten erschoss. Übergriffe auf Kinder und Frauen, häusliche Gewalt. Mit alldem hatte Davari schon zu tun gehabt. Aber weder der Sprengstoffanschlag noch der Akt der Verstümmelung waren damit auch nur im Entferntesten vergleichbar.

Ihr Gehirn wollte sofort eine Verbindung zwischen den Fällen herstellen. Aber nur weil sie sich in zeitlicher Nähe ereignet hatten und absolut ungewöhnlich waren, bedeutete das nicht, dass sie es mit demselben Täter zu tun hatten. Ausschließen konnte man es allerdings auch nicht.

Dass der Kommissariatsleiter sie gebeten hatte, sich die Sache anzusehen, suggerierte, dass er ebenfalls einen wie auch immer gearteten Zusammenhang sah. Tatsächlich allerdings waren Inga und sie im Augenblick schlichtweg die Einzigen, die zeitnah am Ort des Geschehens sein konnten, weil die anderen Kollegen in ihren Fällen im Umland unterwegs waren. Das hatte der Kommissariatsleiter auch genauso gesagt. Wer den Fall am Ende bearbeiten würde, wollte er später entscheiden, wenn mehr Informationen vorlagen.

Davari konnte ihre Gedanken trotzdem nicht abschalten. Ein toter Jugendlicher in der Therapiegruppe eines Psychologie-Dozenten, eine verstümmelte Frau auf dem Christian-Albrechts-Platz, keine fünfhundert Meter vom Institut für Psychologie entfernt. Das war keine starke Verbindung, aber vielleicht doch zu viel für einen Zufall? Zu ihrem derzeitigen Hauptverdächtigen allerdings passte eine Frau mit amputierten Händen nicht.

Georg Meyer war am Vorabend von einer Streife festgenommen worden, weil er sich mit einem Bekannten geprügelt hatte, einem zwielichtigen Gebrauchtwagenhändler, der behauptete, Meyer habe ihm mehrere Tausend Euro gestohlen. Diese Meldung war es, die Inga im System aufgespürt und die sie elektrisiert hatte. Handelte es sich bei den entwendeten Scheinen um das Geld, mit dem Meyer einen Teilnehmer aus der Anti-Aggressions-Gruppe für den Bau der Bombe bezahlt hatte?

Die uniformierten Beamten hatten Meyer wieder laufen lassen, nachdem sie ein Protokoll aufgenommen hatten. Er hatte kein Geld bei sich gehabt, und der Gebrauchtwagenhändler konnte die Herkunft des angeblich gestohlenen Betrags nicht belegen. Schwarzgeld, vermuteten die Kollegen, doch auch dafür gab es keine Beweise.

Davari hatte eigentlich zuerst mit den Jugendlichen sprechen wollen, bevor sie Meyer mit ihrem Verdacht konfrontierte, der Anstifter des Bombenanschlags zu sein. Nachdem jedoch sämtliche Beteiligten von der Bildfläche verschwunden waren und mit dem angeblich gestohlenen Geld ein weiteres Indiz für ihre Theorie vorlag, hatte sie beschlossen, ihn sofort zu vernehmen.

Nun allerdings hatte sich die Lage erneut verändert. Georg Meyer hatte zwar ein Motiv für den Mord an Biraghi, aber welchen Grund sollte er haben, eine junge Frau zu verstümmeln?

Davari ermahnte sich selbst, keine voreiligen Schlüsse zu ziehen. Das war schon immer ihre größte Schwäche gewesen. Ihr Vater hatte sie deshalb oft belächelt.

Du musst warten, bis du genügend Fakten kennst, mein Sonnenschein, hatte er dann auf Persisch zu ihr gesagt.

Also würde sie sich zuerst ein Bild machen. Herausfinden, was überhaupt passiert war und um wen es sich bei der Frau handelte, der man die Hände abgetrennt hatte. Und ob es irgendeine Verbindung zu Dr. Robert Forster gab.

15

An der Kreuzung zwischen Westring und Olshausenstraße staute sich der Verkehr. Robert Forster ließ den Wagen langsam rollen und warf einen Blick zum Christian-Albrechts-Platz hinüber.

Vor dem Audimax hatte sich eine Menschenmenge versammelt. Überwiegend Studenten, aber auch Bedienstete und Passanten schienen darunter zu sein. Forster erspähte ein rot-weißes Flatterband, zwei Polizeiwagen und einen der weißen Busse, wie sie die Mitarbeiter der Spurensicherung benutzten.

Hinter ihm erklang eine Hupe.

Forster schaute in den Rückspiegel und sah, dass er einem Linienbus der KVG im Weg war. Er gab wieder Gas und fuhr weiter bis zur Einfahrt des Forschungsinstituts, das die unteren Etagen des Gebäudes belegte, in dem er arbeitete. Auch die Bushaltestelle direkt vor der Tür trug das Namenskürzel der Forschungseinrichtung. Das Psychologische Institut wurde unterschlagen.

Forster stellte seinen Wagen oben auf dem Parkdeck ab und betrat das Gebäude durch den rückwärtigen Eingang. Kurz überlegte er, ob er zu Fuß zum Christian-Albrechts-Platz laufen sollte, um herauszufinden, was sich dort ereignet hatte. Aber es ging ihn nichts an, und mit dem Mord an Vincenzo Biraghi am Nachmittag zuvor war sein Bedarf an Schrecken mehr als gedeckt. Stattdessen würde er lieber die letzten Vorbereitungen für sein Seminar treffen, das er im Gegensatz zu seinen Patiententerminen nicht abgesagt hatte.

Auf dem Weg zu seinem Büro machte er einen kurzen Stopp im Sekretariat und erkundigte sich, ob die Einladungen, die er für die Teilnehmer seiner Anti-Aggressions-Gruppe geschrieben hatte, verschickt worden waren. Die Sekretärin bestätigte das.

Forster bedankte sich und trat zurück auf den Flur. Er schloss die Bürotür auf, stellte die Aktentasche ab und schaute eine Weile aus dem Fenster. Besonders weit sehen konnte er nicht, die hohen Bäume neben dem Schnellweg begrenzten den Blick. Die weitläufige Anlage der Universität mit den Sportstätten, dem Mensagebäude und dem neuen Juridicum eröffnete sich erst, wenn man über die Brücke ging. Trotzdem stand Forster gewöhnlich gerne hier am Fenster.

Heute allerdings fühlte er sich einfach nur leer. Die Erschöpfung lastete schwer auf seinen Schultern, und jeder einfache Handgriff schien unendlich viel Kraft zu kosten. Die Dinge dauerten auch länger als gewöhnlich. Das war ihm am Morgen aufgefallen, als er fast eine halbe Stunde für Zähneputzen, Dusche und Rasur gebraucht hatte. Routinen, die er gewöhnlich in der Hälfte der Zeit erledigte. Am liebsten hätte er sich wieder ins Bett gelegt und den Rest des Tages dort verbracht. Eine ganz normale Reaktion auf den Schock und typisch für den Trauerprozess, auch das war ihm bewusst. Aber irgendwie musste es ja weitergehen. Das Beste war wohl, sich auf die Arbeit zu konzentrieren und alles andere auf später zu verschieben. Forster füllte ein Glas mit Wasser, setzte sich an den Schreibtisch und nahm die Seminarunterlagen zur Hand.

Fünfzehn Studenten hatten das Wahlpflichtfach Rechtspsychologie belegt. Für einige von ihnen war es der Berufszweig, den sie anstrebten. Der überwiegende Teil dagegen kam, weil sich die

Studenten von seinen Veranstaltungen ein wenig Abwechslung und Thrill im ansonsten harten und oft trockenen Psychologie-Studium versprachen.

Forster schüttelte ein paar Pfefferminzpastillen aus der Schachtel und dachte darüber nach, ob er den geplanten Stoff durch eine Diskussion über die Bombenexplosion in der Anti-Aggressions-Gruppe ergänzen sollte. Es hatte ihm gutgetan, mit seinem Kollegen Lars Gericke darüber zu sprechen, und vielleicht würde es auch helfen, die Studenten an diesem Erlebnis teilhaben zu lassen.

Als er um Viertel nach zwei den Seminarraum betrat, stellte er fest, dass von den fünfzehn Studenten, die in der Woche zuvor die Einführung besucht hatten, nur zwölf wiedergekommen waren. Überraschenderweise fehlten genau jene drei, denen er das größte Interesse an der Rechtspsychologie bescheinigt hätte.

Er ging die Teilnehmerliste durch. Alessia Ahrens, Mila Bruns und Tyler Hartwig. Das waren die drei, die fehlten.

Hatte er sich getäuscht? Oder gab es einen anderen Grund, weshalb sie nicht gekommen waren?

Normalerweise neigte er nicht zu Selbstzweifeln, doch der Anschlag in der Therapiegruppe hatte ihn aus dem Gleichgewicht gebracht. Womöglich war ihm seine Fähigkeit, Menschen und Situationen richtig einzuschätzen, einfach abhandengekommen?

Das ist Unsinn, rief er sich selbst zur Ordnung. Es war einfach nur der Schock.

Kurz entschlossen verzichtete er darauf, in der Veranstaltung über die Bombe zu diskutieren, und hielt sich an den Plan, den er am Wochenende ausgearbeitet hatte. Er war nicht so recht bei der Sache, doch die Studenten schienen nichts davon zu merken. Sie wirkten zufrieden, als sie neunzig Minuten später den Seminarraum verließen.

Forster packte seine Sachen zusammen und trat auf den Flur. Zu seiner Überraschung standen dort zwei Frauen, die auf ihn warteten.

»Kommissarin Davari.«

»Dr. Forster.« Kayra Davari trat auf ihn zu und neigte den Kopf in Richtung ihrer Begleiterin. »Meine Kollegin, Kriminaloberkommissarin Inga Jessen.« Sie lächelte knapp. »Hätten Sie einen Moment Zeit für uns?«

»Selbstverständlich.« Forster führte die beiden Frauen in sein Büro und musterte nebenbei Davaris Kollegin. Sie war mittelgroß, ein wenig blass und hatte kurze blonde Haare, dazu ein kluges Gesicht mit klaren blauen Augen, zu denen ihr blauer Troyer gut passte.

Forster bot den beiden Frauen einen Platz und Kaffee an. Nachdem er sich selbst ebenfalls eingeschenkt hatte, setzte er sich zu ihnen. »Gibt es etwas Neues?«

»Allerdings.« Davari zog ihr Smartphone hervor. »Der Verdacht gegen Georg Meyer hat sich erhärtet. Er scheint sich Geld beschafft zu haben, möglicherweise, um damit einen der Jugendlichen für den Bau der Bombe zu bezahlen.«

»Haben Sie mit ihm gesprochen?«, fragte Forster.

»Nein. Es ist etwas dazwischengekommen.« Davari wischte über das Display ihres Smartphones. »Vor ungefähr drei Stunden hat sich etwas ereignet, das möglicherweise ein neues Licht auf den Fall wirft.«

Forster blinzelte. Vor etwas weniger als drei Stunden war er an der Polizeiabsperrung vor dem Audimax vorbeigekommen. »Was ist passiert?«

In Davaris braune Augen trat ein Ausdruck, der zu gleichen Teilen Wut und Trauer zu sein schien. »Jemand hat auf dem Christian-Albrechts-Platz eine verletzte junge Frau aus einem Wagen gestoßen. Sie ist offensichtlich gefoltert worden.«

Forster kniff die Augen zusammen. Als Forensiker hatte er sich intensiv mit Verbrechen und Täterpersönlichkeiten beschäftigt. Täter, die Bomben bauten, wiesen gewöhnlich eine gänzlich andere Charakterstruktur auf als solche, die folterten. Aber Ausnahmen gab es immer. Zunächst einmal musste man die Fakten kennen. »Wie?«

»Man hat ihr die Hände abgehackt, mit einer Axt oder einem Beil vermutlich. Muskeln, Sehnen und Knochen wurden sauber durchtrennt. Keine ausgefransten Schnittkanten wie bei einem Messer oder einer Säge, so viel konnte unsere Rechtsmedizinerin schon bei der ersten Inaugenscheinnahme feststellen.« Davari warf einen raschen Blick auf ihr Smartphone. »Sie meint, man hätte der Frau nach der Amputation zunächst einen Verband angelegt, einen Druckverband vermutlich. Es gibt Spuren von Verbandsmull in der Wunde und Reste von Klebeband an den Stümpfen. Der Täter hat sie dann zum Campusgelände gebracht und vor dem Audimax aus dem Wagen geworfen.« Sie machte eine Pause, um sich seiner Aufmerksamkeit zu versichern. »Ohne Verbände.«

Etwas Saures stieg in Forsters Kehle auf. »Sie ist tot?«

»Ja. Unsere Rechtsmedizinerin glaubt, dass man ihr blutverdünnende Medikamente verabreicht hat, aber das muss das Labor noch bestätigen.«

»Und der Täter?«

»Keine Spur bisher. Der Wagen war ein weißer Kastenwagen ohne besondere Merkmale. Über den Typ sind sich die Zeugen uneinig, sämtliche namhaften Autohersteller wurden mehrfach genannt. Das Kennzeichen war unleserlich, schlammverkrustet oder übermalt. Der Mann, der die Frau aus dem Wagen gestoßen hat, war mit einem schwarzen Overall und einer ebenfalls schwarzen Strumpfmaske bekleidet. Er war sehr groß und sehr kräftig, darin sind sich die Zeugen immerhin einig. So wie es aussieht, hat er den Wagen selbst gefahren, es muss also eines dieser Modelle sein, bei dem man vom Fahrersitz aus direkt in den Laderaum gelangt. Inwieweit uns das hilft, bleibt abzuwarten. Die Maske hat der Täter nach Zeugenaussagen aufbehalten, als er am Steuer saß. Sein Gesicht hat niemand gesehen.«

Forster ließ sich die Informationen durch den Kopf gehen. »Sie haben es offenbar mit einem sadistischen und skrupellosen Killer zu tun.« Er zog die Pastillenschachtel hervor und zerkaute eine Pfefferminzpastille, um den sauren Geschmack im Mund zu vertreiben. »Das Szenario, das Sie beschreiben, deutet darauf hin, dass der Täter ein Psychopath ist.« Solche Täter waren schwer zu fassen, weil sie ihre Opfer meist nicht aus persönlichen Motiven, sondern mehr oder weniger zufällig auswählten. »Gibt es etwas, das ich tun kann?«

Davari nickte. »Sie können uns sagen, ob Ihnen die Frau bekannt ist.«

Forster hob die Augenbrauen. »Das halte ich für unwahrscheinlich. Wir haben hier an der Uni etwa siebenundzwanzigtausend Studenten, und ich unterrichte nur eine Handvoll von ihnen.«

Davari wischte über das Display ihres Smartphones. »Lassen Sie es auf einen Versuch ankommen.« Sie hielt ihm das Gerät hin.

Forster beugte sich vor und erstarrte. Er hatte sie nur ein einziges Mal gesehen, aber das außergewöhnlich hübsche Gesicht mit der schmalen Nase und den hohen Wangenknochen hatte sich ihm eingeprägt, ebenso wie der kühle Blick aus den blassblauen Augen, die hochnäsige Attitüde und das brennende Interesse an der forensischen Psychologie.

Er sah, dass seine Reaktion den beiden Beamtinnen nicht entgangen war.

»Sie kennen sie.«

»Ja.« Die Luft im Raum schien plötzlich so dick zu sein, dass er kaum noch atmen konnte. »Das ist eine meiner Studentinnen.«

»Wie heißt sie?«, fragte Davari.

Forster musste sich ein paar Mal räuspern, ehe ihm seine Stimme wieder gehorchte. »Das ist Alessia. Alessia Ahrens.«

16

Die Welt um ihn herum schien sich komplett im Nebel zu befinden, dabei war es ein wunderschöner Tag. Der Himmel hoch und klar, von einem hellen, durchscheinenden Blau, wie man es nur direkt am Meer fand. Von der Brücke über den Nord-Ostsee-Kanal aus waren etliche Schiffe und Boote auf der Förde zu sehen. Ein paar luftige Wolken trieben träge vorbei. Die tief stehende Herbstsonne warf ihr goldenes Licht auf die Wiesen und abgeernteten Felder.

Robert Forster erschrak, als plötzlich die blinkende Front eines Sattelschleppers vor ihm auftauchte und der tonnenschwere Lkw nur Zentimeter an ihm vorbeirauschte.

Forster blinzelte. Sein Herz schlug hart in der Brust, in seinen Ohren rauschte das Blut. Er hatte überhaupt nicht auf den Verkehr geachtet. Wie in Trance hatte er den Wagen in Richtung Norden rollen lassen. Erst jetzt bemerkte er, dass er schon viel zu weit gefahren war. Die Abzweigung nach Strande lag bereits hinter ihm.

Er atmete tief durch und versuchte, die Beklemmung abzuschütteln, doch es gelang ihm nicht. Das Gefühl der Schuld hielt ihn fest umklammert.

Die Kommissarin hatte versucht abzuwiegeln, aber er hatte ihr angesehen, welche Schlüsse sie gezogen hatte, genau wie ihre Kollegin. Was sollte sie auch sonst denken? Ein toter Jugendlicher in Forsters Anti-Aggressions-Gruppe, eine tote Studentin, die sein Wahlpflichtmodul Rechtspsychologie belegt hatte. Beide ermordet, innerhalb von zwei Tagen.

Konnte es da eine andere Schlussfolgerung geben als die, dass Forster derjenige war, um den es ging? Irgendetwas hatten diese grauenvollen Ereignisse mit ihm zu tun. Er hatte nur nicht die geringste Vorstellung, was das sein könnte.

Bei der nächsten Ausfahrt verließ er die Bundesstraße und wendete. Kurz überlegte er, nach Schwedeneck weiterzufahren und ein Stück an der Steilküste entlangzugehen. Sicherlich ein herrlicher Anblick mit dem unwirklich blau leuchtenden Meer und der untergehenden Sonne. Aber Forster hatte plötzlich das dringende Bedürfnis, sich in sein Haus zurückzuziehen und die Welt auszusperren. Er musste nachdenken, und das konnte er nirgendwo sonst so gut wie in seinen eigenen vier Wänden.

Es waren nur ein paar Kilometer, bis er erneut die Abzweigung nach Strande erreichte. Er fuhr an den Feldern entlang und bog am Kreisel nach Schilksee ab. Knappe zehn Minuten später stellte er den Wagen in der Einfahrt ab und ging zur Haustür.

Als er sie geöffnet hatte, entdeckte er auf dem Boden einen dünnen Umschlag aus brauner Pappe im DIN-A5-Format. Auf der Vorderseite stand sein Name in Blockbuchstaben, mit einem breiten Filzstift geschrieben. Ein Absender fehlte, ebenso wie die Briefmarke. Der Umschlag war offensichtlich persönlich abgeliefert und durch den Briefschlitz neben der Tür eingeworfen worden.

Forster stellte seine Aktentasche im Flur ab und hängte seinen Mantel an die Garderobe. Die schwarzen Businessschuhe stellte er ins Regal und schlüpfte stattdessen in die bequemen Sportschuhe mit der Luftpolstersohle, die er im Haus trug. Sein erster Impuls war, nach oben in die Wohnung zu gehen, doch dann entschied er sich für das Therapiezimmer. Er nahm ein Glas vom Beistelltisch, füllte es mit Wasser und setzte sich in den Therapeutensessel.

Mit einem Anflug von Selbstironie überlegte er, dass er sich vielleicht besser auf die Couch legen sollte. Aber die vertraute Umgebung und der Sessel gaben ihm bereits ein Stück Sicherheit zurück. Die apricotfarbenen Wände und die abstrakten Bilder in Gelb und Orange hatten genau die Wirkung, die er sich erhofft hatte. Sie schufen eine behagliche Atmosphäre, ebenso wie die gut gefüllten Bücherregale.

Forster trank einen Schluck Wasser und stellte das Glas auf den Tisch neben sich. Anschließend nahm er den braunen Papp-umschlag zur Hand. Er enthielt ein zweifach geknicktes weißes Blatt und einen USB-Stick. Forster legte Stick und Umschlag beiseite und entfaltete das Papier.

Eröffnung stand in großen schwarzen Lettern oben auf der Seite. Darunter war ein längerer Text abgedruckt. Zwischen der Überschrift und dem Text befand sich ein Balken mit sechs Fotos. Forster stockte der Atem.

Er kannte die Bilder, zum Teil aus seinen Akten, zum Teil aus den Anmeldeunterlagen zu seinem Rechtspsychologie-Kurs. Es waren die Porträts von sechs jungen Menschen. Auf jedem davon stand in quer über das Bild verlaufender roter Schrift das Wort »Entführt«.

Aus der Therapiegruppe waren es Tessa Eilers, Leander Grossmann und Dustin Heuer, aus dem Seminar Mila Bruns, Tyler Hartwig und Alessia Ahrens – jene junge Frau, die man wenige Stunden zuvor mit blutenden Armstümpfen auf dem Christian-Albrechts-Platz aufgefunden hatte und die auf dem Weg ins Krankenhaus verstorben war.

Forster griff nach seinem Glas. Seine Kehle war wie ausgedörrt. Er stürzte das Wasser hinunter. Dann las er den Text.

Sie sind am Zug, Dr. Forster!

Finden Sie den Menschen, mit dem Sie 50 Prozent Ihrer Gene teilen (Nicht Ihre Eltern! LOL)

Sie haben fünf Tage Zeit.

An jedem Tag, an dem Sie der Lösung des Rätsels nicht näherkommen, wird eine der Personen auf den Bildern ausgelöscht.

Am sechsten Tag stirbt der Mensch, dessen Namen wir suchen.

Oder vielleicht stirbt er auch schon vorher? Weil es eine der Personen auf den Fotos ist?

Auf dem Speicherstick finden Sie ein Video – nur für den Fall, dass Sie glauben, es handele sich um einen Scherz.

Also, machen Sie Ihren Zug, aber machen Sie ihn mit Bedacht.

Die Zeit ist knapp, und der Einsatz ist hoch.

Und natürlich: Keine Polizei!

Sollte ich auch nur das kleinste Anzeichen dafür bemerken, dass Sie sich nicht an die Regeln halten, werden sämtliche verbliebenen Spielfiguren umgehend eliminiert.

Mit verbindlichsten Grüßen

    Gott

Forsters Körper wurde von Adrenalin überflutet. Sein Blutdruck stieg, seine Hände zitterten. Angst, Wut und Entsetzen tobten gleichzeitig durch seine Brust. Ein Teil von ihm wollte aufspringen und kämpfen, der andere war wie gelähmt.

Er zwang sich, ruhig zu atmen, und legte das Blatt mit einer kontrollierten Bewegung zurück auf den Tisch neben seinem Sessel. Seine Reaktion war völlig normal, aber nicht zielführend. Der Mensch hatte Jahrtausende überlebt, weil der Körper ein System entwickelt hatte, bei dem in Gefahrensituationen das Denken ausgeschaltet wurde und alles Handeln nur dem Instinkt folgte. Für eine Situation wie diese allerdings war das kein geeignetes

Mittel. Es gab keinen Gegner, gegen den er kämpfen konnte, und es würde auch nicht helfen, wegzulaufen oder in Schockstarre zu verfallen.

Forster erhob sich langsam, aber entschlossen. Er griff nach dem Speicherstick und ging über den Flur in sein Büro auf der Rückseite des Hauses.

Der Laptop brauchte eine Weile, um hochzufahren, Tribut an die umfangreiche Sicherheitssoftware, die Forster installiert hatte. Er tippte das Passwort ein, schob den Stick in den USB-Schlitz und öffnete den Explorer. Der Stick enthielt nur eine einzige Datei. Sie trug den Namen Gott_ist_böse_1 und war dem Zeitstempel zufolge am heutigen Vormittag erstellt worden.

Mit einem Doppelklick auf den Dateinamen öffnete sich das Videoprogramm. Auf dem Display erschien ein Bild, das aussah wie aus einem Dokumentarfilm über die Behandlung von Inhaftierten in irgendeinem Geheimgefängnis. Sechs Personen in orangefarbenen Overalls saßen im Halbkreis auf Stühlen, die Hände in mittelalterlich wirkenden Fesselvorrichtungen fixiert. Darüber befanden sich Kästen, die mit zwei Streben mit der hölzernen Handfessel verbunden waren.

Forster wurde die Kehle eng. Die sechs Personen waren dieselben, die auch auf den Fotos im Brief abgebildet waren, Tessa, Dustin und Leander aus der Therapiegruppe und Mila, Alessia und Tyler aus dem Uni-Seminar. Widerstrebend klickte Forster auf den Play-Button.

Ein Mann trat ins Bild, groß, breitschultrig, mit streng zurückgekämmten dunklen Haaren, buschigen Augenbrauen und einem langen schwarzen Mantel. Im Gegensatz zu den jungen Leuten im Stuhlkreis wirkte er glatt und unwirklich wie eine Figur aus einem Computerspiel. Forster stoppte das Video und kniff die Augen zusammen.

Nun sah er, dass die Umrisse des Mannes eine klare Linie hatten. Offenbar hatte er es mit einer realen Person zu tun, die im Film nachträglich durch einen künstlichen Charakter ersetzt worden war. Ein Avatar.

Forster ließ das Video weiterlaufen.

Der Mann ging zu den Gefangenen und reichte jedem von ihnen eine Metallkugel, die über eine Kette mit dem Kasten über ihrem Platz verbunden war. Anschließend nahm er eine Fackel aus der Halterung der Feuerschale, die vor den Fesselstühlen stand, und bewegte sich damit auf Leander zu. Er hielt die Flamme unter die Kugel, die Leander zwischen die Fingerspitzen presste, um sie am Herunterfallen zu hindern, und stellte ihm offenbar eine Frage. Leander antwortete, und der Mann mit der Fackel trat zurück.

Forster regelte die Lautstärke hoch und hörte, wie Dustin sagte: »Das hätte ich auch gekonnt.«

»Keine Sorge«, erwiderte der Mann im schwarzen Mantel. »Sie kommen sicher auch bald an die Reihe.«

Seine Stimme war elektronisch verzerrt worden; sie klang wie das Krächzen eines sehr alten Mannes, unheilvoll und drohend.

Wieder trat der Folterknecht vor. Dieses Mal hielt er die Fackel unter Dustins Kugel. Er wartete eine Weile, bevor er ihm eine Rechenaufgabe stellte, die Dustin nicht lösen konnte. Daraufhin hob der Mann die Fackel noch höher, und Dustin ließ die Metallkugel fallen.

In der nächsten Sekunde sauste eine silbergraue Scheibe aus dem Kasten über seinem Platz auf die Handfessel herab, und Dustin lachte auf. »Das ist ja bloß Styropor.«

Forster lief ein kalter Schauer über den Rücken. Wie von selbst fügten sich die Bilder in seinem Kopf zusammen.

Er sah, wie der Folterknecht auf Mila zutrat, die Mühe hatte, ihre simple Rechenaufgabe zu bewältigen, weil sie vollkommen kopflos war. Erst als Alessia sie höhnisch zurechtwies, kam die richtige Antwort. Der Mann mit der Fackel trat zurück. Mila war so erleichtert, dass ihre Konzentration nachließ und ihr die Metallkugel aus den Fingern glitt.

Aus dem Kasten über ihr fiel ebenfalls eine silbergraue Scheibe und landete auf ihren Handgelenken. Mila begann hysterisch zu kichern.

»Das ist auch bloß Styropor!«, rief sie.

Alessia sah sie verächtlich an. »Was dachtest du denn? Das ist ein wissenschaftliches Experiment. Wir werden dafür bezahlt. Hast du im Ernst geglaubt, in einem der Kästen hier ist eine echte Guillotine, die uns die Hände abhackt?« Sie lachte. »Das ist alles nur Hokuspokus. *Rocky Horror Picture Show*. Aber ich falle da nicht drauf rein.« Mit einem lässigen Schwung warf sie ihre langen blonden Haare zurück. »Pass auf!«

Sie öffnete die Finger und ließ ihre Kugel los. Die Kette straffte sich, über ihrem Kopf glitt ein Bolzen aus einer Öse. Aus dem Kasten über Alessia löste sich das Fallbeil, schneller und mit vielfach größerer Wucht als bei den beiden anderen.

Das Licht der Spots, die irgendwo an der Decke angebracht sein mussten, reflektierte auf dem blanken Metall. Die messerscharfe Klinge sauste herab und schnitt durch Alessias Handgelenke wie durch Butter. Blut spritzte auf, und ihre Hände fielen zu Boden wie zwei nasse Lappen.

Alessia schrie vor Entsetzen und Schmerz. Ihre Augen waren riesengroß, das Gesicht so verzerrt, dass es kaum noch wiederzuerkennen war. Die anderen Jugendlichen kreischten oder starrten stumm und fassungslos auf das Unfassbare.

Die Kamera fokussierte die beiden abgetrennten Hände am Boden. Dann wurde der Bildschirm schwarz.

17

Tessa hatte immer noch Gänsehaut am ganzen Körper. Nie im Leben würde sie diesen Moment vergessen, in dem das Fallbeil heruntergesaust war und der Studentin – Alessia – die Hände abgehackt hatte. Auf eine sonderbare Weise war das schlimmer gewesen als der Augenblick, in dem die Bombe Vincenzo Biraghi zerrissen hatte. Vielleicht, weil sich Tessa nach der Explosion selbst vollkommen betäubt gefühlt hatte. Und weil Vincenzo auf der Stelle tot gewesen war.

Alessia dagegen hatte noch gelebt. Sie hatte fürchterlich geschrien. Das wunderschöne Gesicht war zu einer hässlichen Fratze verzerrt, über das die Tränen liefen.

Der Assistent hatte ihre Arme gepackt und sie hochgezogen. Ohne die Hände war sie nicht länger gefesselt und konnte aufstehen. Der Mann hatte sie aus dem Raum geführt, und das Letzte, was Tessa von ihr gesehen hatte, waren die herunterhängenden Stümpfe, aus denen das Blut strömte wie aus einem Wasserhahn.

Gleich darauf war die Tür hinter Alessia und dem Mann zugefallen, und zurückgeblieben war nichts bis auf die beiden dicken, parallel verlaufenden roten Blutspuren auf dem hellgrauen Linoleumboden und die abgetrennten Hände, die aussahen wie tote Fische. Wäre Tessa allein gewesen, sie hätte geglaubt, dass das alles nur ein schlimmer Traum war. Doch die entsetzten Mienen der anderen bestätigten ihr, dass sie sich die fürchterliche Szene nicht eingebildet hatte.

Mila hatte geschrien, und Dustin hatte unablässig geflucht. Leander und Tyler dagegen hatten nur stumm auf den Stuhl gestarrt, auf dem Alessia gesessen hatte.

Dann war der Mann im dunklen Anzug zurückgekommen und hatte sie nacheinander von ihren Fesseln befreit und in ihre Zellen gebracht. Sie hatten sich nicht gewehrt, dazu waren sie viel zu schockiert gewesen.

Tessa rieb sich mit den Fäusten die Augen. Erst jetzt begann sie zu begreifen, dass sie sich nicht einfach in ihr Schicksal ergeben durfte.

Der Assistent hatte sich nicht die Mühe gemacht, sein Gesicht zu verbergen. Das bedeutete ja wohl, dass er nicht vorhatte, einen von ihnen wieder laufen zu lassen. Und dann war da noch der Mann hinter der Scheibe. Kalt und nüchtern hatte er das grausame Spiel geleitet.

Er hatte sich als Dr. Forster ausgegeben, aber Tessa war sich sicher, dass er gelogen hatte. Sie war in ihrem Leben nicht vielen Menschen begegnet, die es gut mit ihr gemeint hatten, aber bei Forster hatte sie von Anfang an echtes Mitgefühl gespürt. Er kümmerte sich nicht deshalb um sie, weil er Geld dafür bekam, sondern weil er ihr wirklich helfen wollte.

Forster hatte verstanden, warum sie die gläserne Verkaufstheke mit dem schweren Nudelholz zertrümmert hatte. Er hatte ihr auch geglaubt, dass sie niemanden hatte verletzen wollen.

Sie hatte nicht vorgehabt, ihren Chef anzugreifen. Sie hatte nur einen Schritt beiseite gemacht, als er ihr das Nudelholz abnehmen wollte. Dass er daraufhin stolpern und mit dem Gesicht mitten in die Scherben fallen würde, hatte sie nicht voraussehen können. Er hatte Glück gehabt, dass er sein Augenlicht nicht verloren hatte, doch sein Gesicht würde entstellt bleiben.

Hatte er womöglich etwas mit den Ereignissen der beiden letzten Tage zu tun?

Vielleicht war da nicht nur der eine Mann hinter der Scheibe gewesen, der mit ihnen gesprochen hatte, sondern eine ganze Gruppe. Personen, die sich zusammengefunden hatten, um die Anwesenden, einen nach dem anderen, ihre Missetaten sühnen zu lassen.

Bei Vincenzo, sich selbst und den anderen aus der Anti-Aggressions-Gruppe könnte Tessa sich das problemlos vorstellen. Aber was sollte eine harmlose Studentin wie Alessia verbrochen haben, dass jemand so grausam Rache an ihr nahm?

Andererseits: Nett war sie nicht gewesen, sondern eingebildet und überheblich. Wahrscheinlich hatte sie früher auch ihre Mitschüler gemobbt. Nur weil jemand hübsch aussah und Geld hatte, war er noch lange kein guter Mensch. Oft genug war eher das Gegenteil der Fall, das hatte Tessa mehr als einmal erlebt.

Wenn sie recht hatte und hier eine ganze Gruppe diejenigen bestrafte, die ihr Leben zerstört hatten, dann gab es vielleicht auch ein System hinter der Sache.

Vincenzo hatte seinen Stiefvater getötet und war durch eine Bombe gestorben. Was Alessia getan hatte, wusste Tessa nicht, aber womöglich hatte es etwas mit ihren Händen zu tun.

Tessa selbst hatte, wenn auch unabsichtlich, ihrem Chef das Gesicht verunstaltet. Wenn die Strafe, die man ihr zugedacht hatte, dem entsprach, würde ihr wahrscheinlich etwas Ähnliches blühen. Vielleicht würde der Mann im Anzug morgen kommen und ihr mit der Fackel das Gesicht verbrennen.

Der Gedanke ließ ihr einen eisigen Schauer über den Rücken

laufen, während ihre Wangen zugleich so heiß wurden, als würde das Schreckliche bereits geschehen.

Ob es etwas nützte, wenn sie Reue zeigte und beteuerte, wie leid ihr tat, was sie getan hatte?

Tessa hörte ein Scharren an der Tür, dann wurde die Klappe vor der Scheibe im oberen Drittel beiseitegeschoben. Der Mann im dunklen Anzug spähte hinein, ehe die Klappe wieder an ihren Platz fiel.

Ein Schlüssel drehte sich im Schloss. Die Tür öffnete sich, und der Assistent beförderte mit dem Fuß ein Tablett zu ihr herein. Darauf befanden sich ein Teller mit ein paar Scheiben Graubrot, ein Apfel und eine Halbliterflasche Wasser. Gleich darauf schloss sich die Tür wieder.

Seit gestern Nachmittag, als die Sache mit Vincenzo passiert war, war ihr die ganze Zeit schlecht gewesen, doch jetzt merkte Tessa plötzlich, dass sie hungrig war, obwohl sich ihr Magen immer noch wie zugeschnürt anfühlte. Langsam stand sie auf, nahm das Tablett und stellte es auf den kleinen Tisch. Sie griff nach dem Apfel und wollte gerade hineinbeißen, als sie entdeckte, dass noch ein weiteres Objekt auf dem grauen Kunststofftablett lag, das sie zuvor nicht bemerkt hatte.

Es war ein Foto von Alessia. Quer darüber standen in Rot geschrieben die Buchstaben R.I.P. Unter dem Bild befand sich eine Textzeile.

Wer von euch wird der Nächste sein?

Tessa begann unkontrolliert zu zittern, und ihre Zähne klapperten. Der Apfel glitt ihr aus den Fingern, fiel zu Boden und rollte unter das Bett.

18

Robert Forster merkte erst, dass er immer noch die Armlehnen des Schreibtischstuhls umklammerte, als seine Hände zu schmerzen begannen. Er wusste nicht, wie lange er auf den schwarzen Monitor gestarrt hatte.

Ohne den Besuch der Kommissarinnen an seinem Arbeitsplatz hätte er das Ganze für einen Fake gehalten. Es konnte einfach nicht sein, dass jemand sechs Personen entführte, die bei ihm in Behandlung waren oder studierten, und einer davon die Hände abhackte. Noch dazu in einem Szenario, das einer der unzähligen Realityshows glich, in denen die Teilnehmer irgendwelche absurden Aufgaben erfüllen mussten, um nicht vom Publikum herausgewählt zu werden. Aber er wusste, dass Alessia Ahrens tot war. Dass ihr tatsächlich jemand die Hände amputiert hatte.

Das Video war also echt.

Forster ging zurück ins Therapiezimmer und nahm den Brief zur Hand, den er auf dem Tisch neben dem Sessel abgelegt hatte. Er musste jetzt logisch denken und durfte sich nicht von seinen Gefühlen überfluten lassen.

Es ging um ihn, das war völlig klar.

Er fragte sich, warum Biraghi in dem Schreiben nicht erwähnt wurde. Die Ereignisse mussten doch zusammenhängen. Warum erst die Bombe und nun dieses perverse Spiel?

Forster kehrte mit dem Brief in sein Büro zurück und nahm sich Stift und Zettel aus der Schublade. Er musste systematisch vorgehen. Anders würde er keine Ordnung in seine Gedanken bekommen.

Er notierte zuerst die bekannten Fakten. Vincenzo Biraghi war durch eine selbst gebaute Bombe ums Leben gekommen. Der Täter hatte einen Fernzünder verwendet. Er hatte steuern können, ob und wen die Bombe traf. Biraghi war kein Zufallsopfer. Deshalb verfolgten Kommissarin Davari und ihre Kollegin die Spur zu Georg Meyer, dem Biraghi den Bruder genommen hatte.

Forster klopfte mit dem Stift auf das helle Holz des Schreibtisches und schaute aus dem Fenster in den weitläufigen Garten. Es war längst dunkel geworden. Nur die Solarleuchten gaben noch ein wenig Licht ab. Bunte verschwommene Farbtupfer im Nebel, der sich über den Rasen senkte.

Meyer hatte einen Grund, sich an Biraghi zu rächen, aber es gab keine Verbindung zu Forster. Der Mann mochte sich Geld beschafft haben, um einen der Teilnehmer aus der Anti-Aggressions-Gruppe für den Bau der Bombe zu bezahlen, doch für die Entführung der sechs jungen Leute und die fast studioreife Inszenierung dieses Folterspiels fehlten ihm mit Sicherheit die Mittel.

Was nicht heißen musste, dass er nichts damit zu tun hatte. In allen Fällen, die Forster als Gerichtsgutachter betreute, gab es Geschädigte. Vielleicht war es ein Komplott. Aber was hatten die Studenten damit zu tun? Und weshalb gab man ihm den Auftrag, nach einem Verwandten zu suchen?

Die beiden einzigen Menschen, mit denen er seine Gene teilte, waren seine Eltern. Sein siebenundsiebzigjähriger Vater, früher Anwalt für Strafrecht, der jetzt dement war und im Heim lebte. Und seine sechsundsiebzigjährige Mutter, ehemalige Lehrerin, die geistig fit und ausgesprochen reiselustig war. Als Forster das Haus seiner Eltern übernommen und dort seine Praxis eingerichtet hatte, war sie in eine Wohnung im Olympiazentrum gezogen, verbrachte aber große Teile des Jahres mit ihren Freundinnen auf Sylt oder Amrum.

Darüber hinaus gab es niemanden.

Es hatte jemanden gegeben, ja. Aber das war lange her.

Forster war fast noch ein Kind gewesen, als seine Schwester gestorben war. Er dachte nicht oft und nur ungern daran, aber er wusste, dass ihr Tod sein Leben geprägt hatte. Seine Haltung Frauen gegenüber, seine Berufswahl und auch seine Distanz zur Welt, die er nie ganz ablegen konnte.

Er schaute wieder auf den Brief. Der Entführer forderte ihn auf, den Namen einer Person zu nennen, mit der er fünfzig Prozent seiner genetischen Merkmale teilte. Das traf, wie Forster wusste, ausschließlich auf Eltern, Kinder und Geschwister zu. Der Entführer drohte, die betreffende Person zu ermorden. Seine tote Schwester konnte nicht gemeint sein. Aber wenn es nicht um sie und auch nicht um Forsters Eltern ging, blieb nur eine logische Schlussfolgerung.

Er hatte ein Kind, von dem er nichts wusste.

Rasch ging er im Kopf die Beziehungen durch, die er bisher geführt hatte. Es waren nicht viele. Der große Respekt, mit dem er Frauen begegnete, wurde häufig als Arroganz oder Desinteresse gedeutet, oder andere Männer, die weniger Skrupel hatten, waren einfach schneller als er. Kurze Abenteuer und heiße Nächte hatte es nie gegeben, dafür war er nicht der Typ. Blieben also die Frauen, mit denen er mehr oder weniger lange zusammen gewesen war.

Forster schrieb die Namen auf einen Zettel und starrte darauf.

Von keiner der Frauen hatte er sich im Streit getrennt. Er hatte trotzdem keinen Kontakt mehr, aber er war davon überzeugt, dass sie ihn informiert hätten, wenn sie nach der Trennung festgestellt hätten, dass sie von ihm schwanger waren. Oder nicht?

Er musste versuchen, die Frauen ausfindig zu machen. Mit etwas Glück wohnten sie immer noch in der Stadt, aber sie könnten auch geheiratet und den Namen geändert haben oder weggezogen sein. Bei zweien konnte er sich nicht einmal mehr an den Nachnamen erinnern.

Forster tippte die Namen der Frauen nacheinander in das Suchfenster seines Internetbrowsers, bekam aber zu keinem davon eine aktuelle Adresse oder Telefonnummer. Immerhin fand er ein paar alte Bilder, hier die Erwähnung in einem Stadtteilmagazin wegen besonderen sozialen Engagements, dort ein Schwimmpokal oder die Teilnahme an einem Tennisturnier. Wenn er von da aus weitersuchte, würde er möglicherweise Personen aufspüren, die noch Kontakt zu den Frauen hatten und ihm eine Adresse oder Telefonnummer geben könnten.

Aber das war umständlich und würde Zeit kosten. Zeit, die er nicht hatte. Der Entführer hatte angekündigt, an jedem Tag, an dem Forster keine Fortschritte vorweisen konnte, eine weitere Person zu töten.

Vielleicht wäre es einfacher, die Sache von der anderen Seite anzugehen? Auch diese Möglichkeit war im Brief benannt: dass die Person, um die es ging, eine von denjenigen war, die der Entführer in seine Gewalt gebracht hatte.

Forster kniff die Augen zusammen und studierte die Fotos. Alessia Ahrens, Mila Bruns, Tyler Hartwig, die Studenten. Und Tessa Eilers, Dustin Heuer und Leander Grossmann, die Patienten. Bei keinem von ihnen hatte er irgendeine Art von Verbindung gespürt. Aber was bedeutete das schon?

Das Gefühl familiärer Bindung speiste sich aus der gemeinsamen Sozialisation und dem Wissen, dass man blutsverwandt war. Auch ein abstraktes Bild reichte aus. Menschen, die jahrelang einen verschollenen Angehörigen gesucht hatten, fühlten ebenfalls eine große Nähe, wenn sie endlich mit der betreffenden Person vereint waren. Aber ein Verwandter, von dessen Existenz man nichts wusste, war ein Fremder. Es gab keine geheimnisvolle Anziehung, keinen inneren Magneten, mit dem sich gleiche Gene zu erkennen gaben.

Eine Ähnlichkeit mit sich selbst fand er in keinem der Gesichter, doch das musste nichts bedeuten. Es gab genügend Kinder, die ihren leiblichen Eltern nicht im Geringsten ähnlich sahen.

Forster setzte sich wieder an den Rechner und rief die Akten der Gruppenteilnehmer auf. Über die Familien der Studenten wusste er nichts, aber bei den Teilnehmern der Anti-Aggressions-Gruppe besaß er Informationen über die Angehörigen. Er zog die Schachtel mit den Pfefferminzpastillen aus der Tasche und stellte fest, dass sie leer war. Offenbar hatte er sich in der letzten halben Stunde einige Male bedient, ohne es bewusst wahrzunehmen. Dafür sprach auch der intensive Pfefferminzgeschmack in seinem Mund. Aber jetzt war nicht der Moment, um über Süchte oder Zwangshandlungen nachzudenken. Forster ging in die Küche, wo er einen Vorrat an Pfefferminzpastillen aufbewahrte, und nahm sich eine frische Schachtel aus dem Schrank. Dann kehrte er an den Schreibtisch zurück.

Tessa Eilers stammte aus einfachen Verhältnissen. Der Vater war Maurer, die Mutter ungelernt. Sie war mit siebzehn das erste Mal schwanger geworden. Jetzt war sie achtunddreißig und hatte drei Kinder, den einundzwanzigjährigen Elias, die achtzehnjährige Tessa und den sechzehnjährigen Linus. Es bestand kein Zweifel daran, dass es sich bei den dreien um die leiblichen Kinder der Mutter handelte.

Die Eltern wurden vom Jugendamt betreut, weil es schon beim ersten Kind Handgreiflichkeiten gegeben hatte. Sie hätten kein Kind adoptieren können, und Forster war sich auch sicher, dass er der Mutter nie zuvor begegnet war. Ganz bestimmt hatte er kein Kind mit ihr gezeugt. Als sie siebzehn gewesen war, hatte er gerade promoviert und war mit seiner großen Liebe zusammen gewesen. Tessa konnte nicht seine Tochter sein.

Dustin Heuer kam ebenfalls nicht infrage. Forster hatte seine Eltern und Geschwister kennengelernt, die einen Biobauernhof auf einem nicht weit entfernten Dorf betrieben. Alle drei Jungen hatten den massiven Körperbau, die Gesichtszüge und die strohblonden Haare ihres Vaters geerbt, daran bestand nicht der geringste Zweifel.

Dustin fiel zwar aus dem Rahmen, aber nicht, weil er einen anderen Vater gehabt hätte. Wenn überhaupt, war die mangelnde Sauerstoffversorgung bei seiner Geburt das Problem. Dustin hatte eine Beeinträchtigung davongetragen, über deren Schwere Forster sich allerdings noch nicht im Klaren war.

Bei Leander Grossmann lagen die Dinge anders. Er stammte aus einem reichen Elternhaus. Der Vater war ein international tätiger Spediteur, die Mutter engagierte sich wohltätig. Beide waren schon ein wenig älter. Forster hatte Bilder des Paares gesehen und war sich sicher, dass er die Mutter nie im Leben getroffen hatte. Mit Sicherheit hatte er kein Kind mit ihr gezeugt.

Trotzdem könnte Leander sein Sohn sein. Der junge Mann litt an Wohlstandsvernachlässigung, aber das musste nicht bedeuten, dass seine Eltern sich nicht irgendwann einmal ein Kind gewünscht und womöglich adoptiert hatten. Wenn also eine der Frauen, mit denen Forster zusammen gewesen war, nach der

Trennung ein Kind zur Welt gebracht hätte, von dem er nichts wusste, könnte es auf diese Weise bei den Grossmanns gelandet sein.

Forster merkte, dass die Vorstellung einen Widerwillen in ihm auslöste. Leander war ein berechnender, hinterhältiger Charakter, nicht der Sohn, den Forster sich gewünscht hätte. Aber er war auch hochintelligent und wortgewandt. Äußerlich waren sie grundverschieden, Forster blond, mit hellen, blaugrauen Augen, Leander schwarzhaarig, mit braunen Augen, doch diese Merkmale könnten von der Mutter stammen. Fast alle Frauen, mit denen Forster zusammen gewesen war, hatten dunkle Haare und Augen gehabt.

Bei den Studenten hatte er nicht die Möglichkeit zu überprüfen, ob er die Mütter kannte. Ahrens, Bruns und Hartwig waren keine ungewöhnlichen Namen im Norden. Weder das Immatrikulationsamt noch das Studentenwerk würde ihm einfach so die Adressen aushändigen. Die Datenschutzbestimmungen wurden immer strenger, trieben teilweise schon absurde Blüten. Selbst an die Mail-Adressen der Studenten kam man nur noch schwer heran. Wenn es um Telefonnummern oder Straßennamen ging, war es ein aussichtsloses Unterfangen.

Die Kommissarin würde ihm diese Informationen ohne Schwierigkeiten beschaffen können. Aber der Entführer hatte deutlich zum Ausdruck gebracht, dass er sämtliche Geiseln töten würde, wenn Forster zur Polizei ging. Schlimm genug, dass Davari ihn wahrscheinlich erneut wegen der Morde an Vincenzo Biraghi und Alessia Ahrens aufsuchen würde. Er konnte nur hoffen, dass der Entführer daraus keine falschen Schlüsse zog.

Sein Gegner hatte den ersten Mord als »Eröffnung« bezeichnet und Forster aufgefordert, seinen Zug zu machen, und tatsächlich war es wie bei einer Schachpartie. Er musste sich entscheiden.

Alle Spuren zugleich zu verfolgen war unmöglich. Jeder Schritt, den er machte, schloss andere aus und hatte Konsequenzen. Die größten Erfolgsaussichten versprach er sich davon, die Geiseln zu überprüfen, doch so spät am Abend konnte er nichts mehr erreichen.

Also würde er stattdessen auf den Dachboden klettern und sich die Kisten mit den alten Fotos vornehmen. Zu der Zeit, in der die entführten jungen Leute geboren worden waren, hatte er noch ausschließlich analog fotografiert. Die Bilder steckten in Kartons und Umschlägen, obwohl er sich hundertmal vorgenommen hatte, sie zu sortieren und in Alben einzukleben. Er war nie dazu gekommen.

Forster machte einen weiteren Abstecher in die Küche und nahm sich eine Flasche stilles Wasser mit, ehe er die Stufen zum Dachboden erklomm.

Ob der Entführer wusste, dass Forster früher ein leidenschaftlicher Schachspieler gewesen war? Hatte er deshalb die Anspielung verwendet?

Das war der dritte mögliche Zugang zur Lösung des Rätsels. Wer war der Entführer? In welcher Beziehung stand er zu Forster? Und woher wusste er von dem Kind?

Forster hatte nicht den Hauch einer Idee. Hätte man ihn zwei Tage zuvor gefragt, er hätte mit fester Überzeugung erklärt, dass er keine Feinde hatte. Heute musste er zugeben, dass er sich offensichtlich geirrt hatte.

Oder ging es gar nicht um ihn? War auch er nur eine Schachfigur in dem Spiel, das der Entführer eröffnet hatte?

So viele Fragen, und er hatte nicht auf eine davon eine Antwort. Er konnte nur hoffen, dass ihn die alten Bilder weiterbrachten und er vielleicht die Frauen aus seiner Vergangenheit aufspürte.

19

Draußen dämmerte es. Ein fahler Lichtschein drang durch den Nebel, der wie eine graue Decke über der Stadt hing.

Robert Forster blinzelte. Er versuchte aufzustehen, doch es gelang ihm nicht.

Vorsichtig bewegte er den Kopf von einer Seite auf die andere und streckte die Arme. In seiner Wirbelsäule knackte es vernehmlich. Die Blockade löste sich. Forster richtete den Oberkörper auf.

Er saß auf dem dicken Teppich im Wohnzimmer. Überall um ihn herum verstreut lagen Fotos, auf dem Boden, auf dem Wohnzimmertisch, auf dem Sofa. Forster erinnerte sich, dass er zuerst auf dem Sofa gesessen hatte und dann auf den Boden gewechselt war, um die Bilder besser ausbreiten zu können.

Irgendwann musste er einfach eingeschlafen sein. Keine gute Idee. Der Teppich war zwar wunderbar flauschig, wenn man barfuß darüber lief, aber kein geeigneter Ersatz für eine Matratze.

Mit zwanzig hätte ihm das nichts ausgemacht. Auf seinen Interrail-Reisen durch halb Europa hatte er auf viel unbequemeren Unterlagen geschlafen, mit einer dünnen Isomatte auf steinigen Böden im Zelt, auf harten Sitzpolstern in Zügen oder auf noch härteren Bänken in irgendwelchen Bahnhöfen, wenn spät in der Nacht kein Zug mehr fuhr und er die Zeit bis zum nächsten Morgen irgendwie herumbringen musste.

Forster stemmte sich entschlossen hoch. Gegen die verspannten Muskeln würde eine heiße Dusche helfen, gegen die Müdigkeit ein starker Kaffee.

Als er eine halbe Stunde später an seinem Schreibtisch saß, die feuchten Haare zurückgekämmt, mit einem dampfenden Becher Kaffee und der Liste vor sich, die er in der Nacht erstellt hatte, fühlte er sich wieder fit genug, um zu arbeiten.

Die Fotos hatten eine ganze Reihe von Erinnerungen heraufgespült. Begegnungen, Erlebnisse, Gefühle, die irgendwo unter dem Alltäglichen verschüttet gewesen waren.

Das menschliche Gedächtnis war ein unvergleichliches Wunderwerk. Nichts, was einmal gespeichert worden war, ging jemals wieder verloren. Es sei denn, die betreffenden Hirnareale wurden zerstört, sei es durch übermäßigen Alkoholkonsum oder durch eine Krankheit. Alzheimer oder Demenz löschten alle Erinnerungen aus.

Aber ein gesundes Gehirn vergaß nichts. Das Problem bestand darin, die gespeicherten Inhalte abzurufen. Man brauchte Hinweisreize. Bilder, Klänge, Gerüche. Das Gedächtnis war darauf ausgelegt, Verknüpfungen herzustellen. Je mehr Verbindungen es gab, desto größer war die Wahrscheinlichkeit, eine Information auch nach langer Zeit wiederzufinden.

Forster war in der Nacht zuvor von Erinnerungen regelrecht überschwemmt worden. Viele schöne, aber auch einige unangenehme waren darunter gewesen.

Als Therapeut wusste er, dass gerade die Erinnerungen, die man am liebsten auslöschen wollte, das größte Potenzial bargen. Eine davon war gänzlich unerwartet aus der Verdrängung aufgetaucht, als er die Fotos gesehen hatte.

Es stimmte nicht, dass er sich von all seinen früheren Freundinnen einvernehmlich getrennt hatte. Bei Constanze war es anders gewesen. Sie hatte sein gesamtes Geschirr zerschlagen, und wenn er nicht nach Hause gekommen wäre und sie daran gehindert hätte, hätte sie wahrscheinlich mit seinen Schallplatten oder seinem Kleiderschrank weitergemacht. Sie war außer sich vor Wut gewesen. Hatte ihre Sachen gepackt und ihn mit einer Flut von Verwünschungen verlassen. Wäre sie zu diesem Zeitpunkt von ihm schwanger gewesen, sie hätte es ihm bestimmt nicht verraten.

Nach der Trennung war Constanze wieder zu ihren Eltern nach Hamburg gezogen. Forster hatte ihre Mutter und ihren Vater nie kennengelernt; Constanze und er waren nur ein halbes Jahr zusammen gewesen. Er wusste ihren Nachnamen, Rogge, nicht aber ihre Adresse. Inzwischen lebte sie sicherlich auch nicht mehr bei ihren Eltern. Die Trennung lag fast einundzwanzig Jahre zurück.

Forster schaltete seinen Laptop ein und öffnete den Internetbrowser.

Die Suche nach Constanze Rogge führte nur zu einem Beitrag in einem Buch über Einwanderungsrecht. Die Telefonbuchsuche in Hamburg nach Personen mit dem Namen Rogge dagegen ergab neunundvierzig Einträge. Ihm würde wohl nichts anderes übrig bleiben, als die Personen der Reihe nach anzurufen und nach Constanze zu fragen.

Er wollte gerade nach dem Telefon greifen, als ihm sein Mailprogramm den Eingang einer neuen Nachricht ankündigte. Forster klickte auf die Vorschau und erstarrte. Die Betreffzeile lautete: *Gott ist böse 2.*

Rasch öffnete er die Mail. Sie enthielt lediglich einen Link, der aus einer langen Reihe von Buchstaben, Zahlen und Sonderzeichen bestand. Die Art von Link, die er unter normalen Umständen keinesfalls anklicken würde. Doch in diesem Fall hatte er keine Wahl.

Ein neues Fenster öffnete sich, und auf dem Monitor erschien das Bild des Raums, den Forster bereits auf dem Video des Entführers gesehen hatte. Die Einrichtung war allerdings nicht mehr dieselbe. Dieses Mal standen nicht sechs, sondern nur fünf Stühle im Halbkreis aufgereiht, und die Feuerschale in der Mitte fehlte.

Es gab auch keine Tische mit hölzernen Handfesseln und keine darüber schwebenden Kästen mit Guillotinen. Stattdessen hatten die Stühle Armlehnen, an denen sich dicke Metallschellen befanden. Vor jedem Stuhlbein befanden sich außerdem zwei senkrecht stehende Metallplatten, die durch mehrere stabile Bügel verbunden waren.

Plötzlich leuchtete eine rote Schrift auf dem Bildschirm auf.

Machen Sie Ihren Zug, Dr. Forster!

Ein leeres Textfeld öffnete sich. Der Cursor blinkte. Darunter erschien Wort für Wort eine weitere Zeile.

Tragen Sie hier den Namen der gesuchten Person ein.

Forster presste die Zähne zusammen. Er hatte keinen Namen, den er eintragen konnte. Constanzes Nachname allein würde dem Entführer nicht reichen, und Forster wusste nicht einmal, ob er auf der richtigen Spur war.

Der Täter war offensichtlich psychisch gestört und absolut skrupellos. Forster durfte niemanden in Gefahr bringen. Solange er sich nicht sicher war, dass Constanze etwas mit dem kranken Spiel des Entführers zu tun hatte, durfte er dessen Aufmerksamkeit nicht auf sie lenken.

Wieder leuchtete eine rote Schrift auf.

Sie haben ab jetzt sechzig Minuten Zeit.

Eine digitale Anzeigetafel wurde eingeblendet.

1:00:00.

Die Zahl blinkte. Dann begann die Zeit zu laufen.

Forster griff nach dem Telefonhörer und wählte die erste Nummer im Hamburger Telefonbuch unter dem Eintrag Rogge.

20

Dustin Heuer schnaufte. Er wusste einfach nicht, wohin mit seiner Wut. Die Zelle war höchstens vier Meter lang und zweieinhalb Meter breit. Bett, Tisch, Stuhl und die hinter dem Vorhang verborgene Toilette passten hinein, mehr nicht. Er war den schmalen Gang hundert Mal auf und ab gelaufen, hatte sich die Fäuste an der Wand blutig gehämmert, Kniebeugen und Liegestütze absolviert, bis ihm die Arme und Beine weich geworden waren. Aber das Kribbeln, das er im ganzen Körper verspürte, war nicht weggegangen.

In was für eine gottverdammte Scheiße war er hier nur hineingeraten? Dr. Forster musste einen Dachschaden haben. Einen weitaus größeren als Dustin selbst.

Was mit dieser Studentin passiert war, war echt gewesen. Genauso echt wie die Bombe, die Vincenzo zerfetzt hatte. Dabei waren sie doch hergekommen, weil Forster behauptet hatte, er könne ihnen helfen, den Schock zu verarbeiten.

Passiert war genau das Gegenteil. Nach der Bombenexplosion war Dustin wie vor den Kopf geschlagen gewesen. Er hatte überhaupt nichts gefühlt. Bis auf den Schmerz von dem Holzsplitter, der in seinem Oberschenkel gesteckt hatte. Im Krankenhaus hatten sie ihn mit Medikamenten vollgepumpt, nachdem sie den Splitter entfernt und das Bein verbunden hatten, und er hatte fast zwölf Stunden lang geschlafen. Danach war ihm die Sache mit Vincenzo wie ein schlechter Traum vorgekommen.

Was gestern mit dieser Studentin passiert war, wurde dagegen durch nichts gedämpft. Das Bild, wie die rasiermesserscharfe Klinge im Bruchteil einer Sekunde ihre Hände abschnitt, blitzte wie ein Stroboskoplicht beständig vor seinem geistigen Auge auf. Und das Klatschen, mit dem die abgetrennten Hände auf dem Boden gelandet waren, hatte sich in seinen Ohren festgefressen. Wie blutige Steaks, die auf ein Schneidbrett geworfen wurden.

Was für eine Art von Therapie sollte das sein?

Dustin setzte sich auf die schmale Pritsche, umklammerte die Bettkante mit beiden Händen und starrte auf den Boden. Er dachte nach.

Ihm war klar, dass er nicht die hellste Kerze auf der Torte war. Seine Eltern und seine beiden Brüder waren viel pfiffiger als er, das hatte er schon früh gemerkt. Sie hatten ihn nie damit aufgezogen und ihm auch nie irgendwelche Vorwürfe gemacht, aber trotzdem hatte er sich schon als Junge nicht dazugehörig gefühlt. Er wusste, dass er nicht mithalten konnte.

In der Autowerkstatt, in der er seine Lehre gemacht hatte, war es besser gewesen. Die anderen Jungs da waren genauso wie er. Fasziniert von Technik, Motoren und schnellen Wagen, aber ohne Interesse an Dingen, für die man seinen Kopf brauchte.

Dustins Problem war, dass er manchmal einfach ausrastete. So wie an dem Tag, als der Meister ihm eine Standpauke gehalten hatte, weil er nach dem Reifenwechsel die Radmuttern nicht richtig festgezogen hatte.

Er hätte einfach die Klappe halten sollen. Freundlich nicken und die Muttern vernünftig festdrehen. Stattdessen war er mit dem Schraubenschlüssel auf den Meister losgegangen. Hatte auf ihn eingeprügelt, bis ihm das Blut aus Mund und Nase gespritzt war. Schließlich war der Meister zusammengebrochen.

Erst da war Dustin wieder zur Besinnung gekommen. Er hatte einen Rettungswagen gerufen und war dann in den Frühstücksraum gegangen. Dort standen noch ein paar Flaschen Schnaps von der letzten Betriebsfeier. Dustin hatte eine davon geöffnet und innerhalb einer Minute leer getrunken.

Als der Rettungswagen kam, hatte er sich kaum noch auf den Beinen halten können. Die Sanitäter hatten ihn mitgenommen, und man hatte ihm im Krankenhaus den Magen ausgepumpt.

Bei der polizeilichen Vernehmung hatte er behauptet, schon betrunken gewesen zu sein, als er den Meister attackiert hatte. Der war so schwer verletzt, dass er immer noch im Koma lag und keine Aussage machen konnte. Nur deswegen war Dustin nicht sofort hinter Gitter gewandert, sondern zu Dr. Forster gekommen, der ein Gutachten erstellen sollte.

Dustin kannte sich mit den Gesetzen nicht gut aus, aber eine Sache wusste er: Wenn man zum Zeitpunkt der Tat betrunken war, konnte das als verminderte Schuldfähigkeit gewertet werden. Deshalb hatte er sich den Schnaps reingekippt. Nun hing alles daran, ob er Forster davon überzeugen konnte, dass er sich aus Angst vor der Standpauke des Meisters betrunken hatte und der Angriff im alkoholisierten Zustand erfolgt war.

Dustin hatte gedacht, es könnte nicht so schwer sein, diesen Psychoheini zu bequatschen, aber Forster war eine harte Nuss. Er ließ sich nicht aufs Glatteis führen. Immer wieder hatte er Dustin dieselben Fragen gestellt, und Dustin hatte in seinen Augen gesehen, dass er ihm nicht glaubte.

Forster war zu gut. Er hatte ihn durchschaut.

War er deshalb hier? Fand Forster, dass die Jugendlichen, die er begutachtete, vor Gericht nicht die angemessene Strafe bekamen? Hatte er sich deshalb diese ganze Sache ausgedacht?

Aber das machte keinen Sinn. Das Fallbeil hatte ja niemanden aus der Gruppe getroffen, sondern die Studentin. Die war zwar eine arrogante Zicke gewesen, doch deswegen hackte man ja niemandem die Hände ab.

Es sei denn, Forster war überhaupt nicht so aufrecht, wie er sich gab. Vielleicht war er ja in Wirklichkeit ein eiskalter Killer, dem es einfach Spaß machte, Leute zu quälen? Ein verrückter Serienmörder wie in den Thrillern, die Dustins Mutter so gerne las?

Plötzlich überfiel ihn eine wilde Sehnsucht nach seinen Eltern und seinen Brüdern, und Dustin fasste einen Entschluss.

Er würde sich hier nicht von einem Verrückten foltern und verstümmeln lassen. Wenn der Assistent sie das nächste Mal aus ihren Zellen holte, würde er sich wehren. Der Mann war zwar groß und muskulös, aber das war Dustin auch. Und wenn er wütend war, spürte er weder Angst noch Schmerz. Er würde dem Typen einfach ein paar gut platzierte Schläge verpassen, und dann würde er von hier verschwinden.

Zum ersten Mal, seit man ihn zurück in die Zelle geführt hatte – völlig verstört und willenlos, weil er nicht fassen konnte, was vor seinen Augen geschehen war –, fühlte er sich nicht mehr von hilfloser Wut erfüllt. Jetzt war es ein heiliger Zorn. Und jeder, der Dustin Heuer kannte, wusste: Wenn ihn dieser Zorn ergriffen hatte, nahm man sich besser vor ihm in Acht.

Tyler Hartwig kaute an seinen Fingernägeln. Sie waren längst blutig, aber er schaffte es nicht aufzuhören. Seit man ihn gestern Mittag in seine Zelle zurückgebracht hatte, fühlte er sich, als wäre er permanenten Stromstößen ausgesetzt. Er konnte schlichtweg nicht fassen, was passiert war.

Das alles hier war wie ein schlechter Traum. Nur dass dieser Traum einfach nicht aufhörte.

Irgendwann am Abend war der Assistent gekommen und hatte ihm ein Tablett mit Wasser und Brot in die Zelle geschoben. Ein Apfel hatte auch dabei gelegen, und ein Foto von Alessia. R.I.P. hatte in Rot quer über ihrem Gesicht gestanden. Rest in peace.

Tyler hatte Rotz und Wasser geheult wie ein kleiner Junge. Er hatte sich gleich im ersten Semester in Alessia verliebt. Nicht nur, weil sie so wunderschön war, sondern auch, weil sie so klug und mutig war. Schon in den ersten Vorlesungen hatte sie sich gemeldet und den Dozenten, der die Statistik-Vorlesung hielt, korrigiert, weil die Rechnungen auf seinen Folien nicht stimmten. Dabei war allgemein bekannt, dass der Dozent ein humorloser Typ war, der Kritik nicht leiden konnte und sich in seinen Prüfungen bitter dafür rächte, wenn sich jemand in der Veranstaltung nicht vorbildlich verhalten hatte.

Aber Alessia hatte keine Angst vor ihm gehabt, anders als der Rest des Semesters. Sie hatte sich immer wieder auf Diskussionen, manchmal auch auf einen Streit mit ihm eingelassen, während alle anderen die Köpfe einzogen. Und am Ende hatte sie ihre Modulprüfungen in Statistik mit Bestnoten abgeschlossen.

Tyler hatte sie bewundert und alles dafür getan, sich mit ihr anzufreunden. Sie hatten zusammen mit Mila eine Lerngruppe gebildet, waren auch zusammen zu Partys, in die Kneipe oder manchmal auch ins Theater gegangen, doch mehr war nie passiert. Trotzdem hatte Tyler die Hoffnung nicht aufgegeben.

Solange Alessia keinen anderen Freund hatte, war nichts verloren, hatte er gedacht. Er hatte sich riesig gefreut, als sie sich ebenfalls für Rechtspsychologie entschieden hatte. Sie beide und Mila hatten alle ein tiefes Interesse an diesem Thema, und Alessia war wild entschlossen gewesen, später in der forensischen Psychologie zu arbeiten.

Und jetzt war sie tot. Ermordet von einem Mann, der definitiv ein Fall für die Forensik war.

Tyler wurde erneut von Schüttelfrost überfallen. Sein Geist schaffte es nicht, das Geschehene zu verarbeiten, aber sein Körper reagierte. Abwechselnd erfassten ihn Fieberschübe und eisige Kälte. Im einen Moment schwitzte er, im nächsten Moment zitterte er am ganzen Körper.

Aus Vernunft hatte er das Brot und den Apfel hinuntergewürgt und das Wasser getrunken, doch seitdem plagte ihn zusätzlich eine furchtbare Übelkeit. Er überlegte, ob er sich den Finger in den Hals stecken sollte, um ein Erbrechen zu provozieren, doch auch das brachte er nicht fertig. Er hatte das Gefühl, nie wieder zu einer Entscheidung in der Lage zu sein.

Wahrscheinlich sollte er sich einfach auf der Pritsche ausstrecken und in sein Schicksal ergeben. Der Mann, der Alessia das angetan hatte, hatte erlaubt, dass sein Komplize ihnen sein Gesicht zeigte. Ein sicheres Zeichen dafür, dass er nicht die Absicht hatte, einen von ihnen am Leben zu lassen. Um das zu verstehen, musste man kein forensischer Psychologe sein.

Tyler schaute auf seine Hände. Schmal, schlank und feingliedrig waren sie. Wenn er Zeit hatte, setzte er sich zu Hause bei seinen Eltern ans Klavier und spielte. Bach, Grieg, Chopin. Er liebte das Gefühl, wenn seine Finger die Tasten berührten, zart darüber flogen und den Saiten im Inneren des Klaviers himmlische Töne entlockten.

Die Vorstellung, dass ihm jemand die Hände abhackte, war grauenvoll. Aber es nützte nichts, sich etwas vorzumachen. Aller Wahrscheinlichkeit nach war es genau dieses Schicksal, das ihn erwartete.

Er fuhr zusammen, als er Schritte auf dem Flur hörte. Der Schlüssel in der Zellentür wurde gedreht, und dann flog sie auf. Der muskulöse blonde Mann mit dem dunklen Anzug stand im Türrahmen. Er lächelte.

»Herr Hartwig. Kommen Sie? Wir starten die zweite Runde.«

Tyler spielte kurz mit dem Gedanken, irgendetwas Verrücktes zu tun. Sich auf den Mann zu stürzen. Mit ihm zu ringen und zu versuchen, ihn zu überwältigen.

Aber sein Gegenüber war größer und stärker als er. Tyler war immer ein schmaler Junge gewesen. Kein Kämpfer, sondern ein frühreifer Intellektueller.

Dazu kam noch, dass er sich nach all den Schüben von Fieber und Schüttelfrost vollkommen ausgelaugt fühlte. Er hätte nicht die geringste Chance. Stattdessen würde man ihn vermutlich bestrafen. Es würde die Sache nur noch schlimmer machen.

Langsam stand er auf und wankte zur Tür. Er konnte sich tatsächlich kaum auf den Beinen halten. Der Mann im dunklen Anzug griff ihm helfend unter die Arme.

Er führte ihn durch den Flur in den großen Raum, in dem gestern das erste Spiel stattgefunden hatte.

Zu Tylers Überraschung waren die mittelalterlichen Handfesseln verschwunden. Keine Tische mehr vor den Stühlen, keine Kästen, aus denen eine Guillotine auf die gefesselten Handgelenke herabsausen konnte. Tyler verspürte eine völlig unangebrachte Erleichterung. Wenn sich die Entführer etwas Neues ausgedacht hatten, wäre es sicherlich nicht weniger schlimm als das, was sie Alessia angetan hatten.

Der Assistent dirigierte Tyler zu einem der Stühle und forderte ihn auf, Schuhe und Socken ausziehen und die Hosenbeine des orangefarbenen Overalls mit den Reißverschlüssen oberhalb der Knie abzutrennen. Nachdem Tyler die Anweisung befolgt hatte, drückte ihn der Mann auf die Sitzfläche. Er legte Tylers Handgelenke in die Metallschellen auf den Armlehnen und ließ sie einrasten. Sie waren eng, aber nicht unangenehm, weil die Innenseiten mit Leder gepolstert waren.

Anschließend schob der Assistent Tylers Unterschenkel zwischen jeweils zwei Metallplatten, die aufrecht vor dem Stuhl standen, und sicherte sie mit Metallbügeln und zusätzlichen Lederriemen.

Tylers Beine waren jetzt so fixiert, dass er sie nicht zwischen den Platten hervorziehen konnte. Schlimm war das im Grunde nicht. Die Platten standen weit genug auseinander und berührten seine Unterschenkel kaum. So recht begriff Tyler den Aufbau nicht.

Der Mann im dunklen Anzug bemerkte seine Verwirrung und grinste. »Sie werden es früh genug verstehen, glauben Sie mir«, sagte er.

Tyler verspürte einen Kloß im Hals. Was er am gestrigen Morgen erlebt hatte, war grauenvoll gewesen. Sollte es heute noch schlimmer werden? Und wenn ja: Wie sollte er das aushalten? Er war jetzt schon am Ende.

Leander Grossmann saß auf dem Stuhl in seiner Zelle. Die Ellenbogen hatte er auf die Tischplatte gestützt, das Kinn auf die gefalteten Hände gelegt. Er dachte nach.

Was gestern mit der hübschen Studentin passiert war, hatte ihm einen Schock versetzt, genau wie die Bombenexplosion in Forsters Therapiegruppe. Irgendjemand hatte es ganz offensichtlich auf die Klientel des Psychologen abgesehen.

Leander war sich sicher, dass der Mann hinter der Scheibe nicht Forster war. An die Explosion konnte er sich nicht richtig erinnern, weil ihn Sekunden nach dem Lichtblitz irgendein Metallteil an der Stirn getroffen hatte. Es hatte ihn ausgeknockt, und das Erste, woran er sich erinnerte, war Forsters besorgtes Gesicht, das über ihm schwebte. Der Therapeut hatte ihn aus seiner Bewusstlosigkeit zurückgeholt und seinen Körper in die stabile Seitenlage gebracht.

Die Bestürzung in Forsters Augen war echt gewesen. Leander hatte ein untrügliches Gespür für Stimmungen. Er war weiß Gott kein rücksichtsvoller Typ, und Mitgefühl war ein Fremdwort für ihn, aber er konnte in anderen lesen wie in einem offenen Buch. Er wusste, wer selbstbewusst war und wer seinen Mut nur vortäuschte. Angst konnte er riechen. Es war ein Geruch, der ihn berauschte. Er konnte gar nicht genug davon bekommen.

Der Spielleiter hinter der Scheibe war wie er. Er liebte es, andere zu quälen. Zu bestrafen. So wie Leander diesen Möchtegern-Ronaldo aus der Oberstufe gequält und bestraft hatte, der ihm die Kapitänsbinde und den Stammplatz in der Fußballmannschaft weggeschnappt hatte.

Der andere, der Assistent im dunklen Anzug, war nur ein Werkzeug. Ein Handlanger, so wie die beiden Jungen aus seiner Klasse, die ihm geholfen hatten, Ronaldo in die Regentonne zu stecken. Sie hatten nicht gewusst, dass das nur der halbe Plan war, sonst hätten sie bestimmt gekniffen. Deshalb hatte jetzt auch nur Leander die Anklage von der Staatsanwaltschaft und die Sitzungen bei Forster am Hals und die beiden anderen nicht.

Der Mann hinter der Scheibe betrieb einen erheblichen Aufwand, um seine dunklen Gelüste zu befriedigen. Er inszenierte ein Spiel, und die hübsche Studentin war die erste Verliererin gewesen. Leander bedauerte das außerordentlich. Sie war umwerfend attraktiv gewesen und hatte sofort auf seinen Charme reagiert. Er war sich sicher, dass er sie früher oder später ins Bett bekommen hätte. Doch diese Option gab es nicht mehr. Jetzt ging es nur noch um eins: die nackte Haut zu retten.

Der Mann hinter der Scheibe hatte angekündigt, dass es Verlierer geben würde, aber auch einen Gewinner, und dieser Sieger würde er, Leander Grossmann, sein. Er musste die anderen nur geschickt manipulieren.

Trotz der makabren Situation hatte er keinen Zweifel daran, dass der geheimnisvolle Fremde hinter der Scheibe die Wahrheit gesagt hatte.

Verrückterweise gefiel es Leander, Teil dieses Spiels zu sein. Er war geschockt gewesen, als Vincenzo in die Luft geflogen war, verstört, als die Guillotine Alessia die Hände abgehackt hatte, aber beide Male war er auch so heftig von Adrenalin überflutet worden wie nie zuvor. Er hatte sich unglaublich lebendig gefühlt. Die Düsternis, die ihn stets umgab wie eine Wolke, war erst später zurückgekehrt.

Leander versuchte sich vorzustellen, was der Mann hinter der Scheibe empfand. Mit Sicherheit genoss er die Situation in vollen Zügen. Die Macht, die er hatte. Er konnte mit dem Leben seiner Gefangenen spielen, konnte sie verstümmeln und zerstören oder sie retten. Er war Gott.

Aber Leander würde in diesem Stück nicht die Rolle des Opferlamms übernehmen. Er würde mitspielen, so gut er es vermochte. Lügen, betrügen, verführen, manipulieren – was auch immer nötig war, bis er am Ende alle anderen ausgestochen hatte und als Sieger aus dem Spiel hervorging. Der Mann hinter der Scheibe würde ihn dafür belohnen, davon war er überzeugt.

Er hörte den Schlüssel in der Tür, die gleich darauf aufschwang. Der blonde Hüne im dunklen Anzug stand im Türrahmen und sah ihn an.

»Zweite Runde«, sagte er.

Leander nickte und stand auf. Vielleicht hätte er versuchen können zu fliehen, aber das wollte er gar nicht. Bisher war er immer mit allem zu leicht davongekommen. Dieses Mal wollte er sich der Herausforderung stellen und beweisen, dass er der Beste war.

Er folgte dem Assistenten in den Raum, in dem bereits der Student saß. Leander nahm rasch die Apparaturen in Augenschein, die anders waren als am Tag zuvor. Widerstandslos legte er Hosenbeine, Schuhe und Socken ab, ließ sich auf dem Stuhl fesseln und sah zu, wie der Mann im Anzug seine Beine zwischen den Metallplatten fixierte. Nachdem er damit fertig war, verließ der Assistent den Raum, und Leander blieb allein mit dem Studenten zurück.

»Was denkst du, was das ist?«, fragte er ihn und deutete mit dem Kinn auf die Metallplatten.

Tyler wandte ihm den Kopf zu. Seine Augen waren riesengroß und fiebrig. »Ich weiß nicht«, krächzte er. »Ich will es auch gar nicht wissen.«

Leander lachte. Der Student war ein Weichei und keine Konkurrenz für ihn. Er würde ihn mühelos ausstechen.

21

Der Mann hinter der Scheibe nickte zufrieden. Es lief alles so, wie er es sich vorgestellt hatte.

Er betrachtete die vier, die bereits auf ihren Plätzen saßen, Tyler und Leander links, Tessa und Mila rechts. Leander hatte mehrfach versucht, die anderen in ein Gespräch zu verwickeln, ganz offensichtlich mit dem Ziel, ihre Angst noch weiter zu schüren, doch das war gar nicht nötig. Die drei standen derart unter Strom, dass sie überhaupt nicht in der Lage waren, sich mit ihm auseinanderzusetzen.

Leander hatte das Spiel offensichtlich verstanden. Er hatte gut zugehört. Der junge Mann würde alles daransetzen, als Gewinner aus der Sache hervorzugehen und zu überleben. Genau so, wie der Mann hinter der Scheibe es geplant hatte. Er wollte keine willenlosen Opfer. Er wollte Kandidaten, die um den Sieg kämpften. Sonst machte das Spiel keinen Spaß.

Wieder öffnete sich die Tür, und Dustin kam herein. Der Assistent ging zwei Schritte hinter ihm.

Dustin bewegte sich auf den freien Stuhl zu, doch kurz bevor er ihn erreicht hatte, fuhr er plötzlich herum und versetzte dem Assistenten einen gewaltigen Kinnhaken. Der Assistent taumelte zurück. Er schüttelte sich wie ein Boxer und hob dann ebenfalls die Fäuste.

Die beiden Männer umkreisten sich. Dustin schlug erneut zu, verfehlte aber seinen Gegner. Dafür landete der Assistent einen Treffer, und Dustin geriet ins Straucheln. Die vier anderen jungen Leute erwachten aus ihrer Trance und feuerten ihn an.

Dustin fand seine Mitte wieder und startete den nächsten Angriff. Es war ein gewaltiger Schwinger, doch der Assistent wich im letzten Moment aus. Er griff jetzt seinerseits an, landete rasch hintereinander zwei Treffer und trieb Dustin vor sich her, bis dieser mit dem Rücken zur Wand stand. Dann setzte er eine linke Gerade an, um den jungen Mann auszuknocken.

Doch dieses Mal war Dustin schneller. Er tauchte unter der heranfliegenden Faust hindurch, packte den Arm des Assistenten und schleuderte ihn quer durch den Raum. Keine reguläre Boxtechnik, befand der Mann hinter der Scheibe, aber überaus effizient.

Der Assistent ging zu Boden. Dustin war mit wenigen schnellen Schritten bei ihm, kniete sich auf seinen Brustkorb und schlug ihm ein paar Mal ins Gesicht. Das Knacken, mit dem die Nase des Assistenten brach, war auch hinter der Scheibe zu hören.

Dustin sprang auf. Der Assistent hatte das Bewusstsein verloren, sein blutüberströmtes Gesicht war zur Seite gesackt. Dustin rannte zur Tür und suchte nach einer Möglichkeit, sie zu öffnen. Vergeblich. Die Tür hatte nur auf der Außenseite einen Griff. Von innen ließ sie sich ausschließlich elektrisch öffnen, mit einem Schalter, der sich im Raum hinter der Scheibe befand.

Dustin sah sich gehetzt um, auf der Suche nach einem anderen Ausgang. Er lief zu dem großen Rolltor auf der Rückseite der Halle, sah aber schnell ein, dass er die schweren Lamellen nicht bewegen konnte. Einen Schalter, um das Tor hochfahren zu lassen, entdeckte er ebenfalls nicht.

Wieder flog sein Blick durch den Raum. Genz offensichtlich kam ihm eine Idee.

Dustin lief zurück zum Assistenten, vermutlich in der Absicht, ihn zu bedrohen und den Mann hinter der Scheibe damit zu zwingen, Dustin eine der Türen zu öffnen. Die anderen vier riefen ihm zu, dass er sie befreien sollte, doch Dustin war viel zu sehr mit sich selbst beschäftigt, um sie wahrzunehmen.

Der Mann hinter der Scheibe betätigte einen Schalter an seinem Pult. In der Halle öffnete sich eine Klappe in der Decke. Eine Düse wurde herausgefahren, die aussah wie der Kopf einer Sprinkleranlage. Der Sprühkopf begann zu rotieren.

Das Gas, das herausströmte, war unsichtbar. Die Wirkung, die es hatte, war alles andere als das.

Dustin hielt mitten in der Bewegung inne. Sein Blick irrte durch den Raum. Er griff sich an den Hals und schnappte nach Luft, doch das nützte ihm nichts. Das Betäubungsmittel, das von der Düse versprüht wurde, wirkte schnell.

Dustin begann zu schwanken. Er taumelte auf die Scheibe zu, und der Spielleiter konnte seine Augen sehen.

Die Wut. Die Verzweiflung. Die Angst.

Der Mann hinter der Scheibe lächelte. Sein Assistent hatte gute Arbeit geleistet.

Dustin stolperte und fiel auf die Knie. Dann brach er zusammen.

Das Gute an Distickstoffmonoxid war, dass es sehr rasch wirkte, die Wirkung aber nur von kurzer Dauer war. Nach knapp fünfzehn Minuten begannen die ersten Personen im Raum, sich zu regen. Das Gas hatte sich verflüchtigt und war zusätzlich von der Filteranlage abgesaugt worden, deren Lüftungsschlitze sich auf Bodenhöhe befanden. Distickstoffmonoxid, besser bekannt unter der

Bezeichnung Lachgas, war eineinhalb Mal schwerer als Luft und sank zu Boden.

Deshalb waren es die Probanden auf den Stühlen, die als Erste die Augen aufschlugen. Danach folgte Dustin. Er war sichtlich angeschlagen, kam aber trotzdem bemerkenswert rasch auf die Füße.

Er ballte die Fäuste und strebte auf den Assistenten zu, der benommen den Kopf hob. Der Mann im dunklen Anzug hatte in der Nähe eines der Lüftungsschlitze am Boden gelegen und war deshalb stärker als alle anderen dem Lachgas ausgesetzt gewesen. Es war länger bewusstlos gewesen, aber offensichtlich hatte das Gas auch seine Stimmung gehoben und dazu geführt, dass er den Schmerz der gebrochenen Nase ausblendete. Auf seinem Gesicht lag ein breites Lächeln.

Dustin nahm Anlauf wie ein Fußballer vor dem Elfmeter. Der Mann hinter der Scheibe betätigte einen Schalter an seinem Pult.

»Stopp!« Seine Stimme klang laut und blechern durch den Lautsprecher im Raum.

Dustin fuhr zu ihm herum. In seinen Augen loderte die Wut. »Ich mach euch fertig«, spuckte er.

»Das denke ich nicht«, entgegnete der Mann hinter der Scheibe freundlich. »Wenn Sie einen kurzen Blick zur Decke werfen, werden Sie feststellen, dass sich über Ihrem Kopf eine Düse befindet. Damit habe ich vor ein paar Minuten eine größere Menge Lachgas in den Raum gepumpt. Sie sind davon ohnmächtig geworden. So wie alle anderen auch.« Er machte eine kurze Pause, um Dustin Gelegenheit zu geben, das Gehörte zu verarbeiten. »Falls Sie meinen Assistenten erneut angreifen, werde ich wieder ein Gas einleiten. Dieses Mal wird es allerdings kein Betäubungsmittel sein, sondern pures Gift. Nicht nur Sie werden sterben, sondern auch alle anderen im Raum. Das gilt übrigens auch für jeden weiteren Befreiungsversuch. Die Düsen sind nicht nur in diesem Raum installiert, sondern auch im Flur und in sämtlichen Zellen. Wenn es noch einmal eine Rebellion gibt, ist das Spiel für Sie alle sofort vorbei.«

Der Mann hinter der Scheibe sah die Unruhe, die unter den Probanden ausbrach, das Flackern in Dustins Augen, den Blick, der zum Assistenten flog.

»Richtig. Mein Mitarbeiter würde ebenfalls sterben«, sagte der Spielleiter ruhig. »Aber er ist lediglich ein Werkzeug, verstehen Sie? Austauschbar.« Wieder machte er eine Pause. »Es gibt nur eine Chance für Sie, sich oder irgendjemanden sonst zu retten. Ziehen Sie Ihre Schuhe und Socken aus. Nehmen Sie die Hosenbeine ab, so wie es Ihre Mitspieler getan haben. Setzen Sie sich auf Ihren Platz und halten Sie sich an die Regeln. Der Sieger unseres kleinen Spiels wird diesen Raum lebend verlassen, das garantiere ich Ihnen.«

Dustin sah nicht so aus, als würde er ihm glauben. Die anderen Probanden dagegen klammerten sich an den winzigen Funken Hoffnung.

»Dustin, bitte, setz dich hin«, flehte die schüchterne Studentin Mila.

»Dustin, verdammt. Du bringst uns alle um«, fauchte Tessa, und Leanders Stimme schnarrte: »Tu, was er sagt, du Vollidiot.«

Dustin schwankte zwischen Aufbegehren und Gehorsam, begriff aber, dass er keine Wahl hatte. Widerstrebend bewegte er sich zu seinem Stuhl, zog Schuhe und Socken aus, trennte die Hosenbeine ab und setzte sich.

Der Assistent, der sich in der Zwischenzeit aufgerappelt hatte, ging zu ihm und ließ die Handschellen zuschnappen. Anschließend platzierte er die Metallplatten rechts und links von Dustins

Beinen, schloss die Sicherungsbügel und fixierte Dustins Beine mit den Lederriemen zwischen den Platten.

Der Mann hinter der Scheibe beugte sich zum Mikrofon vor. »Willkommen zur zweiten Runde unseres Spiels«, begrüßte er die Anwesenden, als hätte es Dustins Aufstand nie gegeben. »Ich bin sicher, Sie fragen sich alle gespannt, welche Herausforderung Sie dieses Mal erwartet.«

Der Assistent verschwand im Nebenraum. Es dauerte eine Weile, bis er wieder auftauchte. Der Mann hinter der Scheibe sah, dass er sich das Blut vom Gesicht gewaschen und die gebrochene Nase gerichtet hatte. Er nickte zufrieden. Der Assistent war ein Glücksgriff. Ein Kerl, der austeilen, aber auch einstecken konnte, solange er nur die Möglichkeit hatte, seine Gelüste zu befriedigen.

Der blonde Hüne schleppte nacheinander fünf Glaskolben von einem Meter Höhe herein, die er auf die flachen Schalter vor den Stühlen stellte. Wenn sie gefüllt waren, würden sie den Motor in Gang setzen, der die Metallplatten bewegte.

»Nun, die Sache ist ganz einfach. Wir werden Ihnen Fragen stellen. Für jede falsche Antwort wird mein Assistent ein Päckchen Zucker mit einem Gewicht von exakt fünfhundert Gramm in die Glassäule vor Ihrem Stuhl werfen. Sobald sich zehn Päckchen darin befinden und mithin ein Gewicht von fünf Kilogramm erreicht ist, drückt die Säule den Schalter, auf dem sie steht, hinunter. Der Motor unter Ihrem Stuhl wird die Schraubzwingen in Bewegung setzen und die Platten rechts und links von Ihren Unterschenkeln zusammenpressen.« Er ließ die Worte in der Luft hängen. »Ich vermute, Sie können sich vorstellen, welche Auswirkungen das auf Ihre Beine haben wird.«

Die Probanden begannen, unruhig auf ihren Stühlen herumzurutschen. Der Assistent verließ erneut den Raum und kam mit einem Handwagen zurück, auf dem ein großer Berg Zuckerpäckchen gestapelt war.

»Die Platten werden Ihre Knie und Fußgelenke zermalmen«, fuhr der Mann hinter der Scheibe fort. »Sie werden Ihnen die Knochen brechen und Muskeln und Sehnen zerquetschen, bis Ihre Beine nur noch Brei sind.«

»Das dürfen Sie nicht tun!«, rief Mila verzweifelt. Dustin und Leander fluchten und schickten Verwünschungen in Richtung der Scheibe, Tessa liefen stumme Tränen über das Gesicht, und sie flüsterte etwas vor sich hin, das in der Kabine nicht zu verstehen war. Nur Tyler sagte nichts. Er kniff die Lippen zusammen und wirkte wie zu Eis erstarrt.

Der Mann hinter der Scheibe beugte sich zum Mikrofon vor. »Niemand verbietet mir irgendetwas. Hier und in diesem Moment bin ich Gott.« Er betrachtete die Probanden. »Aber es gibt zwei gute Nachrichten. Die erste ist, dass nur einer der Schalter aktiv ist. Die anderen vier haben keine Verbindung zum Motor. Wenn Sie also Glück haben, passiert Ihnen nichts, obwohl Sie verlieren. Sicherer wäre es allerdings, wenn Sie gewinnen. Bei der Person, die als Letzte übrig bleibt, wenn die anderen vier ausgeschieden sind, wird die Säule entfernt und der Schalter wird nicht hinuntergedrückt.« Er ließ die Information einwirken und sah das Aufflackern von Hoffnung, die Blicke, die hin und her flogen. Aus den Leidensgenossen wurden augenblicklich Konkurrenten.

»Was ist die zweite gute Nachricht?«, fragte Leander, in dessen Gesicht der Mann hinter der Scheibe die größte Entschlossenheit sah, das Spiel zu gewinnen. Leander war ihm ähnlich, das hatte er bereits bemerkt.

»Es gibt jemanden, der Sie retten kann«, sagte der Mann hinter der Scheibe. »Er muss lediglich eine einfache Aufgabe lösen.

Wenn er es schafft, ist unser kleiner Wettbewerb sofort zu Ende. Wenn nicht, spielen wir weiter. Jeden Tag eine neue Runde.«

22

Der Countdown tickte erbarmungslos herunter. Zweiundfünfzig Minuten waren bereits vergangen, und Forster hatte gerade erst die Hälfte der Einträge unter dem Namen Rogge im Hamburger Telefonbuch abgearbeitet. Ohne Erfolg. Keiner der Angerufenen kannte Constanze oder war mit ihr verwandt.

Mit sinkender Hoffnung wählte Forster die nächste Nummer und wurde positiv überrascht.

»Constanze? Ja. Das ist unsere Tochter.« Die Stimme am anderen Ende war alt und brüchig. Forster erinnerte sich, dass Constanzes Eltern älter waren als seine eigenen, das hatte sie ihm erzählt. Mittlerweile waren sie Mitte achtzig, wenn er richtig gerechnet hatte.

»Ich muss sie unbedingt sprechen. Können Sie mir ihre Telefonnummer geben?«

Constanzes Vater wurde misstrauisch. »Wer, sagten Sie, sind Sie? Was wollen Sie von unserer Tochter?«

»Sie ist eine frühere Freundin von mir. Wir waren zusammen, für ein knappes halbes Jahr. Mein Name ist Robert Forster.«

»Das sagt mir nichts.«

»Es ist lange her. Ich war mit ihr zusammen, als der Unfall passiert ist.«

»So?« Der Vater zögerte. »Das war eine schlimme Geschichte.

Sie war sehr enttäuscht, dass Sie ihr nicht geholfen haben. Das waren doch Sie?«

»Ja.« Die Bilder der Nacht standen ihm plötzlich wieder vor Augen, als wäre es gestern gewesen. Constanze, die am Steuer saß und laut das Lied mitsang, das aus dem Radio ertönte. Bon Jovi, It's my life, das würde er nie vergessen.

Sie waren glücklich und beschwingt gewesen. Hatten den ganzen Abend und die halbe Nacht getanzt, und Constanze hatte sich immer enger an ihn geschmiegt. Sie wollten nach Hause, aber dann tauchten auf einmal die hellen Lichter auf der Gegenfahrbahn auf. Er hatte gar nicht gemerkt, dass sie von der Spur abgekommen waren. Viel zu sehr war er damit beschäftigt gewesen, Constanze anzusehen.

Constanze riss das Steuer herum. Der Wagen schoss über die Straße und krachte auf der gegenüberliegenden Seite in einen Zaun.

Ihnen beiden war nichts passiert, die Airbags hatten sich geöffnet und Schlimmeres verhindert. Nur der Zaun und das Auto hatten einen Totalschaden.

Forster war maßlos erleichtert gewesen, Constanze dagegen völlig aufgelöst. Immer wieder hatte sie ihn angebettelt.

»Du musst sagen, dass du gefahren bist, Robert. Bitte.«

Er hatte nicht verstanden, welchen Sinn das haben sollte, und er hatte es auch nicht gekonnt. Als die Polizei das Protokoll aufgenommen hatte, hatte er den Vorfall wahrheitsgemäß geschildert.

»Ich wusste es nicht«, sagte er jetzt zu ihrem Vater. »Ich hatte keine Ahnung.«

»Ja.« Nur das eine Wort, lang gezogen. »Sie hat damals ihren Job verloren«, fügte der Vater schließlich hinzu. »Eine Pharmareferentin ohne Führerschein ...«

»Ich weiß.« Forsters Blick huschte zur digitalen Zeitanzeige auf dem Monitor. Sie stand bei sechsundfünfzig Minuten; ihm blieben nur noch vier, um die Antwort zu finden.

Forster spürte, dass er den Vater nicht drängen durfte, aber wenn er nicht bald die Auskunft bekam, die er benötigte, war es für seine Studenten und die Jugendlichen zu spät.

»Hören Sie, es ist wirklich wichtig, dass ich mit Constanze spreche«, sagte er. »Bitte. Geben Sie mir ihre Nummer? Oder ...« Vielleicht war es ja auch gar nicht nötig, mit Constanze persönlich zu sprechen. »Können Sie mir sagen, ob Constanze ein Kind hat?«

»Ich wüsste nicht, was Sie das angeht.« Die Stimme des Vaters wurde noch abweisender.

»Verzeihen Sie bitte. Ich kann Ihnen das jetzt nicht erklären. Aber Constanze würde sicher wollen, dass Sie mir helfen. Vielleicht habe ich damals einen Fehler gemacht, das will ich gar nicht abstreiten. Ich würde einfach gern mit ihr sprechen und die Dinge wieder in Ordnung bringen.«

»So?« Der Vater hustete. »Na ja. Wenn Sie meinen ... Es wird ja wohl in Ordnung sein?« Erneutes Zögern, dann ein Rascheln, weil der Vater offenbar in einem Buch blätterte. »Sie hat übrigens Kinder«, sagte er nebenbei. »Zwei. Und einen netten Ehemann dazu. Nur falls Sie dachten, Sie könnten an alte Zeiten anknüpfen.«

»Das war nicht meine Absicht.«

»Gut, gut. Haben Sie etwas zu schreiben?«

»Ja.«

Der Vater diktierte ihm die Nummer, und Forster wiederholte sie zur Sicherheit.

»Richtig«, sagte der Vater.

Forster bedankte sich und legte auf.

Noch knapp drei Minuten. Rasch tippte er die Nummer ein, die Constanzes Vater ihm gegeben hatte.

Lass Sie um Gottes willen da sein, betete er still.

Es klingelte drei, vier, fünf Mal, dann schaltete sich der Anrufbeantworter ein.

»*Hallo, hier ist die Familie Mayring. Zurzeit ist leider niemand zu Hause. Sie können uns aber gerne nach dem Piepton eine Nachricht hinterlassen.*«

»Verdammt.« Forster wollte die Verbindung schon beenden, als sich eine gehetzte Frauenstimme meldete.

»Mayring!«

»Constanze?«

»Ja. Wer ist denn da?«

»Hier ist Robert. Robert Forster.«

»Robert.« Aus ihrer Stimme klangen Überraschung und spontane Freude, aber auch Zurückhaltung und Misstrauen.

»Constanze, hör zu. Ich kann dir das jetzt nicht erklären, aber ich muss wissen, ob du damals, als wir uns getrennt haben, schwanger warst. Von mir.«

Für ein paar Sekunden herrschte verblüfftes Schweigen. Dann begann Constanze zu lachen. »Deshalb rufst du an? Nach all den Jahren?«

Noch sechzig Sekunden.

»Constanze, bitte. Du hast doch Kinder.«

»Ja. Zwei, einen Jungen und ein Mädchen.«

»Ist eines davon von mir? Und wenn ja, wie heißt es?«

Seine Finger schwebten über der Tastatur, bereit, den Namen einzugeben.

»Nein, Robert. Die beiden sind vierzehn und zwölf, und wir beide haben uns, wie du weißt, vor mehr als zwanzig Jahren getrennt.«

Forster ließ die Hand sinken. Eine eisige Kälte erfasste seine Glieder.

Die Digitaluhr auf dem Monitor zählte die letzten Sekunden herunter. Sie sprang auf 0:00:00. Im nächsten Moment verschwand sie. An ihrer Stelle erschien eine Schrift in großen roten, bluttriefenden Buchstaben.

Zu spät.

23

»Robert?«

Forster wusste nicht, wie lange er auf die rote Schrift gestarrt hatte, bis Constanzes Stimme wieder in sein Bewusstsein gedrungen war. Er konnte sie auch kaum verstehen, weil das Blut so laut in seinen Ohren rauschte und er seinen eigenen hämmernden Herzschlag hörte.

»Entschuldige«, sagte er. »Ich hatte wirklich gehofft, du könntest die Frau sein, die ich suche.«

»Du suchst eine Frau, die ein Kind von dir hat?«

»Ja.«

»Robert, ist alles in Ordnung bei dir? Hast du eine schlimme Diagnose bekommen?«

»Nein.«

»Du willst es mir nicht verraten?«

Forster legte den Kopf in den Nacken und holte tief Luft. »Ich kann nicht.«

»Wie du meinst.« Sie zögerte. »Hör mal. Ich wollte dir das schon lange sagen, aber irgendwie habe ich es nie fertiggebracht, mich bei dir zu melden.«

»Es tut mir leid, was damals passiert ist«, kam Forster ihr zuvor. »Wenn ich gewusst hätte …«

»Nein.« Constanze schnitt ihm das Wort ab. »Es war nicht

deine Schuld. Das wollte ich dir sagen. Ich hätte dieses Zeug nicht nehmen dürfen und mich danach ans Steuer setzen. Ich hätte dich fahren lassen sollen. Aber ich war high. Ich dachte, die Welt gehört mir. Das ist ja das Teuflische an diesen Pillen. Man überschätzt sich maßlos.«

»Ich hatte keine Ahnung.«

»Nein. Du hast ja nie etwas genommen. Höchstens mal ein Bier. Du brauchtest das alles nicht.«

»Mir hat die Musik gereicht.«

Forster war während seines Studiums oft auf Partys gewesen und hatte getanzt. Die Bewegung, die laute Musik und ein Beat, der den gesamten Körper vibrieren ließ – das war für ihn ein Rausch, der schöner war als jener, den Alkohol oder Drogen bewirkten.

Die besten Partys hatte es immer bei den Pharmaziestudenten gegeben. Die Fachschaft hatte eine professionelle Anlage besessen, dazu ein paar Lichtorgeln und einen Raum mit einer großen Tanzfläche. Die Stimmung war jedes Mal großartig gewesen, die Studenten waren ausgelassener als in den anderen Fachbereichen.

Forster hatte nie darüber nachgedacht, weshalb. Erst nach dem Unfall hatte er begriffen, dass nicht wenige von ihnen nachhalfen. In den pharmazeutischen Labors wurden heimlich Pillen, Pulver und flüssige Drogen hergestellt, die der Realität einen bunt flimmernden Anstrich verliehen. Irgendetwas davon hatte auch Constanze an jenem Abend genommen.

Die Polizisten am Unfallort hatten ihre geweiteten Pupillen bemerkt und eine ärztliche Untersuchung angeordnet. Dabei hatte sich herausgestellt, dass Constanze nicht hätte fahren dürfen. Man hatte sie zu einer Geldstrafe verurteilt und ihr zusätzlich für drei Monate den Führerschein abgenommen. Sie hatte ihren Job als Pharmareferentin verloren, den sie gerade erst angetreten hatte, und war zurück zu ihren Eltern gezogen. Von Forster, der in ihren Augen schuld an der dramatischen Wende in ihrem Leben war, hatte sie sich getrennt.

»Im Grunde bin ich dir dankbar«, erklärte Constanze. »Ich habe erst durch diesen Unfall begriffen, dass ich mir den völlig falschen Beruf ausgesucht hatte. Natürlich war ich am Anfang fürchterlich wütend, aber dann habe ich in Hamburg ein zweites Studium angefangen. Innenarchitektur. Damit verdiene ich heute mein Geld, und das macht viel mehr Spaß, als mit dem Koffer durch Arztpraxen zu tingeln und den Ärzten Medikamente aufzuschwatzen.«

»Du hättest mit dem Pharmaziestudium mehr anfangen können als das.«

»Sicher. Aber ich wollte nie in einem Labor oder in der Apotheke arbeiten, das weißt du.«

»Du bist mir also nicht mehr böse?«

»Nein. Schon lange nicht mehr.«

»Und du hättest es mir gesagt, wenn du schwanger von mir gewesen wärst? Auch wenn du das Kind vielleicht zur Adoption freigegeben hättest?«

»Natürlich hätte ich das.« Sie schnalzte mit der Zunge, so wie früher, wenn sie ärgerlich geworden war. »Was ist das mit diesem Kind, Robert?«

Forster atmete tief durch. »Es gibt jemanden, der mich erpresst«, erklärte er. »Ich soll den Namen meines Kindes herausfinden, sonst geschieht etwas Schreckliches. Aber ich weiß von keinem Kind.«

»Kein Witz?«

»Nein.«

»Du solltest damit zur Polizei gehen, Robert.«

»Das geht nicht.«

»Okay.« Constanze drang nicht weiter in ihn; eine Eigenschaft, die er schon damals geschätzt hatte. »Ich habe jedenfalls kein Kind von dir. Aber du hattest ja wohl auch noch andere Frauen außer mir?«

»Schon. Aber du bist die einzige, von der ich mich im Streit getrennt habe.«

»Es kann andere Gründe geben, jemandem ein Kind zu verschweigen.«

»So wird es wohl sein.« Forster fühlte sich unendlich müde, aber er wusste, dass er nicht aufgeben durfte. »Ich muss jetzt Schluss machen und weitersuchen.«

»Es war trotzdem schön, deine Stimme zu hören, Robert. Vielleicht sehen wir uns irgendwann mal wieder?«

»Ja, vielleicht.«

»Sag mir auf jeden Fall Bescheid, wie die Sache ausgegangen ist, ja?«

»Das mache ich.«

Sie verabschiedeten sich, und Forster beendete die Verbindung. Er zog die Notizen zu sich heran, die er in der letzten Nacht angefertigt hatte, und schüttelte ein paar Pfefferminzpastillen aus der Schachtel in seine hohle Hand. Wenn es nicht Constanze war, musste es eine der anderen Frauen auf seiner Liste sein. Ihm blieb nichts anderes übrig, als sie alle aufzuspüren.

Er wollte gerade nach der Computermaus greifen, als die rote Schrift vom Bildschirm verschwand. Stattdessen erschien ein Bild, das ihm das Blut in den Adern gefrieren ließ.

Die fünf verbliebenen Geiseln saßen wieder im Stuhlkreis. Ihre nackten Beine hatte der Entführer mit Bügeln und Riemen zwischen aufrecht stehenden Stahlplatten vor ihren Stühlen fixiert. Schuhe, Socken und die Hosenbeine der orangefarbenen

164

Overalls lagen ordentlich gefaltet und gestapelt neben den Stühlen.

Forster spürte, wie ihm der Mund trocken wurde. Was hatte der Entführer vor?

Wieder leuchtete eine rote Schrift auf.

Die zweite Runde beginnt, stand da.

Dann wurde der Bildschirm schwarz.

24

Leander spürte ein Prickeln in den Fingerspitzen. Das war ein Wettbewerb, bei dem es auf Intelligenz und Wissen ankam. Dustin und Tessa war er darin mit Sicherheit überlegen, und der schüchternen Studentin vermutlich auch.

Den Studenten konnte er nicht einschätzen. Er hatte Tylers eifersüchtige Blicke gespürt, als er mit Alessia geflirtet hatte. Tyler war in sie verknallt gewesen, daran bestand kein Zweifel. Selbst wenn ihm der Student überlegen war, würde er sein Potenzial nicht ausschöpfen können.

Natürlich waren sie alle geschockt gewesen, als die Guillotine Alessia die Hände abgehackt hatte, aber nur Tyler hatte sich übergeben. Den ganzen Overall hatte er vollgekotzt, dazu die Handfessel und die Styropor-Guillotine, die heruntergefallen war, weil Tyler seine Metallkugel losgelassen hatte.

Nein, der Student hatte nicht die Nerven, um gegen ihn zu bestehen. Er würde ihn einfach ein bisschen unter Druck setzen. Selbst wenn Tyler die richtigen Antworten wusste, würde ihm das nichts nützen.

Der Assistent verschwand erneut aus dem Raum und kam mit fünf schuhkartongroßen Kisten zurück. Vier davon stellte er auf den Boden. Mit der fünften trat er zu Leander und schob dessen Hand in die Öffnung an der Schmalseite.

Im Inneren befand sich ein Handschuh, an dessen Fingerspitzen Metallplättchen angebracht waren. Der Assistent verband die Kiste mit einem kleinen Gerät neben Leanders Stuhl, das aussah wie eine WLAN-Box.

Aus dem Lautsprecher an der Decke erklang verzerrt und blechern die Stimme des Mannes hinter der Scheibe.

»Diese Kisten sind Ihre Instrumente zur Stimmabgabe«, erläuterte er, und an der Wand erschien die Projektion des Beamers, der unter der Decke hing. Sie zeigte einen Handschuh, an dessen Fingerspitzen drei Großbuchstaben standen, das A am Zeigefinger, das B am Mittelfinger und das C am Ringfinger.

»Wir stellen Ihnen Fragen und nennen Ihnen drei mögliche Antworten. So ähnlich wie bei Günther Jauch, nur dass es keine Joker gibt. Je nachdem, für welche Antwort Sie sich entscheiden, tippen Sie mit dem entsprechenden Finger auf eines der Metallplättchen, die sich am Boden des Kastens befinden. Wenn jeder von Ihnen seine Stimme abgegeben hat, erscheinen Ihre Antworten an der Wand.«

Rechts neben dem Handschuh leuchtete eine Tabelle mit zwei Zeilen auf. Oben standen nebeneinander ihre Namen. Die untere Zeile war noch leer.

»Außerdem zeigen wir Ihnen auch, wie Sie im Rennen liegen.«

Links neben dem Handschuh wurden fünf Säulen eingeblendet. Im Inneren waren die Umrisse von zehn übereinanderliegenden Rechtecken zu sehen. Wahrscheinlich würden sie sich einfärben, wenn der Assistent ein Zuckerpäckchen für eine falsche Antwort in eine der Säulen warf.

Der Assistent verband den letzten Kasten mit dem Übertragungsgerät und reckte den Daumen in Richtung der Scheibe hoch.

»Wie ich sehe, können wir beginnen«, sagte der Mann hinter

der Scheibe. »An der Wand vor Ihnen taucht gleich die erste Frage auf. Sie haben dreißig Sekunden Zeit, Ihre Antwort abzugeben. Wenn Sie innerhalb dieser dreißig Sekunden keine der Tasten drücken, gilt Ihre Antwort als falsch. Allerdings ...«, er machte eine kleine Pause um des Effekts willen, »wird mein Assistent in diesem Fall zwei Zuckerpäckchen in Ihre Säule werfen. Sie sollten also auf jeden Fall antworten, auch wenn Sie sich nicht sicher sind.« Wieder eine kurze Pause. »Ich hoffe, Sie haben die Regeln verstanden? Gibt es noch Fragen?«

Niemand rührte sich. Leander spürte, wie das Adrenalin durch seine Adern jagte. Diese Sache hier war total krank, aber sie war auch der ultimative Kick.

»Gut«, sagte der Spielleiter. »Dann beginnen wir.«

Über dem Handschuh leuchtete die erste Frage auf, zusammen mit den drei Antwortalternativen. Sie war so simpel, dass Leander fast gelacht hätte. Binnen Sekunden erschienen die Antwortbuchstaben. Alle fünf hatten das A gewählt.

»Sehr gut«, lobte der Mann hinter der Scheibe. »Und hier kommt die zweite Frage.«

Sie war nicht viel schwieriger als die erste, aber dieses Mal herrschte keine Einigkeit. Viermal erschien das B, einmal das C. Der Assistent nahm ein Zuckerpäckchen vom Wagen und warf es in Milas Glassäule. Die Studentin zitterte schon jetzt.

Die Fragen kamen schnell hintereinander, und Leander musste sich konzentrieren. Bei der fünften Frage sah er, dass Dustin zauderte. Leander suchte seinen Blick und blinzelte zweimal.

B. Das war die richtige Antwort, und Dustin schenkte ihm ein dankbares Lächeln. Mila, die auf C getippt hatte, erhielt ihr zweites Zuckerpäckchen.

Bei der nächsten Frage war Dustin ebenfalls überfordert. Leander gab ihm erneut einen Tipp. Dustin antwortete korrekt, Mila und Tessa lagen falsch. Tyler hatte bisher alles richtig gemacht, genau wie Dustin und Leander.

Leander half Dustin ein weiteres Mal, doch die Antwort war falsch. Sie bekamen beide ihr erstes Zuckerpäckchen, Mila bereits ihr viertes. Tyler war der Einzige, dessen Säule noch immer leer war.

Leander knirschte mit den Zähnen. Aber den Studenten würde er sich später vornehmen. Zumindest hatte er sich Dustins Vertrauen erworben. Zweimal half er ihm noch, dann verführte er ihn absichtlich zu einer falschen Antwort. Als Dustin ihn darauf vorwurfsvoll ansah, signalisierte er ihm mit den Augen, dass er nicht richtig aufgepasst hatte.

Das Spiel wiederholte sich ein paar Mal, und Dustins Säule füllte sich rasch. Leander sah, dass Mila mitbekam, was er tat, aber sie warnte Dustin nicht. Tatsächlich war Leanders Manipulation ihre einzige Hoffnung, denn ihre eigene Säule war ebenfalls fast voll.

Acht Päckchen bei Mila, acht bei Dustin. Leander versuchte erneut, ihn in die Irre zu führen, doch dieses Mal wandte Dustin seinen Blick zu Tyler, der ihm zwar keinen Tipp gab, aber den Kopf schüttelte. Dustin begriff endlich, dass er dem Falschen vertraut hatte. Seine Antwort stimmte trotzdem nicht, ebenso wie die von Mila.

Dustin und Mila hatten jetzt beide neun Päckchen.

Leander leckte sich die Lippen. Er wollte unbedingt sehen, was passierte, wenn einer der Schalter hinuntergedrückt wurde.

Die nächste Frage kam, und Dustin blickte wieder hilfesuchend zu Tyler. Der Student schloss die Augen. Leander grinste. Was sollte Tyler auch tun? Egal, ob er Dustin oder Mila half, er würde einen von beiden ins Unglück stürzen.

Leander blinzelte Dustin zu, doch der hatte seine Lektion gelernt und wählte eine andere Antwort. Zufälligerweise die richtige.

Bei Mila blinkte die falsche.

Der Assistent nahm ein weiteres Zuckerpäckchen vom Wagen und ging damit auf die Studentin zu. Er hielt es ein paar Sekunden über die Öffnung der Säule. Dann ließ er es fallen.

Mila kreischte hysterisch und nässte sich ein. Ein mechanisches Klicken ertönte, als der Schalter hinuntergedrückt wurde, aber der Motor unter Milas Stuhl sprang nicht an.

Es dauerte einen Moment, bis sie realisierte, dass sie davongekommen war. Dann füllten sich ihre Augen mit Tränen.

»Oh Gott«, keuchte sie. »Oh mein Gott.«

Leander schaute zu Dustin. Mit seinen neun Zuckerpäckchen war er mit Sicherheit der Nächste, dessen Schalter ausgelöst werden würde. Leander hatte erst vier Päckchen, Tessa fünf, Tyler drei.

»Glück gehabt«, verkündete der Spielleiter. »Und hier kommt auch schon die nächste Frage.«

Leander sah in Dustins Augen, dass er die Antwort nicht wusste. Sein Blick raste zwischen den anderen hin und her, doch keiner half ihm. In einer Situation wie dieser war jedem die eigene Haut am wichtigsten.

Die Anzeige blinkte wieder. Vier richtige Antworten, eine falsche.

Der Assistent nahm ein Zuckerpäckchen und ging zu Dustin.

Der zerrte wie verrückt an seinen Handfesseln und versuchte, seine Beine zwischen den Metallplatten hervorzuziehen, doch der Assistent hatte ganze Arbeit geleistet. Dustin hatte keine Chance.

Vor Angst und Wut lief sein Gesicht rot an, und er brüllte wie am Spieß: »Bleib weg von mir, du Arschloch!«

Der Assistent ließ sich davon nicht beeindrucken. Wie bei

Mila hielt er das Zuckerpäckchen einen Moment über die Öffnung der Säule, bevor er es losließ.

Wieder ertönte das mechanische Klicken des Schalters. Dann sprang der Motor unter Dustins Stuhl an.

Leander starrte fasziniert auf die Metallplatten, die sich im Zeitlupentempo aufeinander zubewegten, immer näher an Dustins Beine heran. Der schrie jetzt so laut, dass es Leander in den Ohren dröhnte, aber es nützte ihm nichts. Die Maschine hatte ihr Werk begonnen, und niemand würde sie stoppen.

25

Robert Forster drückte auf die rote Taste und legte das Telefon auf den Schreibtisch. Anschließend ließ er sich in seinem Sessel zurücksinken, nahm die Brille ab und fuhr sich mit beiden Händen über das Gesicht. Seine Augen brannten, und ihm war flau, weil er den ganzen Tag über nichts gegessen hatte. Vor dem Fenster senkte sich die Dämmerung herab.

Er hatte sie alle aufgespürt. Jede Frau, mit der er seit der Schule zusammen gewesen war. Es hatte ihn aufgewühlt. Die Stimmen. Die Erinnerungen. Das Schöne, das er besessen und verloren hatte. Wenn die Liebe zu tief, zu ernst geworden war, war er immer davongelaufen.

Natürlich kannte er den Grund dafür. Er hatte nicht umsonst Hunderte von Stunden auf der Couch seines Lehranalytikers verbracht. Aber manche Dinge waren so hartnäckig, dass auch die beste Analyse sie nicht veränderte. Jedenfalls nicht, wenn der Patient es nicht selbst wollte.

Forster hatte die Sicherheit, das Alleinsein vorgezogen. Jetzt fragte er sich, ob es ein Fehler gewesen war. Aber das war im Moment nicht die entscheidende Frage.

Keine der Frauen, mit denen er zusammen gewesen war, hatte ein Kind von ihm bekommen. Es gab keine Antwort, die er dem Entführer geben konnte.

Forster erhob sich, setzte die Brille wieder auf und ging in die Küche. Er hatte eben ein paar Eier in die Pfanne geschlagen, als es an der Haustür klingelte. Rasch stellte er den Herd aus und eilte die Treppe hinunter.

Vor der Tür standen Kayra Davari und ihre Kollegin. Inga Jessen, wenn er sich richtig erinnerte.

»Guten Abend, Dr. Forster«, sagte Davari. »Dürfen wir kurz hereinkommen?«

Forster trat einen Schritt beiseite. »Bitte.«

Er führte die beiden Frauen in den Gruppenraum. Sein Magen knurrte.

»Ich wollte mir gerade etwas zu essen machen«, entschuldigte er sich.

»Wir können gerne in die Küche gehen«, entgegnete Davari.

»Danke. Nicht nötig.« Forster wollte die beiden rasch wieder loswerden und ihnen so wenig Einblick wie möglich in seine derzeitige Seelenlage gewähren, dafür war das professionelle Ambiente besser geeignet. Er lud die beiden Frauen ein, Platz zu nehmen. »Darf ich Ihnen etwas anbieten? Wasser? Kaffee?«

Die Kommissarinnen lehnten ab. Forster nahm sich eine Flasche Wasser und setzte sich zu ihnen.

»Also? Was kann ich für Sie tun?« Er schlug die Beine übereinander und trank einen Schluck. Die Gedanken, die er den ganzen Tag über erfolgreich verdrängt hatte, fielen wie hungrige Wölfe über ihn her.

Was war geschehen, nachdem der Entführer die Videoübertragung beendet hatte? Hatte sein Spiel erneut ein Todesopfer gefordert? Wen hatte es getroffen? Und wenn es eine neue Leiche gab – hatte die Polizei sie bereits gefunden?

Davaris braune Augen musterten ihn durchdringend.

»Wir haben ein Problem, Dr. Forster«, sagte sie. »Uns liegt eine Reihe von Vermisstenfällen vor.«

»So?« Forster versuchte, sich keine Gefühlsregung anmerken zu lassen. Natürlich hätte er damit rechnen müssen, dass auch das Verschwinden der jungen Leute nicht unbemerkt blieb, aber bei allem, was auf ihn eingestürzt war, hatte er einfach nicht daran gedacht.

»Es handelt sich um drei der Jugendlichen aus Ihrer Anti-Aggressions-Gruppe und zwei Ihrer Studenten.«

»Aha?« Forster nahm noch einen Schluck.

»Sie wirken nicht sonderlich überrascht.« Die Kommissarin fixierte ihn.

Forster stellte die Flasche beiseite. Er hasste es zu lügen. Als Therapeut durfte er seinen Patienten nicht immer sagen, was ihm durch den Kopf ging. Aber es war etwas anderes, abzuwägen, welche Worte man wählte, um jemandem zu helfen, als der Polizei etwas vorzumachen.

Im Augenblick hatte er jedoch keine andere Wahl. Wenn er Davari die Wahrheit anvertraute, setzte er das Leben der jungen Leute aufs Spiel. Der Entführer hatte sich in dieser Hinsicht unmissverständlich ausgedrückt. Da er in Bezug auf technisch Machbares versiert zu sein schien, würde es Forster nicht wundern, wenn er eine Möglichkeit gefunden hätte, jeden seiner Schritte zu beobachten und seine Gespräche mitzuhören.

Forster ärgerte sich, dass ihm der Gedanke nicht früher gekommen war. Sobald die Polizistinnen gegangen waren, würde er sämtliche Räume nach Wanzen und versteckten Kameras absuchen. Aber er war zu sehr damit beschäftigt gewesen, nach dem Kind zu forschen, das er angeblich gezeugt hatte.

Oder war er auf der falschen Fährte? Der Entführer hatte nicht gesagt, dass es um ein Kind ging. Eine Übereinstimmung von einem Teil der Gene bestand auch zwischen leiblichen Geschwistern. Hatte Forster womöglich einen Bruder, von dem er nichts wusste? Oder eine Schwester?

Er musste unbedingt mit seiner Mutter sprechen. Von seinem Vater würde er nichts mehr erfahren; die Demenz war so weit fortgeschritten, dass er seinem Sohn nicht mehr würde sagen können, ob er irgendwann in seinem Leben ein uneheliches Kind gezeugt hatte.

»Dr. Forster?«

»Verzeihung.« Forster hob entschuldigend die Hand. »Ich habe nachgedacht. Sie sagten, es gehe um fünf Personen, die verschwunden sind?«

»Dustin, Leander und Tessa aus Ihrer Therapiegruppe. Und Mila Bruns und Tyler Hartwig aus Ihrem Seminar für Rechtspsychologie.«

»Das ist in der Tat merkwürdig.«

»Mehr haben Sie dazu nicht zu sagen?«

Forster sah der Kommissarin an, dass sie innerlich zerrissen war. Sein Verhalten kam ihr vermutlich seltsam vor, aber es war das Beste, was er derzeit fertigbrachte. Und Davari musste ihm zugestehen, dass er unter Schock stand. Erst die Bombenexplosion in seiner Gruppe, dann das Foto der verstümmelten Alessia, jetzt die Nachricht von den fünf Vermissten. Trotzdem erwartete die Kommissarin offenbar eine andere Reaktion. Professioneller? Betroffener? Empathischer?

Forster stemmte sich aus seinem Sessel hoch und trat ans Fenster.

»Die drei aus der Gruppe haben etwas Schreckliches erlebt«, sagte er. »Vielleicht sind sie einfach spontan weggefahren. Haben sich irgendwo versteckt. Eventuell haben sie auch Angst, dass man ihnen ebenfalls etwas antun will. Oder sie sind untergetaucht, weil sie gemeinsam die Bombe gebaut haben.« Er neigte den Kopf. »Das war doch Ihre Theorie? Dass der Bruder von Vincenzos Stiefvater, dieser Georg Meyer, jemandem Geld gegeben hat? Womöglich hat er es nicht nur einem der Jugendlichen gegeben, sondern mehreren. Oder derjenige, der es bekommen hat, hat geteilt, das Geld genauso wie die Verantwortung.«

Davari holte ihr Smartphone hervor und warf einen Blick darauf.

»Wir haben mittlerweile mit Meyer gesprochen«, berichtete sie. »Er leugnet alles. Angeblich hat er sich kein Geld beschafft. Und er bestreitet, dass er Kontakt zu den Jugendlichen aufgenommen und sie mit dem Bau der Bombe beauftragt hat.«

»Meinen Sie, das ist die Wahrheit?«

»Schwer zu sagen. Wenn es den Vorfall mit Ihrer Studentin nicht gäbe, würde ich davon ausgehen, dass er lügt. Aber so ...« Sie ließ die Worte in der Luft hängen.

Forster nahm seinen Platz im Sessel wieder ein. Er musste sich konzentrieren. »Sie glauben, die beiden Fälle hängen zusammen?«, fragte er.

Davari hob die Hände. »Es ist eine Möglichkeit, die wir in Betracht ziehen. Dass Sie beide Opfer kennen, deutet in diese Richtung, aber wir suchen natürlich auch nach Motiven und Verdächtigen für jede einzelne Tat.« Sie schaute Forster ernst an. »Dass sich die Jugendlichen aus Ihrer Gruppe irgendwohin zurückziehen, wo sie sich sicher fühlen, könnte ich nachvollziehen«, erklärte sie. »Aber was ist mit Mila Bruns und Tyler Hartwig?«

Forster wich ihrem Blick aus. »Ich habe keine Ahnung.«

Davari wischte über das Display ihres Smartphones. »Mila und Tyler waren mit Alessia Ahrens befreundet. Die drei haben eine Lerngruppe gebildet. Milas Eltern sagen außerdem, dass Mila in Tyler verliebt ist, Tyler aber nur Augen für Alessia hatte.«

Forster, der denselben Eindruck gehabt hatte, nickte. »Was schließen Sie daraus?«

Davari steckte das Smartphone zurück in die Tasche. »Halten Sie es für möglich, dass Mila in der Lage wäre, ihre Konkurrentin zu verstümmeln und zu töten?«, fragte sie.

»Nein.« Forster lachte auf, froh, dass er sich wieder auf sicherem Terrain bewegen konnte. »Jemand, der so etwas tut, muss psychisch schwer gestört sein. Es mag ein persönliches Motiv geben, aber ein derartiger Akt sadistischer Gewalt weist eindeutig auf einen psychopathischen Charakter hin. Mila dagegen ist eine psychisch gesunde junge Frau. Ein wenig schüchtern vielleicht, aber ohne jede Hinterhältigkeit oder Bösartigkeit. Sie passt auch nicht ins Raster. Die meisten Psychopathen, die Gewaltverbrechen begehen, sind Männer mittleren Alters. Nach außen hin unauffällig und sozial meist gut integriert, aber im Inneren vollkommen krank.«

Inga Jessen machte sich Notizen in einem Buch mit grauem Stoffeinband. Aus ihrer Miene schloss Forster, dass sie ihrer Kollegin bereits etwas Ähnliches gesagt hatte.

Davari kniff die Augen zusammen. »Dasselbe gilt dann vermutlich auch für Tyler?«

Forster lächelte schief. »Ich müsste mich schon sehr täuschen. Aus meiner Sicht ist Tyler ein freundlicher und ausgeglichener junger Mann ohne nennenswerte psychische Probleme. Höflich, sensibel, zurückhaltend. Und welches Motiv sollte er haben?«

»Gekränkte Eitelkeit«, schlug Davari vor. »Er war in Alessia verliebt, aber sie hat ihn abgewiesen.«

Forster hob die Augenbrauen. »Ausschließen kann man es nicht. Aber ich halte das für äußerst unwahrscheinlich.«

»Sie haben selbst gesagt, dass man Psychopathen nicht erkennt, weil sie häufig sozial sehr gut angepasst sind. Da geht es Ihnen nicht anders als uns, nehme ich an?«

Forster nickte. »Ich bin Psychologe und Psychotherapeut, kein Hellseher. Ich kann mit dem arbeiten, was die Patienten mir anbieten, aber ich kann ihnen nicht in den Kopf schauen. Natürlich besitzt man als Therapeut ein gut geschultes Sensorium, aber wenn jemand überzeugend Theater spielt, kann man trotzdem darauf hereinfallen.«

Die Kommissarin dachte kurz nach. »Gibt es irgendeinen Kontakt zwischen den Gruppen? Kennen Ihre Studenten die Teilnehmer der Anti-Aggressions-Gruppe? Haben Sie die Fälle im Seminar diskutiert?«, erkundigte sie sich.

Forster blinzelte. »Sie meinen, Mila und Tyler könnten etwas mit der Bombe zu tun haben?«, fragte er ungläubig.

Davari machte eine entschuldigende Geste. »Wir müssen alle Optionen durchspielen. Auch die unwahrscheinlichen.«

»Ja, natürlich. Aber warum, um alles in der Welt, sollten meine Studenten so etwas tun?«

»Vielleicht war ihnen Biraghi aus irgendeinem Grund zuwider. Oder sie hielten die Strafe, die ihn erwartet, für zu gering. Momentan stellen wir nur die Frage nach der Möglichkeit. Über Mittel und Motiv denken wir später nach.«

Forster fuhr sich mit beiden Händen durch die Haare. Selbstverständlich wusste er, wie polizeiliche Ermittlungen abliefen. Aber die Vorstellung, dass zwei so unschuldige junge Menschen wie Mila und Tyler eine Bombe bauen könnten, um einen jugendlichen Straftäter zu eliminieren, war einfach absurd.

»Die Antwort ist Nein«, erklärte er kategorisch. »Die Studenten kennen die Teilnehmer der Anti-Aggressions-Gruppe nicht. Auch nicht vom Video. Ich zeichne die Sitzungen zwar auf, aber ich bespreche die Fälle erst im Seminar, wenn sie abgeschlossen sind, und auch dann nur mit dem Einverständnis der Beteiligten. Alles andere darf ich gar nicht. Solange es sich um ein laufendes Verfahren handelt, sind die Filme in meinem Büro unter Verschluss. Davon abgesehen hat das Wintersemester gerade erst begonnen. Wir sind in der zweiten Seminarwoche. Bisher habe ich den Studenten überhaupt keine Filme gezeigt.«

»Gut.« Davari hob die Hände, als wollte sie sich ergeben. »Sie denken, Mila und Tyler haben weder etwas mit der Bombe noch mit Alessias Tod zu tun. Aber warum können wir sie dann nicht erreichen?«

Forster suchte fieberhaft nach einer plausiblen Erklärung. »Haben die beiden erfahren, was mit ihrer Freundin Alessia passiert ist?«, erkundigte er sich, obwohl er die Antwort kannte.

»Nein. Als wir sie informieren und befragen wollten, waren sie bereits nicht mehr auffindbar«, erwiderte Davari. »Ebenso wie die Jugendlichen aus Ihrer Gruppe. Nur deswegen haben wir überhaupt so rasch bemerkt, dass alle fünf verschwunden sind. Bis die Angehörigen oder Betreuer eine Vermisstenmeldung aufgegeben hätten, wäre sicherlich noch einige Zeit vergangen.«

»Hm.« Forster wusste nicht, was er noch sagen sollte. Er hätte Davari und ihrer Kollegin gern einen heimlichen Hinweis gegeben, aber er hatte nicht den Hauch einer Ahnung, wie das möglich wäre. Was könnte er ihnen auch mitteilen?

Dass die fünf irgendwo in einer großen Halle gefangen gehalten und zu einem perversen Spiel gezwungen wurden, bei dem der Entführer in jeder Runde einen von ihnen verstümmelte und tötete? Gebäude, die dafür infrage kämen, gab es in der Stadt und im Umkreis zu Hunderten. Die Information würde der Polizei nicht viel nützen, aber die Geiseln in Gefahr bringen, wenn der Entführer mitbekam, dass Forster sich nicht an die Spielregeln hielt. Ihm blieb nichts anderes übrig, als zu schweigen.

»Es ist sonderbar, finden Sie nicht?« Davaris dunkle Augen klebten an ihm. »Fünf junge Menschen, von denen jede Spur fehlt, und zwei Tote. Und Sie sind die einzige Person, die alle sieben kennt.«

Forster zuckte hilflos mit den Schultern. Was sollte er auch sagen?

Das Klingeln von Davaris Telefon rettete ihn. Die Kommissarin zog es aus der Tasche und nahm den Anruf an. Während sie zuhörte, verdüsterte sich ihr Gesichtsausdruck. Forsters Puls beschleunigte sich.

Davari beendete das Gespräch und wandte sich an ihre Kollegin. »Komm. Wir müssen gehen.«

Forster folgte den beiden mit schnellen Schritten zur Tür. »Was ist passiert?«

»Ein Leichenfund.« Davaris Blick war unergründlich. Sie öffnete die Haustür und nahm eilig die Stufen, gefolgt von ihrer Kollegin. Fast hätten die beiden den Mann umgerannt, der durch den Garten aufs Haus zukam.

»Robert?«

Forster hatte Mühe, den Blick von den Kommissarinnen abzuwenden, die in ihren Wagen stiegen und mit hoher Geschwindigkeit davonfuhren.

»René.« Er musterte den Kollegen, der mit gerunzelter Stirn zu ihm hochsah. In der Hand hielt er einen braunen Pappumschlag. Forster deutete darauf. »Was ist das?«

René Steinke erklomm die drei Stufen zur Haustür und hielt Forster den Umschlag hin. »Der steckte an deinem Gartenzaun.« Er deutete zum Himmel, wo sich dunkle Wolken zusammenballten. »Es gibt vermutlich Regen heute Nacht, da wäre er durchgeweicht.«

»Danke.« Forster nahm den Pappumschlag entgegen und hatte das Gefühl, dass er ihm die Fingerkuppen verbrannte.

Der Brief stammte ohne Zweifel vom Entführer. Auf der Vorderseite stand Forsters Name, in Blockbuchstaben mit einem dicken Filzstift geschrieben wie beim ersten Mal. Absender und Briefmarke fehlten.

Forster fragte sich, warum der Entführer den Brief nicht durch den Schlitz in der Tür geworfen hatte wie den ersten. Hatte er die Ankunft der Kommissarinnen beobachtet und verhindern wollen, dass sie den Brief zu Gesicht bekamen? Oder – der Gedanke durchzuckte ihn wie ein Stromstoß – war der Verfasser des Briefs derjenige, der ihn überreicht hatte?

»Komm doch rein.« Forster trat beiseite und ließ Steinke ins Haus. Dann ging er ihm voran die Treppe hinauf in die Küche. »Ich wollte mir gerade ein Rührei machen, als die Kommissarinnen kamen.« Er betrachtete die kalt gewordenen Eier in der Pfanne. Besonders schmackhaft würden sie nicht sein, aber zumindest essbar. Er nahm zwei Scheiben Brot aus der Brotdose, warf einen Blick in den Kühlschrank und hielt eine Bierflasche hoch. »Willst du auch eins?«

»Gerne.«

Forster öffnete zwei Flaschen und setzte sich mit dem Rührei zu seinem Kollegen an den Tisch. Steinke betrachtete ihn aufmerksam.

»Die Sache mit deinem Patienten geht dir ganz schön an die Nieren, stimmt's?« Er machte eine vage Kopfbewegung zur Straße hin. »Haben die Polizistinnen schon etwas Neues?«

»Nein.« Forster schnitt sein Brot in Streifen, aß es zusammen mit dem Rührei und spülte das Ganze mit einem Schluck Bier hinunter. Währenddessen jagten seine Gedanken.

René Steinke hatte nie einen Hehl daraus gemacht, dass er

bei der Partnerwahl nach allen Seiten offen war. Für Forster war das vollkommen okay, schließlich sollte jeder nach seiner Fasson glücklich werden.

Was ihm allerdings Schwierigkeiten machte, war eine Reihe von Blicken, die Forster mehr gespürt als gesehen hatte. Der Eindruck, dass Steinke ihn heimlich beobachtete. Weil er vielleicht ein Interesse an ihm hatte, das kein berufliches war.

Forster hatte deshalb einige Male erwähnt, dass er nicht auf Männer stand, wenn es gerade um das Thema ging. Nicht direkt an Steinke gerichtet, sondern allgemein gesprochen, in der Gruppe, aber Steinke hatte ihn mit Sicherheit verstanden.

Hatte er ihn damit vor den Kopf gestoßen? So sehr, dass Steinke beschlossen hatte, sich an ihm zu rächen? Aber das war Unsinn. Der Auslöser stünde in einem krassen Missverhältnis zur Tat.

Andererseits: Der Entführer war zweifellos ein Psychopath. Ein Mensch, bei dem schon ein winziger Anlass eine völlig unverhältnismäßige Reaktion auslösen konnte. Jemand, der kalt und ohne jede Empathie agierte – und der sich auch hinter der Maske des seriösen Therapeuten verstecken könnte.

Steinke deutete auf den Pappumschlag. »Wer schickt dir Briefe, die er nicht in den Kasten steckt? Hast du eine heimliche Verehrerin?« Ein flüchtiges Lächeln huschte über sein Gesicht. »Ich habe da gerade eine Patientin ... Jedes Mal bringt sie mir eine rote Rose mit. Sie begreift einfach nicht, dass es zwischen Therapeut und Patientin keine private Beziehung geben kann.«

Forster hatte solche Fälle auch schon erlebt. Hartnäckige Übertragungen bis hin zum Verliebtheitswahn. »Und wenn sie nicht deine Patientin wäre?«

Steinke sah ihn forschend an. Vermutlich ahnte er, welchen

heimlichen Zweck Forsters Frage verfolgte. »Sie ist nicht mein Typ«, erwiderte er.

Forster beließ es dabei. Er betrachtete den Umschlag. Sollte er ihn öffnen, um Steinkes Reaktion zu beobachten? Würde er sich verraten, wenn er der Täter war?

Nein. Das Risiko war viel zu groß. Der Täter hatte ihm deutlich zu verstehen gegeben, dass er niemanden einweihen durfte. Und wenn Steinke nicht der Entführer war, würde er mit seinem Wissen zweifelsohne zur Polizei gehen. Davon abgesehen wären die Bilder, wenn es erneut welche gab, sicher grauenvoll. Steinke würde ihm nicht helfen können, warum also sollte er ihn diesem Schock aussetzen?

Forster betrachtete den Mann, der ihm gegenübersaß. Der versteckten Frage, ob er ein Auge auf Forster geworfen hatte, war er geschickt ausgewichen. Aber ob es nun stimmte oder nicht, Steinke war vor allem eins: ein feiner und feinsinniger Mann. Forster, der eben noch massive Anspannung verspürt hatte, fühlte sich plötzlich vollkommen erschöpft. Wenn Steinke eines nicht war, dann ein durchgeknallter Psychopath.

Er schob sich die letzte Gabel Rührei in den Mund, vertilgte den letzten Bissen Brot und spülte mit dem restlichen Bier aus der Flasche nach. Dann stand er auf.

»Sei mir nicht böse, René, aber ich bin wirklich müde. Es war ein langer Tag, und der Schock gestern ...«

»Klar.« Steinke sprang auf. »Ich wollte nicht stören. Ich wollte dir nur sagen, dass ich da bin, wenn du mich brauchst. Nicht als Therapeut. Lars hat mir schon gesagt, dass er ein paar Sitzungen für dich eingeplant hat.« Er fuhr sich durch die blonden Locken und lächelte verlegen. »Als Freund. Wenn du jemanden zum Reden brauchst.«

»Danke.«

»Ja, dann …« Steinke leerte sein Bier im Stehen und stellte die Flasche auf den Tisch. »Melde dich, wenn ich irgendwas für dich tun kann, okay?«

»Das mache ich.«

Forster brachte den Kollegen zur Tür und sah ihm nach, wie er durch die Dunkelheit davonging. Schon wieder geriet er ins Wanken. War Steinke wirklich nur ein harmloser, wohlmeinender Zeitgenosse? Oder doch ein Wolf im Schafspelz?

Er schüttelte den Kopf. Diese Gedanken brachten ihn nicht weiter. Er warf die Haustür zu, drehte den Schlüssel zweimal im Schloss und ging zurück in die Wohnung. Für ein paar Sekunden schloss er die Augen und atmete tief durch. Dann öffnete er den Umschlag und kippte den Inhalt auf den Küchentisch.

Wie beim Mal zuvor waren es ein in der Mitte geknickter Briefbogen und ein USB-Stick. Forster faltete den Brief auf.

Sie sind am Zug, Dr. Forster!

Die Eröffnung haben Sie verloren. Schon die zweite Figur geopfert, und noch kein Raumgewinn. Oder haben Sie schon eine heiße Spur?

Wissen Sie, wer die Gene mit Ihnen teilt?

Nun, morgen ist wieder ein Tag.

Sie sollten sich gut vorbereiten, sonst verlieren Sie eine weitere Figur. Vielleicht schon die entscheidende?

Ich rate Ihnen, sich zu beeilen.

Mit verbindlichsten Grüßen

   Gott

Forster nahm den Stick und ging damit in sein Arbeitszimmer. Wie beim ersten Mal befand sich nur eine einzige Datei darauf. Wenig überraschend trug sie den Namen *Gott_ist_böse_2*. Auch dieses Mal war es eine Videodatei, mit einem Zeitstempel vom Vormittag des heutigen Tages.

Forster öffnete sie und erblickte die Szene, die ihm der Entführer bereits als Standbild geschickt hatte. Die fünf jungen Leute im Stuhlkreis mit den seltsamen Platten, zwischen denen ihre Beine feststeckten. Dieses Mal gab es keine Rechenaufgaben, sondern Wissensfragen, die mit einem Beamer an die Wand über einer verspiegelten Scheibe geworfen wurden. Die Kamera schwenkte jedes Mal kurz dorthin und kehrte dann wieder zu den jungen Leuten zurück.

Die Fragen waren nicht besonders kompliziert, aber der Stress machte es zweifellos schwierig, sich für die richtige Antwort zu entscheiden. Ein weiterer kurzer Kameraschwenk zeigte eine Grafik mit der Information, wer richtig und wer falsch gelegen hatte.

Für jeden Fehler wanderte ein Zuckerpäckchen in die Glassäulen vor den Stühlen der jungen Leute. Mila war die Erste, bei der offenbar eine kritische Marke erreicht war.

Forster sah die Panik in ihrem Gesicht und den dunklen Fleck, der sich im Schritt ihres orangefarbenen Overalls ausbreitete. Er hörte ihr hysterisches Kreischen und ein mechanisches Klicken. Einen Moment lang geschah nichts. Dann entspannte sich Mila.

»Oh mein Gott«, keuchte sie immer wieder, und Tränen rannen ihr in Strömen über das Gesicht. Forster merkte, dass er selbst in den gleichen Rhythmus verfiel und kaum noch Luft bekam. Er atmete ein paar Mal tief durch, um Kraft für den Rest des Films zu sammeln.

Das Spiel ging unterdessen weiter. Die nächste Frage erschien an der Wand über der verspiegelten Scheibe. Dustin wählte die falsche Antwort, und der Avatar, den Forster bereits aus dem ersten Video kannte – der dunkelhaarige Mann mit den buschigen Augenbrauen und dem langen schwarzen Mantel, der wie eine Figur aus einem Videospiel wirkte –, trat an seine Säule und warf das zehnte Zuckerpäckchen hinein. Dustin brüllte wie von Sinnen. Das Geräusch des Motors war trotzdem zu hören.

26

Das Parkdeck hinter dem Institut für Psychologie in der Olshausenstraße war mit rot-weißem Flatterband abgesperrt. Davari und Jessen stellten ihren Wagen im unteren Bereich ab und gingen über die kleine Betontreppe nach oben. Ein uniformierter Beamte wartete dort. Sein Gesicht war grau.

»So etwas habe ich noch nicht gesehen«, sagte er, während er das Absperrband für die beiden Kommissarinnen hochhielt. »In dreißig Dienstjahren nicht.«

Die Rechtsmedizinerin war bereits vor Ort, ebenso wie die Kollegen von der Spurensicherung. Sie hatten überall auf dem Parkdeck leistungsstarke Scheinwerfer aufgestellt. Die gesamte Fläche war taghell erleuchtet wie das Spielfeld in einem Fußballstadion.

Eine der weiß gekleideten Gestalten reichte ihnen Tyvek-Anzüge, damit sie den Leichenfundort ebenfalls betreten konnten.

Davari und Jessen schlüpften hinein, stülpten sich die Kapuzen über die Haare und zogen die blauen Latexhandschuhe an. Ein Paar Überzieher für die Schuhe vervollständigten das Outfit. Davari schloss energisch den Reißverschluss des Anzugs und atmete einmal tief durch, ehe sie sich dem Anblick stellte.

Der Tote saß in einem einfachen Rollstuhl, wie es sie in jedem Krankenhaus gab, um Patienten, die nicht mobil waren, schnell von einer Station auf die andere zu bringen. Der Oberkörper war mit einem Ledergürtel an das Rückenteil des Rollstuhls gebunden worden. Seine Arme lagen auf den seitlichen Lehnen und waren mit Verbandsmull fixiert. Der Tote trug einen orangefarbenen Overall, der kurz über den Knien endete. Dieselbe Art von Overall, wie ihn auch die tote Alessia Ahrens getragen hatte.

Was sich unterhalb der Knie befand, war mit Worten schwer zu beschreiben. Es war eine unförmige blutige Masse, aus der unzählige winzige kleine weiße Knochenstücke herausragten. Rund um den Toten herum befand sich eine ausgedehnte Blutlache.

Dr. Barbara Cordes, die Rechtsmedizinerin, die auf einer Plastikplane vor dem Toten kniete, blickte auf, als Davari und Jessen neben sie traten. Sie wies auf den verstümmelten Leichnam.

»So, wie es aussieht, hat man ihm die Knie, Unterschenkel und Füße zerquetscht. Womit, kann ich nicht sagen. Eine Art Maschine vielleicht. Möglicherweise hat man ihm auch eine Platte auf die Beine gelegt und ist mit einem schweren Fahrzeug darübergefahren. Auf jeden Fall war es irgendetwas Flaches, kein Raupenfahrzeug oder dergleichen, sonst sähen die Wunden anders aus.« Sie blinzelte kurz. »Ich hatte vor Jahren einen Fall, bei dem ein Rekrut unter einen Panzer geraten war. Vergleichbare Deformationen, nur eben mit einem anderen Muster.«

Davari atmete konzentriert ein und aus, so wie sie es auch tat, wenn sie sich beim Kung Fu To'A auf einen Kampf vorbereitete. »Könnte es ein Unfall gewesen sein?«

Die Rechtsmedizinerin erhob sich und winkte die Kommissarinnen zur Absperrung. Dort zog die kleine schlanke Frau die Kapuze vom Kopf und fuhr sich durch die kurzen dunklen Haare. »Ausschließen kann man es nicht. Wenn er im Frachthafen versehentlich mit den Beinen unter einen Container geraten wäre, hätten wir es wahrscheinlich mit ähnlichen Verletzungen zu tun.

Aber warum sollte man ihn in einem solchen Fall in einen Rollstuhl setzen und hierherbringen? Und dann wäre da natürlich noch die Kleidung.«

»Das ist der gleiche Overall wie bei der Studentin, nicht wahr?« Davari öffnete den Reißverschluss ihres Tatortanzugs und holte ihr Smartphone hervor. Sie betrachtete die Bilder, die sie auf dem Christian-Albrechts-Platz geschossen hatte. Der Overall hatte dieselbe grelle Farbe. Bei Alessia hatte er allerdings kurze Ärmel, während er bei dem Toten auf dem Parkdeck kurze Beine hatte. Davari zog das Foto auf dem Display groß und sah, dass der Overall Reißverschlüsse an Armen und Beinen besaß. Wenn die Overalls vollständig waren, sahen sie vermutlich absolut identisch aus.

Inga Jessen schaute ihr über die Schulter. »Das heißt dann wohl, dass wir es mit demselben Täter zu tun haben.«

Die Rechtsmedizinerin zog ebenfalls ihr Smartphone hervor. »Davon würde ich ausgehen. Zwei brutal zugerichtete Opfer. Beide mit dem gleichen ungewöhnlichen orangefarbenen Overall bekleidet. Und«, sie las rasch eine Nachricht auf ihrem Telefon, »vermutlich wurde den Opfern in beiden Fällen ein Blutverdünner verabreicht. Für die Frau von gestern hat das Labor es gerade bestätigt, und bei dem Mann hier würde ich dasselbe annehmen. Bei beiden hat er außerdem zunächst die Blutung unterbunden, bei der Frau mit einem Druckverband, bei dem Mann mit Gurten, mit denen er die Beine abgebunden hat. An den Oberschenkeln des Mannes finden sich entsprechende Abdrücke auf der Haut. Die Verbände und Gurte wurden vermutlich erst am jeweiligen Ablageort entfernt.«

Davari tauschte ihr Smartphone gegen das Notizbuch und schrieb sich die Informationen auf. »Warum hat der Täter das getan?«, erkundigte sie sich.

»Ich nehme an, er wollte verhindern, dass die Opfer zu viele

Blutspuren in den Transportfahrzeugen hinterlassen, deshalb das Abbinden. Und der Blutverdünner, um sicherzustellen, dass die Opfer nach dem Abladen und Entfernen der Verbände und Gurte nicht mehr reden können«, erwiderte Dr. Cordes. »Die Verletzungen, die er ihnen zugefügt hat, sind zwar fürchterlich, aber die Opfer wären nicht zwangsläufig daran gestorben.«

Davari schaute zu dem verstümmelten Mann im Rollstuhl. »Damit kann man weiterleben?«

»Ohne den großen Blutverlust? Ja.«

Die Kommissarin betrachtete die Blutlache, die den Rollstuhl umgab.

»Man hätte die Beine oberhalb der Knie amputieren können, dann wären die Überlebenschancen relativ gut gewesen«, erläuterte Dr. Cordes. »Aber als man ihn gefunden hat, war er bereits tot.«

»Wissen wir schon, wer er ist?«

»Nein. Er hatte keine Papiere dabei und auch sonst nichts. Kein Geld, kein Handy, keine Schlüssel.«

»Wer hat ihn gefunden?«

»Ein Pärchen, das zu einer Abendveranstaltung wollte. Sie dachten, sie könnten noch ein wenig auf dem Parkdeck knutschen, bevor sie zu ihrem Seminar gehen. Sie warten unten bei den uniformierten Kollegen. Ich habe beiden ein Beruhigungsmittel gespritzt.«

»Danke.« Davari wandte sich an einen Kollegen von der Spurensicherung, der gerade vorbeiging. »Habt ihr schon irgendwas gefunden?«

Der Forensiker blieb stehen. »Keine verwertbaren Spuren, aber ein paar Abdrücke, die darauf hindeuten, dass der Täter mit dem Wagen hier raufgefahren ist. Vermutlich mit einem Kastenwagen oder dergleichen. Irgendein Fahrzeug mit einer Rampe.

Das Opfer muss schon im Rollstuhl gesessen haben. Er hat ihn einfach über die Rampe aufs Parkdeck geschoben und abgestellt. Dann hat er die Rampe wieder eingeklappt, ist eingestiegen und weggefahren. Das war eine Sache von einer Minute.« Er deutete zu den dunklen Fenstern des Instituts. Nur hier und da leuchtete ein helles Viereck. »Um diese Zeit ist da nicht mehr viel los. Die Kollegen haben schon herumgefragt. Es hat niemand etwas gesehen.«

Davari bedankte sich, zog den Reißverschluss ihres Tatortanzugs wieder hoch und ging noch einmal zu dem Toten. Mit dem Smartphone fotografierte sie erst sein Gesicht, dann den ganzen Körper. Anschließend kehrte sie zu Inga Jessen zurück. Ihr Kiefer schmerzte bereits, aber sie presste trotzdem weiter die Zähne zusammen. Anders hätte sie den Aufruhr in ihrem Inneren nicht in Schach halten können.

Jessen hatte ihren Tyvek-Anzug bereits abgelegt und recherchierte auf ihrem Smartphone. »Das ist er, oder nicht?« Sie hielt Davari das Gerät hin, sodass sie aufs Display sehen konnte. Es zeigte das Bild eines kräftigen jungen Mannes mit blonden Haaren und blauen Augen.

Davari schaute zwischen dem Toten, der ihr vage bekannt vorkam, und dem Bild auf dem Display hin und her. Der Tote war blasser und sein Gesicht durch die weit geöffneten Augen und den offen stehenden Mund entstellt, aber es war eindeutig derselbe Mann.

»Wer ist das?«

»Dustin Heuer. Einer der verschwundenen Jugendlichen aus Dr. Forsters Anti-Aggressions-Gruppe.«

Davari erinnerte sich sofort. Der Sohn der Biobauern, der mit dem Schraubenschlüssel auf seinen Chef losgegangen war, in der Kfz-Werkstatt, in der Heuer seine Ausbildung gemacht hatte. Robert Forster hatte den Auftrag gehabt, ein Gutachten für seine Gerichtsverhandlung zu erstellen, genau wie für Vincenzo Biraghi, der seinen Stiefvater erstochen hatte.

Damit stand fest, dass das alles kein Zufall war. Die Toten der letzten drei Tage hingen zusammen. Sie hatten alle in einer engen Beziehung zu Dr. Robert Forster gestanden.

Die Frage war, welche Schlüsse man daraus ziehen musste.

Tötete irgendjemand all diese Menschen, weil er damit in Wirklichkeit den Psychologen treffen wollte? Oder war es genau andersherum, und Forster war nicht das Ziel, sondern der Urheber der ganzen Sache?

»Wir fahren zu Dr. Forster«, entschied Davari. »Ich will wissen, was er dazu sagt.«

Jessen musterte sie mit zusammengekniffenen Augen. »Du glaubst aber nicht, dass Forster derjenige ist, der das getan hat?«

Davari warf noch einen letzten Blick auf den Toten im Rollstuhl. Forster hatte sie beeindruckt, mit seiner tapferen Haltung nach dem Anschlag auf Biraghi, seiner Offenheit und seinen klaren Analysen.

»Im Augenblick glaube ich gar nichts.« Sie streifte den weißen Plastikanzug ab und steckte ihn in die Abfallbox der Spurensicherung. »Aber Forster ist auf jeden Fall die zentrale Figur bei diesem Irrsinn. Wenn wir den Täter finden wollen, müssen wir bei ihm ansetzen.«

27

Robert Forster versuchte, so flach wie möglich zu atmen. Die Übelkeit stieg in Wellen aus seinem Magen hoch. Er spürte den Druck in der Speiseröhre, die Säure, die heraufspülte.

Vielleicht wäre es das Beste, einfach nachzugeben, aber er schaffte es nicht, aufzustehen und ins Bad zu gehen. Wie festgeschweißt saß er auf seinem Schreibtischstuhl und starrte auf den Monitor, der längst schwarz geworden war. Aber die Bilder, die er gesehen hatte, hatten sich auf seine Netzhaut gebrannt.

Wie viele Einschläge konnte ein Mensch verkraften? Er war entsetzt gewesen, als die Bombe Vincenzo Biraghi zerfetzt hatte, fassungslos, als man Alessia die Hände abgehackt hatte. Aber beides war binnen Sekunden geschehen. Bei Dustin dagegen hatte er mitansehen müssen, wie die Metallplatten ganz langsam seine Beine zerquetschten. Er hatte das Knirschen und Knacken gehört, mit dem die Knochen und Gelenke brachen und zerrieben wurden. Er hatte gesehen, wie die Haut aufplatzte, wie das Blut aus den offenen Wunden strömte, wie sich die Knochensplitter durch Fleisch und Haut bohrten.

Fast zehn Minuten hatte es gedauert, bis die Metallplatten schließlich zum Stillstand gekommen waren, nur noch wenige Zentimeter voneinander entfernt. Und die ganze Zeit hatte er die Schreie gehört und den Schmerz in Dustins Gesicht gesehen. Die

Augen, die fast aus den Höhlen quollen, den weit aufgerissenen Mund, die gefletschten Zähne.

Dustin war jung und stark. Er hatte lange durchgehalten, bis er endlich ohnmächtig geworden war. Die Schreie hatten trotzdem nicht aufgehört, nur dass es jetzt nicht mehr die von Dustin waren, sondern die der anderen vier, die ihr Entsetzen herausbrüllten.

Forster nahm die Brille ab, legte sie neben sich auf den Tisch und presste die Fäuste gegen die geschlossenen Lider. Wie sollte er diese Bilder jemals wieder aus dem Kopf bekommen?

Das Schlimmste war, dass er nicht darüber reden konnte. Er durfte niemandem von diesen Videos erzählen. Nicht, bevor er die Person gefunden hatte, die so eng mit ihm verwandt war wie seine Eltern.

Der Gedanke, dass er noch eine Aufgabe hatte, gab ihm schließlich die Kraft aufzustehen. Vincenzo, Alessia und Dustin waren tot, aber die anderen vier lebten noch. Wenn er die gesuchte Person fand – seinen Bruder, seine Schwester, sein Kind –, könnte er sie vielleicht retten.

Forster ging die Treppe hinauf ins Schlafzimmer und zog Schuhe, Jeans und Hemd aus. Dann öffnete er den Kleiderschrank, nahm seine Sportsachen heraus und streifte Trainingshose, Turnschuhe und ein ärmelloses Shirt über. Als er fertig war, lief er die Treppe hinunter in den Keller. Er hatte dort ein paar Sportgeräte aufgestellt, eine Rudermaschine, einen Crosstrainer und eine Station, an der man mit Gewichten trainieren konnte. In einer Ecke hing außerdem ein Boxsack.

Forster stülpte sich die Boxhandschuhe über und begann, langsam und systematisch auf den Sandsack zu schlagen. Dann steigerte er Tempo und Intensität. Eine Reihe von Rechts-links-Kombinationen, ein paar Jabs, Haken und Uppercuts, bis ihn schließlich die Kraft verließ. Er taumelte vorwärts, umklammerte den Boxsack mit den Armen und presste seine Stirn gegen das Kunstleder.

Langsam beruhigte sich seine Atmung wieder, und sein Kopf wurde klarer. Er ließ den Sandsack los, nahm ein Handtuch vom Regal in der Ecke und wischte sich den Schweiß von der Stirn. Anschließend hängte er sich das Tuch um den Hals und stieg die Treppe zur Wohnung hinauf.

Der Versuch, über seine früheren Freundinnen ein ihm unbekanntes Kind zu finden, war fehlgeschlagen. Der nächste Schritt bestand darin, seine Mutter zu fragen, ob er möglicherweise Geschwister hatte, von denen er nichts wusste, und die Geiseln zu überprüfen.

Forster schenkte sich in der Küche ein Glas Wasser ein und leerte es in einem Zug. Sein Blick fiel auf die Uhr über dem Kühlschrank. Für beides war es zu spät.

Er würde jetzt eine heiße Dusche nehmen und sich dann ins Bett legen, auch wenn ihn vermutlich die Bilder aus den Videos in seinen Träumen heimsuchen würden. Aber er spürte den Schlafmangel der letzten Nacht, und der emotionale Aufruhr zehrte ebenfalls an seinen Kräften. Wenn er seinem Körper keine Ruhe gönnte, wäre er bald nicht mehr in der Lage, logisch zu denken und sinnvoll zu agieren.

Er stellte das Glas beiseite und wollte gerade ins Bad gehen, als die Türklingel ertönte.

Natürlich!

Forster schüttelte über sich selbst den Kopf. Hatte er allen Ernstes geglaubt, die Kommissarinnen würden nicht zurückkommen? Sie waren zu einem Leichenfund gerufen worden, und es war mehr als wahrscheinlich, dass es sich bei dem Toten um Dustin handelte. Forster würde sein gesamtes schauspielerisches

Können aufbieten müssen, damit die beiden nicht merkten, dass er längst wusste, was mit dem jungen Mann passiert war.

Die Klingel schrillte ein zweites Mal. Forster lief die Treppe hinunter, machte einen Abstecher ins Büro, um seine Brille zu holen, und öffnete die Haustür.

Kayra Davari musterte seinen Aufzug. Er las Trauer in ihrem Blick, aber auch Entschlossenheit.

»Verzeihen Sie die späte Störung, Dr. Forster. Aber wir haben noch ein paar Fragen.«

»Kommen Sie herein.«

Er führte die Kommissarinnen nach oben in die Küche. Der Gruppenraum wäre ihm lieber gewesen, aber er mochte sich nicht mit den verschwitzten Sportsachen in die gepolsterten Sessel setzen. Die Holzstühle in der Küche waren die bessere Wahl. Die Kissen waren lose und konnten in der Maschine gewaschen werden.

»Kaffee? Wasser?«

»Nein, danke.«

Die beiden Frauen setzten sich an den Tisch. Forster füllte erneut sein Wasserglas und nahm Davari gegenüber Platz. Ihre samtbraunen Augen ruhten auf seinem Gesicht.

»Wir haben leider eine traurige Nachricht für Sie. Dustin Heuer ist tot.« Davari zog ihr Smartphone hervor und zeigte ihm ein Foto.

Forster sah das totenblasse Gesicht des jungen Mannes, aber der Anblick war weniger schlimm als das, was er im Video gesehen hatte. Er verschränkte die Hände vor sich auf dem Küchentisch und versuchte, sich gleichermaßen betroffen und gelassen zu geben.

»Was ist passiert?«

Davari zögerte kurz, offenbar unsicher, ob sie ihn mit dem

ganzen Drama konfrontieren sollte. Dann wischte sie über das Display und präsentierte ihm ein weiteres Bild.

Forster wurde erneut die Kehle eng. Egal, wie oft man Dustins zerquetschte Beine sah, es war jedes Mal ein Schock. Forster musste seine Fassungslosigkeit nicht spielen. »Mein Gott. Das ist … entsetzlich.«

Die Kommissarin zog das Handy zurück und erlöste ihn. »Warum, Dr. Forster? Warum foltert jemand Ihre Studenten und Patienten? Warum tötet er sie?«

»Ich habe keine Ahnung.« Forster senkte den Blick auf seine Hände und sah, dass sie zitterten. Kein Wunder, die letzten Kraftreserven hatte er aufgebraucht, als er auf den Sandsack eingedroschen hatte.

Der Täter wollte mit ihm spielen, aber Forster wusste nicht, weshalb. Er hatte auch nicht darüber nachgedacht. Seine gesamte Energie war darauf ausgerichtet gewesen, das Rätsel des Entführers zu lösen und die jungen Leute zu retten. Aber vielleicht musste er die Sache von der anderen Seite angehen?

»Könnte es mit Ihrer Arbeit zu tun haben?«, fragte Davari.

»Wir haben die Fälle geprüft, an denen Sie als Gutachter oder Fallanalytiker beteiligt waren«, fügte Inga Jessen hinzu. »Von den Tätern, die mittlerweile wieder auf freiem Fuß sind, hat keiner eine besonders schwere Strafe erhalten. Keine, die Grund genug wäre, sich auf derart makabre Weise an Ihnen zu rächen. Aber vielleicht haben wir etwas übersehen?«

Forster schüttelte den Kopf. Vor zwei Tagen, nach der Explosion, als er gedacht hatte, die Bombe hätte ihm gegolten, hatte er seine Akten studiert und war zu demselben Ergebnis gekommen. Danach hatten sich die Ereignisse überschlagen. Er hatte von Alessias Tod erfahren, und kurz danach hatte er das erste Schreiben des Entführers bekommen.

»Natürlich gibt es Klienten, die mit meinem Urteil nicht einverstanden sind«, sagte er. »Die meisten machen keinen Hehl daraus. Einige versuchen es auch zu verbergen, aber kaum jemand ist in der Lage, seine Mikroexpressionen so zu unterdrücken, dass einem geschulten Auge entgeht, was die Person wirklich denkt und fühlt. Diese winzigen Bewegungen, ein Blinzeln, ein Zucken der Mundwinkel, ein durch den Raum huschender Blick, verraten uns mehr, als der Betreffende preisgeben möchte.« Er hob kurz die Hände. »Was ich damit sagen will: Ich habe bei keinem Täter, mit dem ich in den letzten Jahren zu tun hatte, den Eindruck gewonnen, dass er mich für mein Urteil hasst.«

Davari schrieb etwas in ihr Notizbuch. »Wenn es nicht um Ihre Arbeit geht, welches Motiv könnte der Täter dann haben?«, fragte sie. »Irgendeine Verbindung zu Ihnen muss es geben.«

Forster hob die Schultern. »Ich weiß es wirklich nicht.«

Jessen sah ihn neugierig an. »Wir tun im Augenblick so, als dürfte man annehmen, dass diese Person normal denkt und handelt«, sagte sie. »Aber kann man das? Oder muss man davon ausgehen, dass der Täter verrückt ist?«

Die Frage richtete sich an ihn als Experten, nicht als jemanden, der in den Fall verwickelt war, und das machte es Forster leichter zu antworten. »Ich bin mir sicher, dass der Täter eine schwere psychische Störung hat«, erklärte er. »Er ist ein Psychopath. Niemand, der mit gewöhnlichen Maßstäben gemessen werden kann. Das macht es schwer, Aussagen über sein Motiv zu treffen.«

Er überlegte kurz, bevor er fortfuhr. Durfte er die Kommissarinnen in eine falsche Richtung lenken? Aber welche andere Wahl hatte er, wenn er die Geiseln nicht in Gefahr bringen wollte?

»Es kann sein, dass es dem Täter um mich geht, aber vielleicht ist es auch Zufall, dass alle Opfer mit mir in Verbindung stehen.

Möglicherweise hat er einfach nur meine Daten benutzt, weil er es auf eine bestimmte Zielgruppe abgesehen hat.«

Jessen kräuselte die Stirn. »Welche sollte das sein?«

»Junge Menschen, die keine moralischen Grenzen akzeptieren, in die eine oder andere Richtung. Jugendliche Straftäter wie Vincenzo und Dustin, oder junge Frauen wie Alessia, die sich für etwas Besseres halten.«

»Hm.« Davari legte ihr Notizbuch beiseite. »Halten Sie das für wahrscheinlich?«

Forster griff nach seinem Wasserglas. »Wir besitzen zu wenige Informationen, um das beurteilen zu können. Psychopathen haben ihre eigene Weltsicht, ihr eigenes Wertesystem.«

Er selbst hatte gegenüber den Kommissarinnen sogar einen Wissensvorsprung, weil der Entführer mit ihm in Kontakt getreten war, doch trotzdem hatte er keine Idee, worum es dem Täter eigentlich ging oder warum er ausgerechnet ihn ausgesucht hatte.

»Sie meinen, wir müssen warten, bis es weitere Opfer gibt?«, fragte Davari. In ihrem Blick loderte ein Feuer.

»Das hoffe ich nicht«, stieß Forster inbrünstig hervor.

Die Kommissarin musterte ihn. In die Härte in ihren Augen mischte sich Mitleid. Es war nur eine Sekunde, dann ging der Vorhang wieder zu. »Sie haben schon einige Male als Fallanalytiker gearbeitet. Beschreiben Sie uns die Person, die wir suchen.«

Forster nahm die Brille ab und betrachtete das schmale blaue Metallgestell. »Wie gesagt. Wir wissen zu wenig, um konkrete Aussagen machen zu können. Ganz allgemein: Der Täter ist weiß, männlich, zwischen zwanzig und vierzig Jahren alt. Das sagt uns die Statistik. Er lebt vermutlich ein geregeltes Leben, ist sozial angepasst. Möglicherweise ist er bisher noch nicht einmal für eine Straftat verurteilt worden. Allerdings muss man davon ausgehen, dass es in seiner persönlichen Entwicklung Auffälligkeiten gibt.

Der Mann ist offensichtlich ein Sadist. Ich vermute, er hat schon Erfahrungen als Tierquäler oder Brandstifter gesammelt. Und er stammt wahrscheinlich aus schwierigen Verhältnissen. Das kann sich allerdings ebenso auf den sozialen Status wie auf die psychische Struktur der Herkunftsfamilie beziehen.«

»Das schränkt den Kreis der Verdächtigen nicht besonders ein«, bemerkte Davari missmutig.

»Nein. So funktioniert die Fallanalyse in der forensischen Psychologie auch nicht«, gab Forster zurück. »Ich kann Ihnen keinen Suchscheinwerfer liefern, mit dem Sie den Täter aufspüren. Ich kann Ihnen nur eine Lupe anbieten, unter der Sie einen Verdächtigen betrachten können.«

»Gut.« Davari stand auf. »Wir müssen zu Dustins Eltern und sie über seinen Tod informieren, aber vielleicht dürfen wir morgen wiederkommen? Ich würde mich gern ausführlicher mit Ihnen über dieses Thema unterhalten.«

Forster setzte die Brille wieder auf. »Jederzeit. Ich helfe, wo ich kann.«

»Danke.« Davari hob die Hand, als er sich vom Stuhl hochstemmen wollte. »Bemühen Sie sich nicht. Wir finden allein raus.«

Forster sah den beiden Beamtinnen nach, wie sie die Küche verließen. Er hörte ihre Schritte auf der Treppe, das Geräusch der Haustür, die geöffnet wurde und wieder ins Schloss fiel. Danach herrschte Stille.

Sekunden, Minuten, Stunden verrannen, in denen er nichts anderes tat, als die Wand anzustarren. Dann endlich stand er auf, stellte sich unter die Dusche, putzte die Zähne und wankte ins Bett. Ein letzter Blick auf die Uhr verriet ihm, dass es halb vier war.

Forster schloss die Augen und fiel in einen tiefen traumlosen Schlaf.

28

Als er am nächsten Morgen die Augen aufschlug, dachte er für einen kurzen Moment, dass alles nur ein böser Traum gewesen war. Der Himmel vor dem Fenster war wolkenlos blau, die Sonne spiegelte sich in der Scheibe. Er sah das bunte Laub der Bäume im Garten und hörte das Zwitschern der Vögel. Weit oben zogen ein paar Wildgänse auf ihrem Weg in den Süden vorbei.

Dann fiel sein Blick auf seine Hände. Er hatte nicht viel abbekommen bei der Bombenexplosion, aber ein paar herumfliegende Holzsplitter hatten ihn getroffen. Die roten Kratzer auf dem Handrücken zeigten ihm, dass die unfassbaren Schrecken der letzten drei Tage real waren.

Mit plötzlicher Hast sprang er aus dem Bett. Er musste seine Mutter anrufen und die verbliebenen vier Mitglieder der Therapiegruppe überprüfen. Der Entführer würde sicher keine Pause einlegen. Es war eine Frage der Zeit, bis die nächste Aufforderung kam, ihm einen Namen zu nennen. Wenn Forster bis dahin die Antwort nicht kannte, würde ein weiterer Mensch sterben.

Er schlüpfte in Jeans und T-Shirt, schaltete in der Küche die Kaffeemaschine ein und ging ins Bad, um sich die Zähne zu putzen. Anschließend nahm er das Telefon aus der Station im Flur, kehrte in die Küche zurück und wählte die Festnetznummer seiner Mutter. Mit dem Mobilteil am Ohr öffnete er den Kühlschrank, schenkte Kaffee und Milch in einen Becher und lauschte ungeduldig dem Freizeichen. Anscheinend war seine Mutter nicht zu Hause.

Forster wählte stattdessen ihre Mobilnummer und hatte Glück.

»Robert.« Seine Mutter klang ausgeglichen und heiter wie immer. »Das ist ja eine Überraschung. Willst du mich besuchen kommen? Ich bin gerade mit ein paar Freundinnen auf Amrum. Regine hätte noch ein Zimmer frei. Oder musst du arbeiten? Hast du samstags auch Patienten? Oder ein Seminar an der Uni?«

»Nein, ich habe keine Patienten, aber ich habe leider auch keine Zeit zu kommen«, erwiderte Forster. Er hatte ein gutes und entspanntes Verhältnis zu seiner Mutter. Die Konflikte, die andere Jugendliche mit ihren Eltern ausgetragen hatten, hatte es bei ihm nie gegeben. Was ebenso am pädagogischen Geschick seiner Mutter lag, die Lehrerin gewesen war, wie an den dramatischen Ereignissen, die die Familie zusammengeschweißt hatten.

Forster hatte früh gelernt, dass es Wichtigeres gab, als gegen das Establishment zu rebellieren. Er hatte schneller als die anderen Kinder verstanden, dass jedes Handeln Konsequenzen hatte. Seine Jugend war keine Zeit der Unbeschwertheit gewesen wie bei anderen, kein großes Abenteuer – eher ein bewusstes Hineinwachsen in den Erwachsenenanzug, den er schon als Junge getragen hatte.

»Schade.« Wie immer lag kein Vorwurf in der Stimme seiner Mutter. Sie meinte genau das, was sie sagte.

»Ja.« Forster zögerte. Er hatte keine andere Wahl, als sie zu fragen, aber es war ein heikles Thema. Seine Mutter spürte auch das.

»Was hast du auf dem Herzen, mein Junge?«, fragte sie sanft, und Forster hatte für eine Sekunde das Gefühl, wieder das Kind zu sein, das all seinen Kummer mit ihr teilen konnte.

»Es gibt da jemanden, der mich bedrängt. Er behauptet, ich hätte einen Verwandten, von dem ich nichts weiß. Einen, mit dem ich fünfzig Prozent meiner Gene teile.«

»Du hast ein Kind?« Seine Mutter war Biologielehrerin gewesen. Er brauchte ihr nichts über Genetik zu erzählen.

»Das war mein erster Gedanke«, entgegnete er. »Aber ich habe sämtliche Frauen aufgespürt, mit denen ich seit der Mittelstufe zusammen war. Sie haben mir versichert, dass sie kein Kind von mir bekommen haben.«

»Du glaubst ihnen?«

»Ich habe keinen Anlass, es nicht zu tun.«

»Also kein Kind. Dann kann allerdings die Prozentangabe nicht stimmen. Fünfzig Prozent deiner Gene hast du nur mit deinen Eltern und leiblichen Geschwistern gemein. Aber vielleicht hat die Person, die dich bedrängt, im Biologieunterricht nicht so gut aufgepasst.«

Forster lachte in sich hinein. Er hatte denselben Fehler gemacht, aber das musste er seiner Mutter ja nicht verraten.

Er konnte vor sich sehen, wie sie die Augen zusammenkniff und den Blick in die Ferne richtete. Das tat sie immer, wenn sie nachdachte. »Das ist es, was du mich fragen willst, ja? Ob du noch ein Geschwister hast.«

»Ja.«

»Nein. Ich habe nur ein Kind zur Welt gebracht, und das bist du.«

»Und Papa?«

Wieder eine kurze, nachdenkliche Pause.

»Natürlich gibt es keine absolute Sicherheit«, sagte seine Mutter dann. »Und fragen kannst du ihn nicht mehr. Selbst wenn es da etwas gab, wird er sich nicht daran erinnern. Aber du kennst deinen Vater. Er war Jurist aus Leidenschaft. Ich habe nie einen Mann getroffen, dem die Moral so wichtig war wie ihm. Er war immer ein aufrechter, geradliniger Mensch. Streng mit sich selbst, und manchmal leider auch mit anderen. Kurz und gut: Ich kann mir beim besten Willen nicht vorstellen, dass es eine andere Frau in seinem Leben gab. Er hatte ein paar Freundinnen, bevor wir uns kennengelernt haben, aber wenn aus einer dieser Beziehungen ein Kind hervorgegangen wäre, wüsste ich davon.«

»Hm.« Forster war enttäuscht, auch wenn er im Grunde nichts anderes erwartet hatte. Es war mehr als unwahrscheinlich, dass ausgerechnet sein Vater ein uneheliches Kind hatte. Und falls doch, gab es keine Möglichkeit, es aufzuspüren. Es war eine Sackgasse.

»Ich hoffe, diese Person macht dir nicht zu sehr zu schaffen?«

»Nein, nein.« Forster straffte sich. Er hatte noch längst nicht alle Möglichkeiten ausgeschöpft. Und er würde nicht aufhören zu suchen, solange es noch jemanden gab, den er retten konnte. »Ich muss jetzt weiterarbeiten«, sagte er. »Vielleicht habe ich an einem der nächsten Wochenenden Zeit, dann besuche ich dich.«

»Das würde mich freuen.«

Sie verabschiedeten sich, und Forster legte das Telefon auf den Tisch. Wieder ging sein Blick aus dem Fenster, und er stellte überrascht fest, dass in der kurzen Zeit, die er mit seiner Mutter gesprochen hatte, der Himmel komplett zugezogen war. Kein einziger blauer Fleck war mehr zu sehen. Stattdessen hing ein grauer Vorhang über der Stadt.

Forster schaltete das Licht in der Küche ein, steckte zwei Scheiben Brot in den Toaster und schlug zwei Eier in die Pfanne. Währenddessen ging er im Kopf die nächsten Schritte durch.

Er musste herausfinden, wer von den Entführten sein Nachkomme sein könnte, auch wenn er nicht wusste, wie dieses Kind zustande gekommen sein sollte. Aber es bestand die Möglichkeit, dass eine der Frauen, mit denen er zusammen gewesen war, ihm nicht die Wahrheit gesagt hatte. Vielleicht hatte es ein Kind gegeben, das zur Adoption freigegeben worden war, und die Mutter verschwieg es, einfach weil es ihr peinlich war oder weil sie es verdrängt hatte. Er hatte den Frauen nicht sagen können, weshalb er diese Frage stellte. Sie hatten also auch nicht gewusst, was auf dem Spiel stand.

Forster versuchte, die Sache systematisch anzugehen. Tessa und Dustin hatte er aufgrund ihrer Familienverhältnisse und Lebensumstände ausgeschlossen. Alessia war tot, und der Entführer hatte anschließend sein Spiel fortgeführt. Das bedeutete nicht notwendigerweise, dass Alessia als sein Kind ausschied, machte es aber unwahrscheinlich.

Da es unmöglich war, alle denkbaren Varianten durchzuspielen, konzentrierte er sich auf die plausibelsten. Wenn von den Entführten jemand mit ihm verwandt war, dann Leander, Tyler oder Mila.

Er vertilgte rasch Toast und Spiegelei und stellte das benutzte Geschirr in die Spüle. Dann nahm er das Telefon, ging in sein Arbeitszimmer und schaltete den Rechner ein. Die Eltern von Leander könnte er über die Spedition des Vaters ausfindig machen, aber sein Gefühl sagte ihm, dass er bei den anderen Eltern eher Erfolg haben würde. Leander hatte seinen Vater als gefühlskalten Geschäftsmann geschildert, dem jede Menschlichkeit fehlte, und seine Mutter als eine Frau, der die hübsche Fassade über alles ging. Selbst wenn Grossmann und seine Frau Leander adoptiert hätten, würden sie das vermutlich nicht zugeben. Die Chance, etwas in Erfahrung zu bringen, war bei den Eltern von Tyler Hartwig und Mila Bruns sicherlich größer.

Im Telefonbuch fand er dreizehn Einträge für den Nachnamen

Hartwig, vier für den Namen Bruns, also würde er zuerst nach den Eltern von Mila Bruns suchen.

Schon der zweite Versuch war ein Treffer.

Eine gehetzt klingende Frau meldete sich und bestätigte, dass sie die Mutter von Mila war.

»Frau Bruns«, sagte Forster. »Hier ist Dr. Robert Forster. Ihre Tochter Mila besucht ein Seminar bei mir.«

»Oh.« Die Frau wirkte eingeschüchtert. Das passierte gelegentlich, wenn sich Forster mit seinem Titel vorstellte, insbesondere bei Personen, die keinen höheren Schulabschluss hatten. Milas Eltern gehörten vermutlich dazu. Milas Kleidung, ihr Auftreten, ihr Sprachstil – das alles sprach für einen eher schlichten familiären Hintergrund. Forster hatte den Effekt einkalkuliert und sich bewusst entschieden, den Statusunterschied für seine Zwecke zu nutzen. Wenn das Bild stimmte, das er sich von Milas Mutter gemacht hatte, würde sie einem Doktor eher Auskunft geben als jemandem, der keinen Titel vorzuweisen hatte.

»Ich habe eine Frage, die sehr wichtig ist«, sagte er sanft. »Ich kann Ihnen jetzt nicht erklären, weshalb, aber Sie helfen Ihrer Tochter, wenn Sie mir eine ehrliche Antwort geben.«

»Wissen Sie, wo unsere Tochter ist?«

»Nein, leider nicht. Aber ich habe eine Idee, wie ich den Kontakt herstellen könnte.«

»Hängt das mit dieser Veranstaltung zusammen? Rechtspsychologie? Sie hat so begeistert davon erzählt.«

»Richtig. Es geht um ein Experiment im Rahmen des Seminars.«

»Ja?« Forster hörte die Hoffnung, aber auch die Angst in der Stimme der Mutter. »Das ist doch nichts Gefährliches?«

»Machen Sie sich keine Sorgen«, sagte Forster, obwohl er wusste, dass Milas Mutter jeden Grund dazu hätte. Aber es würde niemandem helfen, wenn sie erfuhr, dass ihre Tochter in Lebensgefahr war.

»Warum meldet sie sich dann nicht? Und warum war sie schon die zweite Nacht nicht zu Hause?«

»Ich kann Ihnen dazu im Moment nichts Genaueres sagen. Aber wenn Sie mir meine Frage beantworten, kommt sie bald zurück.« Forster biss die Zähne zusammen. Schon wieder musste er lügen. Aber es war ja für einen guten Zweck. »Es ist wichtig, dass Sie wahrheitsgemäß antworten, Frau Bruns. Ist Mila Ihre leibliche Tochter? Oder haben Sie sie adoptiert?«

Am anderen Ende blieb es still. Stattdessen ertönte aus dem Laptop auf Forsters Schreibtisch ein Signalton. Er kündigte den Eingang einer neuen E-Mail an. Forster klickte auf die Vorschau und erstarrte. Die Mail trug den Titel *Gott ist böse 3*.

Sein Blick wanderte zur Uhr an der Wand. Es war erst kurz nach acht. Am Tag zuvor war die Mail des Entführers um elf gekommen. Forster hatte gehofft, dass es dieses Mal genauso sein würde und er bis dahin Zeit hätte, seine Nachforschungen voranzutreiben. Wenn ihm ab jetzt nur eine Stunde blieb, würde es eng werden.

Er öffnete die Mail. Wie die vorhergehende enthielt sie lediglich einen Link, der aus einer langen Reihe von Buchstaben, Zahlen und Sonderzeichen bestand.

Forster klickte ihn an. Auch dieses Mal erschien ein Bild des Raums, in dem der Entführer seine Gefangenen gefoltert hatte. Statt der fünf Stühle vom Vortag standen dort nur noch vier. Auch der Aufbau mit den senkrecht stehenden Metallplatten war verschwunden. Stattdessen war jetzt auf Brusthöhe vor jedem der Stühle ein offenes Viereck zu sehen. Mehr konnte Forster nicht erkennen, dazu war das Bild zu klein und die Auflösung zu schlecht.

Es sah aus, als hätte der Entführer die Aufnahme absichtlich verpixelt.

Gleich darauf verschwand das Bild, und ein Text in blutroter Schrift erschien.

Sind Sie vorangekommen, Dr. Forster?
Ich erwarte Ihren Zug!

Darunter öffnete sich das bekannte Textfeld mit der Aufforderung, den Namen der gesuchten Person einzutragen.

Gleich darauf erschien die digitale Anzeige. Allerdings gab es einen Unterschied zum Vortag. Statt der 1:00:00 sah Forster die Zahlenfolge 0:30:00. Die Ziffern blinkten, dann begann die Zeit zu laufen.

Forster schluckte. Der Entführer gab ihm dieses Mal nur eine halbe Stunde!

Aus dem Hörer drang eine ängstliche Frauenstimme zu ihm. Milas Mutter. »Dr. Forster? Sind Sie noch dran?«

»Frau Bruns. Ja. Entschuldigen Sie bitte. Ich war kurz abgelenkt.«

»Natürlich ist Mila unser leibliches Kind«, sagte die Frau. »Wie kommen Sie darauf, dass sie es nicht sein könnte?«

»Es war nur eine Möglichkeit, die ich überprüfen musste.« Er zögerte kurz. »Und das ist ganz bestimmt die Wahrheit?«

»Denken Sie, wir lieben Mila nicht genug?«

»Nein, Frau Bruns. Darum geht es nicht.«

»Mila ist unser Kind. Und wir lieben sie.«

»Das bezweifle ich nicht, Frau Bruns. Ich wünsche Ihnen, dass Ihre Tochter bald wohlbehalten zu Ihnen zurückkommt. Auf Wiederhören.«

Er drückte rasch auf den roten Knopf und überflog die Einträge, die das Telefonbuch für den Nachnamen Hartwig bot. Dreizehn Personen, das machte etwas mehr als zwei Minuten Zeit für jede einzelne. Forster tippte die erste Nummer ein.

29

Tessas Kopf fühlte sich an, als wäre er mit Watte gefüllt. Sie konnte keinen klaren Gedanken mehr fassen. Ihr ganzer Körper war taub. Was man Dustin angetan hatte, war so furchtbar, dass sie es einfach nicht begreifen konnte. Wer war zu solcher Brutalität fähig?

Sie richtete sich mühsam auf der Pritsche auf, auf der sie seit dem gestrigen Vormittag gelegen hatte. Nachdem der Mann im Anzug sie zurückgeführt hatte.

Keiner von ihnen hatte den leisesten Versuch unternommen, sich zu wehren. Sie wussten ja alle, dass es sinnlos war. Sie hatten gesehen, wie Dustin zusammengebrochen war, nachdem sich die Klappe in der Decke geöffnet hatte und die Düse herausgefahren war. Kurz darauf hatte sie selbst das Bewusstsein verloren.

Der Mann hinter der Scheibe hatte gesagt, dass es beim nächsten Mal kein Betäubungsmittel sein würde, sondern Giftgas, und sie glaubte ihm. Dieser Mann machte keine Scherze. Er war das personifizierte Böse.

Überraschend war höchstens, dass auch der Assistent nicht rebellierte. Immerhin hatte der Mann hinter der Scheibe verkündet, dass er ihn ebenfalls töten würde, ohne mit der Wimper zu zucken. Aber vielleicht war der Assistent ein Soldat. Vielleicht dachte er, dass er den Tod verdient hatte, wenn er sich vom Feind überwältigen ließ.

Tessas Beine zitterten, als sie von der Pritsche aufstand. Sie wäre lieber liegen geblieben, aber der Druck auf ihrer Blase war so groß, dass sie keine Wahl hatte. Mit schwankenden Schritten ging sie in das abgetrennte Abteil hinter dem Vorhang.

Als sie in den vorderen Teil der Zelle zurückkehrte, fühlte sie sich besser. Dafür knurrte jetzt ihr Magen.

Tessa betrachtete das Tablett, das auf dem Tisch stand. Sie hatte bisher nichts davon angerührt, weil ihr Magen wie zugeschnürt gewesen war. Jetzt nahm sie eine der Brotscheiben und biss versuchsweise hinein.

Das Brot war trocken, aber es tat gut, etwas zu essen. Sie aß auch die anderen Scheiben und den Apfel, den sie unter dem Bett hervorgeholt hatte. Die Halbliterflasche Wasser trank sie in einem Zug leer.

Es war nicht dieselbe, die man ihr vor zwei Tagen gebracht hatte. Gegessen hatte sie nichts, seit sie hier war, aber der Durst hatte sie schon früher übermannt. Sobald eine Flasche leer war, stellte man ihr eine neue auf den Tisch und entfernte die alte. Auch wenn das Ziel darin zu bestehen schien, sie alle zu töten, wollte man sie offenbar nicht verhungern oder verdursten lassen.

Nach dem Essen fühlte Tessa sich besser. Der Nebel in ihrem Kopf lichtete sich. Zugleich stürzten allerdings die schrecklichen Bilder wieder auf sie ein, und das Gedankenkarussell begann sich erneut zu drehen.

Nach wie vor fand Tessa ihre Überlegung plausibel, dass eine ganze Gruppe von Leuten hinter der Scheibe saß, die sich an ihnen rächen wollte. Angestrengt dachte sie darüber nach, was Dustin getan hatte. Sie hatten in der Gruppe bei Dr. Forster darüber gesprochen.

Schließlich fiel es ihr ein. Dustin war mit dem Schrauben-schlüssel auf seinen Meister losgegangen, weil dieser ihn kritisiert hatte. Er hatte ihm etliche Knochen gebrochen. Und Dustins Strafe hatte darin bestanden, dass man ihm die Knochen zer-quetschte. Es machte alles Sinn.

Auf dem Flur vor der Zellentür erklangen Schritte, und Tessa zuckte zusammen. Sie hatte natürlich gesehen, dass es draußen vor dem Fenster hell geworden war. Ein neuer Tag war angebro-chen. Eine neue Runde in dem fürchterlichen Spiel, in dem sie ge-fangen waren, stand bevor.

Mila hatte den Eindruck, dass ihr Verstand auf die Größe einer Erbse zusammengeschrumpft war. Sie bestand nur noch aus Angst. Hätte sie jetzt eine Prüfung ablegen müssen, sie wäre mit Pauken und Trompeten durchgerasselt.

Das Problem bestand darin, dass dies hier genau wie eine Prü-fung war. Jeden Tag stand eine Aufgabe an, die es zu bewältigen galt. Bisher hatte Mila zweimal komplett versagt, aber beide Male Glück gehabt.

Beim ersten Mal hatte Alessia ihr auf die Sprünge geholfen, als sie die simpelste aller Rechenaufgaben nicht hatte lösen können. Genützt hatte es nichts, Mila hatte die Kugel trotzdem fallen las-sen. Doch trotz ihres doppelten Versagens war nicht sie es gewe-sen, der man die Hände abgehackt hatte, sondern Alessia. Ales-sia, die jetzt tot war.

Beim zweiten Spiel war der Schalter zu Milas Füßen zwar aus-gelöst worden, aber der Motor war nicht angesprungen. Das Schicksal hatte Dustin ereilt, der von Leander in die Irre geführt worden war. Mila hatte ein fürchterlich schlechtes Gewissen, weil sie nichts dagegen getan hatte.

Wenn Dustin das Spiel gewonnen hätte, wäre er vielleicht

noch am Leben. Oder war er das sogar? Anders als bei Alessia hatte man ihr gestern Abend kein Foto mit der Aufschrift R.I.P. in die Zelle gelegt. Aber wenn Dustin noch lebte, dann würde er auf jeden Fall für den Rest seiner Tage im Rollstuhl sitzen.

Mila fuhr sich mit beiden Händen über das Gesicht. Sie durfte nicht darüber nachdenken. Sie musste sich jetzt auf sich selbst konzentrieren. Irgendwann wäre ihr Glück sicherlich aufgebraucht. Wenn sie jedes Spiel verlor, war es nur eine Frage der Zeit, bis ihr fürchterliche Schmerzen und ein grausamer Tod bevorstanden.

Sie hörte Geräusche auf dem Flur. Zellentüren, die geöffnet wurden, Schritte von mehreren Personen, die an ihrer Tür vorbeigingen. Es war wieder so weit. Der Assistent führte sie einen nach dem anderen in den großen Raum.

Mila setzte sich auf die Pritsche, faltete die Hände und betete. Das hatte sie schon viele Jahre lang nicht mehr getan, aber es war das Einzige, was ihr jetzt noch helfen konnte. Sie dachte an den Konfirmandenunterricht und den netten Pastor, der ihr versichert hatte, dass Gott immer da sei. Dass er über sie wachen würde, egal, wie verzweifelt ihre Lage war.

Die Zellentür wurde geöffnet, und der große blonde Mann im dunklen Anzug stand im Türrahmen. Er lächelte, aber es war nicht das freundliche Lächeln eines Menschen, dem man vertrauen durfte, sondern das Zähnefletschen eines Wolfs.

»Wenn Sie so freundlich wären?« Er vollführte eine einladende Geste. »Die anderen sind schon im Studio. Wir warten nur noch auf Sie.«

Mila stand auf. Ihr Körper fühlte sich an, als würde er nicht mehr ihr gehören. Mit hölzernen Bewegungen ging sie über den Flur, wie eine Marionette, die von unsichtbaren Fäden gelenkt wurde.

Tyler, Leander und Tessa saßen bereits auf ihren Stühlen, die jetzt wieder mit Tischen ausgestattet waren. Darunter befanden sich wie gestern Motoren mit einer sichtbaren Kurbelwelle an der Seite, aber Mila konnte kein Folterinstrument entdecken, nur ein stabiles Viereck aus Metall, das an die Tische montiert war. Wie ein Fenster, durch das sie auf die verspiegelte Scheibe und die Projektion des Beamers schauen konnten.

Die anderen drei blickten ihr entgegen. Tessa hatte die Lippen zusammengepresst; ihre ganze Miene drückte Entschlossenheit aus. Sie waren keine Leidensgenossinnen, nur Konkurrentinnen. Leander hatte einen spöttischen Zug um den Mund, als wollte er sagen, dass sie für ihn keine Konkurrenz war, sondern nur ein Opfer. Er fühlte sich ihr in jeder Hinsicht überlegen, und zugleich schien es, als hätte er auf eine perverse Weise Spaß an der ganzen Situation. Wahrscheinlich war er genau so ein Psychopath wie der Assistent und der Mann hinter der Scheibe.

Tyler war der Einzige, in dessen Augen sie so etwas wie Wärme sah. Er suchte den Blickkontakt und nickte ihr zu, so als wollte er sie ermutigen. *Gib nicht auf, wir schaffen das*, schien er ihr sagen zu wollen. Mila schenkte ihm ein zittriges Lächeln, ehe sie auf ihrem Stuhl Platz nahm.

Der Lautsprecher an der Decke knackte, dann erklang die verzerrte Stimme des Mannes hinter der Scheibe.

»Guten Morgen«, sagte er. »Verzeihen Sie, wenn wir heute schon etwas früher mit dem Spiel beginnen. Aber es gibt jemanden, der uns zusieht und den wir nicht warten lassen wollen.« Eine kurze Pause, dann sprach er weiter. »Öffnen Sie bitte den Reißverschluss um Ihre Taille und legen das Oberteil Ihres Overalls ab. Und die Damen bitte auch ihren BH.«

In Mila verkrampfte sich alles. Was sie bisher erlebt hatten, war unfassbar schrecklich, aber der Gedanke, dass man sich nun auch noch an ihr vergehen würde, brachte ihr Nervenkostüm zum Zerreißen.

»Nein, bitte nicht«, wimmerte sie. »Alles, nur das nicht.«

Der Mann hinter der Scheibe lachte auf. »Das ist es, was Ihnen am meisten Angst macht?«, erkundigte er sich spöttisch. »Dass mein Assistent Sie vergewaltigen könnte?« Eine kurze Pause, dann war die Stimme wieder ernst. »Ich kann Sie beruhigen. Unser kleines Spiel hat keine sexuelle Komponente. Also, befolgen Sie bitte die Anweisung. Wenn sich in Ihnen Widerstand regt, denken Sie einfach an das Giftgas.«

Milas Blick wanderte unwillkürlich zur Decke, wo sich gestern die Klappe geöffnet hatte und die Düse zum Vorschein gekommen war. Sie traute dem Mann hinter der Scheibe zu, dass er tatsächlich ein giftiges Gas in den Raum einleiten würde.

Vielleicht wäre das ja das Beste? Keine Angst, keine Qualen, keine Folter mehr? Einfach ein schnelles Ende?

Leander öffnete den Reißverschluss an der Taille und zog sich das Oberteil des Overalls über den Kopf. Er hatte einen makellosen Körper, eine glatte, mit einem feinen dunklen Flaum behaarte Brust, muskulöse Schultern und eine leicht gebräunte Haut. Er gehörte zu der Sorte von Jungen, die von Mädchen wie Mila im Freibad heimlich bewundert wurden – Mädchen, die sich nie im Leben trauen würden, diese Jungen anzusprechen.

Tyler schnitt eine Grimasse und legte dann ebenfalls sein Oberteil ab. Er war magerer als Leander, die Schultern waren schmaler, die Brust war blass und unbehaart. Es war nicht zu übersehen, dass er sich unwohl fühlte.

Tessa öffnete ihren Reißverschluss und zog sich mit einer wütenden Bewegung das Oberteil über den Kopf. Ihr breiter BH war grün-schwarz gemustert wie ein Tarnanzug. Sie öffnete ihn und warf ihn neben sich auf den Boden. Ihre Brüste waren nicht besonders groß, aber hübsch gerundet.

Nur Mila rührte sich nicht. Leander funkelte sie wütend an.

»Jetzt mach schon«, fauchte er. »Meinst du, wir wollen deinetwegen alle verrecken?«

Mila fing einen aufmunternden Blick von Tyler auf. Obwohl er selbst vor Angst bibberte, versuchte er, ihr Mut zu machen.

Mit zitternden Fingern griff sie nach dem Reißverschluss um ihre Taille und öffnete ihn. Sie zog sich das Oberteil des Overalls über den Kopf, ließ es zu Boden fallen und griff nach hinten, um ihren BH aufzuhaken. Er war aus Baumwolle und schlicht weiß, aber Größe D. Für ihren schmalen Körper waren die Brüste viel zu groß.

Leander pfiff durch die Zähne. »Wow! Was für Titten.«

Tyler sah ihn böse an. »Halt die Klappe, Mann.«

»Sag nicht, du hast was mit ihr am Laufen«, spottete Leander.

»Du sollst den Mund halten, du ...«

»Ja?« Leander grinste frech. »Was wolltest du sagen?«

Der Lautsprecher an der Decke knackte.

»Danke, meine Herren, das reicht«, beendete der Mann hinter der Scheibe den kurzen Schlagabtausch. »Wir sollten uns jetzt wieder auf unser Spiel konzentrieren. Sie haben sich vielleicht schon gefragt, was es mit dem Aufbau auf Ihren Tischen auf sich hat und worin Ihre nächste Aufgabe besteht. Nun, die Sache ist ganz einfach.«

Der Beamer schaltete sich ein, und an der Wand über der verspiegelten Scheibe erschien eine Zeichnung, die Mila an den Physikunterricht erinnerte. Sie stellte eine technische Konstruktion dar, einen Schalter mit einer Zugmechanik, verbunden mit einem Motor, der ein Schraubgewinde antrieb.

»Sie müssen nichts weiter tun, als die Beine auszustrecken

und so lange wie möglich in der Luft zu halten«, erläuterte der Spielleiter hinter der Scheibe. »Mein Assistent wird Ihnen dazu ein kleines Gewicht auf die Füße legen. Dieses Gewicht ist mit einer Schnur, die über eine Rolle läuft, mit dem Motor unter Ihrem Stuhl verbunden. Wenn Sie es fallen lassen, wird durch die Schnur ein Schalter betätigt, der den Motor in Gang setzt.« Er legte eine Kunstpause ein. »Möchten Sie wissen, was dann passiert?«

Mila, die sich ganz auf die Abbildung an der Wand und die Stimme des Spielleiters konzentriert hatte, zuckte zusammen, als der Mann im dunklen Anzug plötzlich unmittelbar vor ihr stand. Mit raschen Griffen fesselte er ihre Handgelenke an die Armlehnen des Stuhls und legte einen Gürtel um ihre Körpermitte, mit dem er ihren Oberkörper fest an die Rückenlehne band. Anschließend ging er weiter und wiederholte das Prozedere bei den anderen dreien, ehe er zu Mila zurückkehrte und sich an dem offenen Metallviereck an ihrem Tisch zu schaffen machte.

»Sie haben sich vielleicht schon gefragt, was für ein Instrument das sein mag«, erklang die Stimme des Spielleiters aus dem Lautsprecher. »Nun, es handelt sich um eine simple Schraubzwinge mit zwei Metallstangen. Wenn der Motor startet, ziehen sich die beiden Schrauben enger, und die Stangen bewegen sich aufeinander zu, genau so, wie es gestern die Metallplatten getan haben. Nur dass sich dieses Mal nicht Ihre Beine dazwischen befinden, sondern Ihre Brüste.«

Der Assistent verließ den Raum und kehrte mit der Plastikbox zurück, in der sich die vier Gewichte befanden. Er verband sie mit den Schnüren, die zum Motor führten, und platzierte sie neben den Stühlen der Teilnehmer. Wenn das Spiel startete, würde er sie den Kandidaten nacheinander auf die Füße legen.

Die Gewichte waren nicht besonders schwer, zwei Kilo für die

Damen, vier für die Herren, aber wenn man sie eine Weile lang auf den ausgestreckten Beinen balancierte, schienen sie irgendwann eine Tonne zu wiegen. Er hatte das ausprobiert, so wie die anderen Herausforderungen auch. Das Zusehen war erst dann ein wirklicher Genuss, wenn man aus eigener Erfahrung wusste, wie es den Probanden erging.

Der Mann hinter der Scheibe lächelte. Das Spiel gefiel ihm, auch wenn es für ihn nur Mittel zum Zweck war. Es war der Assistent, der sich damit einen Traum erfüllte. Er selbst dagegen hatte ein anderes Ziel.

Er schaute auf den Monitor, der das Bild aus Robert Forsters Arbeitszimmer übertrug. Die Kamera war nicht größer als ein Hemdknopf, aber die Qualität der Aufnahme war hervorragend. Das Mikrofon war ebenso klein, und auch der Ton war großartig. Er konnte jedes Wort verstehen, das Forster sprach. Er konnte sogar das Geräusch der Tasten hören, wenn Forster eine neue Nummer auf dem Telefon eintippte.

Forster suchte verzweifelt nach den Eltern von Tyler Hartwig.

Bisher hatte er sie nicht gefunden.

30

Die ersten acht Telefonate hatten ihn keinen Schritt weitergebracht. Robert Forster versuchte, sich von der unbarmherzig heruntertickenden Uhr auf dem Monitor nicht verrückt machen zu lassen, aber das war leichter gesagt als getan. Gut einundzwanzig Minuten waren bereits verronnen. Blieben noch knapp neun. Forster tippte mit fliegenden Fingern eine weitere Nummer ein und wartete.

Der Ruf ging hinaus, aber es meldete sich niemand. Forster wartete zwanzig, dreißig Sekunden. Dann trennte er die Verbindung und probierte es mit der nächsten Nummer. Wieder dauerte es lange, bis am anderen Ende abgehoben wurde. Eine männliche Stimme ertönte, gehetzt und unfreundlich. Im selben Moment läutete es an Forsters Haustür.

Forsters Augen klebten an der Zeitanzeige. 00:07:14. Er konnte jetzt nicht an die Tür gehen.

»Guten Morgen, mein Name ist Dr. Robert Forster«, meldete er sich. »Ich bin Dozent an der Uni. Ich habe eine dringende Mitteilung für einen meiner Studenten. Sein Name ist Tyler Hartwig.«

»Kenne ich nicht.« Der Mann am anderen Ende legte einfach auf. Die Türklingel schrillte wieder, mehrfach hintereinander. Die Zeit sprang auf 00:06:59.

Forster konzentrierte sich auf die Liste und tippte die nächste

Nummer ein. Zum dritten Mal ertönte die Türklingel. Dieses Mal ließ die Person draußen den Finger auf dem Knopf liegen.

Forster unterbrach die Telefonverbindung und eilte zur Tür. Es machte keinen Sinn vorzugeben, dass er nicht zu Hause war. Der Wagen stand in der Einfahrt, und wegen des mittlerweile grauen Himmels hatte er in mehreren Räumen das Licht eingeschaltet. Er musste den Besucher einfach so rasch wie möglich abwimmeln.

Als er sah, wer auf den Stufen stand, wusste er, dass es nicht einfach werden würde.

»Dr. Forster.« Kayra Davari lächelte, aber ihre samtbraunen Augen blickten ernst. »Dürfen wir hereinkommen?«

»Selbstverständlich.« Forster winkte Davari und ihre Kollegin in den Gruppenraum und schaltete die Lampen ein. »Bitte. Setzen Sie sich. Ich muss Sie allerdings um ein paar Minuten Geduld bitten. Ich bin gerade im Gespräch mit einer Patientin, bei der Suizidgefahr besteht. Ich muss das erst zu Ende führen.«

Davari neigte den Kopf in Richtung des Therapiezimmers. »Ich habe in Ihren Behandlungsräumen kein Licht gesehen von draußen. Sitzen Sie im Dunkeln?«

»Es ist ein Telefongespräch.« Forster deutete auf den Tisch an der Seite des Raums, auf dem Gläser und Flaschen standen. »Bitte. Bedienen Sie sich. Ich bin gleich wieder bei Ihnen.«

Er wartete die Antwort nicht ab, sondern hastete zurück in sein Büro. Warf die Tür zu, lehnte sich mit dem Rücken dagegen und schloss für eine Sekunde die Augen. Sein Puls raste, und das Atmen fiel ihm schwer. Aber er durfte sich jetzt nicht von Panik überrollen lassen. Er musste einfach weitermachen, zielstrebig und effizient.

Entschlossen setzte er sich wieder an den Tisch und nahm das Telefon zur Hand. Die Digitalanzeige auf dem Monitor blinkte.

00:04:10.

Er drückte auf die Wahlwiederholung. Lauschte dreißig Sekunden dem Klingeln, dann trennte er die Verbindung und tippte die nächste Nummer ein. Weitere dreißig Sekunden vergebliche Hoffnung. Auch hier nahm niemand ab.

00:03:06.

Forster wählte die letzte Nummer auf der Liste und wartete angespannt. Zehn Sekunden. Zwanzig. Dann wurde abgehoben. Eine Männerstimme, alt und krächzend, aber nicht unfreundlich. Forster wiederholte seinen Spruch.

»Tyler?«

»Ja.« Forsters Herzschlag beschleunigte sich auf ein ungesundes Maß. »Kennen Sie ihn?«

»Aber sicher. Ich werde ja wohl meinen Enkel kennen.«

Ein Kribbeln lief durch Forsters gesamten Körper. »Können Sie mir die Telefonnummer seiner Eltern geben? Es ist wirklich wichtig.«

»Die Nummer. Natürlich. Warten Sie kurz.« Ein Knall, weil der Mann den Hörer offenbar auf eine harte Unterlage gelegt hatte, dann ein Rascheln. Eine Schublade wurde geöffnet, irgendetwas fiel zu Boden.

00:02:13.

Forster fuhr sich mit der Hand über Mund und Kinn. Es lag jetzt alles daran, ob der Großvater die Kontaktdaten rasch durchgab.

»Hallo?« Die Stimme des alten Mannes erklang wieder an Forsters Ohr.

»Ja?« Forster hielt Papier und Stift bereit.

»Ich finde die Nummer nicht. Können Sie vielleicht später noch einmal anrufen?«

Forster hatte das Gefühl, dass ihm der Magen durchsackte. »Nein. Warten Sie bitte. Es ist wirklich dringend. Vielleicht können Sie mir helfen? Ich muss wissen, ob Tyler Ihr leibliches Enkelkind ist.«

»Mein leibliches ... Wie meinen Sie das?«

»Ob seine Eltern ihn adoptiert haben.«

»Tyler?«

»Ja.« Forster knirschte mit den Zähnen. »Hat Ihr Sohn oder Ihre Tochter den Jungen adoptiert?«

»Den Jungen ...« Die Stimme des Mannes schien sich zu entfernen. Im Hintergrund waren Schritte zu hören. Forster blickte auf die Digitalanzeige, 00:01:18.

»Papa? Was machst du da?« Die Schritte kamen näher. »Mit wem sprichst du?«, fragte eine Frau.

»Da ist ein Mann. Wegen ... Tyler.«

Ein Rascheln, dann erklang die Stimme der Frau an Forsters Ohr, laut und deutlich. »Hallo? Wer ist da bitte?«

»Dr. Robert Forster. Es geht um Ihren Sohn oder Ihren Neffen. Tyler.«

»Ich habe keinen Sohn oder Neffen dieses Namens.«

»Aber ... Ihr Vater sagte, er sei sein Enkel.«

»Mein Vater hat Alzheimer. Er weiß nicht mehr, was er sagt.«

Die Erkenntnis, dass er auch diese Runde nicht gewinnen würde, rollte wie eine Flutwelle auf Forster zu.

»Sie kennen auch keinen jungen Mann mit dem Namen Tyler? Tyler Hartwig?«

»Nein. Tut mir leid.«

»Danke.« Forster drückte das Gespräch weg. Er starrte auf die Zeitanzeige, 00:00:22, dann auf den blinkenden Cursor.

Wenn er nichts tat, hatte er auf jeden Fall verloren. Er könnte zumindest einen Versuch wagen. Leanders Eltern würden ihm vermutlich nicht verraten, ob sie ihren Sohn adoptiert hatten, aber es gab einen einfachen Weg, es herauszufinden.

Forster zögerte nur kurz. Dann tippte er den Namen »Leander Grossmann« ein, eine Sekunde, bevor die Digitalanzeige auf 00:00:00 sprang.

Der Mann hinter der Scheibe lächelte. Das Spiel lief noch viel besser, als er es sich erträumt hatte. Forsters Miene, als der alte Mann ihm gesagt hatte, Tyler sei sein Enkel, war unbezahlbar gewesen. Die Hoffnung, die ihn für einen Moment ergriffen hatte. Und dann der Absturz, als er merkte, dass der Mann den Jungen gar nicht kannte, sondern einfach nur unter Altersverwirrtheit litt.

Forsters nächster Zug hatte ihn überrascht. Eine wirklich gute Idee, das musste er zugeben. Forster war kein Opferlamm. Er war ein würdiger Gegner.

Der Mann hinter der Scheibe zog die Tastatur zu sich heran und schrieb ein paar Worte. Dann beobachtete er Forsters Reaktion.

Der Bildschirm wurde schwarz, das Textfeld und die Digitaluhr verschwanden. Dafür leuchtete eine Sekunde später eine blutrote Schrift auf.

Die Antwort ist ... falsch!

Forster sackte auf seinem Stuhl zusammen. Er fühlte sich wie ein Marathonläufer, den einen halben Meter vor dem Ziel die Kräfte verlassen hatten. Sein Puls dagegen hämmerte weiterhin.

Die Schrift begann zu blinken und löste sich dann langsam auf. Stattdessen erschien ein Bild auf dem Schirm. Es war der Raum, den Forster bereits kannte. Vier Stühle, auf denen Mila, Tessa, Leander und Tyler saßen. Ihre Gesichter waren zu klein, um wirklich etwas zu erkennen, doch Forster hatte den Eindruck, dass Leander siegesgewiss wirkte, während die anderen drei starr vor Angst waren.

Die Kamera zoomte näher an die Personen heran. Allerdings nicht auf ihre Gesichter, sondern auf ihre nackten Oberkörper. Forster schnappte nach Luft.

Es waren Tessas Brüste, die er sah. Sie waren zwischen zwei Metallstangen eingeklemmt. Die beiden Stangen waren durch zwei Schraubgewinde verbunden.

Forster brauchte nicht lange, um den Zweck dieser Apparatur zu begreifen. Die Vorrichtung war offenbar mit einem Motor verbunden. Wurde er in Gang gesetzt, würden sich die beiden Stangen aufeinander zubewegen und die Brüste, die sich dazwischen befanden, zusammenquetschen.

Die Kamera schwenkte weiter und zeigte Milas Brüste, größer noch als die von Tessa, aber ebenso wie diese in die Vorrichtung eingeklemmt. Wieder ein Schwenk, und Leanders wohlgeformter Oberkörper kam ins Bild. Bei ihm saßen die Metallstangen oberhalb und unterhalb der Brustwarzen. Damit sie nicht herausrutschten, hatte man sie mit Krokodilklemmen fixiert, die an zwei auf dem Tisch montierten Stativen befestigt waren.

Ein weiterer Schwenk zeigte Tylers magere Brust. Seine Brustwarzen waren ebenfalls mit Krokodilklemmen fixiert und zwischen die Stangen gezwängt worden. Wenn der Motor ansprang, würden die Stangen das Gewebe zusammenpressen und direkt auf den Nerv drücken.

Forster krümmte sich unwillkürlich. Sicherlich war es noch ungleich schmerzhafter, wenn eine weibliche Brust gequetscht wurde, aber der Bereich um die Brustwarzen herum war auch beim Mann sehr empfindlich. Forster konnte beinahe spüren, wie es sich anfühlte, wenn darauf ein brutaler Druck ausgeübt wurde.

Die Kamera fuhr wieder zurück und gewährte Forster einen

letzten Blick auf die grausige Szene. Dann wurde der Monitor schwarz.

Forster keuchte. Er fühlte sich, als hätte man seinen Kopf zu lange unter Wasser getaucht.

Ein energisches Klopfen an der Tür ließ ihn zusammenzucken.

»Dr. Forster?« Es war die Stimme der Kommissarin. Forster hatte sie vollkommen vergessen.

Rasch legte er die Brille beiseite, rieb sich mit den Händen über das Gesicht und fuhr sich durch die Haare. Auf keinen Fall durfte die Kommissarin merken, wie aufgewühlt er war. Eine der vier Geiseln war vermutlich verloren, aber es gab immer noch drei, die er retten könnte. Wenn Davari dagegen die Wahrheit erfuhr, würden sie alle vier sterben.

Er setzte die Brille wieder auf, erhob sich und öffnete die Tür. »Verzeihen Sie. Das Gespräch mit meiner Patientin ist mir an die Nieren gegangen. Ich musste mich erst wieder fangen.«

Die Kommissarin musterte ihn. »Ja. Das sieht man Ihnen an.« Sie versuchte, einen Blick in sein Büro zu erhaschen, doch Forster trat in den Flur und zog die Tür hinter sich zu.

»Kommen Sie.« Er ging ihr voran in den Gruppenraum, wo ihm ihre Kollegin neugierig entgegensah. Davari blieb nichts anderes übrig, als ihm zu folgen.

Forster nahm sich eine Flasche Wasser. Davari ging zu dem Stuhl, auf dem sie gesessen hatte, blieb aber dahinter stehen. Forster beobachtete einen kurzen Blickwechsel mit Jessen, die ihr Notizbuch mit dem grauen Stoffeinband auf den Knien und einen Kugelschreiber in der Hand hatte. Offenbar waren sich die beiden Kommissarinnen nicht einig.

»Wir würden gern noch einmal einen Schritt zurückgehen und verstehen, was passiert ist«, begann Davari.

Forster setzte sich in einen der Schwingsessel und trank einen Schluck Wasser aus seiner Flasche. Er wusste, dass er unter Schock stand. Das war nicht nur eine psychische, sondern auch eine physiologische Reaktion, ein Prozess, der den Körper mit Abfallprodukten des Stoffwechsels überschüttete. Trinken half, die negativen Folgen dieser Reaktion abzumildern, wenn auch nur in engen Grenzen. Aber in seiner derzeitigen Situation war Forster auch für Kleinigkeiten dankbar.

»Am Mittwoch explodiert eine Bombe während der Sitzung Ihrer Anti-Aggressions-Gruppe und tötet Vincenzo Biraghi«, begann Davari ihre Rückschau. »Am Donnerstag finden wir die verstümmelte Alessia Ahrens auf, die auf dem Weg ins Krankenhaus stirbt, und am späteren Nachmittag desselben Tages stellen wir fest, dass fünf Personen verschwunden sind. Drei Jugendliche aus der Anti-Aggressions-Gruppe sowie zwei Ihrer Studenten. Und am Freitag entdecken wir die Leiche von Dustin Heuer auf dem Parkdeck hinter dem Institut für Psychologie, Ihrem Arbeitsplatz.«

Forster, dem dieses Detail bisher nicht bekannt gewesen war, blinzelte. Seine rechte Hand schloss sich um die Schachtel mit den Pfefferminzpastillen in seiner Hosentasche, aber er ließ sie, wo sie war. Vor den Kommissarinnen wollte er keine Schwäche zeigen. Stattdessen versuchte er, sich zu konzentrieren.

Der Entführer zog offensichtlich alle Register, um ihn unter Druck zu setzen. Er verbot ihm, die Polizei ins Vertrauen zu ziehen, legte aber zugleich Hinweise, die wie blinkende Signalpfeile auf Forster wiesen.

»Das war gestern«, fuhr Davari fort. »Was, meinen Sie, wird heute passieren? Von den anderen vier Vermissten fehlt weiterhin jede Spur.« Wieder ein Blickwechsel mit Jessen. »Wir haben uns mit der Staatsanwältin besprochen und sind zu dem Schluss gekommen, dass sich auch diese vier in der Gewalt des Täters befinden.«

Forster setzte sein bestes Therapeuten-Pokerface auf. »Sie meinen, jemand hat sie alle sechs entführt?«

»Das ist schwer vorstellbar, nicht wahr?« Davari setzte sich endlich auf ihren Stuhl und beugte sich zu ihm vor. »Es müsste ja eine ganze Gruppe von Tätern sein. Wie sollte man sonst sechs erwachsene Personen am helllichten Tag verschwinden lassen, ohne dass irgendjemand etwas bemerkt? Und bisher haben wir keinen einzigen Hinweis auf ein solches Verbrechen. Die einzige Möglichkeit wäre ...«

»Ja?«

»Dass jemand sie in eine Falle gelockt hat. Eine Person, die alle sechs an einen geheimen Ort bestellt hat. Zum Beispiel unter dem Vorwand, dort eine Therapiesitzung mit ihnen abzuhalten.«

Forster wurde es heiß und kalt. Davari hatte die richtige Idee, und das war gut. Zugleich verfolgte sie allerdings eine völlig falsche Fährte. Sie glaubte, dass er etwas mit der Sache zu tun hatte.

Die Augen der Kommissarin bohrten sich in seine. »Was meinen Sie? Wem würden die jungen Leute genügend vertrauen? Von wem würden sie sich an einen Ort locken lassen, an dem sie niemand sucht?«

Forster verschränkte die Hände auf den Knien. »Hören Sie«, sagte er eindringlich. »Ich verstehe, was Sie denken. Aber warum sollte ich das tun? Weshalb sollte ich sechs junge Leute entführen, eine junge Frau verstümmeln und einen jungen Mann umbringen?«

»Aus demselben Grund, aus dem Sie Vincenzo Biraghi in die Luft gesprengt haben.«

»Und der wäre?« Forster gelang es, den Ärger, den Davaris Anschuldigung auslöste, zu unterdrücken. Stattdessen zeigte er ihr die freundliche, aufmerksame Miene, mit der er sich auch die Vorwürfe seiner Patienten anhörte.

Als Psychoanalytiker wurde man oft zur Zielscheibe. Ein zentrales Element der Therapie war die sogenannte Übertragung. Damit war gemeint, dass der Patient den Therapeuten mit einer Person aus seiner eigenen Vergangenheit verwechselte und die positiven oder negativen Gefühle auf den Therapeuten übertrug, die eigentlich zu dieser Person gehörten.

Patienten verliebten sich oft in ihren Therapeuten, aber viele empfanden auch Wut und Hass. Als Analytiker musste man diese Emotionen aushalten können. Es war gut, wenn sie auftauchten, weil sie ein wichtiger Teil im therapeutischen Prozess waren. Nur Gefühle, die ihren Weg an die Oberfläche fanden, konnten gedeutet und bearbeitet werden.

Die Situation, in der Forster sich jetzt befand, war eine gänzlich andere, aber seine professionelle Erfahrung half ihm trotzdem. Die Kommissarin stand ihm allerdings in puncto Willenskraft in nichts nach.

»Sie sind es leid«, sagte sie. »Die vergeblichen Bemühungen. Die Gutachten. Die Gerichtsverfahren, bei denen lächerliche Strafen herauskommen. Sie wollen die Dinge selbst in die Hand nehmen. Vincenzo Biraghi hat seinen Stiefvater erstochen, mit dreiunddreißig Stichen. Das war keine Notwehr, das war ein Blutrausch, richtig? Sie wollten nicht, dass er davonkommt. Die Bombe war die Strafe für ein Verbrechen, von dem Sie wussten, dass es niemals angemessen gesühnt werden würde.«

»Vincenzos Stiefvater hat seine Frau und die Kinder misshandelt.«

»Aber das gab Vincenzo nicht das Recht, ihn zu töten.«

»Darüber habe ich nicht zu entscheiden.« Forster rutschte auf seinem Stuhl nach hinten und schlug die Beine übereinander. »Das ist Sache des Gerichts.«

Davari ließ nicht locker. »Sie sind nicht so abgeklärt, wie Sie tun. Es macht Sie wütend, dass die Jugendlichen mit ihren Taten davonkommen. Das deutsche Jugendstrafrecht ist ausgesprochen milde. Ein paar Sozialstunden, ein Anti-Aggressions-Training, und schon werden jugendliche Straftäter wieder auf die Straße gelassen. Sie wissen so gut wie ich, dass es bei den wenigsten beim einmaligen Ausrutscher bleibt. Aus den meisten Jugendsündern werden erwachsene Verbrecher.«

»Das ist eine Tatsache.«

»Und Sie wollen nicht länger der Handlanger sein.« Davaris Augen blitzten. »Sie haben sich entschieden, die Rolle des Richters einzunehmen.«

»Des Henkers, meinen Sie.« Forster legte den Kopf schief. »Schön. Das ist Ihre Theorie. Aber warum Alessia Ahrens? Sie hat keine Straftat begangen. Im Gegenteil. Sie wollte forensische Psychologin werden und das Böse bekämpfen.«

Die Kommissarin musterte ihn aufmerksam. »Verraten Sie es mir. Haben Sie ihr Avancen gemacht, und sie hat Sie abblitzen lassen?«

Forster hob die Augenbrauen. »Und deshalb, meinen Sie, hacke ich ihr die Hände ab?«

Davari umklammerte die Armlehnen so fest, dass ihre Fingerknöchel weiß hervortraten. »Sie haben es selbst gesagt. Psychopathen sind angepasste und nach außen hin unauffällige Persönlichkeiten. Niemand weiß, was in ihrem Hirn vorgeht. So wenig, wie ich erraten kann, was hinter Ihrer Stirn abläuft.«

Forster sah, dass Inga Jessen den Kopf schüttelte. Weil ihr Davaris Vorgehen nicht gefiel oder weil sie ihre Theorie nicht teilte?

Forster legte die Hände an die Lippen und dachte nach. Er

musste den Kommissarinnen irgendetwas präsentieren. Eine Erklärung, die dafür sorgte, dass sie ihn in Ruhe ließen, damit er nach dem Kind fahnden konnte, von dem er bisher nichts gewusst hatte. Und die im besten Fall dazu führte, dass sie die Spur des Entführers aufnahmen. »Ich verstehe Ihre Schlussfolgerungen«, sagte er. »Aber Sie täuschen sich. Ich will die jungen Leute nicht bestrafen. Ich will Ihnen helfen.«

»Dann helfen Sie uns«, schaltete sich Jessen in das Gespräch ein. »Wie konnte jemand diese sechs jungen Leute in seine Gewalt bringen? Und was ist sein Ziel?«

»Vermutlich ist es so, wie Sie es von Anfang an vermutet haben«, sagte Forster zu Davari. »Er hat sich Zugriff auf meine Daten verschafft und die Informationen genutzt, um die jungen Leute in eine Falle zu locken.«

»Dann wäre es gut, wenn Sie uns Ihren Rechner zur Verfügung stellen.«

Ein heftiger Schreck durchzuckte Forster, aber er wusste, dass man ihm das nicht ansah. Er neigte nicht zum Erröten, und er hatte seine Mimik unter Kontrolle. Zum Glück. Die IT-Spezialisten wären vielleicht in der Lage, einen Hackerangriff festzustellen, doch ebenso gut könnten sie vermutlich auch die Zugangsdaten für sein Postfach ermitteln und die E-Mails des Entführers lesen, und dann wären die Geiseln tot.

»Das ist leider nicht möglich«, erwiderte er ruhig. »Eben weil sich auf dem Rechner Patientendaten befinden, die ich Ihnen nicht offenbaren darf. Ich unterliege der Schweigepflicht, wie Ihnen bekannt ist.«

Davari sah aus, als hätte sie gerne irgendetwas an die Wand geworfen. »Genau diese Daten werden Ihren Patienten aber zum Verhängnis.«

»Möglicherweise, ja. Aber das ist nur eine Theorie. Und selbst wenn sie stimmt. Ich darf es trotzdem nicht.«

Davaris dunkle Augen ruhten auf seinem Gesicht. »Schön. Angenommen, Sie haben nichts mit der Sache zu tun. Worum geht es dann? Foltert und tötet der Entführer diese Menschen, weil er Sie damit treffen will? Oder will er die Geiseln für ihre Sünden bestrafen? Wobei sich in diesem Fall die Frage stellt, welche Schuld eine zwanzigjährige Studentin auf sich geladen haben soll, die so schwer wiegt, dass man ihr deshalb die Hände abhackt.«

»Ich weiß es nicht«, erklärte Forster, und zumindest das war die Wahrheit. »Ich kann Ihnen nur eines sagen: Derjenige, der das getan hat, ist ein Psychopath. Ein Mensch, für den Regeln und Gesetze nicht gelten. Jemand, der keinen Funken Mitgefühl und Menschlichkeit in sich hat.«

Die Kommissarin sah ihn noch ein paar Sekunden lang durchdringend an.

»Gut. Wenn Sie uns nicht helfen wollen ... helfen *können*, müssen wir eben einen anderen Weg finden.« Sie stand auf und nickte ihrer Kollegin zu, die ihr graues Notizbuch zuklappte und sich ebenfalls erhob.

Forster brachte die beiden hinaus und schloss hinter ihnen die Tür. Dann ging er ins Wohnzimmer. Er öffnete den Barschrank und betrachtete die Flaschen, die sich darin reihten. Normalerweise trank er tagsüber keinen Alkohol, schon gar nicht am Vormittag. Aber jetzt brauchte er einen Schnaps.

31

Tyler Hartwig leckte sich nervös die Lippen. Er ahnte, dass es in dieser Runde eng für ihn werden würde.

Sport hatte nie zu seinen Hobbys gehört. Er mochte Theater, Musik und Literatur.

In der Schule hatte er keine Schwierigkeiten gehabt, er konnte gut zuhören, sich einfühlen und sich gut ausdrücken. Wenn jemand ein Problem hatte, kam er zu ihm.

Seine Leistungen hatten immer im oberen Mittelfeld gelegen, aber er war kein Streber. Die schlechteste Note war meistens die Sportnote gewesen. Nur in Handarbeiten und Werken hatte er noch miserabler abgeschnitten. Seine Finger bewegten sich wie ein Präzisionsuhrwerk, wenn er am Klavier saß oder Gitarre spielte. Für den Umgang mit Schlägern, Bällen oder jeglicher Art von Handwerkszeug schienen sie dagegen ungeeignet.

Tylers Eltern hatten ihm stets vermittelt, dass das in Ordnung war. Sie waren beide Lehrer und fanden geistige Bildung wichtiger als körperliche Tätigkeiten. Für Haus und Garten konnte man jemanden einstellen. Mit einem guten Abschluss verdiente man das nötige Geld dafür.

Tyler hatte schon früh die ersten Bücher über Psychologie gelesen. Im Bücherschrank seiner Eltern gab es mehrere Regalbretter mit Werken von Freud, Adler und Jung, aber auch die Standardwerke der Allgemeinen Psychologie und Bücher über Forensik und Rechtspsychologie. Er hatte keine Ahnung, warum ihn ausgerechnet dieser Bereich so faszinierte, aber schon lange vor dem Abitur hatte für ihn festgestanden, was er später machen wollte. Ein Psychologie-Studium, dann eine Therapieausbildung – Psychoanalyse natürlich, nicht Verhaltenstherapie – und parallel dazu eine Vertiefung in Rechtspsychologie.

Er hatte auch Bücher von Dr. Robert Forster gelesen und war tief beeindruckt gewesen. Als er festgestellt hatte, dass er Seminare bei Forster belegen konnte, war seine Begeisterung grenzenlos gewesen. Das, was Forster tat, war genau das, was Tyler später auch tun wollte. Doch nun hatten ihn genau diese Präferenzen in die furchtbare Lage gebracht, in der er sich befand.

Tyler hatte in seinem Leben nicht viele körperliche Auseinandersetzungen bewältigen müssen, aber in der Grundschule hatte es ein paar Jungen gegeben, die es auf ihn abgesehen hatten. Sie hatten sich einen Spaß daraus gemacht, ihn auf dem Nachhauseweg abzupassen und zu piesacken. Der größte von ihnen – Wotan, diesen Namen würde er nie vergessen – hatte es geliebt, Tylers Shirt hochzuziehen und seine Brustwarzen zu zwirbeln, bis ihm die Tränen in die Augen schossen.

In der Mittelstufe hatte es dann diese albernen Spiele unter der Dusche gegeben, und Tyler hatte herausgefunden, dass keiner der anderen Jungen auch nur annähernd so empfindlich reagierte, wenn man seine Brustwarzen berührte. Vermutlich stand ihm deshalb auch jetzt schon das Wasser in den Augen, während Leander völlig ungerührt wirkte.

Die scharfen Metallzähne der Krokodilklemmen gruben sich in Tylers sensible Brustwarzen und sandten ein Feuerwerk an Schmerzimpulsen in sein Gehirn. Vor seinen Augen flimmerte es, und seine Muskeln zitterten. Wie sollte er es unter diesen Umständen schaffen, seine Beine hochzuhalten und das Gewicht auf den Füßen zu balancieren?

Er würde diese Runde verlieren, und verglichen mit dem, was die beiden Eisenstangen anrichten würden, würden ihm die Krokodilklemmen und Wotans Attacken vorkommen wie ein zartes Streicheln. Er konnte nur hoffen, dass er ohnmächtig wurde, bevor ihm diese Foltermaschine die Brustwarzen abquetschte. Ansonsten würde er zweifellos den Verstand verlieren.

Tyler spürte, dass Mila ihn ansah. Voller Mitgefühl, obwohl sie selbst kaum weniger Angst haben konnte als er. Er hatte immer gewusst, dass sie in ihn verliebt war, aber er selbst war so verschossen in Alessia gewesen, dass er ihre Gefühle einfach ignoriert hatte. Schade, dachte er jetzt. Vielleicht wären sie glücklich miteinander geworden, und dann gäbe es jetzt etwas Schönes, an das er sich erinnern könnte.

Der Assistent kam aus dem Nebenraum zurück, in den er vor einer Weile verschwunden war, und verteilte die Nummerntafeln, die sie bereits aus der ersten Runde kannten, als sie die Metallkugeln mit den Fingern hatten festhalten müssen. Da hatte Tyler noch geglaubt, es sei alles nur ein Spiel, bei dem es darum ging, ihnen Angst zu machen, um dann irgendwelche psychologischen Tests mit ihnen durchzuführen. Inzwischen wusste er, dass sie geradewegs in der Hölle gelandet waren, in den Händen zweier gnadenloser Psychopathen, von denen sich der eine »Gott« nannte. Schlimmer konnte es wohl kaum kommen.

Der Assistent legte die Nummerntafeln vor die Stühle, die Eins bei Tyler, die Zwei bei Leander, die Drei bei Tessa und die Vier bei Mila. An der Wand über der verspiegelten Scheibe erschien die Projektion des Beamers. Sie zeigte den virtuellen Würfelbecher, den sie ebenfalls aus der ersten Runde kannten.

Der Lautsprecher an der Decke knackte.

»Meine Damen und Herren, ich hoffe, Sie sind bereit zur nächsten Runde?«, meldete sich der Spielleiter. »Die Aufgabe habe ich Ihnen bereits erläutert, ebenso wie die Strafe, die den Verlierer erwartet. Um es noch ein wenig spannender zu machen, werden wir die Reihenfolge auswürfeln, in der wir Ihnen die Gewichte auf die ausgestreckten Beine legen. Das sind nur ein paar Sekunden Unterschied, aber vielleicht sind es genau diese Sekunden, die den einen oder die andere von Ihnen retten.«

Der virtuelle Würfel fiel aus dem Becher und rollte über den virtuellen Tisch. Als er liegen blieb, zeigte die Seite nach oben, auf der sich nur ein Auge befand.

»Die Eins«, verkündete der Mann hinter der Scheibe, und der Assistent kam auf Tyler zu. Tyler fühlte sich, als hätte er soeben einen Klumpen Eis verschluckt.

»Wenn Sie bitte die Beine ausstrecken würden«, forderte der Mann hinter der Scheibe.

Tyler tat es, und der Assistent legte ihm das Gewicht auf die Füße. Es war schwer, viel schwerer, als Tyler erwartet hatte. Vier Kilo, hatte der Mann gesagt. Aber Tyler hatte nie Gewichte gestemmt, er hatte keine Ahnung, wie schwer sich vier Kilo anfühlen mussten. So wie vier Packungen Milch, überlegte er, und das mochte wohl hinkommen. Er bezweifelte, dass er länger als ein paar Minuten durchhalten würde. Die Muskeln in seinen Oberschenkeln zitterten schon jetzt.

Leander bedachte ihn mit einem höhnischen Blick. »Du hättest öfter mal trainieren sollen, anstatt deine Nase in Bücher zu stecken«, spottete er.

Der virtuelle Würfel rollte erneut. Dieses Mal zeigte er die Drei. Tessa ballte die Fäuste und streckte die Beine aus, und der Assistent legte das Gewicht auf ihre Füße. Sie schien ebenfalls über das Gewicht erstaunt, gönnte Leander aber nicht die Genugtuung, das Gesicht zu verziehen.

Als Nächstes zeigte der Würfel die Zwei. Leander nahm das Gewicht mit stoischer Miene in Empfang, aber sein Lächeln wackelte, also fand auch er die Sache wohl schwieriger als gedacht.

Die Projektion mit dem Würfel verschwand, und der Assistent ging zu Mila. Er legte ihr das Gewicht auf die Füße, doch anders als ihre Leidensgenossen zuckte sie nicht. Im Gegenteil glaubte Tyler, so etwas wie ein feines Lächeln auf ihren Lippen zu erkennen.

Im nächsten Moment fiel es ihm ein: Mila hatte ihm irgendwann einmal erzählt, dass sie als Kind Ballett gemacht hatte. Bei den Rätselfragen hatte sie schlecht ausgesehen, weil sie in ihrer Panik nicht mehr klar hatte denken können, aber das Ausstrecken der Beine gelang ihr offenbar mühelos, und das Gewicht schien sie nicht sonderlich zu stören.

Tyler war froh darüber. Er mochte Mila, auch wenn er ihr das nie gezeigt hatte. Sie war wirklich in Ordnung. Er schenkte ihr ein tapferes Lächeln, und sie nickte ihm aufmunternd zu. Obwohl seine Beine zitterten, schaffte er es, sie weiter ausgestreckt zu halten.

Unvermittelt wurde der Würfelbecher wieder eingeblendet, und der Würfel rollte erneut. Die Seite mit den zwei Augen zeigte nach oben.

»Was soll denn der Scheiß jetzt?«, entfuhr es Leander, vor dessen Stuhl die Tafel mit der Zwei lag.

Der Lautsprecher unter der Decke knackte.

»Ich vergaß es zu erwähnen«, verkündete der Spielleiter. »Es gibt eine kleine Zusatzaufgabe, so ähnlich wie die Hitze in unserem ersten Spiel mit den Metallkugeln. Aber keine Angst, Sie müssen keine Schmerzen ertragen und auch keine Rechenaufgaben lösen. Es geht einzig und allein um Selbstbeherrschung.«

Der Assistent griff in die Innentasche seines Sakkos und beförderte einen Teleskopstab hervor, an dem ein Büschel Federn befestigt war.

»Sechzig Sekunden«, sagte der Mann hinter der Scheibe, und eine Digitaluhr wurde eingeblendet, auf der der Countdown herunterlief. Der Assistent trat zu Leander, zog den Stab auseinander und begann, Leander mit den Federn zu kitzeln.

»Nein. Nicht.« Leander, eben noch die Coolness in Person, wand sich auf seinem Stuhl. Der Assistent verstärkte seine Bemühungen. Er ließ die Federn vom Bauch zu den Achseln und zurück zu Leanders Flanke wandern. Leander schnaufte und zuckte, und als der Assistent plötzlich wieder mit den Federn in seine Achselhöhle fuhr, verlor er die Kontrolle. Er strampelte mit den Beinen, und das Gewicht fiel zu Boden.

Tyler hörte das Klicken. Die straff gezogene Schnur kippte den Schalter um, mit dem sie über die Rolle verbunden war, doch der Motor unter Leanders Stuhl blieb stumm.

Leander keuchte auf. Dann realisierte er, dass er davongekommen war, und ein wildes Lachen kam ihm über die Lippen. »Ja, Mann!« Er legte den Kopf in den Nacken und grinste.

Der virtuelle Würfel rollte erneut. Dieses Mal zeigte er drei Augen.

»Fuck.« Tessa, vor deren Stuhl die Nummerntafel mit der Drei lag, versteifte sich.

Leander wandte ihr den Kopf zu. »Bist du etwa auch kitzelig?«, spottete er.

Tessa schoss wütende Blicke zu ihm hinüber. Wieder ballte sie die Fäuste und spannte sämtliche Muskeln an, doch im Hinblick auf die anstehende Attacke war das genau das Falsche. Je angespannter der Körper war, desto stärker reagierte er auf unterschwellige Schmerzreize, zu denen auch das Kitzeln zählte.

»Neunzig Sekunden«, verkündete der Spielleiter, und die entsprechende Anzeige erschien an der Wand, doch so weit kamen sie gar nicht.

Der Assistent berührte Tessa nur einmal sacht mit den Federn an der Seite, da zuckte sie schon derart zusammen, dass sie ihre Beine nicht mehr halten konnte. Das Gewicht fiel, und wieder war das mechanische Klicken zu hören. Doch auch der Motor unter Tessas Stuhl blieb stumm.

Tessa sah aus, als könne sie es nicht fassen. »Scheiße, Mann.« Sie wandte sich zu Leander. »Was für eine krasse Scheiße.«

Tyler schluckte. Er schaute immer noch zu Mila, die seinen Blick erwiderte, und er sah, dass sie begriffen hatte. Wenn sich der aktive Motor weder unter Leanders noch unter Tessas Stuhl befand, dann war er entweder bei ihr oder bei Tyler. Die Chancen standen jetzt fünfzig zu fünfzig.

Sie konnten beide davonkommen, wenn derjenige von ihnen, bei dem der aktive Motor stand, am längsten durchhielt. So hatte es der Spielleiter versprochen. Das Spiel war vorbei, wenn der Sieger feststand. Aber vorher musste einer von ihnen beiden die Beine sinken lassen. Und wenn das derjenige war, unter dessen Stuhl sich der aktive Motor befand, war alles vorbei.

Wieder rollte der virtuelle Würfel und fiel auf die Eins. Tyler spürte, wie ihn die Verzweiflung überschwemmte. Die Feder, die ihn kitzelte, würde die Sache noch verschlimmern, doch er würde diese Runde so oder so nicht gewinnen.

Seine Beine zitterten immer stärker, während Mila ihr Gewicht immer noch scheinbar mühelos balancierte. Die Muskeln in seinen Oberschenkeln begannen zu brennen. Er versuchte, gegen den Schmerz zu atmen, doch er spürte, wie seine Kräfte nachließen. Zentimeter für Zentimeter sackten seine Füße tiefer. Nicht mehr lang, und sie hätten den kritischen Punkt erreicht, an dem das Gewicht die Schnur zwischen seinen Beinen straff zog und damit den Schalter kippte, der mit dem Motor unter seinem Stuhl verbunden war.

»Zwei Minuten«, ertönte die metallische Stimme aus dem Lautsprecher, und die entsprechende Zeitanzeige erschien an der Wand.

Im nächsten Moment geschahen zwei Dinge gleichzeitig: Der Assistent kam auf Tyler zu und richtete den Stab mit den Federn auf seine Körpermitte, und in Milas Blick veränderte sich etwas. Tyler öffnete den Mund, um sie zu stoppen, doch es war zu spät. Mila ließ die Beine sinken, und das Gewicht rollte von ihren Füßen.

Eine Sekunde lang war es totenstill im Raum. Dann sprang der Motor an, und die Metallstangen, zwischen denen Milas Brüste eingeklemmt waren, begannen, sich langsam aufeinander zuzubewegen.

32

»Sie halten Dr. Forster für verdächtig?« Die Staatsanwältin fixierte Kayra Davari, die zusammen mit Inga Jessen auf den Besucherstühlen vor ihrem Schreibtisch saß. In den blauen Augen hinter der Brille mit dem schwarzen Gestell tobte ein Sturm. »Das ist absurd.«

Davari musste ihren ganzen Mut zusammennehmen, um sich nicht zu ducken. »Es wäre unprofessionell, ihn außen vor zu lassen.«

Die junge Kommissarin fühlte sich unwohl, weil weder ihre neue Kollegin noch Dr. Andrea Timm ihre Einschätzung teilten. Bei Davaris bisherigen Fällen war die Zusammenarbeit mit der Staatsanwaltschaft immer reibungslos verlaufen, aber das hatte natürlich auch an ihrem früheren Partner gelegen. Lutz Krämer war ein Mann mit großem diplomatischem Geschick. Davari dagegen sprach einfach aus, was sie dachte.

War die Staatsanwältin derselben Ansicht wie einige Kollegen, die fanden, dass Davari zu jung und unerfahren war, um eigenständig eine Ermittlung zu leiten? Oder gab sie nur den Druck weiter, den sie selbst aus den oberen Etagen der Politik erfuhr? Doch bisher hatte sie sich absolut loyal verhalten, und seit dem letzten Gespräch hatte sich nicht viel verändert. Nur, dass Davari mittlerweile davon überzeugt war, dass Forster etwas mit der Sache zu tun hatte.

Das Problem war, dass sie keine Beweise für ihre Theorie hatte. Bis auf das untrügliche Gefühl, dass Forster ihnen nicht die Wahrheit gesagt hatte.

»Er steht unter Schock.« Kriminaloberkommissarin Inga Jessen rutschte auf ihrem Stuhl nach vorn. Sie sah Kayra mit diesem Lehrerinnenblick an, der ihr schon jetzt auf die Nerven ging, obwohl sie noch nicht einmal eine Woche zusammenarbeiteten. »Es ist vollkommen normal, dass er aufgewühlt ist.«

»Das ist es nicht«, beharrte Davari. »Ich verstehe, dass er emotional reagiert. Aber er war nicht ehrlich.«

Jessen strich sich eine Strähne ihrer kurzen blonden Haare aus der Stirn. »Tut mir leid. Diesen Eindruck teile ich nicht.«

Die Staatsanwältin legte die Hände flach auf die Tischplatte. »Dr. Forster arbeitet seit Jahren mit uns zusammen. Mit der Staatsanwaltschaft, mit dem LKA und auch mit der Mordkommission. Er ist ein ausgesprochen kompetenter, angenehmer und zuverlässiger Kooperationspartner.«

Davari schluckte den Kloß hinunter, den sie im Hals hatte. »Das bestreite ich nicht. Ich finde ihn ebenfalls sympathisch. Aber das darf für uns keine Rolle spielen. Wir müssen für jede mögliche Erklärung offen sein. Wir müssen objektiv ermitteln, auch in Bezug auf Dr. Forster.«

Die Staatsanwältin lehnte sich auf ihrem Stuhl zurück und rückte ihre Brille zurecht. »Legen Sie dar, was gegen Dr. Forster spricht. Abgesehen von Ihrer Intuition. Bitte.«

Davari straffte sich. »Forster kannte alle drei Ermordeten. Vincenzo Biraghi und Dustin Heuer waren Patienten in seiner Anti-Aggressions-Gruppe, Alessia Ahrens war seine Studentin. Bisher ist das die einzige nachweisbare Verbindung zwischen den Opfern. Wenn wir davon ausgehen, dass wir es in allen drei Fällen mit demselben Täter zu tun haben, müssen wir Dr. Forster als Verdächtigen betrachten.«

Dr. Timm zog die Akte, die auf dem Tisch lag, zu sich heran, schlug sie auf und nahm ein Blatt zur Hand.

»In zweien der Fälle sehe ich den Zusammenhang. Alessia Ahrens und Dustin Heuer wurden beide gefoltert und verstümmelt. Außerdem haben wir den Blutverdünner, von dem die Rechtsmedizin bei beiden Toten Rückstände gefunden hat. Im Bericht steht, dass es dasselbe Medikament war. Und dann diese seltsamen orangefarbenen Overalls mit den zahlreichen Reißverschlüssen, mit denen die beiden bekleidet waren. Das sind eindeutige Hinweise darauf, dass wir es mit demselben Täter zu tun haben.« Sie legte das Blatt zurück. »Bei Biraghi dagegen war die Situation eine andere. Er wurde weder gefoltert noch verstümmelt.«

»Er wurde von einer Bombe zerfetzt. Das ist auch eine Art von Verstümmelung«, entgegnete Davari. »Man könnte natürlich an zwei verschiedene Täter denken, wenn das Ganze nicht ausgerechnet in der Gruppe von Dr. Forster passiert wäre, aber so?«

Die Staatsanwältin schob die Akte beiseite. »Wie steht es mit den Ermittlungen gegen den Bruder des Stiefvaters von Biraghi?«

Inga Jessen holte ihr graues Notizbuch mit dem Stoffeinband hervor und schlug es auf. »Wir haben Georg Meyer mehrfach vernommen«, berichtete sie. »Er hat mittlerweile zugegeben, dass er Geld aus der Kasse des Gebrauchtwagenhändlers genommen hat, mit dem es anschließend zur Prügelei kam. Es war tatsächlich Schwarzgeld. Allerdings hat Meyer es nicht dafür verwendet, Biraghis Mörder zu bezahlen. Er hat sich einen 77-Zoll-OLED-Fernseher davon gekauft. Die Kollegen haben das Gerät in seiner Wohnung sichergestellt und auch den Verkäufer ausfindig gemacht.

Das ist aber nicht mehr unser Fall, die ganze Sache liegt jetzt beim Betrugsdezernat.«

Die Staatsanwältin gab ein kurzes trockenes Lachen von sich, ohne dass sich auf ihrem Gesicht eine Spur von Erheiterung zeigte. »Meyer scheidet als Tatverdächtiger also aus? Er hätte die Bombe ja auch selbst bauen und installieren können.«

»Wir haben alle Personen befragen lassen, die in dem Bürogebäude am Walkerdamm arbeiten«, erklärte Jessen. »Ebenso wie die Mitarbeiter des Wachschutzunternehmens, das sich um das Objekt kümmert. Außerdem haben die Kollegen eine Nachbarschaftsbefragung durchgeführt. Niemand hat am Tag des Anschlags oder in den Tagen davor einen Mann gesehen, der Ähnlichkeit mit Georg Meyer hatte. Und Meyer ist mit seiner Statur und den vielen großflächigen Tätowierungen am ganzen Körper jemand, der auffällt. Wir können relativ sicher ausschließen, dass er dort war.«

»Also war es irgendjemand anders.« Die Staatsanwältin zog die Akte wieder zu sich heran und blätterte erneut darin. »Wie steht es mit den Ermittlungen zu Alessia Ahrens und Dustin Heuer?«

»Wir haben mit den Eltern gesprochen. Mit denen von Alessia Ahrens bisher allerdings nur telefonisch. Sie waren zum Zeitpunkt des Todes ihrer Tochter in New York und sind erst gestern am späten Abend in Hamburg gelandet. Wir haben das Treffen mit ihnen verschoben, weil zu diesem Zeitpunkt bereits der Leichnam von Dustin Heuer aufgetaucht war.« Jessen suchte die entsprechende Stelle in ihrem Notizbuch. »Alessia stammte aus einem reichen Elternhaus. Sie war selbstbewusst, fast schon arrogant. Das sagen ihre Kommilitoninnen, nicht die Eltern. Vielleicht spricht aus ihnen aber auch nur der Neid. Sie hatte keine beste Freundin unter den Studentinnen, war aber auch nicht unbeliebt. Sie hatte außerdem einen YouTube-Channel mit Fitness- und Schminktipps mit etwas mehr als zehntausend Abonnenten, aber die Kommentare sind alle positiv oder neutral. Keine Hater oder Trolls. Alles in allem gibt es keinen Hinweis darauf, dass sie irgendetwas getan hat, was jemanden veranlasst haben könnte, ihr die Hände abzuhacken.«

»Bei Dustin Heuer sieht das vermutlich anders aus?«

»Richtig«, schaltete sich Davari wieder ein, um nicht komplett abgehängt zu werden. Sie referierte, was sie bereits nach dem Bombenanschlag auf Biraghi über Dustin recherchiert hatte, die Eltern mit dem Biobauernhof, den Sauerstoffmangel bei der Geburt, die Lehre in der Kfz-Werkstatt, Dustins fehlende Selbstkontrolle.

Zu diesem Zeitpunkt war Dustin Heuer noch ein Verdächtiger gewesen. Oder war er das immer noch? Hatte man ihn gefoltert und getötet, weil er Biraghi ermordet hatte? Aber wie passte dann Alessia ins Bild? Dass sie und Dustin sich gekannt hatten, konnte man ausschließen, und auch Biraghi hatte nicht zu Alessias Bekanntenkreis gehört. Nein, das machte keinen Sinn.

»Wenn irgendetwas nicht so lief, wie Dustin es wollte, ist er ausgeflippt«, fügte Davari hinzu. »Zuletzt hat er im Streit mit dem Schraubenschlüssel auf seinen Kfz-Meister eingeschlagen und ihn schwer verletzt.«

»Das wäre ein Motiv, sich an Heuer zu rächen«, bemerkte die Staatsanwältin.

»In der Tat«, bestätigte Inga Jessen. »Aber der Meister musste mehrere Operationen über sich ergehen lassen und befindet sich zurzeit zur Rehabilitation in einer Spezialklinik in Wilhelmshaven. Wir haben dort nachgefragt. Er hat einen eng gesteckten Therapieplan und hätte die Klinik nicht unbemerkt verlassen können.«

Dr. Andrea Timm trommelte mit den Fingern auf der Tischplatte. »Das heißt, wir haben nichts? Keinen Verdächtigen? Keine heiße Spur?«

»Bis auf Dr. Robert Forster«, murmelte Davari halblaut. Die Staatsanwältin und ihre Kollegin ignorierten den Einwurf.

»Bisher nicht«, erwiderte Jessen. »Wir versuchen, die Herkunft der orangefarbenen Overalls und des Blutverdünners zu klären, aber darüber hinaus gibt es keine Hinweise. Die Spurensicherung hat an allen Leichen Faserspuren sichergestellt und auch ein paar Haare und Hautschuppen gefunden, aber es ist nicht gesagt, dass irgendetwas davon vom Täter stammt. Und solange wir keinen Verdächtigen haben ...«

»Wir haben Dr. Forster«, wiederholte Davari ungeduldig.

Die Staatsanwältin sah sie unwillig an. »Uns fehlt aber die rechtliche Grundlage, um von ihm Vergleichsproben zu verlangen. Dafür bräuchten wir stichhaltige Indizien, nicht nur Ihr Bauchgefühl.«

»Vielleicht stellt er uns die Proben ja freiwillig zur Verfügung.«

Dr. Timm seufzte ungeduldig. »Bleiben wir bei den Fakten«, sagte sie. »Der Täter legt ein irrwitziges Tempo vor. Drei Tote innerhalb von drei Tagen, sofern die Morde tatsächlich zusammenhängen. Und die einzige Verbindung zwischen den Fällen ist nun Dr. Forster?«

»So sieht es aus.« Jessen klappte ihr Notizbuch zu und steckte es zurück in die Tasche. »Das sollte uns allerdings nicht wundern, dieser Meinung ist auch Dr. Forster. Wir müssen davon ausgehen, dass wir es mit einem Psychopathen zu tun haben. Jemandem, der vielleicht überhaupt keine Beziehung zu seinen Opfern hat und der sich die Informationen über die betreffenden Personen einfach durch einen illegalen Zugriff auf Dr. Forsters Daten beschafft haben könnte. Das würde auch erklären, warum alle Toten mit ihm bekannt waren. Dass wir keine anderen Zusammenhänge finden, könnte daran liegen, dass wir es mit einem Täter zu tun haben, der nicht aus einem persönlichen Motiv heraus tötet, sondern einfach nur, weil er ein Bedürfnis befriedigt.«

»Und der es wieder tun wird?«, fragte Dr. Timm.

»Das können wir nicht ausschließen«, erwiderte Jessen. »Von Mila Bruns und Tyler Hartwig, den beiden Studenten aus dem Seminar für Rechtspsychologie, fehlt nach wie vor jede Spur, ebenso wie von Tessa Eilers und Leander Grossmann, den beiden verschwundenen Patienten aus der Therapiegruppe.«

Die Staatsanwältin holte tief Luft. »Das heißt, uns erwartet in den nächsten vier Tagen täglich eine neue Leiche?«

Jessen hob die Hände. »Im schlimmsten Fall? Ja.«

Andrea Timm nickte und schaute Davari ernst an. »Beziehen Sie Dr. Forster in Ihre Ermittlungen mit ein«, sagte sie. »Als Experten, nicht als Verdächtigen. Ich bin mir absolut sicher, dass er nichts mit diesen Vorfällen zu tun hat. Er ist hochintelligent, und man versteht nicht immer, was in seinem Kopf vorgeht, aber er ist mit Sicherheit kein Psychopath.«

Davari straffte sich. »Bei allem Respekt«, erwiderte sie. »Aber solange ich die Ermittlungen leite, entscheide ich, wen wir in den Fokus nehmen und wen nicht.«

Der Blick der Staatsanwältin war hart wie Stahl. »Vielleicht habe ich mich nicht verständlich genug ausgedrückt«, sagte sie. »Wenn ich den Eindruck habe, dass Sie nicht objektiv ermitteln, sondern sich aus Gründen, die ich hier nicht durchschaue, auf Dr. Forster als Verdächtigen einschießen, werde ich mich mit Ihrem Kommissariatsleiter in Verbindung setzen und ihm nahelegen, Frau Jessen die Leitung des Falls zu übertragen. Haben wir uns verstanden?«

Davari knirschte mit den Zähnen. Sie hatte bereits gehört,

dass mit Dr. Andrea Timm nicht immer gut Kirschen essen war, doch bisher hatte sie es nicht am eigenen Leib erlebt. Sie musste sich zwingen, den Blick aus den eisblauen Augen zu erwidern.

»Klar und deutlich«, sagte sie und schaffte es sogar, ein Lächeln auf ihre Lippen zu zaubern.

Dann allerdings beeilte sie sich, das Büro der Staatsanwältin zu verlassen, und floh auf die Toilette, wo sie sich in der Kabine einschloss. Sie weinte lautlos, weil sie nicht wollte, dass Inga Jessen etwas davon mitbekam. Vergeblich wahrscheinlich. Die geröteten Augen, die sie anschließend im Spiegel erblickte, als sie sich die Hände wusch, ließen sich nicht verbergen.

Na und?, dachte sie trotzig. Sie hatte für ihre Meinung gekämpft, und das war gut und richtig. Die Staatsanwältin hatte ihr ein Bein gestellt. Man durfte weinen, wenn man hingefallen war. Wichtig war nur, dass man danach wieder aufstand und weitermachte. Das war es, was ihre Eltern ihr vermittelt hatten.

33

Robert Forster füllte das Glas erneut. Er wusste nicht, wie er die Angst, die Wut, die Hilflosigkeit anders in Schach halten sollte. Er hatte sämtliche Räume durchsucht, seine Wohnung, das Büro, das Therapiezimmer und den Gruppenraum. Sogar das Bad und die Gästetoilette im Erdgeschoss hatte er unter die Lupe genommen, aber er hatte keine Spur von einer Kamera oder einem Mikrofon gefunden. Was nicht bedeuten musste, dass der Entführer keine Möglichkeit hatte, ihn zu beobachten.

Spionagetechnik war heutzutage winzig klein, und sicherlich gab es dafür Verstecke, die er nicht bedacht hatte. Er musste einfach weiterhin wohlüberlegt handeln. Er durfte auch nicht kapitulieren. Eine der vier verbliebenen Geiseln würde voraussichtlich den heutigen Tag nicht überleben, aber es blieben immer noch drei, die er retten konnte. Und das würde ihm nicht gelingen, wenn er sich betrank und in Selbstmitleid versank.

Er schob die Flasche beiseite und stand auf. Im selben Moment klingelte es an der Tür.

Forster hastete die Treppe hinunter. Er wusste nicht, wen er erwartet hatte, die Kommissarin oder einen seiner Kollegen, doch vor der Tür stand niemand. Stattdessen lag dort ein brauner Pappumschlag, beschriftet mit einem dicken Filzstift.

Forster verkrampfte sich. Alles in ihm drängte danach, die

Tür zuzuwerfen und das Böse nicht hereinzulassen. Aber er hatte keine Wahl.

Das Spiel des Entführers war noch nicht zu Ende. Er würde weiter morden, und wenn Forster ihn davon abhalten wollte, musste er das unbekannte Kind finden. Dazu bräuchte er weder die Briefe des Entführers zu lesen noch die Videos anzusehen, aber es waren die einzigen Hinweise, die er hatte. Er musste wissen, wer noch am Leben war.

Forster hob den Umschlag auf und trug ihn in sein Büro, konnte sich aber nicht überwinden, ihn zu öffnen. In diesem Fall war der Alkohol keine Droge, sondern eine Medizin, die ihm half, seine Gefühle auf ein erträgliches Maß zu reduzieren. Er ging zurück in die Wohnung und leerte den Schnaps, der auf dem Tisch stand, in einem Zug. Dann nahm er Schnapsglas und Flasche mit nach unten. Ehe er den Brief öffnete, füllte er das Glas erneut.

Der Umschlag enthielt wie bei den beiden letzten Malen einen in der Mitte geknickten Briefbogen und einen USB-Stick. Forster faltete den Brief auseinander und las.

Sie sind am Zug, Dr. Forster!

Zugegeben, Sie sind ein wenig ins Hintertreffen geraten. Drei Figuren haben Sie bereits verloren, und Sie sind in großer Bedrängnis. Ihr letzter Zug war mutig, aber er hat eine weitere Figur ins Verderben geführt. Sind Sie gespannt, welche?

Ich warte immer noch auf Ihre Antwort. Wem haben Sie Ihre großartigen Gene weitergegeben?

Machen Sie sich bereit! Morgen haben Sie die nächste Chance, die verbliebenen drei Spieler zu retten.

Sollten Sie es nicht schaffen, erwartet den Verlierer eine Strafe, die alles übertrifft, was Sie bisher gesehen haben.

Also geben Sie sich ein wenig Mühe!

Mit verbindlichsten Grüßen

Gott

Forster schaltete den Rechner ein und steckte den Stick in den USB-Port. Wie die beiden anderen enthielt er nur eine einzelne Videodatei. Der Name lautete *Gott_ist_böse_3*, der Zeitstempel war vom Vormittag des heutigen Tages.

Forster klickte die Datei an. Im nächsten Moment sah er das Bild, mit dem sich der Entführer wenige Stunden zuvor verabschiedet hatte: die vier jungen Leute im Stuhlkreis mit den Schraubzwingen, zwischen denen die Brüste der Frauen und die Brustwarzen der Männer festgezwängt waren.

Auch der Avatar war derselbe, der bedrohlich wirkende Mann mit dem schwarzen Umhang. Er legte den vier jungen Leuten nacheinander die Gewichte auf die Füße, die sie mit ausgestreckten Beinen festhalten sollten. Die Reihenfolge bestimmte ein virtueller Würfel.

Forster klickte auf den Pause-Button. Bisher hatte er sich die Videos nur angesehen und war fassungslos vor Schreck gewesen. Aber mit einfachem Rätselraten kam er nicht weiter. Sein Gegner war schlau. Er musste die Videos nicht nur betrachten, sondern sie analysieren.

Punkt eins: Der Avatar verdeckte eine reale Person, aber diese Person war nicht allein. Es gab einen weiteren Mann, der sich hinter der verspiegelten Scheibe befand. Er war der eigentliche Gegenspieler, davon war Forster überzeugt. Der Mann im schwarzen Umhang war nur der Handlanger.

Die Konstellation verriet ihm bereit etwas über seinen Gegner: Er war ein Psychopath, kalt und ohne jedes Mitleid, sonst würde er nicht dieses grausame Spiel inszenieren. Zugleich musste er aber auch eine ausgeprägte soziale Kompetenz besitzen, andernfalls hätte er keinen Verbündeten gefunden.

Das war keineswegs ungewöhnlich. Extreme Kaltblütigkeit, wie sie für Psychopathen typisch war, und eine hohe soziale Intelligenz schlossen sich nicht wechselseitig aus.

Zu den herausstechenden Merkmalen von Psychopathen gehörte, dass sie völlig unbeteiligt am Leiden anderer Menschen waren, keine oder eine nur sehr gering ausgeprägte Angstreaktion besaßen und selbst in emotional belastenden Situationen kühl blieben und dabei stets zu ihrem eigenen Vorteil kalkulierten. Zugleich konnten sie aber auch charmant, kreativ und einnehmend sein und andere Menschen geschickt manipulieren. Bekannte Beispiele für ein solches Zusammenspiel waren der amerikanische Serienmörder Theodore »Ted« Bundy, der seine mehr als dreißig weiblichen Opfer auf dem Universitätscampus angesprochen und um Hilfe gebeten hatte, ehe er sie in sein Auto gedrängt und entführt hatte, oder der Österreicher Johann »Jack« Unterweger, der nach einem brutalen Mord im Gefängnis zum Literaten wurde und seine Umwelt so effektiv von seinem Sinneswandel überzeugte, dass man ihn freiließ – mit dem Erfolg, dass er zahlreiche weitere Morde beging.

Punkt zwei: Die Entführer betrieben einen erheblichen Aufwand, um ihre Pläne in die Tat umzusetzen. Sie hatten einen passenden Raum gefunden und eine umfangreiche technische Ausstattung installiert. Die Foltermaschinen waren mit viel Fantasie und Liebe zum Detail gebaut worden. Das erforderte Kreativität, eine gründliche Vorbereitung und ausreichende finanzielle Mittel. Die ganze Sache war von langer Hand geplant worden. Der Haupttäter musste ein starkes Motiv haben, das tief in seinem Inneren verwurzelt war.

Forster leerte das Schnapsglas und füllte es erneut. Seine

Überlegungen waren logisch und schlüssig, aber sie brachten ihn nicht weiter. Er hatte nicht die geringste Idee, wer dieser Mann war, worum es ihm ging und weshalb er ausgerechnet ihn, Dr. Robert Forster, als Gegenspieler ausgewählt hatte.

Kannten sie sich persönlich? Hatte der Täter ein Buch von ihm gelesen oder eine seiner Veranstaltungen besucht? War er aufgrund eines Gutachtens von ihm zu einer Strafe verurteilt worden, die er als ungerecht empfand? Oder ging es vor allem um die Entführten, und das Spiel mit Forster war nur eine Art Bonus, der ultimative Kick, nach dem es den Täter verlangte? Hatte er negative Gefühle in Bezug auf Forster, oder war es im Gegenteil sein Ziel, seine Aufmerksamkeit zu erregen, weil er in den Augen des Täters jemand war, der sein Handeln begriff und seine Einzigartigkeit erkennen würde? Wollte er am Ende seinen Applaus?

Forster betrachtete das Glas in seiner Hand und stellte es dann zurück auf den Tisch. All diese Fragen führten zu nichts. Er musste das Kind finden, das war die einzige Möglichkeit, dem grausamen Spiel ein Ende zu machen. Und dazu musste er wissen, wer von den vieren auf dem Bildschirm noch im Rennen war.

Er klickte auf den Play-Button, und das Video lief weiter.

Erneut erschien der virtuelle Würfelbecher an der Wand, und eine Stimme aus dem Off erklärte, dass es eine Zusatzaufgabe geben würde, bei der es um Selbstbeherrschung ging. Der Avatar zauberte einen mit Federn besetzten Teleskopstab aus der Tasche und ging damit zu Leander, den das Los getroffen hatte. Er kitzelte ihn eine halbe Minute lang, dann gab der durchtrainierte junge Mann auf. Das Gewicht hätte er halten können, aber vor den Federn kapitulierte er.

Das Gewicht rollte von seinen Füßen. Die Kamera fokussierte die Rolle mit der Schnur, über die es mit dem Schalter des Motors verbunden war. Forster sah, wie der Schalter bewegt wurde, aber der Motor sprang nicht an. Leander lachte heiser.

Wieder erschien der virtuelle Würfel, und Tessa wurde durchgekitzelt. Sie gab noch schneller auf als Leander, doch auch sie hatte Glück. Der Schalter klickte nur, der Motor setzte sich nicht in Bewegung.

Forster schnürte es die Kehle zu. Das bedeutete, dass es einen der Studenten treffen würde. Es sei denn, der Motor, der sich tatsächlich einschalten würde, befand sich unter dem Stuhl desjenigen, der den Wettbewerb gewann. So zumindest hatte es der Mann hinter der Scheibe erklärt. Ob er sich daran halten würde?

Forster bekam nicht die Gelegenheit, es herauszufinden. Der Würfel fiel erneut, und der Avatar ging mit dem Federstab auf Tyler zu. Der zitterte ohnehin schon heftig, während Mila ihr Gewicht problemlos auf den ausgestreckten Beinen hielt. Der Avatar näherte sich Tyler mit dem Stab, doch ehe er ihn berühren konnte, senkte Mila die Füße.

Forster hatte die beiden Studenten nur ein einziges Mal getroffen, aber ihm war nicht entgangen, wie Mila Tyler angesehen hatte. Und nun opferte sich die junge Frau für den Mann, den sie liebte. Unnötigerweise, wie sich gleich darauf herausstellte. Der aktive Motor befand sich nicht unter Tylers, sondern unter Milas Stuhl.

Forsters Herz zog sich schmerzhaft zusammen. Er wollte den Blick abwenden, aber er konnte es nicht. Starr vor Entsetzen sah er zu, wie die beiden Metallstangen von den rechts und links angebrachten Schraubgewinden zusammengezogen wurden. Milas große Brüste wurden nach vorn gedrückt und wölbten sich wie pralle Luftballons, während der Brustansatz immer enger wurde.

Forster biss sich auf die Lippen, weil er das Unheil kommen sah. Je weiter Milas Brüste zwischen den Stangen hervorgepresst wurden, desto stärker dehnte sich die Haut, bis sie der Belastung schließlich nicht mehr gewachsen war. Sie platzte auf wie eine zu heiß gebratene Wurst. Blut und Gewebe quollen heraus, liefen über Milas Bauch und Beine und tropften auf den Boden.

Die junge Frau schrie. Sie musste unbeschreibliche Schmerzen haben. Ihr Gesicht war so verzerrt, dass es kaum wiederzuerkennen war. Die Augen waren nach innen verdreht, sodass nur das Weiße zu sehen war, der Mund war weit aufgerissen, aber sie war immer noch bei Bewusstsein.

Die Stangen berührten sich jetzt beinahe. Lediglich eine dünne Hautschicht befand sich noch dazwischen, die die zerfetzten Brüste mit Milas Körper verband. Der Motor stoppte und erstarb mit einem letzten Röcheln.

Forster schluckte mühsam. Seine Kehle war so eng, dass er kaum atmen konnte.

Dann trat der Avatar ins Bild, und etwas Metallisches blitzte auf.

»Nein!« Forster umklammerte die Armlehnen seines Schreibtischstuhls. Sein Verstand schaffte es kaum zu fassen, was er sah.

Der Avatar hielt den Gegenstand in die Kamera. Es war ein Skalpell. Er ging damit zu Mila und setzte die Klinge an den Metallstangen an, dort, wo die letzte dünne Verbindung zwischen den zerquetschten Brüsten und Milas Körper bestand. Mit einer konzentrierten Bewegung, die so aussah, als würde er jede Sekunde genießen, schnitt er erst die rechte, dann die linke Brust ab.

Die beiden aufgeplatzten Brüste fielen zu Boden, mitten in den See aus Blut, der Milas Stuhl umgab. Der Avatar schaute kurz in die Kamera. Dann holte er einen Schraubenschlüssel hervor und montierte den Metallrahmen ab. Die Kamera zoomte auf Milas Brust.

Dort, wo vor ein paar Minuten noch ihre Brüste gewesen waren, klafften jetzt zwei große kreisrunde Löcher, aus denen das Blut strömte.

Forster wurde so übel wie nie zuvor in seinem Leben. Er presste die Faust vor den Mund, während sich sein Magen in Wellen hob.

Die Kamera bewegte sich ein Stück nach oben und richtete sich auf Milas Gesicht. Forster konnte es nicht glauben. Die Studentin war immer noch bei Bewusstsein, aber der Schmerz hatte ihren Verstand ausgelöscht. Ihre Augen waren nicht mehr nach hinten verdreht, sondern geradeaus gerichtet, ihr Blick war vollkommen irre. Dann endlich brach er, und ihr Kopf sackte zur Seite.

Die Schreie, die Forster hörte, wurden nicht leiser, nur dass sie jetzt nicht mehr von Mila kamen, sondern von den drei anderen.

Forster holte keuchend Luft. Es erschien ihm wie eine Ewigkeit, bis der Bildschirm schließlich schwarz wurde und ihn erlöste.

34

Er wusste nicht, wie lange er am Schreibtisch gesessen und auf den leeren Monitor gestarrt hatte. Als er wieder zu sich kam, waren seine Beine eingeschlafen und seine Finger taub. Er hatte offenbar die Füße in einer unmöglichen Haltung verknotet und die Armlehnen so fest umklammert, dass der Blutfluss massiv behindert worden war.

Mühsam löste er sich aus seiner Position und stand auf. In seinen Armen und Beinen kribbelte es, als wären Heerscharen von Ameisen in seinen Adern unterwegs. Er musste sich einen Moment an der Stuhllehne festhalten, sonst wären ihm die Knie weggeknickt. Mit unsicheren Schritten trat er in den Flur und strebte zur Gästetoilette. Er verspürte einen unangenehmen Druck im Magen, und die Übelkeit kam in Wellen.

Als es unvermittelt an der Haustür klingelte, erschrak er so heftig, dass er ins Stolpern geriet. Im letzten Moment fing er sich. Mit der linken Hand stützte er sich an der Wand ab, mit der rechten zog er die Tür auf.

»Robert! Um Gottes willen! Was ist los mit dir?«

Vor ihm stand Simon Hildebrand, wie immer von Kopf bis Fuß in Schwarz gekleidet. Stoffhose, langärmeliges Hemd und darüber ein Sakko, das war sein Standardoutfit, dazu konservative

Lederschuhe, die auf Hochglanz poliert waren. Nur der weiße Kragen fehlte, dann hätte er wie ein Priester ausgesehen.

Forster schaffte es nicht zu antworten. Hildebrand schob ihn zurück in den Flur und schloss die Haustür. Anschließend dirigierte er ihn in den Behandlungsraum und nötigte ihn, sich auf die Couch zu setzen.

Der Kollege schnupperte. »Du hast getrunken.« Die Missbilligung in seiner Stimme war nicht zu überhören.

»Ja.«

Hildebrand packte Forsters Füße und bugsierte seine Beine auf die Couch. »Leg dich hin.«

Forster hatte nichts dagegen. Er bettete seinen Kopf auf das breite Kissen am Kopfende der Couch. Hildebrand blickte einen Moment auf ihn herab. Dann nahm er hinter ihm im Sessel Platz.

»Also?«, fragte er sanft. »Was bedrückt dich?«

Es war merkwürdig, plötzlich wieder diese Position einzunehmen. Die Lehranalyse war schon lange beendet, Hunderte von Stunden, die er auf der Couch verbracht hatte. Den ganzen Weg in seine früheste Kindheit war er zurückgegangen und hatte alle Stolpersteine auf dem Weg ins Erwachsenenleben aufgespürt. Hatte Konflikte wiederbelebt und durchgearbeitet, bis er schließlich gestärkt und als reifere Persönlichkeit ins Hier und Jetzt zurückgekehrt war. Nur der eine schwarze Punkt in seinem Leben war dunkel geblieben.

Die letzte Sitzung bei seinem Lehranalytiker lag mehr als ein Jahrzehnt zurück, doch trotzdem erinnerte sich Forsters Körper sofort. Er schloss die Augen, und die Worte flossen aus seinem Mund, ehe er darüber nachdenken konnte, ob er sich Hildebrand wirklich anvertrauen wollte.

»Ich werde erpresst«, sagte er. »Ein Verrückter hat drei meiner Patienten und drei meiner Studenten entführt.«

»Mhm.« Der typische Laut, den Therapeuten von sich gaben, wenn ein Patient etwas erzählte. Vollkommen neutral, denn das war die Grundlage der psychoanalytischen Therapie. Alles, was der Patient sagte, unvoreingenommen zu betrachten. Nicht zu bewerten, sondern zu verstehen und zu deuten. Der Patient sollte sich so, wie er war, vollständig angenommen fühlen.

Hildebrand allerdings gelang das nicht. Sein »Mhm« hatte einen Unterton, der unmissverständlich zeigte, dass er Forster nicht glaubte, sondern seine Eröffnung als Traumgebilde oder alkoholbedingte Vision einordnete.

»Was will er denn, dieser Erpresser?«, fragte er, als Forster nicht weitersprach.

Forster wusste, dass er besser schweigen sollte, aber der Drang, das Entsetzen zu teilen, war einfach zu groß. »Er verlangt, dass ich den Menschen finde, mit dem ich fünfzig Prozent meiner Gene teile, außer mit meinen Eltern.«

»Du hast Geschwister? Das wusste ich gar nicht«, bezog sich Hildebrand dankbar auf den Teil, den er als Realität akzeptieren konnte.

»Nein. Ich habe keine Geschwister. Jedenfalls keine, die mir oder meiner Mutter bekannt wären.«

Im selben Moment, als er es sagte, durchzuckte ihn ein heftiger Schmerz. Es war nur die halbe Wahrheit. Da war er, der dunkle Fleck, den er nach Möglichkeit verdrängte. Silja. Die drei Jahre ältere Schwester, die er gehabt hatte und die ihrem Leben ein Ende gesetzt hatte, als Forster zwölf gewesen war.

Nicht ohne Grund. Ein Mann hatte sie auf dem Heimweg von der Schule überfallen und vergewaltigt. Die Eltern hatten alles Menschenmögliche getan, um ihr darüber hinwegzuhelfen. Vergeblich. Silja hatte sich immer weiter in sich zurückgezogen, und eines Tages war sie von einer Brücke vor einen fahrenden Zug gesprungen. Der blutige Abschiedsbrief steckte in ihrer Hosentasche. Sie bat die Eltern und ihren geliebten kleinen Bruder um Verzeihung, aber sie wollte einfach nicht mehr leben.

Forster war nie wirklich über diesen Verlust hinweggekommen, obwohl die Eltern auch für ihn alle Therapiemöglichkeiten ausgeschöpft hatten. Aber er hatte es geschafft, sein Leben zu meistern. Er wusste, dass das frühe Trauma ein wesentlicher Grund dafür war, dass er sich für die Therapeutenlaufbahn entschieden hatte, ebenso wie für den großen Respekt, den er für Frauen empfand.

Doch für die Aufgabe, die der Entführer ihm gestellt hatte, spielte Silja keine Rolle. Forster hatte sie geliebt, aber sie war keine leibliche Schwester gewesen. Die Eltern hatten sie adoptiert, weil sie geglaubt hatten, sie könnten keine eigenen Kinder bekommen. Erst als Silja zwei gewesen war, war seine Mutter schwanger geworden. Soweit es das geteilte Erbgut betraf, hatte er seines Wissens tatsächlich keine Geschwister.

»Aha?«, erwiderte Hildebrand. »Dann also ... ein Seitensprung deines Vaters? Oder hast du ein Kind gezeugt?«

»Auch davon weiß ich nichts.«

Plötzlich kam ihm der letzte Brief des Entführers wieder in den Sinn. Er hatte sich auf das Video konzentriert und nach Anhaltspunkten gesucht, aber tatsächlich war der entscheidende Hinweis nicht im Bild, sondern im Text gewesen.

Ich warte immer noch auf Ihre Antwort: Wem haben Sie Ihre großartigen Gene weitergegeben?

Das bezog sich eindeutig nicht auf ein Geschwister, sondern auf einen Nachkommen.

Forster richtete sich ruckartig auf und drehte sich zu Hildebrand um. »Ich muss dieses Kind aufspüren, Simon. Sonst bringt er sämtliche Geiseln um.«

Hildebrand musterte ihn. »Bist du sicher, dass du nicht einfach nur zu tief ins Glas geschaut hast?«

Forster atmete bedächtig ein und aus. Ihm war immer noch schlecht, aber zumindest hatte das Kribbeln in seinen Gliedern aufgehört.

»Du hast einen schlimmen Schock erlitten, als die Bombe in deiner Therapiegruppe explodiert ist«, fuhr Hildebrand fort. »Deswegen hast du getrunken. Und dein Gehirn entwickelt Fantasiegeschichten, um die Sache zu verarbeiten. Du kennst diese Mechanismen.«

»Du hast recht.« Forster stand auf. Er war froh über die Brücke, die ihm Hildebrand baute. Es war viel zu gefährlich, sich jemandem anzuvertrauen, so gerne er es auch getan hätte. Aber noch waren drei der Geiseln am Leben, und Forster war der Einzige, der sie retten konnte.

»Tut mir leid«, sagte er zu seinem Kollegen. »Ich hatte mich aufs Sofa gelegt und war noch gar nicht richtig wach, als du geklingelt hast. Da ist wohl einiges in meinem Kopf durcheinandergegangen.«

Hildebrand erhob sich ebenfalls. »Ruh dich aus, Robert«, sagte er ernst. »Und hör auf zu trinken. Das nützt nichts, sondern schadet nur.«

»Ja, ich weiß.« Forster machte eine einladende Handbewegung in Richtung Tür. Er hatte es plötzlich eilig, Hildebrand loszuwerden. Je eher er sich um die Suche nach seinem Kind kümmern konnte, desto besser. »Ich lasse die Finger davon, versprochen.«

»Gut.« Hildebrand folgte ihm in den Flur, doch ehe sie die

Haustür erreicht hatten, übermannte Forster plötzlich wieder die Übelkeit.

»Entschuldige mich kurz.« Er riss die Tür zur Gästetoilette auf, die er für seine Patienten mit Seifenspender und Handcreme, einem Stapel flauschiger Handtücher und einem kleinen Teppich ausgestattet hatte. Hastig klappte er den Toilettendeckel und die Brille hoch und kniete sich auf den Teppich. Hildebrand drückte rücksichtsvoll die Tür hinter ihm ins Schloss.

Nachdem er den Magen entleert, das Gesicht gewaschen und den Mund ausgespült hatte, fühlte Forster sich besser.

Hildebrand, der an der Wand gegenüber lehnte und in seiner Umhängetasche kramte, sah ihn forschend an, als er die Gästetoilette verließ. »Kann ich dich wirklich allein lassen?«

»Ja. Mach dir keine Sorgen.« Forster unterdrückte den Impuls, die Finger an die Schläfen zu pressen. Sein Schädel dröhnte immer noch. »Danke, dass du gekommen bist.« Er öffnete dem Kollegen die Haustür.

Hildebrand legte ihm kurz die Hand auf die Schulter. »Keine Ursache. Wir sehen uns dann am Mittwoch, wie immer?«

»Ja.«

»Gut.« Hildebrand lief die Stufen hinunter. Er drehte sich noch einmal um und winkte zum Abschied. Anschließend ging er über den Weg zur Straße.

Forster schloss die Haustür und stieg mit schweren Schritten die Treppe hinauf zur Küche. Er brauchte jetzt als Erstes einen starken Kaffee, um wieder einen klaren Kopf zu bekommen.

35

Tyler fühlte sich, als hätte die Seele seinen Körper verlassen. In seinem Inneren war nichts mehr, nur eine einzige große Leere. Lediglich seine Kehle brannte. Er hatte sich übergeben, als der Motor unter Milas Stuhl angesprungen war, und danach immer wieder, bis nur noch grüne Galle und ein paar Tropfen scharfer Magensaft herausgekommen waren.

Jetzt saß er auf dem Boden seiner Zelle, die Beine angezogen, den Rücken gegen die Pritsche gelehnt, den Kopf in den Händen vergraben. Seine Augen waren auf das Stück betongrauer Wand unter dem kleinen Tisch gerichtet, aber was er sah, waren die beiden Stangen, die Milas Brüste zerquetschten. Und das Skalpell, mit dem der Assistent sie anschließend abgeschnitten hatte.

Er wusste nicht, wie er zurück in die Zelle gekommen war. Sein Verstand war komplett ausgeschaltet gewesen.

Drei Menschen waren seit vorgestern gestorben, und jeder Tod war brutaler und schrecklicher gewesen als der vorhergehende. Tyler konnte kaum noch glauben, dass sein Leben bis vor drei Tagen vollkommen normal gewesen war.

War es wirklich erst etwas mehr als achtundvierzig Stunden her, dass er die Nachricht von Dr. Forster bekommen hatte und mit Mila hierhergefahren war? Das Studium, seine Wohnung, die

Eltern, seine Freunde – das alles schien auf einmal unendlich weit weg zu sein, wie in einem anderen Universum.

Jetzt war sein Leben auf diese Zelle und den fürchterlichen Raum mit den Foltermaschinen zusammengeschrumpft. Die beiden Frauen, mit denen er hergekommen war, waren tot. Alessia, die er geliebt hatte, und Mila, die ihn geliebt hatte. So sehr, dass sie sich am Ende für ihn geopfert hatte.

Wie sollte er mit diesem Wissen weiterleben? Dass sie es aus Liebe getan hatte? Und dass es vollkommen überflüssig gewesen war? Wenn er als Erster die Beine gesenkt hätte, wären sie beide davongekommen. Oder nicht?

Der Entführer und sein Assistent waren brutal, ohne jedes Mitleid, ohne Skrupel. Würden sie am Ende wirklich einen von ihnen gehen lassen?

Es war die Hoffnung, an die er sich bisher geklammert hatte. Aber nach dem, was mit Mila passiert war, wusste er gar nicht, ob er noch weiterleben wollte.

Vielleicht sollte er in der nächsten Runde einfach dasselbe tun wie sie. Das Spiel absichtlich verlieren und sich von der nächsten Höllenmaschine töten lassen.

Am Ende tat er sich damit sogar einen Gefallen. Die Hinrichtungen wurden von Mal zu Mal grausamer. Wenn es keine Gnade für den Sieger gab, würde dieser womöglich den schlimmsten Qualen von allen ausgesetzt sein.

Tyler presste die Hände an die Schläfen. Er war nie besonders robust gewesen. Die wenigen Male, die er als Kind gestürzt war und sich Hände oder Knie aufgeschürft hatte, waren ihm sofort Tränen in die Augen geschossen. Seitdem achtete er sorgsam darauf, sich nicht zu verletzen. Er fuhr stets mit Helm auf dem Fahrrad und nie in hohem Tempo, und von Sportgeräten wie Skateboards, Schlittschuhen oder Skiern hatte er von vornherein die

Finger gelassen. Was ihn auszeichnete, waren nicht die körperlichen, sondern die geistigen Stärken.

Darauf musste er sich konzentrieren, wenn er den Schmerz aushalten wollte, der ihn erwartete. Er durfte nicht zulassen, dass die Nervenimpulse sein Gehirn überfluteten, sondern musste sich dagegen wappnen. Sich in einen Zustand versetzen, in dem sich die Außenwelt auflöste. In einen Modus, in dem er sich nur noch auf einen einzigen Punkt konzentrierte und alles andere ausblendete.

Vermutlich war es gut, das vorher zu üben.

Tyler rappelte sich auf und sah sich in der Zelle um. Viel gab es nicht. Das einzige bewegliche Möbelstück war der Stuhl. Tyler drehte ihn um und inspizierte die Stuhlbeine. Es waren dünne Metallrohre, jedes bedeckt mit einer grauen Gummikappe.

Tyler dachte kurz nach. Dann legte er Schuhe und Socken ab und entfernte die beiden vorderen Gummikappen. Er stellte sich mit dem Rücken zum Stuhl, schob seine Füße halb unter die Sitzfläche und ging in eine halbe Kniebeuge, sodass sein Oberkörper über der Sitzfläche des Stuhls schwebte. Anschließend hob er den Stuhl an und platzierte seine nackten Füße unter den Vorderbeinen.

So weit, so gut. Nun konnte die Übung beginnen.

Tyler kniff die Augen zusammen und fokussierte einen Punkt an der Wand. Als er das Gefühl hatte, dass er so weit war, ließ er sich mit Schwung auf die Sitzfläche fallen.

Ein scharfer Schmerz schoss von seinen Füßen die Beine hinauf in die Wirbelsäule und von dort direkt in seinen Kopf. Vor seinen Augen tanzten grelle Blitzlichter. Tyler heulte auf und sprang hoch. Er zitterte am ganzen Körper, und die Tränen liefen ihm über das Gesicht. Verzagt schaute er auf seine Füße.

Die dünnen Stahlrohre hatten sich durch die Haut und in sein

Fleisch gebohrt wie Ausstechformen in Gebäckteig. Blut quoll hervor und lief zwischen seinen Zehen hindurch auf den grauen Zellenboden.

Tyler biss die Zähne zusammen und zog den Stuhl nach oben. Die Metallbeine lösten sich mit einem widerlichen Geräusch aus seinen Füßen und gaben den Blick auf die beiden blutigen Kreise frei, die sie hinterlassen hatten.

Tyler humpelte zur Pritsche und ließ sich darauf fallen. Der Schmerz pulsierte in Wellen durch seinen Körper. Er fühlte sich so klein und verzagt wie nie zuvor in seinem Leben, und am liebsten hätte er laut geheult.

Sein Versuch hatte nicht das erhoffte Ergebnis gebracht, im Gegenteil. Statt seine Empfindungen auszublenden, waren sie mit voller Wucht zu ihm zurückgekehrt.

»Du kannst ja gar nicht genug bekommen«, erklang eine belustigte Stimme von der Tür her, und Tyler fuhr zusammen. Er wandte den Kopf und erblickte den Assistenten, der mit einem Tablett im Türrahmen lehnte. Anscheinend hatte er die ganze Aktion beobachtet. Mit einem Grinsen stellte er das Tablett auf den Boden. »Du bist ein richtiger kleiner Masochist, was? Dann warte nur bis morgen. Da haben wir ein Spiel für euch, das dir gefallen wird.« Er deutete auf das Tablett. »Bis dahin guten Appetit.«

Der Mann verschwand, die Zellentür fiel ins Schloss.

Tyler schaute auf das Essen, das der Assistent gebracht hatte. Eine große Schale mit einem undefinierbaren rötlich grauen Brei, der an blutige Gehirnmasse erinnerte. Daneben lag, wie zwei Tage zuvor, ein Foto.

Tyler krümmte sich. Sein Magen war vollkommen leer, aber er konnte einfach nicht aufhören zu würgen.

36

Robert Forster saß wieder in seinem Arbeitszimmer, die Liste mit den Telefonnummern zu den Namen Hartwig und Bruns vor sich.

Milas Mutter hatte ihm versichert, dass Mila ihre leibliche Tochter war, und Dustin, Tessa und Alessia hatte Forster bereits ausgeklammert. Leanders Namen hatte er bei der letzten Runde eingegeben und vom Entführer die Antwort erhalten, dass er falschlag. Also blieb nur noch Tyler.

In Forsters Nacken kribbelte es. Wie konnte der Entführer überhaupt von einem Kind erfahren haben, von dem er selbst nichts wusste? War das ein Hinweis darauf, dass die ganze Sache ein Fake war? Aber es gab immer Möglichkeiten.

Wenn die Mutter Forster beim Standesamt als Vater angegeben hatte, stand sein Name auf der Geburtsurkunde, und die könnte irgendjemandem in die Hände gefallen sein. Womöglich hatte die Mutter auch gelogen und seinen Namen nur genannt, weil sie den wirklichen Vater nicht preisgeben wollte? Vielleicht, damit er keine Ansprüche stellte?

Forster schüttelte den Kopf. Auf diese Weise kam er nicht weiter. Seine beste Chance bestand darin, die Eltern von Tyler Hartwig ausfindig zu machen. Erst wenn er sicher wüsste, dass Tyler nicht sein Sohn war, machte es Sinn, sich mit anderen Möglichkeiten zu befassen.

Auf seiner Liste standen noch drei Nummern, bei denen am Vormittag niemand abgehoben hatte.

Dieses Mal hatte er Zeit und ließ es länger klingeln, und alle drei Anrufe wurden entgegengenommen. Am anderen Ende waren eine Mutter mit einem schreienden Baby, ein älteres Ehepaar, das ihn auf Lautsprecher stellte, und ein Mann mittleren Alters mit einer leichten Sprachstörung. Alle waren freundlich, aber niemand kannte einen jungen Mann namens Tyler Hartwig oder dessen Eltern.

Forster legte das Telefon beiseite, nahm die Brille ab und fuhr sich mit der flachen Hand über das Gesicht. Offenbar standen Tylers Eltern nicht im Telefonbuch, was heutzutage keine Seltenheit war. Seit die Zahl der Callcenter und Werbeanrufe inflationär gestiegen war, zogen es viele Menschen vor, ihre Nummer nur noch im Freundes- und Bekanntenkreis weiterzugeben. Forster selbst hatte ebenfalls nur seine Praxisnummer eintragen lassen, die mit einem Anrufbeantworter verbunden war, nicht aber seine Privatnummer. Die einzige Möglichkeit, die ihm noch blieb, war, es über das Immatrikulationsamt oder das Studentenwerk zu versuchen.

Zehn Minuten später wusste er, dass er auch auf diesem Weg nichts erreichen würde. Das Studentenwerk hatte Tyler Hartwig nicht in der Kartei, was bedeutete, dass er entweder bei seinen Eltern oder in einer Privatwohnung lebte, jedenfalls nicht in einem der Studentenwohnheime. Und das Immatrikulationsamt verweigerte die Herausgabe der Adresse. Was früher gang und gäbe gewesen war, scheiterte heute am Datenschutz.

Während er darüber nachdachte, wie er jetzt weitermachen sollte, klingelte es erneut an der Haustür. Forster stand auf, um nachzusehen, wer es dieses Mal war. Die Patiententermine hatte er bis auf Weiteres abgesagt. Die erhoffte Ruhe stellte sich nicht ein.

Obwohl sein Nervenkostüm bis zum Zerreißen gespannt war, musste er lachen, als er die beiden Männer erblickte, die vor der Tür standen. Lars Gericke und René Steinke, beide in hautengen Lycra-Trikots mit langen Armen und Beinen. Das von Lars war rot mit einem schwarzen Muster, das von René neongrün mit dunkelgrünen Schlangenlinien.

Forster wusste, dass die beiden samstags oft gemeinsam eine Runde mit den Rennrädern drehten. Zu Gesicht bekommen hatte er sie dabei bisher nicht. Beide trugen farblich passende Helme und Rucksäcke, die vermutlich Trinkflaschen enthielten, jedenfalls kam aus den Öffnungen oben ein Schlauch, dessen anderes Ende mit einem Klettverschluss auf Brusthöhe am Trikot befestigt war.

Gericke und Steinke erwiderten sein Lachen nicht, sondern musterten ihn stattdessen mit ernsten Mienen.

»Simon hat uns angerufen«, eröffnete ihm Steinke. »Er sagt, du hättest getrunken.«

»Und dich anschließend übergeben«, fügte Gericke hinzu.

»Am helllichten Tag«, schloss Steinke.

»Wir dachten, du brauchst vielleicht Hilfe«, übernahm Gericke wieder. »Das ist eindeutig eine posttraumatische Belastungsreaktion. Wir haben ja schon darüber gesprochen. Aber so leicht lässt sich ein solcher Schock natürlich nicht verarbeiten.«

Forster wollte nachfragen, was Gericke genau meinte, erinnerte sich aber dann, dass seine Kollegen nur von der Bombenexplosion wussten, nicht von den verstümmelten Leichen.

»Danke. Ich komme zurecht.«

»Simon sagt, du entwickelst Wahnvorstellungen. Von einem Erpresser und einem Kind, das du angeblich hast.« Steinkes blaue

Augen musterten ihn, als wollte der Kollege in seinen Kopf eindringen.

»Das war ein blöder Traum«, wiederholte Forster, was er schon Hildebrand gegenüber behauptet hatte. »Ich war auf dem Sofa eingenickt. Als Simon geklingelt hat, war ich noch vollkommen schlaftrunken. Ich habe Traum und Realität durcheinandergeworfen.«

Gericke nickte Steinke zu. »Das habe ich doch gesagt. Simon übertreibt. Er sieht immer gleich schwarz.«

»Hm.« Steinkes Magen knurrte vernehmlich. Er grinste schief und nahm seinen Helm ab. Die blonden Locken fielen ihm auf die Schultern. »Hast du etwas dagegen, wenn ich mir aus deiner Küche einen Riegel hole?«

»Nein. Bedien dich.« Forster trat beiseite, um Steinke ins Haus zu lassen. Er hatte immer ein paar Eiweißriegel im Kühlschrank, für den Notfall. Wenn ihn zwischen zwei Sitzungen der Hunger packte oder er sich im Keller beim Sport ausgepowert hatte und rasch Energie tanken wollte. Seine Kollegen wussten das.

Forster nahm den Helm, den Steinke ihm reichte, und sah zu, wie der Kollege die Treppe hinaufstieg.

Gericke legte Forster die Hände auf die Schultern, damit er sich ihm zuwandte. Seine dunklen Augen hefteten sich auf Forsters Gesicht.

»Hör zu«, sagte er leise. »Den anderen kannst du vielleicht etwas vormachen, aber mir nicht.« Gerickes sehnige Finger gruben sich tief in Forsters verspannte Muskeln. »Das war kein Traum, richtig? Es gibt wirklich jemanden, der dich erpresst.« Er hob die linke Hand, ehe Forster widersprechen konnte. »Du musst mir nicht antworten. Ich nehme an, der Erpresser hat dir verboten, darüber zu sprechen. Sag mir einfach nur, ob ich irgendetwas für dich tun kann.«

Forster schaute den Kollegen an. Der Wunsch, sich ihm anzu-vertrauen, war beinahe übermächtig. Aus der Wohnung oben wa-ren Geräusche zu hören.

»Schnell«, drängte Gericke. »René ist gleich wieder da.«

»Ich brauche die Telefonnummer von den Eltern eines meiner Studenten«, sagte Forster. »Tyler Hartwig. Aber ich habe keine Ahnung, wie ich sie bekommen soll.«

»Ich kümmere mich darum«, erwiderte Gericke und zog seine Hände zurück.

Steinke kam die Treppe heruntergeeilt und schaute zwischen Forster und Gericke hin und her. »Habt ihr irgendwas ausge-heckt?«

»Nein.« Gericke lächelte. »Ich habe Robert nur ein Geheimnis verraten, deine Schwächen beim Endspurt betreffend.«

Steinke nahm Forster den Helm aus der Hand und stülpte ihn über die blonden Locken. »Von wegen. Dir ziehe ich locker da-von.«

»Dann lass mal sehen.« Gericke folgte Steinke vor die Tür. Be-vor er die Stufen hinunterging, drehte er sich noch einmal zu Fors-ter um. »Ich melde mich, versprochen«, wisperte er.

Forster sah den beiden hinterher. Er hoffte, dass es kein Fehler gewesen war, dem Kollegen gegenüber die Erpressung zuzuge-ben. Aber der Entführer hatte nur verlangt, dass er nicht mit der Polizei sprach. Und vielleicht fand Gericke ja tatsächlich etwas heraus.

37

Markus Schubert schwang stöhnend die Beine aus dem Bett. Vorsichtig natürlich, wie es ihm die Ärzte gesagt hatten. Aber heute durfte er zumindest die ersten Schritte machen.

Er schlüpfte in die weißen Frotteepantoffeln, die sie ihm hingestellt hatten, hakte den Urinbeutel vom Bett und ging mit langsamen Schritten zu den Garderobenhaken neben der Tür. Wie konnte man innerhalb von drei Tagen seine gesamte Körperkraft verlieren?

Schubert war Mitte vierzig und gut trainiert. Als Marineoffizier musste man nicht nur an der geistigen, sondern auch an der körperlichen Fitness arbeiten. Er hatte das immer getan, sich gesund ernährt, mehr Sporteinheiten absolviert als vorgeschrieben und sich bei den Saufgelagen zurückgehalten. Nur einem Laster hatte er nicht abschwören können.

Seine Hand glitt in die Tasche des Bademantels, der an einem der Haken hing. Er ertastete die kleine Pappschachtel und die glatte Oberfläche des Feuerzeugs und lächelte. Es war gut, dass er die Zigaretten vorsorglich dort platziert hatte, sodass er jetzt nicht lange danach suchen musste.

Schubert parkte den Urinbeutel an einem der freien Garderobenhaken, schlüpfte in den Bademantel und hängte den Beutel anschließend an die Außentasche des Mantels. Kurz glitt sein

Blick über das alberne Krankenhausnachthemd. Er war ein Mann, der Wert auf korrekte Kleidung legte. Seine Uniform saß immer tadellos. Aber in der augenblicklichen Situation musste man Abstriche machen.

Er zog den Bademantel zu und verknotete den Gürtel. Dann öffnete er die Tür und spähte in den Flur.

Es war niemand zu sehen, aber er wählte trotzdem den Weg über die hintere Treppe, um nicht von einer der Schwestern im Stationszimmer aufgehalten zu werden. Der Weg zur Raucherecke war weitaus länger als die paar Schritte, die man ihm für diesen Tag zugebilligt hatte.

Nicht ohne Grund, wie er feststellte, als er die erste Stufe in Angriff nahm. Bei jedem Schritt hatte er das Gefühl, als würde jemand ein glühendes Messer zwischen seine Beine drücken. Er zögerte, ob er umkehren oder weitergehen sollte, doch der Wunsch nach einer Zigarette war stärker.

Ich gehe meilenweit für eine Camel, schoss ihm der uralte Werbeslogan in den Sinn, den er aus seiner Kindheit kannte. Er selbst rauchte eine andere Marke, aber das Bild des Abenteurers hatte ihm immer gefallen. Nun war der Mann längst tot, an Krebs gestorben, und ihn selbst hatte es ebenfalls erwischt. Aber noch lebte er, und es war auch nicht die Lunge.

Im Erdgeschoss durchquerte er den Flur. Hier kannte man ihn nicht. Die Schwester in der gläsernen Kabine nickte ihm nur abwesend zu.

Schubert trat ins Freie und sog genüsslich die kühle Luft ein. Er liebte den Herbst mit seinem goldenen Licht, den bunten Blättern und der See, die nicht so glatt war wie im Sommer, sondern Charakter hatte. Ohne Seegang war es auf einem Schiff furchtbar langweilig.

Mit langsamen Schritten ging er den gepflasterten Weg entlang, der in Schlangenlinien zu dem Platz führte, der an drei Seiten von hohen Buchsbaumhecken umgeben und von einem pyramidenförmigen Glaspavillon überdacht war. Immerhin, man ließ die Raucher hier nicht im Regen stehen.

Im Gehen zog er bereits die Schachtel aus der Tasche und steckte sich eine Zigarette zwischen die Lippen. Mit dem Feuerzeug in der Hand trat er um die Ecke und entdeckte, dass er nicht allein war.

Unter dem Dach saß eine junge Frau im Rollstuhl, aber sie rauchte nicht. Ihr Kopf war auf die Brust gesunken; vermutlich war sie eingeschlafen. Die halblangen dunklen Haare kräuselten sich, als sei sie gerade aus der Dusche gekommen. Genau wie Schubert trug sie einen weißen Bademantel. Allerdings befanden sich auf ihrem zwei dunkle Abzeichen.

Schubert blinzelte. Irgendetwas stimmte nicht. Er registrierte den leeren Blick aus den offen stehenden Augen der Frau, die herabhängenden Arme, die wachsbleiche Haut. Langsam setzte sein Gehirn die Informationen zusammen, und Schubert erstarrte. Das waren keine Abzeichen auf dem Bademantel. Es waren ausgedehnte kreisrunde Blutflecken.

»Oh Gott«, stieß er hervor. Die Zigarette, die in seinem Mundwinkel hing, fiel zu Boden. Sie zerbröselte unter dem rechten Frotteepantoffel, als er auf die Frau zustürzte und ihr die Finger an den Hals legte.

Zu seiner Überraschung spürte er einen schwachen Puls.

38

Robert Forster schreckte hoch, weil es an der Tür klingelte. Nicht lange, nachdem Steinke und Gericke gegangen waren, dachte er, doch ein Blick, erst aus dem Fenster, dann auf die Uhr, belehrte ihn eines Besseren. Draußen dämmerte es bereits. Es war kurz vor halb sieben Uhr abends.

Dabei hatte er sich nur für einen Moment aufs Sofa legen wollen, bis das Hämmern in seinem Kopf nachließ. Der Alkohol am frühen Morgen hatte ihm nicht gutgetan, die Übelkeit und das Erbrechen hatten ihn ausgelaugt, und der Kaffee hatte ihn nicht nachhaltig wach gehalten. Stattdessen war er einfach weggedämmert und hatte tief und fest geschlafen.

Schlaftrunken rappelte er sich hoch und lief die Treppe hinunter. Vielleicht war es ja Gericke, der etwas herausgefunden hatte? Aber hätte der Kollege nicht einfach angerufen?

Forster öffnete die Tür und seufzte, als er Kayra Davari und Inga Jessen erblickte. »Guten Abend«, sagte er müde. »Gibt es Neuigkeiten?«

Davari musterte ihn kühl. »Die gibt es in der Tat«, erklärte sie schroff.

»Aha?« Forster trat zurück, um die Kommissarinnen ins Haus zu lassen, und dirigierte sie in den Gruppenraum. »Darf ich Ihnen etwas zu trinken anbieten?«

Die beiden Kommissarinnen lehnten ab und setzten sich. Forster, der plötzlich einen höllischen Durst verspürte, nahm sich eine Flasche Wasser.

Davari wandte sich ihm zu. Ihr Blick war traurig, aber er entdeckte auch eine Härte, die er bisher nicht wahrgenommen hatte. »Wir haben Mila Bruns gefunden.«

Forster durchlief ein Schauer, dabei hätte ihn die Information nicht überraschen dürfen. Bisher hatte der Entführer der Polizei alle Leichen auf dem Silbertablett serviert.

»Ich nehme an, sie ist tot?«

»Nein.« Ein kurzes Lächeln flog über Davaris Gesicht. »Ihr Leben hängt am seidenen Faden, aber die Ärzte haben sie noch nicht aufgegeben.«

Die Erleichterung, die Forster verspürte, war so groß, dass er beinahe seine distanzierte Haltung aufgegeben hätte. Aber das durfte er nicht. Noch immer befanden sich drei junge Menschen in der Gewalt der Entführer. Er musste schweigen, sonst würden die Männer sie sofort töten.

»Sie fragen gar nicht, was mit ihr passiert ist«, bemerkte Davari. »Aber das müssen Sie auch nicht, weil Sie es wissen, nicht wahr?«

Forster spürte, wie sich sein Puls beschleunigte. Offenbar war es ihm nicht gelungen, Davaris Zweifel zu zerstreuen. Sie glaubte immer noch, dass er der Täter war.

»Nein«, erwiderte er ruhig. »Woher sollte ich?«

»Weil Sie derjenige sind, der ihr das angetan hat.« Davaris Blick war wie ein Laserstrahl. »Sie haben ihr die Brüste zerquetscht und abgeschnitten.«

»Oh Gott.« Die Bilder, die ihm sofort wieder vor Augen standen, riefen eine neue Welle der Übelkeit hervor. Er brauchte sein Entsetzen nicht zu spielen.

Zugleich jagten die Gedanken in seinem Kopf. Auf keinen Fall durften sich die polizeilichen Ermittlungen auf ihn konzentrieren. Wenn man ihn festhielt, stundenlang verhörte oder die Polizei bei ihm ein und aus ging, wären alle Chancen dahin, nach dem Kind zu suchen und die jungen Leute zu retten, die noch am Leben waren.

Er schluckte ein paarmal. »Ich dachte, ich hätte Sie davon überzeugen können, dass hier ein Psychopath am Werk ist? Jemand, der mich damit treffen will oder der sich einfach nur an meinen Daten bedient hat?«

»Das war, bevor wir Mila Bruns gefunden hatten.« Davaris Miene war finster. »Sie war bewusstlos, aber als man sie in den OP geschoben hat, ist sie für einen kurzen Moment wach geworden. Sie hat einen Namen genannt. Ihren Namen.«

Forster wurde innerlich kalt. Wie konnte das sein? Gaukelte der Entführer den jungen Leuten vor, dass er, Dr. Robert Forster, hinter der verspiegelten Scheibe saß?

»Dafür kann es verschiedene Gründe geben, meinen Sie nicht auch?«, sagte er so gelassen, wie er es vermochte.

Inga Jessen ließ den Stift über ihrem Notizbuch schweben. »Gibt es jemanden, der bezeugen kann, was Sie heute Vormittag getan haben? Nach Ihrem Telefonat mit der suizidgefährdeten Patientin und nachdem Sie mit uns gesprochen haben? Die Rechtsmedizin hat Milas Blut untersucht und ein paar Tests gemacht. Zustand des verletzten Gewebes, Entzündungswerte und so weiter. Fragen Sie mich nicht, wie das genau funktioniert, aber anhand der gemessenen Parameter können wir die Tatzeit eingrenzen. Irgendwann heute Morgen zwischen zehn und zwölf.« Jessen neigte den Kopf. »Vielleicht gibt es einen Zeugen, der nicht unter Ihre Schweigepflicht fällt?«

Im Gegensatz zu ihrer jungen Kollegin schien Jessen nicht davon auszugehen, dass er der Täter war, das entnahm er der Art, wie sie ihn ansah, und dem Tonfall ihrer Stimme. Aber was nützte das, solange Davari ihn verdächtigte?

Einen Zeugen hatte er nicht. Die Kommissarinnen waren um kurz vor halb zehn gegangen, und Simon Hildebrand hatte gegen zwölf bei ihm vorbeigeschaut. Dazwischen war er allein gewesen, mit den schrecklichen Bildern im Kopf und der Schnapsflasche in der Hand.

Die Türglocke riss ihn aus seinen Überlegungen, und dieses Mal war er dankbar für die Unterbrechung. »Entschuldigen Sie mich kurz.«

Er hastete zur Haustür und öffnete sie. Davor stand Lars Gericke. Über der rechten Schulter trug er einen Lederrucksack, in der Hand hielt er ein einzelnes weißes Blatt Papier.

»Ich habe sie«, verkündete er und schwenkte das Blatt vor Forsters Nase. Der hob die Hand.

»Pst.«

»Was ist los?«

»Ich habe Besuch. Von der Polizei.«

Hinter ihm traten Davari und Jessen aus dem Gruppenraum. Gericke ließ das Blatt rasch in der hinteren Tasche seiner Jeans verschwinden.

»Ah, die Kommissarin«, begrüßte er Davari mit einem Lächeln.

Davari nickte nur. »Dr. Gericke, richtig?«

Gerickes Lächeln wurde noch breiter. »Sie haben sich meinen Namen gemerkt.«

Forster wusste, dass sein Kollege die meisten Frauen mit seinem Charme herumbekam, wenn er es wollte, doch bei Davari biss er auf Granit.

»Sie kommen leider zu einem ungünstigen Zeitpunkt«, erklärte sie. »Wir müssen Dr. Forster noch ein paar Fragen stellen.«

»Vielleicht kann ich helfen?«

»Sofern Sie nicht wissen, was Dr. Forster heute Vormittag getan hat, nein.«

Gericke legte den Kopf schief. Sein Lächeln bekam etwas Lausbubenhaftes. »Und wenn ich es weiß?«

Nun endlich hatte er Davaris volle Aufmerksamkeit. »Dann würden wir Sie bitten, uns das mitzuteilen«, erklärte sie förmlich.

»Wir haben Schach gespielt«, sagte Gericke. »Das machen wir regelmäßig. Normalerweise am letzten Montagabend des Monats, aber ich dachte, es würde Robert guttun, an etwas anderes zu denken als an den Bombenanschlag, deshalb bin ich spontan vorbeigekommen.«

»Von wann bis wann war das?«

»Ich bin um halb zehn gekommen und bis halb zwölf geblieben. Geholfen hat es offenbar nicht. Ein Kollege, der gegen halb eins hier war, hat mir berichtet, dass er Robert betrunken angetroffen hat.«

»Stimmt das?« Davari wandte sich an Forster.

Forster schob die Hände in die Hosentaschen. Es gefiel ihm nicht, dass Gericke für ihn log, aber er musste die Polizei um jeden Preis loswerden, sonst könnte er nicht mehr nach dem Kind suchen. In diesem Fall wog der Nutzen die Lüge auf. Trotzdem fiel es ihm schwer, die Unwahrheit zu sagen. Moral, Ehrlichkeit und Rechtschaffenheit waren für ihn hohe Güter. Aber manchmal ging es einfach nicht anders.

»Ja. Das stimmt.«

»Schön.« Jessen machte sich eine Notiz und schaute Gericke an. »Wir müssten trotzdem noch einmal kurz mit Dr. Forster sprechen. Allein.«

»Kein Problem.« Gericke grinste Forster an. »Ich warte oben, okay?« Er deute die Treppe hinauf.

»Bitte.« Forster winkte ihn durch, ehe er den Kommissarinnen zurück in den Gruppenraum folgte und sich zu ihnen setzte. Er wusste, worauf Gericke es abgesehen hatte. Die Ermittler vom LKA hatten Forster in den letzten Jahren einige Flaschen teuren Whisky als Dank für seine Mitarbeit geschenkt. Er selbst machte sich nichts daraus, hatte das aber nie gesagt, um die Beamten nicht vor den Kopf zu stoßen. Und in Lars Gericke hatte er einen dankbaren Abnehmer für die kostbaren Tropfen gefunden.

Inga Jessen nahm Notizbuch und Stift zur Hand und beugte sich zu ihm vor. »Was denken Sie, weshalb Mila Bruns Ihren Namen genannt hat?«

»Ich weiß es nicht.«

»Und das Motiv des Täters? Warum hat er diese drei jungen Menschen in seine Gewalt gebracht und gefoltert? Und wieso der Anschlag auf Biraghi?« Sie sah ihn offen an. »Ich frage Sie das als Experten, nicht als Verdächtigen.«

Forster schloss für einen Moment die Augen. »Glauben Sie mir«, sagte er, nachdem er sie wieder geöffnet hatte. »Ich habe in den letzten Tagen kaum etwas anderes getan, als über diese Frage nachzudenken. Seit der Explosion. Seit Sie mir jeden Tag eine weitere verstörende Todesnachricht bringen.« Er schaute zu Davari. »Ich habe diese jungen Menschen gekannt. Sie waren meine Studenten, meine Patienten. Es geht mir nahe, was mit ihnen passiert ist. Es fällt mir schwer, überhaupt einen klaren Gedanken zu fassen.«

Er sah, dass er die junge Kommissarin nicht erreichte. Ihre Miene war verschlossen. Sie hatte sich ihre Meinung gebildet, und nichts, was er sagte, würde sie davon abbringen. Er wandte sich wieder Inga Jessen zu.

»Ich habe den Eindruck, dass der Täter spielen will«, erklärte er. »Ich weiß nicht, was das Motiv für die Morde ist, aber dass er Personen aus meinem Umfeld auswählt und dafür sorgt, dass sie mit mir in Verbindung gebracht werden, gibt ihm offenbar einen besonderen Kick.«

Davari wandte ihm den Kopf zu. »Wir haben bereits ausgeschlossen, dass es jemand sein könnte, für den Sie ein ungünstiges Gutachten erstellt haben oder der aufgrund Ihrer Mitwirkung gefasst und verurteilt wurde«, sagte sie, während Jessen sich Notizen machte.

Forster versuchte, alle persönlichen Empfindungen beiseitezuschieben und wie ein Fallanalytiker zu denken. »Ein Psychopath handelt nach anderen Regeln als ein gewöhnlicher Täter«, sagte er. »Der Auslöser kann in unseren Augen vollkommen unsinnig oder nichtig sein, aber für ihn ist er alles.«

Davari verzog den Mund, als fände sie die Erklärung mehr als fadenscheinig. »Und was käme da infrage?«

Forster hob die Hände. »Es könnte alles Mögliche sein. Vielleicht hat er ein Interview mit mir gelesen und sich durch irgendeine Aussage angegriffen gefühlt. Vielleicht will er einfach seine Macht demonstrieren. Oder er stellt meinen Expertenstatus infrage und will mich herausfordern.« Fast wäre ihm die Bemerkung herausgerutscht, dass diese Annahme zu der Schachmetapher passen würde, die der Täter verwendete. Im letzten Moment konnte er sich bremsen. »Möglicherweise geht es ihm auch darum, sich meine Anerkennung für seine außerordentliche Kreativität zu erwerben«, sagte er stattdessen. »Auch das wäre für einen Psychopathen nicht ungewöhnlich.«

Davari gab einen verächtlichen Laut von sich. Jessen warf ihr einen mahnenden Blick zu.

»Schön.« Davari faltete die Hände. »So weit die Theorie. Haben Sie auch einen Namen für uns? Jemanden, bei dem Sie sich ein solches Motiv vorstellen könnten?«

Forster hatte noch nicht darüber nachgedacht, weil er viel zu beschäftigt mit der Suche nach dem Kind gewesen war. Auf die Schnelle fiel ihm niemand ein. Aber es war ohnehin unwahrscheinlich, dass er die Person überhaupt kannte, wenn das Motiv tatsächlich so beschaffen war, wie er es dargestellt hatte. Es käme jeder infrage, der irgendwann einmal einen Vortrag oder Podcast von ihm gehört oder einen Text von ihm gelesen hatte.

»Nein. Tut mir leid.«

Inga Jessen steckte Stift und Notizbuch weg und erhob sich. »Danke, Dr. Forster. Sie melden sich bei uns, wenn Ihnen noch irgendetwas einfällt, das uns helfen könnte?«

»Selbstverständlich.«

Davari stand ebenfalls auf. Forster sah ihr an, dass es ihr nicht gefiel, ihren Hauptverdächtigen vom Haken zu lassen, aber die Machtverhältnisse zwischen den Kommissarinnen hatten sich offenbar verschoben. Bisher hatte Davari die Richtung vorgegeben, doch nun schien es eine unsichtbare Grenze zu geben. Vielleicht eine Anweisung von oben, weil sich jemand bei der Staatsanwaltschaft oder bei der Mordkommission schützend vor ihn gestellt hatte? Etwas, das er normalerweise nicht guthieß, aber in der momentanen Situation war er für jede Hilfe dankbar.

Forster brachte die beiden Frauen zur Tür. Er sah ihnen nach, wie sie durch den Garten zur Straße liefen, und hörte gerade noch, wie Jessen zu Davari sagte: »Er hat ein Alibi. Das können wir nicht einfach ignorieren.«

Forster schloss die Tür und atmete tief durch. Er hatte die Polizei belogen, und er hatte sich von Gericke abhängig gemacht. Beides gefiel ihm nicht.

Lars Gericke saß erwartungsgemäß auf dem Sofa, die langen Beine in den verwaschenen Blue Jeans ausgestreckt, in der Hand einen von Forsters Whisky-Tumblern, zwei Daumenbreit gefüllt.

»Das ist ein guter Tropfen, Robert«, sagte er und hob ihm das Glas entgegen. »Du solltest dir auch einen gönnen.«

»Nein, danke.« Forster hatte für heute mehr als genug Alkohol gehabt, und er mochte den Geschmack von Whisky nicht. Er setzte sich in den Sessel und deutete vage in Richtung von Gerickes Gesäßtasche. »Was hast du gefunden?«

Gericke fuhr sich durch die gut geschnittenen dunklen Haare. »Die Adresse von Tylers Eltern. Aber vielleicht erklärst du mir erst mal, was hier los ist?«

Forster stand wieder auf, um sich ein Wasser zu holen. »Das kann ich nicht. Du wolltest auch nicht fragen.«

Gericke sah ihn mit seinem Therapeutenblick an. Forschend und mit der sicheren Überzeugung, dass er jedes Geheimnis ergründen würde.

»Die Lage hat sich geändert, meinst du nicht? Ich habe dir bei der Polizei ein falsches Alibi gegeben. Ich möchte wissen, wofür.«

Forster setzte sich. »Ich habe dich nicht darum gebeten.«

Gerickes Augen verengten sich. »Du wärst aber in Schwierigkeiten geraten, wenn ich es nicht getan hätte, oder nicht?«

»Ja.«

»Also.«

Forster zögerte. Gericke beugte sich zu ihm vor und ließ die Arme zwischen den Knien baumeln. Er war ein attraktiver Mann mit seinen dunklen Augen, den vollen Lippen und der energischen Nase, aber jetzt sah er aus wie ein trauriger Welpe.

»Ich dachte, wir wären nicht nur Kollegen«, sagte er enttäuscht. »Ich dachte, wir wären Freunde.«

Forster schloss die Augen. Er mochte die drei Kollegen, mit

denen er sich jeden zweiten Mittwoch im Monat traf, um über ihre Arbeit zu diskutieren, aber sie waren ihm nicht so nah wie die Freunde, die er schon seit seiner Studienzeit kannte. Von denen wohnte allerdings keiner mehr in der Stadt, und die Kontakte waren im Laufe der Jahre immer mehr ausgedünnt. Trotzdem, wenn man sich traf, war sofort eine Vertrautheit da, die es mit Gericke, Steinke und Hildebrand nicht gab. Je älter man wurde, desto schwieriger war es, diese Art von Nähe aufzubauen, die einen mit Freunden aus Kindheit, Jugend oder Studium verband.

Aber gerade jetzt konnte er einen Freund gebrauchen, und Gericke hatte ihm einen echten Freundschaftsdienst erwiesen.

Forster öffnete die Augen wieder.

»Okay«, sagte er. »Ich erkläre es dir.«

Gericke war ein guter Zuhörer. Er unterbrach Forster kein einziges Mal und verkniff sich jede Art von Zwischenruf. Seine Miene war gleichbleibend ruhig, freundlich und aufmerksam. Nur als Forster die Foltermethoden schilderte, mit denen man Alessia die Hände amputiert, Dustin die Beine zerquetscht und Mila die Brüste abgetrennt hatte, blitzte etwas in seinen Augen auf.

»Er hat dir Videos davon geschickt?«, fragte er fassungslos, als Forster geendet hatte.

»Ja. Aber glaub mir, du willst sie nicht sehen.«

»Das muss ich auch nicht. Es besteht kein Zweifel, dass du es mit einem harten Gegner zu tun hast. Du musst verdammt stark sein, wenn du den Kampf gewinnen willst.«

Das war Forster durchaus bewusst.

Gericke zog das Blatt aus der Hosentasche. »Ich habe die Adresse von Tylers Eltern.«

Forster verspürte plötzlich wieder Energie. Das war endlich ein Hoffnungsschimmer. »Wie bist du da rangekommen?«

Gericke deutete ein Schulterzucken an. »Ich habe einen Bekannten bei der Stadt. Einwohnermeldeamt.«

»Ich brauche die Telefonnummer.«

»Die habe ich nicht«, erwiderte Gericke. »Nur die Adresse. Aber für die Frage, die du stellen willst, ist ein persönlicher Besuch ohnehin besser.« Er schaute auf seine Armbanduhr, ein klobiges Modell, das unter der Manschette seines weißen Hemds hervorsah. »Es ist noch vor zwanzig Uhr. Das sollte okay sein an einem Samstagabend.«

»Gut.« Forster stand auf und streckte die Hand aus, doch Gericke gab ihm den Zettel nicht.

»Ich komme mit.« Er trank noch einen winzigen Schluck von seinem Whisky und stellte das halb volle Glas zurück auf den Tisch. »Wir fahren mit meinem Wagen.«

»Okay.« Forster hatte nicht die Energie für eine Auseinandersetzung.

Sie traten gemeinsam aus dem Haus, und Gericke zog den Wagenschlüssel aus der Tasche. Die Lampen des feuerroten Sportcabrios, das unter der Straßenlaterne parkte, blinkten auf.

Der Wagen erinnerte Forster daran, dass Gericke aus der besseren Gesellschaft stammte. Sein Vater war Professor und plastischer Chirurg am UKSH, dem schleswig-holsteinischen Universitätsklinikum in Kiel, die Mutter promovierte Internistin mit eigener Praxis. Gerickes zwei Jahre jüngere Schwester war so etwas wie ein Wunderkind und hatte schon mit vierunddreißig eine Professur an der medizinischen Fakultät in Hamburg übernommen.

Forster selbst war ebenfalls nicht in ärmlichen Verhältnissen aufgewachsen, aber seine Eltern hatten nie viel Aufhebens um ihre gesellschaftliche Stellung gemacht. Statussymbole hatten kaum eine Rolle gespielt.

Er selbst hielt es nicht anders, aber er musste zugeben, dass es ein gutes Gefühl war, sich in den weichen Ledersitz sinken zu lassen. Als Gericke den Motor startete und das Gaspedal durchtrat, verspürte Forster ein angenehmes Kribbeln in der Magengrube. Zum ersten Mal, seit er den ersten Brief des Erpressers bekommen hatte, konnte er für ein paar Minuten loslassen.

Die Fahrt zum Haus der Hartwigs in Gettorf dauerte nur eine knappe Viertelstunde. Es befand sich in einer ruhigen Seitenstraße des kleinen Orts in der Nähe von Kiel. Haus und Vorgarten machten einen gepflegten Eindruck.

Forster ging zur Tür. Er hatte es nicht aussprechen müssen, Lars Gericke war klar gewesen, dass er allein die besten Chancen hatte, etwas zu erfahren.

»Ich warte hier auf dich«, hatte der Kollege gesagt, das Radio eingeschaltet, die Lehne seines Sitzes nach hinten geklappt und sich zurückgelehnt.

Tylers Eltern, ein groß gewachsener Mann mit Vollbart und halblangem braunem Haar und eine kleine Frau mit blonder Kurzhaarfrisur, baten ihn ins Wohnzimmer. Sie waren sichtlich erfreut, dass sich jemand die Mühe machte, sie wegen ihres vermisst gemeldeten Sohnes aufzusuchen.

Forster stellte sich als Psychologe vor, der mit der Polizei und dem LKA zusammenarbeitete, und erläuterte, dass Tyler außerdem ein Seminar bei ihm belegt hatte. Das schien ein Türöffner zu sein. Offenbar hatte der junge Mann bereits alle Bücher gelesen, die Forster geschrieben hatte, und sich riesig auf das Seminar gefreut.

»Die Frage, die ich Ihnen stellen möchte, wird Ihnen vermutlich seltsam vorkommen«, sagte Forster behutsam. »Aber sie könnte wichtig sein.«

»Bitte.« Tylers Eltern wirkten offen und ohne jedes Misstrauen. Sie waren beide Lehrer, das hatte Forster bereits in den ersten Minuten des Gesprächs erfahren, und der Psychologie gegenüber aufgeschlossen.

»Ist Tyler Ihr leibliches Kind? Oder haben Sie ihn adoptiert?«

Die Eltern tauschten einen kurzen Blick.

»Wieso wollen Sie das wissen?«, fragte der Vater. »Glauben Sie, er ist untergetaucht, weil er herausgefunden hat, dass wir nicht seine leiblichen Eltern sind?«

»Nein, das denke ich nicht.«

Die Augen des Vaters verengten sich. »Was ist es dann? Wissen Sie, wo Tyler ist? Hat man ihn entführt? Gibt es Forderungen?«

Forster merkte, dass er sich besser auf den Besuch hätte vorbereiten müssen. Er hatte nicht darüber nachgedacht, was er den Eltern sagen wollte, sondern war nur auf seine Frage fixiert gewesen. Aber irgendeine Erklärung musste er abgeben. So, wie die Sache aussah, fuhr er mit der Wahrheit vermutlich am besten. Er brachte sich zwar selbst in erhebliche Schwierigkeiten, sollte die Polizei auf die Idee kommen, mit Tylers Eltern zu sprechen, doch darüber konnte er sich Gedanken machen, wenn es so weit war. Zuerst ging es darum, das Leben der jungen Menschen zu retten.

»Ich bedaure, Ihnen das mitteilen zu müssen, aber wir gehen tatsächlich von einer Entführung aus.« Forster bemühte sich um einen sachlichen Tonfall. »Allerdings hat man offenbar nicht nur Tyler entführt, sondern eine ganze Gruppe von Studenten. Tyler ist einer von ihnen.«

»Oh mein Gott.« Die Mutter schlug sich die Hände vors Gesicht. »Warum hat uns das niemand gesagt? Weshalb hält die Polizei es nicht für nötig, uns zu informieren?«

»Es tut mir leid«, sagte Forster. »Die Ereignisse überschlagen sich zurzeit, und die Erkenntnis, dass Tyler entführt wurde, ist noch sehr frisch.«

Das war schon wieder eine Lüge, aber in diesem Fall hatte Forster kein Problem damit. Es ging um das Seelenheil der Eltern. Sie brauchten nicht zu wissen, dass sich ihr Sohn seit Tagen in der Gewalt eines Psychopathen befand. Wenn er überlebte, würden sie es früh genug erfahren. Wenn nicht, war es besser, wenn sie nicht zu viele Informationen darüber bekamen, was mit ihm geschehen war. Umso leichter würde die Trauer zu verarbeiten sein.

»Was will der Entführer? Geld?«, stellte der Vater die naheliegende Frage.

»Nein. Er möchte wissen, welche der Personen, die er entführt hat, adoptiert ist«, behauptete Forster.

»Und wenn er die Antwort kennt, lässt er die Geiseln gehen?«

»Das können wir nicht mit Sicherheit sagen. Aber die Chance besteht.«

Wieder ein kurzer Blick. Die Mutter nickte dem Vater zu.

»Ja«, sagte dieser. »Wir haben Tyler adoptiert. Schon als Säugling. Er war gerade erst zwei Wochen alt, als er zu uns gekommen ist.«

Forster spürte ein Kribbeln in den Fingerspitzen. Endlich war er auf der richtigen Spur!

Die Kiefer des Mannes bewegten sich. »Tyler weiß das im Übrigen. Wir haben nie ein Geheimnis daraus gemacht. Als er alt genug war, um es zu begreifen, haben wir es ihm erklärt. Dass er nicht unser leibliches Kind ist, dass wir ihn aber so sehr lieben, wie man ein Kind nur lieben kann. Er hat das verstanden, und wir hatten nie Probleme deshalb.«

Forster glaubte das sofort. Tylers Eltern machten einen gefestigten Eindruck. Der Junge war zweifellos in einem guten Umfeld aufgewachsen.

Tylers Vater neigte sich zu ihm vor. »Tyler könnte dem Entführer das einfach sagen, wenn es das ist, was ihn interessiert.«

»Richtig. Aber es scheint nicht um die Frage der Adoption an sich zu gehen, sondern um die leiblichen Eltern. Wissen Sie etwas darüber?«

Der Vater schüttelte den Kopf. »Nein. Das war eine anonyme Adoption. Wir haben keinerlei Informationen über die leibliche Mutter oder den Vater. Aber das Jugendamt müsste darüber Bescheid wissen.« Wieder verengten sich seine Augen. »Dort hätten Sie auch eine Antwort auf Ihre Frage bekommen können. Wäre das nicht einfacher gewesen, als sich an uns zu wenden?«

Forster lächelte. »Normalerweise schon. Aber es ist Wochenende. Wir haben auf die Schnelle niemanden aufgetrieben, der Zugang zu den alten Akten hat. Und wir wollten keine Zeit vergeuden, deshalb bin ich persönlich vorbeigekommen.«

Er war froh, dass ihm diese Erklärung eingefallen war.

Der Vater stand auf und nickte. »Dann danke ich Ihnen.«

Forster schüttelte erst ihm, dann der Mutter die Hand, die ihn mit Tränen in den Augen ansah.

»Bitte! Finden Sie unseren Sohn«, flehte sie an. »Sorgen Sie dafür, dass er wohlbehalten nach Hause kommt.«

Forster hielt ihre Hand einen Moment lang fest. »Ich werde alles tun, was in meiner Macht steht. Das verspreche ich Ihnen.«

Als Robert Forster sich auf den Beifahrersitz von Gerickes Cabrio sinken ließ, fühlte er sich zutiefst erschöpft. Die Frage, wer von den Entführten adoptiert war, hatte er geklärt, aber wer war die Mutter des Jungen?

»Du musst doch wissen, mit wem du zusammen warst«, sagte Gericke. Der Blick aus seinen dunklen Augen war verständnislos. »Und ob eine von diesen Frauen von dir schwanger gewesen sein könnte.«

»Ich habe jede von ihnen angerufen«, entgegnete Forster. »Sie haben alle bestritten, dass sie ein Kind von mir haben.«

»Aber du kannst nicht ausschließen, dass eine von ihnen gelogen hat«, sagte Gericke.

Forster nahm die Brille ab und rieb sich mit beiden Händen über das Gesicht. »Sei so nett und fahr mich nach Hause, ja?«, bat er. »Heute können wir nichts mehr ausrichten. Wenn sich der Entführer morgen früh wieder meldet, gebe ich Tylers Namen ein.«

Gericke startete den Motor und steuerte den Wagen durch den Ort zur Schnellstraße.

»Vielleicht genügt das ja«, versuchte sich Forster selbst Mut zu machen. »Nach der Mutter hat der Entführer nicht gefragt. Er will nur den Namen des Kindes.«

Gericke trat das Gaspedal durch. Der Ferrari schoss über die Schnellstraße.

»Und du glaubst, wenn der Name stimmt, beendet er sein Spiel?«, erkundigte sich Gericke. »Der Verrückte applaudiert dir höflich und lässt die restlichen Geiseln frei?«

In Forsters Magen bildete sich ein Knoten. Bisher hatte es keine Gelegenheit gegeben, herauszufinden, ob sich der Entführer an die Regeln hielt, die er verkündet hatte. Keines seiner Opfer hatte bisher eines der Spiele gewonnen, sodass Forster hätte feststellen können, ob es in diesem Fall tatsächlich keinen Toten gegeben hätte. Genauso wenig wusste er, ob das Spiel wirklich vorbei wäre, wenn er die richtige Antwort lieferte. Aber es war die einzige Chance, die er hatte.

»Mehr kann ich nicht tun«, erwiderte er. »Oder hast du eine bessere Idee?«

»Nein.« Gericke presste die Lippen zusammen und schwieg, bis sie Forsters Haus erreicht hatten. Forster bedankte sich bei ihm und stieg aus. Gericke fuhr mit quietschenden Reifen davon.

Forster öffnete die Haustür. Er musste versuchen zu schlafen, auch wenn er jetzt schon ahnte, dass ihn die furchtbaren Bilder die ganze Nacht über quälen würden. Aber morgen früh musste er ausgeruht sein. Zwei der Geiseln waren bereits tot, bei der dritten hing das Leben am seidenen Faden. Er durfte einfach nicht noch mehr Menschen verlieren.

Mitten in der Nacht schreckte er hoch. Erst in einem seiner wirren Träume hatte er begriffen, was das Ergebnis seiner Ermittlungen bedeutete.

Er hatte einen Sohn.

Einen Sohn, der sich in Lebensgefahr befand.

Den nur er retten konnte.

Danach konnte er keine Sekunde mehr schlafen.

39

Aysan Davari hatte ein wunderbares Frühstück zubereitet, so wie sie es jeden Sonntag tat. Es gab Dattelomelette und Sabzi Khordan, eine Art Kräuterwrap, Ajil-Granola, eine mit Kokosöl, Dattelsirup, Honig und Vanillemark im Ofen gebackene Mischung aus Nüssen und Haferflocken, selbst gemachten Dattelsirup und Dattelmus, Lavashbrot – ein dünnes, weiches Hefeteigbrot, das in der Pfanne gebacken wurde – und Wabenhonig mit Rosensahne, dazu persischen Tee mit Kardamom und Rosenblüten.

Im Iran lag das Wochenende auf dem Donnerstag und Freitag, doch Kayras Eltern lebten seit dem Studium in Deutschland und hatten sich längst an die hiesigen Sitten und Gebräuche gewöhnt. Die Liebe zu ihrer Heimat, zur Sprache und vor allem zu dem wunderbaren persischen Essen hatten sie sich aber erhalten.

Kayra lächelte ihrem Vater zu. Wenn sie hier war, sprachen sie Farsi, die Sprache der restlichen Familie im Iran, die sie regelmäßig besuchten. Es war eine gute Gelegenheit, nichts zu verlernen, und zugleich schuf die Sprache eine besondere Wärme und Geborgenheit. Normalerweise konnte sie hier abschalten, doch der Bombenanschlag und die drei gefolterten Jugendlichen geisterten ihr beständig durch den Kopf und ließen sie nicht los.

Abtin Davari erwiderte ihr Lächeln. Er sah gut aus heute, dynamisch und kraftvoll, doch Kayra wusste, dass es auch andere

Tage gab. Der Gesundheitszustand ihres Vaters verschlechterte sich stetig. Sobald sie diesen furchtbaren Fall abgeschlossen hatte, würde sie sich testen lassen, und wenn sie infrage kam, würde sie ihrem Vater eine Niere spenden.

Ihre Mutter goss Tee ein und setzte sich dann. Sie beobachtete Kayra, die sich ein wenig von allen Köstlichkeiten nahm und auf ihrem Teller arrangierte.

»Du siehst müde aus«, stellte sie fest. »Erschöpft und frustriert.«

Kayra wandte ihr den Blick zu. »Das bin ich auch«, sagte sie.

Sie hatte immer ein enges und vertrauensvolles Verhältnis zu ihrer Mutter gehabt, so wie es im Iran üblich war. Die Kinder waren oft das Wichtigste im Leben der Frauen, und alles war darauf ausgerichtet, ihre Wünsche zu erfüllen und sie glücklich zu machen. Die meisten Väter hielten sich traditionell weitestgehend heraus, doch das hatte Abtin Davari nicht getan. Er hatte sich ebenfalls intensiv um Kayra gekümmert. Manchmal hatten die Eltern sie vielleicht zu sehr verwöhnt, aber vor allem hatten sie ihr Sicherheit geboten. Wenn sie Probleme hatte, konnte sie immer zu ihren Eltern kommen.

»Wir haben eine grauenvolle Mordserie, und es gibt eine Person, die mit allen Opfern in Verbindung steht«, erklärte sie. »Ich bin überzeugt davon, dass dieser Mann etwas damit zu tun hat, aber ich darf ihn nicht als Verdächtigen behandeln.«

»Wer hindert dich daran?«, fragte ihre Mutter. Für sie gab es keine Probleme, nur Herausforderungen, für die es Lösungen zu finden galt. Aysan Davari war eine starke Frau, die schon immer sehr genau gewusst hatte, was sie wollte. Sie wäre sicher auch im Iran zurechtgekommen und hätte sich nicht auf die Hausfrauenrolle reduzieren lassen, doch die Möglichkeiten in Deutschland hatten sie geradezu beflügelt. Sie arbeitete als Pharmazeutin in

der Forschung und liebte ihren Beruf, der auch ihre Lebensein-
stellung geprägt hatte: Wenn man eine Krankheit besiegen wollte,
musste man eben so lange forschen, bis man ein Mittel dagegen
gefunden hatte.

Kayra hatte viel von dieser Haltung mit der Muttermilch auf-
gesogen, doch nach den vergangenen Tagen fühlte sie sich so verzagt wie schon lange nicht mehr.

»Der Mann ist forensischer Psychologe. Er ist als Gerichtsgutachter tätig und hat schon einige Male als Fallanalytiker für die
Kollegen von der Mordkommission und vom LKA gearbeitet.«

Aysan strich ihre langen schwarzen Haare zurück. »Und das
befreit ihn von jedem Verdacht?«

Kayra schob sich eine Honigwabe in den Mund und zerbiss
sie. Der kräftige süße Honig, die zarte Wachshülle und die Rosensahne verbanden sich zu einem einzigartigen Aroma.

»Die Staatsanwältin und meine Kollegin denken das jedenfalls.«

»Aber du bist anderer Meinung?« Abtin Davari zerteilte sein
Dattelomelett.

»Wir haben vier Opfer, und die einzige Verbindung zwischen
ihnen besteht darin, dass sie Patienten oder Studenten dieses
Mannes waren. Er selbst meint, der Täter will ihm seine Macht
demonstrieren oder er will seine Bewunderung, aber er kann uns
niemanden nennen, der dafür infrage kommt. Für mich ist das
Augenwischerei. Ich kann es nicht beweisen, aber mein Gefühl
sagt mir, dass dieser Mann lügt.«

»Was würdest du tun, wenn man dir freie Hand ließe?«

»Ich würde einen Durchsuchungsbeschluss beantragen. Ich
bin davon überzeugt, dass wir auf seinem Rechner irgendetwas
finden würden, das uns weiterhilft. Freiwillig gibt er keine Infor-

mationen heraus. Er beruft sich auf seine Schweigepflicht als Psychologe und auf den Datenschutz.«

»Das ist sein gutes Recht, nicht wahr?«

»Ja.« Kayra nahm sich noch ein wenig Ajil-Granola und kaute energisch auf Mandelstiften und Pistazienkernen. »Wenn es nur darum ginge, ein abgeschlossenes Verbrechen aufzuklären, könnte ich das auch akzeptieren. Aber wir haben es mit einem Serienmörder zu tun, und es gibt drei weitere junge Menschen, die spurlos verschwunden sind. Ich fürchte, er hat sie bereits in seiner Gewalt, und wenn wir nichts tun, werden sie ebenfalls sterben.«

»Und das überzeugt die Staatsanwältin nicht?«

Kayra schluckte das Ajil-Granola hinunter. »Sie will, dass wir unter Hochdruck ermitteln, nur eben nicht gegen diesen Psychologen. Sie denkt, dass ich mich verrenne. Mich auf den falschen Täter einschieße, während der wahre ungestraft weiter morden kann. Aber ich bin mir sicher, dass der Psychologe uns nicht die Wahrheit gesagt hat.«

Abtin Davari nippte an seinem Tee. Er fuhr sich durch die dunklen Haare, in denen noch keine einzige graue Strähne zu sehen war. »Hast du ihn gefragt, wie seine Daten gesichert sind?«

»Er benutzt eine Sicherheitssoftware des LKA.«

»Hm.« Abtin rieb sich das glatt rasierte Kinn. »Weißt du, wo er wohnt?«

»Selbstverständlich.«

Ihr Vater griff in die Schale mit den Kräutern und streute sie auf ein Stück Lavashbrot. »Es ist natürlich nicht legal«, sagte er. »Aber wenn wir zu ihm fahren, könnte ich versuchen, mich in sein Heimnetzwerk einzuklinken. Die meisten Sicherheitssysteme vernachlässigen diese Möglichkeit.« Abtin war Professor für Informatik an der Uni und kannte sich mit diesen Dingen aus.

»Du könntest Ärger deswegen bekommen«, sagte seine Tochter. »Und ich auch.«

Abtin lächelte sie an. »Für dich nehme ich jeden Ärger in Kauf, mein Sonnenschein.«

Kayra zögerte nur kurz. »Ich nehme auch jeden Ärger in Kauf«, erklärte sie. »Wenn ich dafür Menschenleben retten kann.«

40

Tessa wollte sich mit Händen und Füßen wehren. Sie wollte um sich schlagen, beißen, kratzen, dem Entführer ins Gesicht spucken. So, wie sie immer reagierte, wenn sie mit ihren Gefühlen nicht zurechtkam. Sie musste dann irgendetwas kaputt machen. Gegenstände, keine Menschen, doch das würde ihr in der jetzigen Situation nicht helfen. Es ging nicht darum, sich abzureagieren. Sie müsste kämpfen, um ihr Leben zu retten, aber sie konnte es nicht.

Die letzten drei Tage hatten beständig an ihrem Verstand gezerrt. Die Gedanken rasten durch ihren Kopf, Angst und Wut wechselten sich in schneller Folge ab, und immer wieder flackerten die grauenvollen Bilder auf ihrer Netzhaut auf, sobald sie die Augen schloss, Alessia mit den abgetrennten Händen, Dustin mit den zerquetschten Beinen, Mila mit den abgeschnittenen Brüsten. Und das Blut. Ströme von Blut, die sich auf den grauen Betonboden des Raums ergossen hatten, Tropfen, die überallhin gespritzt waren, Schlieren, die sich von den Stühlen zur Tür zogen. Die letzte Spur der Opfer, die der Assistent hinausgeführt oder -gezerrt hatte.

Der Mann war ein Sadist, das hatte sie schon am ersten Tag gemerkt. Er war nicht nur der Handlanger des Spielleiters hinter der Scheibe. Er genoss die Qualen, die man ihnen bereitete.

Er hätte es verdient, dass man ihm die Augen auskratzte und ihm sämtliche Knochen im Leib zertrümmerte, aber Tessa wusste, dass sie es nicht einmal schaffen würde, ihm auch nur einen Tritt vor das Schienbein zu versetzen. Sie war wie gelähmt, Arme und Beine waren seltsam taub, und in ihrem Kopf summte es wie in einem Bienenstock. Es gelang ihr kaum, einen Fuß vor den anderen zu setzen.

Also stolperte sie vor dem Mann her wie ein Opferlamm, das zur Schlachtbank geführt wurde.

Sie hätte auch keine Chance gehabt, der Mann war viel größer und stärker als sie, und dann war da ja auch noch das Giftgas, das der Spielleiter versprühen wollte, wenn erneut irgendjemand rebellierte. Aber sie würden ohnehin alle sterben, und ein schneller Tod im Kampf wäre besser als die grausame Folter, der man sie Tag für Tag aussetzte. Warum also nicht das Unmögliche wagen?

Sie wollte es tun, doch der Gedanke versickerte irgendwo in ihren Gehirnwindungen, ehe er ihre Muskeln erreichte. Der Assistent legte ihr die Hand auf den Rücken und dirigierte sie zu den Stühlen. Es waren nur noch drei.

Die flachen rechteckigen Schalter auf dem Boden vor jedem Stuhl kannte sie bereits, genau wie die Glassäulen, in denen beim letzten Mal die Zuckerpäckchen gesammelt worden waren. Wenn sich zehn in der Säule befanden, wurde der Schalter hinuntergedrückt, und der Motor unter dem entsprechenden Stuhl setzte sich in Gang. So war es bei den Platten gewesen, die Dustins Beine zerquetscht hatten.

Dieses Mal gab es allerdings keinerlei Schraubzwingen. Stattdessen war an den Rückenlehnen der Stühle eine verstellbare Kopfstütze montiert, die offenbar mit dem Motor verbunden war. Sie sah bequem aus, dick gepolstert und ergonomisch geformt.

Der Assistent drückte Tessa auf den Stuhl und fesselte ihre

Hände und Füße mit den entsprechenden Vorrichtungen an Armlehnen und Stuhlbeinen. Ihre rechte Hand führte er in die Kiste
mit dem innen liegenden Handschuh. Offenbar würde es wieder
ein Quiz geben.

Zuletzt nahm der Assistent einen Gummigurt zur Hand, fä-
delte ihn durch die Ösen, die sich rechts und links am Kopfteil
befanden, und fixierte ihren Kopf damit. Tessa verspürte einen
leichten Druck auf der Stirn, an der Stelle, an der sich der Verschluss befand, aber das war nicht wirklich unangenehm.

Sie ließ den Blick zu den beiden anderen Stühlen wandern,
doch sie entdeckte nichts, das irgendwie bedrohlich wirkte. Der
Motor schien tatsächlich nur die Kopfstütze zu bewegen. War es
möglich, die Wirbelsäule so weit nach hinten abzuknicken, dass
sie brach? Tessa konnte sich das nicht vorstellen.

Der Assistent trat zurück. Er hob den Zeigefinger und blinzelte
ihr zu. »Nicht weglaufen, ja? Ich bin gleich wieder da.«

Mit einem dröhnenden Lachen verließ er den Raum.

41

Der Entführer hatte erneut die Spielregeln geändert. Statt Forster eine Mail mit einem Link zu schicken, hatte er ihn zu einem einsam gelegenen Waldparkplatz bestellt. Keine Schachmetapher dieses Mal, kein Textfeld, in das er den Namen seines Sohnes eintragen konnte. Nur der Hinweis, dass er niemandem Bescheid geben durfte, andernfalls würden die drei verbliebenen Geiseln sterben. Das Wort »niemandem« hatte er in Großbuchstaben geschrieben. Ein Hinweis darauf, dass dieses Mal explizit nicht nur die Polizei gemeint war, sondern auch die Kollegen.

Obwohl Forster in seiner Wohnung keine Kameras oder Mikrofone gefunden hatte, war er überzeugt davon, dass der Entführer über jeden seiner Schritte im Bilde war. Also hatte er die Anweisung wortgetreu befolgt. Er hatte sein Handy zu Hause gelassen und war mit dem Wagen zum Waldparkplatz gefahren.

Dort stand er nun, mutterseelenallein zwischen hochgewachsenen Bäumen. Der Morgendunst hing schwer über dem Land; Forster konnte kaum ein paar Meter weit sehen. Um ihn herum knackte und raschelte es, doch das waren vermutlich nur die Tiere im Wald. Der Entführer würde sicher nicht persönlich erscheinen.

Zu dem Rascheln und Scharren gesellte sich ein anderes Geräusch, ein elektronisches Sirren, das näher kam und sich gleich darauf direkt über Forsters Kopf befand. Er richtete den Blick nach oben und entdeckte eine schwarze Drohne, die an der Unterseite mit Greifarmen versehen war. Im nächsten Moment öffnete sich der Greifer, und ein kleines rechteckiges Objekt fiel herunter. Forster fing es instinktiv auf.

Es war ein einfaches Smartphone, das zu klingeln begann, kaum dass Forster es in der Hand hielt. Er schaute rasch auf das Display, fand das grüne Hörersymbol und nahm das Gespräch an.

»Guten Morgen, Dr. Forster«, erklang die elektronisch verzerrte Stimme, die er bereits aus den Videos kannte. Es war der Mann hinter der Scheibe.

»Guten Morgen«, entgegnete Forster kühl. Über ihm kreiste die Drohne und beobachtete ihn offensichtlich.

»Ich werde Ihnen gleich einen Link schicken«, erklärte der Entführer. »Sie können dann Ihren Zug machen.«

»Ich kann Ihnen den Namen nennen«, unterbrach ihn Forster.

»Nein.« Die Stimme des Entführers wurde scharf. »Ich bestimme die Regeln. Sie halten sich an meine Anweisungen, sonst sind alle Geiseln tot. Haben Sie das verstanden?«

»Ja.« Forster knirschte mit den Zähnen. »Selbstverständlich.«

»Gut. Öffnen Sie den Link. Ich möchte die Runde nicht beginnen, ohne Ihnen das einzigartige Szenario zu präsentieren, das wir für heute vorbereitet haben. Ich verspreche Ihnen: Wenn Ihre Lösung nicht stimmt, wird es für den Verlierer unseres Spiels richtig unappetitlich.«

Die Verbindung wurde unterbrochen, die Drohne über Forsters Kopf drehte ab und verschwand irgendwo im dichten Nebel über den Bäumen. Eine Sekunde später erklang ein Signalton, der den Eingang einer SMS anzeigte. Sie enthielt den angekündigten Link.

Forster tippte darauf und wurde zurück an den Ort des Schreckens katapultiert.

42

Leander lehnte lässig auf der Liege, die er sich selbst gebaut hatte. Er hatte den Stuhl umgedreht ans Kopfende des Betts gelegt, sodass er in seinem Rücken eine Schräge bildete. Es war nicht wirklich bequem, aber er konnte darauf eine Position einnehmen wie auf einem Liegestuhl, den Oberkörper nach hinten gelehnt, die Beine ausgestreckt, die Ellenbogen auf das selbst gebaute Gerüst gelegt. Er war in einer beschissenen Situation, aber er war immer noch cool.

Dr. Forster hätte ihm vielleicht erklären können, was mit ihm passierte. Irgendwo in seinem Kopf war eine Wand hochgegangen, die verhinderte, dass er die Dinge so wahrnahm, wie sie waren. Obwohl er doch gesehen hatte, was mit Alessia, Dustin und Mila passiert war, kam ihm das alles einfach nicht real vor. Es war wie ein Film. Eine virtuelle Realität, so als hätte er eine VR-Brille aufgesetzt und würde sich durch ein blutiges Computerspiel bewegen.

Seine Eltern hatten ihm diesen ganzen Kram gekauft, kaum dass er auf dem Markt gewesen war, und Leander hatte viele Stunden in virtuellen Welten verbracht. Er war so tief darin versunken, dass er die echte Realität vollkommen vergessen hatte. Genau so war es jetzt auch. Es fühlte sich an, als wäre das alles ein großes virtuelles Horror-Abenteuer.

Die Gewalt, das Blut, die perversen Foltervorrichtungen, das alles versetzte ihn in eine merkwürdige Erregung. Das Spiel des Entführers faszinierte ihn. Fast fühlte er sich wie ein Verbündeter, der ebenso nach Gewalt gierte wie der Mann hinter der Scheibe und sein Handlanger. Er wollte sehen, was mit seinen Mitspielern passierte, wenn sich die Maschinen in Gang setzten.

Irgendwo im Hinterkopf wusste er, dass seine Reaktion vollkommen krank war, und er ahnte auch, dass es ein Mechanismus war, den seine Psyche einsetzte, damit er die Angst nicht spürte, die tief in seinen Eingeweiden lauerte. Aber damit konnte er sich später auseinandersetzen. Jetzt war es gut, dass er seine Sinne immer noch beisammenhatte. Seine Gedanken waren so scharf und klar wie selten, und er brannte geradezu auf die nächste Runde. Er würde auch Tessa und Tyler schlagen, und dann würde er als strahlender Sieger das Spielfeld verlassen.

Als der Assistent die Tür seiner Zelle öffnete, stand er schwungvoll von der Pritsche auf und grinste ihn an.

»Bereit zur nächsten Runde?«, fragte der blonde Hüne.

»Aye, Sir!« Leander salutierte. Mit festen Schritten trat er aus der Zelle und ging vor dem Assistenten her in den großen Raum.

Tessa und Tyler waren bereits da. Anscheinend hatten sie miteinander geredet, verstummten aber abrupt, als Leander und der Assistent den Raum betraten. Sie saßen auf den beiden äußeren Plätzen, Tessa links, Tyler rechts. Ihre Hände und Füße waren an die Armlehnen und Stuhlbeine gefesselt. Die Köpfe lagen in einer dicken Stütze und waren auf Stirnhöhe mit Gummigurten fixiert. Die Kopfstützen waren offenbar beweglich und mit den Motoren unter den Stühlen verbunden. Als Schalter dienten erneut die Metallplatten mit den Glassäulen.

»Bitte. Setzen Sie sich.« Der Assistent machte eine einladende

Geste zum mittleren Stuhl, als befände man sich auf einem exklusiven Empfang.

Leander nahm auf dem Stuhl Platz, und der Assistent fesselte ihn genauso wie die beiden anderen. Nachdem sein Kopf an der Stütze festgebunden war, konnte er nur noch die Augen bewegen.

Verwundert stellte er fest, dass es keine neue Vorrichtung gab, die als Folterinstrument dienen könnte. Er war fast ein bisschen enttäuscht. Waren den Entführern die Ideen ausgegangen? Würden sie nicht weiterspielen, sondern die verbliebenen Geiseln einfach mit Giftgas aus den Düsen an der Decke ins Jenseits befördern?

Das wäre vermutlich ein schnellerer und angenehmerer Tod als alles, was es bisher an Alternativen gegeben hatte. Aber Leander wollte nicht, dass es so endete.

Er wollte mehr von den unfassbaren Adrenalinkicks, die die Spiele auslösten. Mehr von der Erregung, die ihn erfasste, wenn die Strafe auf den Verlierer zurollte. Und mehr von dem Kitzel, den er verspürte, wenn er daran dachte, dass es auch ihn treffen könnte. Dass er vielleicht endlich die Quittung bekam für all die bösen Dinge, die er getan hatte. Vor allem aber wollte er das Spiel gewinnen.

Der Lautsprecher unter der Decke knackte, und die mittlerweile vertraute elektronisch verzerrte Stimme des Mannes hinter der Scheibe ertönte.

»Guten Morgen. Wir fangen auch heute wieder etwas früher an. Zunächst einmal: Herzlichen Glückwunsch. Sie haben es ins Halbfinale geschafft. Es gibt nur noch zwei Runden. Einer von ihnen scheidet heute aus, die beiden anderen spielen morgen das Finale. Es sei denn, der Mann, der Sie alle retten könnte, findet den Schlüssel zur Lösung. Sollte das der Fall sein, ist unser Spiel sofort zu Ende. Wenn nicht, machen wir weiter, bis der Sieger feststeht. Derjenige von Ihnen, der das Finale gewinnt, wird dieses Gebäude unversehrt verlassen und nie wieder von uns belästigt werden.«

Leanders Puls beschleunigte sich. Der Mann meinte es wirklich ernst. Es gab eine reelle Chance, lebend aus diesem Gefängnis herauszukommen. Und sie würden auch wieder spielen. Der Assistent kam zu ihm und schob Leanders rechte Hand in die Kiste mit dem Handschuh zur Stimmabgabe, und nun fiel ihm auch auf, dass Tessa und Tyler ebenfalls einen solchen Kasten hatten.

Als Nächstes rollte der Assistent den Handwagen mit den Zuckerpäckchen herein. Es waren weniger als beim letzten Mal, aber sie waren ja auch nur noch zu dritt.

»Ich nehme an, es interessiert Sie, worin die heutige Herausforderung besteht«, fuhr der Mann hinter der Scheibe fort. »Wie Sie wahrscheinlich bereits vermutet haben, ist es wieder ein Quiz. Wir werden Ihnen oben an der Wand ein paar Aufgaben aus Intelligenztests zeigen, und Sie müssen die richtige Lösung wählen. Sie kennen das ja schon: Jeder Fehler bringt Ihnen ein Zuckerpäckchen ein. Wenn Sie nicht antworten, bekommen Sie zwei.«

Leander lächelte. Der Test sollte kein Problem sein. Er wusste nicht, ob er Tyler schlagen könnte, der vermutlich nicht auf den Kopf gefallen war, aber Tessa würde er mühelos besiegen. Und wenn sich die Foltermaschine nicht bei ihr befand, wäre Tyler nach der ersten Runde bestimmt dermaßen mit den Nerven am Ende, dass er sich nicht mehr würde konzentrieren können. Leander hatte gute Chancen zu gewinnen. Aber wo war überhaupt die Foltermaschine?

»Ich entnehme Ihren Blicken, dass Sie etwas vermissen«, erklang erneut die Stimme des Spielleiters. »Oder vielleicht vermissen Sie es auch nicht.« Ein Lachen ertönte, das Leander einen

Schauer über den Rücken jagte. »Aber natürlich gibt es auch heute wieder eine Strafe für den Verlierer. Lassen Sie sich überraschen.«

Der Assistent verließ den Raum und kam mit drei Infusionsständern zurück, an denen durchsichtige Plastikflaschen hingen. An den dünnen Schläuchen, die aus den Infusionsflaschen herauskamen, befanden sich Aufsätze, die aussahen wie Schnuller. Leander runzelte die Stirn, soweit die Gummimanschette um seinen Kopf herum das zuließ. Was, um aller Welt, wollten die Entführer damit anstellen?

An der Wand über der Scheibe erschien die mittlerweile bekannte Projektion des virtuellen Würfelbechers. Der Assistent verteilte rasch die Nummerntafeln, die Eins bekam Tessa, die Zwei Leander, die Drei Tyler. Der Würfel fiel und blieb mit der Seite mit den zwei Augen oben liegen. Der Assistent lächelte und schob einen der Ständer zu Leander. »Mund auf«, befahl er.

Leander öffnete folgsam den Mund, und der Assistent steckte den Schnuller hinein und befestigte ihn mit einem Gummigurt, den er einmal um Leanders Kopf und die Kopfstütze herumführte. Leander schluckte trocken.

Der Schnuller war groß und stabil. Das ballonförmige Innenstück füllte Leanders Mundhöhle fast komplett aus. Es drückte seine Zunge herunter und klemmte eng hinter den Zähnen. Die Abdeckung saß fest über seinen Lippen. Das Ding war wie ein Verschluss, der verhinderte, dass irgendetwas aus seinem Mund heraus oder in ihn hineinkam, und er konnte auch nicht mehr sprechen oder schreien.

Der Assistent bemerkte Leanders Unbehagen und lächelte zufrieden. Der Würfel fiel wieder, dieses Mal auf die Drei. Der Assistent wiederholte die Prozedur bei Tyler, dann bei Tessa. Nun saßen sie alle drei auf ihren Stühlen wie große Säuglinge.

»Sie fragen sich vermutlich, worin der Witz dieses Arrangements besteht«, erklang unvermittelt die Stimme des Spielleiters wieder aus dem Lautsprecher. »Nun, der Nuckel Ihres Schnullers ist nicht massiv, sondern hat im Inneren eine Röhre, durch die der Schlauch verläuft, dessen anderes Ende mit dem Tropf verbunden ist. Die Infusionsflaschen haben oben einen Verschluss. Wenn der Motor unter Ihrem Stuhl anspringt, passiert Folgendes: Das Zahnrad dreht Ihre Kopfstütze so weit nach hinten, bis ihr Gesicht zur Decke gerichtet ist. Mit dieser Bewegung wird über eine Schnur zugleich der Stopfen aus der Infusionsflasche gezogen. In der Folge läuft die Flüssigkeit, die sich darin befindet, heraus und gelangt durch den Schlauch in Ihren Mund.« Er machte eine kurze, effektvolle Pause. »Wenn das passiert, sollten Sie schlucken, ansonsten werden Sie mit großer Wahrscheinlichkeit ersticken.«

Leanders Puls begann zu rasen. Er war als kleiner Junge einmal zu weit hinausgeschwommen, als er mit seinen Eltern in Frankreich am Atlantik gewesen war. Die Wellen waren über ihm zusammengeschlagen. Er hatte Wasser in Mund und Nase bekommen und nicht mehr atmen können. Völlig panisch hatte er mit Armen und Beinen gerudert, und irgendwie hatte er es zurück an den Strand geschafft, doch seitdem hatte er fürchterliche Angst davor zu ertrinken. Wasser, das aus einem Tropf in den Mund lief, die Luftzufuhr durch die Nase blockierte und in die Lunge geriet, hätte exakt diese Wirkung.

Plötzlich gefiel ihm das Spiel überhaupt nicht mehr. Er wollte hier raus. Sofort. Panik überschwemmte ihn, und er strampelte mit Armen und Beinen wie damals, doch der Effekt war gleich null. Seine Fesseln saßen so fest, dass er sich keinen Millimeter rühren konnte.

Fast hätte er die nächsten Worte des Spielleiters verpasst, weil das Blut so laut in seinen Ohren rauschte.

»Wie Sie sich vermutlich denken können, befindet sich nicht in allen Infusionsflaschen dieselbe Flüssigkeit. Welche Möglichkeiten es gibt, sehen Sie an der Wand. Ich hoffe, Sie haben im Chemieunterricht aufgepasst ...«

Der virtuelle Würfelbecher verschwand. Stattdessen erschien die Abbildung einer dickwandigen Flasche, wie man sie gelegentlich in Apotheken sah. Vorn auf der Flasche klebte ein weißes Schild mit einer chemischen Formel.

Leander stöhnte in seinen Knebel. Er war nie gut in Chemie gewesen, aber was diese drei Buchstaben bedeuteten, wusste sogar er.

43

Robert Forster konnte das Entsetzen in den Augen von Tyler und Leander sehen, aber es gab keinen Kameraschwenk, der ihm das zeigte, was den drei jungen Leuten mit dem Beamer an die Wand projiziert wurde. Es schien eine Art Rätsel zu sein. Anders konnte er sich nicht erklären, dass die beiden Männer so erschrocken reagierten, während Tessas Miene nur Ratlosigkeit ausdrückte.

Vermutlich hatte der Entführer die Summenformel irgendeiner chemischen Substanz an die Wand geworfen, die ihr nichts sagte. Forster wollte lieber keine Vermutungen darüber anstellen, worum es sich handeln könnte. Er würde es früh genug erfahren.

Die Übertragung aus dem großen Raum wurde unterbrochen. Stattdessen erschien das mittlerweile bekannte Feld mit der Aufforderung, einen Namen einzugeben.

»Bitte sehr«, erklang die elektronisch verzerrte Stimme des Entführers. »Sie sagten, Sie hätten eine Lösung? Ich bin gespannt. Wer ist es, der fünfzig Prozent Ihrer Gene mit Ihnen teilt?«

Forster tippte auf das Feld. Er war sich absolut sicher. Tyler, der junge Mann, der in einer so furchtbaren Situation gefangen war, einem brutalen und skrupellosen Entführer ausgeliefert, der Spaß daran hatte, andere Menschen zu quälen, war sein Sohn. Die Gefühle, die damit einhergingen, machten es fast unmöglich, einen klaren Kopf zu behalten.

Er atmete tief durch und tippte sorgfältig den Namen ein.

Tyler Hartwig.

Eine ganze Weile lang passierte überhaupt nichts. Dann verschwand das Textfeld. Auf dem leeren weißen Untergrund leuchtete ein blinkender Schriftzug aus großen roten Buchstaben auf, von denen rote Schlieren herabtropften.

Die Antwort ist falsch!

44

HCl. Das war es, was auf dem weißen Schild auf der Flasche stand.

Tyler spürte, wie ihm die Kehle eng wurde. Bei demjenigen, der das Spiel verlor, würde die Kopfstütze nach hinten klappen und den Stopfen der Infusionsflasche öffnen, und der Inhalt würde sich langsam in die Mundhöhle ergießen.

Salzsäure.

Tyler hatte eine ziemlich genaue Vorstellung davon, was sie anrichten würde. Er hatte bis zum Abitur Chemie belegt, und sie hatten irgendwann einmal einen Versuch durchgeführt. Mit einer Schweinepfote, die in ein Becherglas gelegt wurde, das mit fünfhundert Milliliter Salzsäure gefüllt war.

Die Säure hatte sofort begonnen, das tierische Gewebe zu zersetzen. Schon nach zwei, drei Minuten hatte das Fleisch angefangen, sich aufzulösen. Nach einigen Stunden hatten die Knochen freigelegen. Nach drei Tagen war von der gesamten Schweinepfote nur noch eine schleimige, weiche dunkelbraune Masse übrig gewesen.

Bekäme man das Zeug in Mund und Speiseröhre, wo es nicht auf robuste Haut, sondern auf empfindliche Schleimhäute traf, wäre der Effekt ungleich verheerender. Die Salzsäure würde den gesamten Mundraum, die Speiseröhre und den Mageneingang verätzen. Aufgrund der hohen Giftigkeit der Säure wäre dieser

Kontakt aller Voraussicht nach tödlich, aber vorher würden sämtliche Schmerzrezeptoren aktiviert werden.

Derjenige, den es traf, würde bei vollem Bewusstsein erleben, wie er von innen heraus aufgefressen wurde, während die Neuronen im Gehirn in einer Tour feuern würden. Und der Prozess würde einige Zeit in Anspruch nehmen, weil die Säure durch den dünnen Schlauch nur langsam in den Mund floss. Man konnte nur hoffen, dass man beizeiten ohnmächtig wurde.

Die Schreckensbilder vor Tylers geistigem Auge waren so plastisch, dass er die erste Testrunde komplett verpasste. Er nahm seine Umgebung erst wieder wahr, als der Assistent zwei Zuckerpäckchen in die Glassäule vor seinem Stuhl warf.

Tylers sämtliche Muskeln verkrampften sich. Er durfte dieses Spiel auf keinen Fall verlieren!

An der Wand über der Scheibe erschien die nächste Aufgabe. Geometrische Figuren, die man im Geist drehen musste, um die Übereinstimmung mit einer Vorlage festzustellen.

Tyler war ein guter Schüler gewesen. Er las viel und war musisch und literarisch begabt. Das räumliche Vorstellungsvermögen allerdings war einer seiner Schwachpunkte. Ehe er die Figuren im Kopf bewegt hatte, war die Zeit abgelaufen, und er wählte einfach irgendeine Lösung, natürlich die falsche.

Das dritte Zuckerpäckchen landete in seiner Säule. Die Säulen von Tessa und Leander dagegen waren noch leer. Tyler fing den erleichterten Blick seines Sitznachbarn auf. Leander hatte wohl befürchtet, bei den Aufgaben eines Intelligenztests keine Chance gegen Tyler zu haben, doch so, wie es aussah, kamen die beiden anderen mit der Geometrie weitaus besser zurecht als er.

Auch die beiden nächsten Aufgaben überforderten Tyler, während Tessa und Leander sie mühelos lösten. Tyler konnte sich kaum noch konzentrieren. Die Angst überflutete sein Gehirn und blockierte seine Gedanken. Er konnte keine logischen Schlüsse mehr ziehen, sondern nur noch raten. Bei der fünften und sechsten Aufgabe hatte er Glück und tippte richtig, während Leander scheiterte. Die komplexer werdenden Aufgaben brachten auch ihn in die Bredouille.

Danach füllten sich die Säulen rasch. Fünf Minuten später landete sowohl bei Tyler als auch bei Leander das neunte Zuckerpäckchen in der Säule. Tessa dagegen hatte erst drei. Die Geometrie schien ihr zu liegen.

»Neun zu neun«, ertönte die Stimme des Mannes hinter der Scheibe. »Ein wirklich spannendes Halbfinale. Schon nach der nächsten Aufgabe könnte das Spiel vorbei sein. Der nächste Fehler bei einem der Herren löst den Motor aus. Wenn Sie Pech haben ...«

Er sprach nicht weiter, aber das war auch nicht nötig. Tyler zitterte am ganzen Leib. Vor seinen Augen flimmerte es. Die nächste Aufgabe wurde eingeblendet, doch Tyler konnte die Bilder an der Wand kaum noch erkennen.

Der Countdown lief herunter. Tyler drückte eine Taste. Irgendetwas musste er tun. Wenn er keine Antwort auswählte, würde das automatisch als Fehler gewertet.

Mit angehaltenem Atem starrte er an die Wand und sah, dass es keine Übereinstimmung gab.

Leander hatte auf A getippt, Tyler auf B, Tessa auf C.

Die Sekunden verstrichen, während Tylers Herz raste und wild gegen seinen Brustkorb hämmerte.

Wenn Tessa C gewählt hatte, war das mit Sicherheit die richtige Antwort. Also lagen Leander und er falsch, und der Assistent würde ihnen beiden das zehnte Zuckerpäckchen in die Säule werfen. Wen von ihnen würde dann die Salzsäure treffen? Oder hatten sie Glück, und der Tropf mit der Salzsäure befand sich bei Tessa und sie kämen zum ersten Mal alle mit dem Leben davon?

»Antwort C ist leider falsch«, sagte der Mann hinter der Scheibe, und Tessas Name blinkte rot. Der Assistent warf das vierte Zuckerpäckchen in ihre Säule.

Tyler starrte auf die Wand. Wenn Tessa die falsche Antwort gewählt hatte, lag entweder Leander richtig oder er selbst. Nur bei einem von ihnen würde sich die Maschinerie in Gang setzen. Tyler hatte das Gefühl, keine Luft mehr zu bekommen.

»Die richtige Antwort ist ... A.«

»Nein!« Der Schrei explodierte in Tylers Kopf, während sich sein Name an der Wand rot färbte und der von Leander grün. Der Assistent nahm ein Zuckerpäckchen und hielt es über Tylers Säule. Dann ließ er es los.

Der Motor unter Tylers Stuhl sprang an, und die Kopfstütze neigte sich nach hinten. Tylers Halswirbelsäule wurde abgeknickt, und sein Blick richtete sich zur Decke. Er sah, wie die Schnur den Stopfen aus der Infusionsflasche zog, und im nächsten Moment rann eine kalte Flüssigkeit in seinen Mund, sauer und ätzend.

Tyler schluckte verzweifelt und wartete auf den Schmerz, doch das Brennen wurde nicht schlimmer. Die Flüssigkeit schmeckte zwar ekelhaft, aber sie verätzte offenbar nicht seine Schleimhäute. Tylers Verstand setzte langsam wieder ein.

Das, was er da schluckte, war keine Salzsäure, sondern nur Essigwasser.

Forsters Hemd war klatschnass, obwohl es an diesem frühen Herbstmorgen noch kühl war. Seine Knie waren weich. Es hätte nicht viel gefehlt, und er hätte sich einfach auf den schlammigen Waldboden gesetzt.

Dieses Mal hatte der Entführer ihn nicht ausgesperrt. Robert Forster wurde Zeuge der Liveübertragung auf dem Handy, das ihm der Entführer mit der Drohne übergeben hatte. Er sah, wie Tyler das Spiel mit den Geometrieaufgaben verlor und die Maschinerie in Gang gesetzt wurde, und für einen kurzen Moment schwenkte die Kamera auf die Wand und zeigte ihm das Bild einer Glasflasche mit einem Aufkleber, auf dem die Buchstaben HCl standen.

Vor Entsetzen zog sich in Forsters Innerem alles zusammen, als wäre er selbst einem Angriff mit Salzsäure ausgesetzt. Er sah, wie sich Tylers Augen weiteten, und erwartete, dass der junge Mann unter unerträglichen Schmerzen zu zucken beginnen würde, doch nichts dergleichen geschah.

Tylers Miene zeigte zuerst Überraschung, dann unglaubliche Erleichterung. Was immer sich in der Infusionsflasche hinter seinem Stuhl befunden hatte, es war keine Salzsäure.

Forster stieß die Luft aus, die er angehalten hatte. Tyler war davongekommen.

Aber das Spiel ging weiter.

45

Abtin Davari parkte den alten blauen Ford Kombi direkt gegenüber von Forsters Haus in Schilksee. Es war eine ruhige Wohngegend. Kaum jemand war an diesem frühen Sonntagmorgen unterwegs. Nur zwei Joggerinnen und eine ältere Dame mit einem kleinen weißen Hund kamen vorbei, doch keine der Frauen beachtete sie.

Kayra sah ihrem Vater zu, wie er seinen Laptop hervorholte und die Umgebung nach WLAN-Netzwerken absuchte. Es gab eine ganze Reihe davon, allerdings nur eines, bei dem die volle Anzahl Balken angezeigt wurde.

»Ich nehme mal an, das ist es«, sagte Abtin Davari.

Er tippte eine Reihe von Befehlen auf seiner Tastatur. Kayra schaute währenddessen auf das Haus. Es war schön; ein gepflegter zweigeschossiger Bau mit weißer Fassade, Sprossenfenstern und einem Dach aus rotbraunen Ziegeln, das dem Haus etwas Gemütliches verlieh. Die Küche im Obergeschoss und die Praxis im Erdgeschoss hatte Kayra bereits kennengelernt, und Forsters Therapiezimmer mit den apricotfarbenen Wänden und den abstrakten Bildern hatte ihr gefallen. Es wirkte, als hätte eine Frau es eingerichtet. Seine Freundin?

Verheiratet war er nicht, das hatte sie recherchiert. Vielleicht hatte er auch eine Firma beauftragt. Oder er wusste als Psychologe einfach, was Frauen gefiel.

Kayra ging davon aus, dass ein Großteil seiner Klientel weiblich war. Forster beschäftigte sich zwar mit jugendlichen Straftätern, und die waren in der Mehrzahl männlich, und außerdem lehrte er auch noch an der Uni und arbeitete gelegentlich als Gutachter oder Berater für die Behörden, aber sein Hauptgeschäft waren Therapien, die er mit den Krankenkassen abrechnete. Und zum Therapeuten gingen laut Statistik deutlich mehr Frauen. Nur ein knappes Drittel der Patienten waren Männer.

Wie es wohl war, sich bei einem Psychoanalytiker auf die Couch zu legen? Kayra hatte, soweit sie das beurteilen konnte, keine gravierenden Probleme, und wenn, dann wäre sie damit zunächst zu ihren Freundinnen oder ihren Eltern gegangen. Trotzdem gefiel ihr die Vorstellung, sich einfach entspannen und vollkommen öffnen zu können ...

Es setzte allerdings voraus, dass man dem Therapeuten vertraute. Und genau das tat sie bei Forster nicht mehr.

Am Anfang hatte er sie beeindruckt. Er wirkte aufrecht, offen und intelligent. Aber mittlerweile hatten sie drei Tote, dazu die verstümmelte junge Frau und drei weitere spurlos verschwundene junge Menschen, die alle mit ihm in Verbindung standen. Das hatte schwere Zweifel in Kayra geweckt, und Forster war es nicht gelungen, sie auszuräumen. Im Gegenteil. Je öfter sie mit ihm sprach, desto stärker wurde ihr Gefühl, dass Forster etwas verbarg. Sicher, alles, was er sagte, klang vernünftig und logisch. Und trotzdem schrillten irgendwo in Kayras Hinterkopf die Alarmsirenen. Forster log, darauf hätte sie einiges gewettet, auch wenn die Staatsanwältin und ihre Kollegin anderer Meinung waren.

Mila hatte die Nacht tatsächlich überstanden, aber die Ärzte hatten sie ins Koma versetzt. Durch den hohen Blutverlust war ihr Körper extrem geschwächt, und sie brauchte absolute Ruhe. Die Blutung war gestoppt worden, Mila hatte mehrere Blutkonserven bekommen. Die Wunden waren zunächst mit Kunsthaut bedeckt worden. Mehrere komplizierte Eingriffe würden nötig sein, um ihre Brüste zu rekonstruieren, aber die Hauptsache war, dass sie noch lebte. Das musste sich Kayra immer wieder sagen, damit die Frustration sie nicht übermannte.

Darüber, dass sie die einzige Zeugin nicht befragen konnte. Bis Mila so weit wiederhergestellt war, dass man sie aus dem Koma holen konnte, würden nach Auskunft der Ärzte mehrere Tage vergehen. Zeit, die die anderen verschwundenen Jugendlichen wahrscheinlich nicht hatten. Wenn der Entführer in demselben Tempo weitermachte wie bisher, wären in zwei Tagen alle tot.

»Ich hab was«, sagte ihr Vater in ihre Gedanken hinein.

»Was denn?« Kayra schaute auf den Bildschirm seines Laptops.

»Ich bin hier in den Ordnern auf dem Rechner von Dr. Forster. Da gibt es drei Videos, die in den letzten Tagen entstanden sind.«

»Können wir sie uns ansehen?«

»Sicher. Aber wir sollten nicht unnötig lange in seinem Netzwerk bleiben. Ich kopiere sie, und wir schauen sie uns später an.«

Wieder tippte er auf seinem Laptop, und ein paar Dateien wanderten von einem Ordner in einen anderen.

»Wie hast du das gemacht?«, fragte Kayra.

»Ich habe mich in Forsters WLAN eingeloggt und ihm vorgegaukelt, dass ich Teil des Heimnetzwerks bin. Forster hat eine gute Sicherheitssoftware installiert, mit der er seine Patientenakten schützt. Da komme ich nicht so einfach heran, aber ich denke, das sind auch nicht die Daten, die du brauchst?« Er wartete ihre Antwort nicht ab. »Er ist außerdem bestens gegen Hackerangriffe über das Internet geschützt, aber in Bezug auf das Heimnetzwerk gibt es Lücken. Das ist leider oft so.«

»Zum Glück. Sonst wärst du auch nicht hineingekommen, oder?«

»Vermutlich nicht«, gestand Professor Davari. Er klappte den Laptop zu, startete den Wagen und fuhr ein paar Straßen weiter. Wenig später hielt er auf dem Parkplatz des Olympiazentrums direkt an der Förde, stellte den Motor ab und öffnete den Laptop wieder.

»Als Ausgleich«, erklärte er mit Blick auf das Panorama. »Wenn wir auf den Videos etwas Schlimmes sehen, kann uns das Meer trösten.«

Kayra lächelte. Ihr Vater liebte die Ostsee, auch wenn er nie mit dem Boot hinausgefahren oder auch nur schwimmen gegangen wäre. Es reichte ihm völlig, über das Wasser zu schauen und sich an den vielfältigen Blautönen zu erfreuen, die das Meer im Verlauf des Tages, der Monate, des Jahres annahm.

Was sie gleich darauf sahen, als Abtin Davari das erste Video startete, war allerdings so grauenvoll, dass auch die blau schimmernde Ostsee ihr Entsetzen nicht mildern konnte.

46

Das Mienenspiel auf Forsters Gesicht war unbezahlbar. Die Erschütterung, dass seine Antwort auf die Frage nach den gemeinsamen Genen falsch war. Die Hilflosigkeit, weil er mit ansehen musste, wie das Spiel erneut seinen Lauf nahm. Und die Angst, dass in wenigen Minuten ein weiterer seiner Patienten oder Studenten sterben würde.

Aber das war alles noch nichts gegen das große Finale, das der Spielleiter geplant hatte. Er würde Forster nicht nur zermürben und an den Rand des Wahnsinns treiben, er würde ihn vollkommen vernichten.

Nicht weniger hatte er verdient.

Der Mann hinter der Scheibe sah lächelnd auf den großen Monitor, der das Bild vom Waldparkplatz übertrug.

Forsters unerträgliche Selbstherrlichkeit musste bestraft werden, und diese Strafe konnte gar nicht hart genug sein.

»Bei Allah!«, stöhnte Abtin Davari, als sie sich alle drei Filme von Anfang bis Ende angesehen hatten. »Wer tut so etwas?«

Kayra hatte darauf keine Antwort. Dass sich die Videos im Besitz von Dr. Forster befanden, deutete darauf hin, dass er der Urheber war. Aber war der Psychologe tatsächlich zu solcher Grausamkeit fähig?

Nun, wenn er ein Psychopath war, dann konnte er auch Menschen auf derart fürchterliche Weise foltern, wie es die Filme zeigten. Genau das waren ja die typischen Merkmale: Psychopathen erschienen nach außen hin gut angepasst, während sie in Wirklichkeit eiskalt und berechnend waren.

Mit diesen Beweisen wäre es kein Problem, einen Haftbefehl gegen Forster und einen Durchsuchungsbeschluss für sein Haus zu erwirken. Nur dass sie das Material nicht verwenden konnte, weil sie es sich illegal beschafft hatte.

Kayra konnte ihre Kollegin und die Staatsanwältin nicht mit einbeziehen. Sie musste Forster allein zur Rede stellen.

Tessas Gefühle wechselten so schnell, dass sie kaum noch hinterherkam. Erst war da die schreckliche lähmende Angst gewesen, als der Assistent sie in den Raum geführt und an den Stuhl gefesselt hatte. Dann hatte der Spielleiter das Bild an die Wand geworfen.

Sie hatte ihr Gedächtnis durchforstet, doch sie hatte keine Ahnung, was die Buchstaben HCl bedeuteten. In Chemie war sie immer eine Niete gewesen. Aber nach den Reaktionen von Tyler und Leander war es etwas Schreckliches. Irgendeine Säure wahrscheinlich.

Sie hätte sich am liebsten in ihren Fesseln hin und her geworfen, weil sie so nicht sterben wollte, doch sie konnte sich nicht bewegen. Also hatte sie sich in ihr Schicksal gefügt. Der Entführer hatte einen Intelligenztest angekündigt, und da konnte sie gegen Tyler und Leander bestimmt nicht bestehen.

Aber dann waren die Aufgaben ganz einfach gewesen. Nur geometrische Gebilde, die man im Kopf drehen musste, um herauszufinden, welches davon der abgebildeten Vorlage entsprach. Solche Rätsel hatte sie schon immer gemocht.

Überraschenderweise schien es Tyler und Leander nicht so zu gehen. Während sie selbst mühelos eine Aufgabe nach der anderen richtig löste, füllten sich die Glassäulen vor Tyler und Leander rasend schnell mit Zuckerpäckchen. Erst sah es so aus, als würde Tyler mit großem Abstand verlieren, doch dann hatte er ein paarmal Glück, und erst am Ende gab es ein Stechen mit Leander, das Tyler verlor. Der Schalter wurde hinuntergedrückt, der Motor unter Tylers Stuhl sprang an, und die Kopfstütze kippte seinen Kopf nach hinten. Die Flüssigkeit aus der Infusionsflasche lief in seinen Mund, doch es war offenbar nicht die Substanz, die sich hinter der Abkürzung HCl verbarg.

»Glück gehabt«, kommentierte der Mann hinter der Scheibe. »Wir machen mit der nächsten Aufgabe weiter.«

Wieder erschienen geometrische Figuren an der Wand. Tessa wusste sofort die Antwort und drückte den entsprechenden Knopf in ihrem Stimmabgabekästchen. Leander zögerte, ehe er seine Wahl traf. An der Wand erschienen die Buchstaben, für die sie sich entschieden hatten.

Tessa keuchte in ihren Knebel. Leander hatte einen anderen Knopf gedrückt als sie. Hinter seinem Namen stand das A, hinter ihrem das B.

Genau in diesem Moment fiel ihr ein, warum Leander an der Anti-Aggressions-Gruppe teilnahm.

Er hatte zwei Mitschüler animiert, einen Jungen aus der Parallelklasse in eine Regentonne zu stecken, aus der er sich aus eigener Kraft nicht befreien konnte. Anschließend hatte er die beiden weggeschickt. Er selbst war noch geblieben. Er hatte einen Schlauch genommen und den Jungen mit Wasser übergossen, bis es ihm bis zum Kinn ging. Und dann hatte er eine Flasche Abflussreiniger ins Wasser gekippt.

Der Junge hatte schwere Verätzungen davongetragen und wochenlang im Krankenhaus gelegen. Dr. Forster hatte Leander nach dem Grund für seinen Angriff gefragt, und die Antwort hatte sich in Tessas Kopf gebrannt. Der Junge hatte Leander die Position des Mannschaftskapitäns in der Fußballmannschaft weggeschnappt, und das hatte Leander so wütend gemacht, dass er diesen widerlichen Plan ersonnen hatte.

Wenn Tessas Theorie stimmte, dass nicht nur der Mann hinter der Scheibe saß, der mit ihnen sprach, sondern eine ganze Gruppe, die sich für Dinge rächen wollte, die man ihnen angetan hatte, dann müsste sich die Säure in Leanders Infusionsflasche befinden. Und wenn nicht – dann konnte sie nur hoffen, dass der Mann hinter der Scheibe die Wahrheit gesagt hatte und derjenige, der das Spiel gewann, tatsächlich nicht bestraft wurde.

Die beiden Namen an der Wand waren immer noch weiß. Die Stimme des Spielleiters erklang aus dem Lautsprecher.

»Die richtige Antwort ist … B.«

Leanders Name an der Wand begann rot zu blinken, während sich Tessas Name grün färbte. Der Assistent nahm ein Zuckerpäckchen vom Handwagen und ging damit zu Leanders Säule. Wie immer ließ er es einen Moment über der Öffnung schweben.

Als es auf den anderen Zuckerpäckchen in der Säule landete, klickte der Schalter, und der Motor unter Leanders Stuhl setzte die Kopfstütze in Bewegung. Leanders Kopf kippte nach hinten, und Tessa sah, wie der Stopfen aus der Infusionsflasche gezogen wurde. Die Flüssigkeit rann durch den dünnen Schlauch in Leanders Mund.

Binnen einer Sekunde war klar, dass Leander die Flasche mit der Säure erwischt hatte. Seine Augen traten aus den Höhlen, und sein ganzer Körper zuckte, als hätte man ihn unter Strom gesetzt. Seine Wangen röteten sich und begannen kurz darauf, sich braun zu färben. Tessa wollte nicht hinschauen, doch aus irgendeinem Grund schaffte sie es nicht, die Augen zu schließen. Deshalb sah sie, wie Leanders Wangen aufrissen und eine dickflüssige Mischung aus Blut, Gewebe und Säure herauslief. Sie kroch über Leanders Ohrmuscheln, die sich vor Tessas Augen auflösten und zusammen mit der blutigen Flüssigkeit auf den Boden tropften. Die Schmerzen, die Leander erlitt, mussten unerträglich sein, aber offenbar war er noch immer bei Bewusstsein.

Tessa wandte den Blick ab, doch das war keine gute Idee. Das Bild an der Wand über der Scheibe hatte gewechselt und zeigte jetzt Leanders Gesicht von oben, eine blutige Fratze mit hervorquellenden Augen. Die Nase dagegen schien zwischen den Wangenknochen einzusinken. Tessa sah Leanders Schmerz und seine Angst, aber auch noch etwas anderes.

Leander hatte nur noch einen Wunsch. Er wollte sterben.

47

Robert Forster stand auf dem abgelegenen Waldparkplatz, das Handy zwischen den taub gewordenen Fingern. Seine Arme hingen kraftlos herunter, in seinen Ohren rauschte das Blut, und auf seiner Netzhaut waren nicht die Bäume mit den bunt gefärbten Blättern zu sehen, die er anstarrte, sondern nur die Bilder von Leander, der sich unter entsetzlichen Krämpfen auf seinem Stuhl aufbäumte, bis sein geschundener Körper irgendwann erschlaffte. Zu diesem Zeitpunkt hatte die Säure Löcher in seine Wangen gefressen, und Blut, Gewebe und weiße Stücke, bei denen es sich vermutlich um Zähne handelte, waren herausgeströmt. Leanders Ohrmuscheln hatten sich aufgelöst, und am Ende hatte Leanders Gesicht einer löchrigen Maske geglichen. Forster hatte in seinem ganzen Leben nichts gesehen, das auch nur annähernd so schrecklich war.

Irgendwann öffneten sich seine Finger, und das Handy fiel auf den Waldboden. Forster erwachte aus seiner Starre. Er hob das Gerät auf und steckte es in die Jackentasche. Es war ein Beweismittel, auch wenn er sich nach wie vor nicht an die Polizei wenden konnte. Immer noch befanden sich zwei Geiseln in der Gewalt des Entführers. Und er war der Antwort auf die Frage, mit wem er fünfzig Prozent seines Genmaterials teilte, nicht einen Schritt näher gekommen. Er könnte beim nächsten Mal Tessas oder Alessias Namen eingeben, doch er war sich sicher, dass keine der beiden Frauen seine Tochter war. Aber wer, um alles in der Welt, war dann dieser unbekannte Verwandte? Gab es ihn überhaupt?

Forster setzte sich in sein Auto und schüttelte ein halbes Dutzend Pfefferminzpastillen aus der Schachtel. Er zerbiss sie krachend, aber die Pastillen vermochten den bitteren Geschmack in seinem Mund nicht zu vertreiben. Zähneknirschend steckte er die Schachtel in die Tasche und fuhr zurück nach Schilksee. Da ihn unterwegs kein rotes Licht anblitzte und sich kein Polizeiwagen an seine Stoßstange hängte, hielt er wohl die Verkehrsregeln ein, doch die gesamte Fahrt ging an ihm vorbei, ohne dass er irgendetwas davon wahrnahm. Sein Kopf war noch immer auf dem einsamen Waldparkplatz.

Als er kurz darauf den Wagen in die Auffahrt lenkte, hätte er nicht sagen können, wie er überhaupt hierhergekommen war.

Forster erschrak, als plötzlich jemand die Fahrertür aufriss und er in zwei dunkelbraune Augen blickte, die ihn mit einer Mischung aus Abscheu und Wut musterten.

»Dr. Forster.«

»Kommissarin Davari.« Forsters Herz raste, aber er versuchte, sich nichts anmerken zu lassen. Leanders Leiche konnte unmöglich schon gefunden worden sein, und für den Mordversuch an Mila hatte er das Alibi, das ihm Lars Gericke gegeben hatte. Davari schien trotzdem davon überzeugt zu sein, dass er der Täter war, aber sie konnte es nicht beweisen. Oder hatte sich daran etwas geändert? Spielte der Entführer auch der Polizei Informationen zu? Oder hatte Gericke kalte Füße bekommen und seine Aussage widerrufen?

»Haben Sie einen Moment Zeit für mich?« Die Kommissarin deutete auf die Haustür.

»Sicher.« Forster stieg aus, verriegelte den Wagen und ging ihr voran ins Haus. Er führte sie ins Therapiezimmer und nahm in seinem Sessel Platz. Davari setzte sich in den Patientensessel.

Die Konstellation gab Forster einen Teil seiner Sicherheit zurück. Hier konnte er die professionelle Distanz einnehmen, die verhinderte, dass er von den sich überschlagenden Ereignissen und den Gefühlen, die sie auslösten, überrollt wurde.

»Was kann ich für Sie tun?«, fragte er ruhig.

»Sie können mir erklären, warum sich auf Ihrem Rechner Aufnahmen befinden, die zeigen, wie Alessia Ahrens, Dustin Heuer und Mila Bruns gefoltert werden.«

Forster blinzelte. Die Gedanken in seinem Kopf jagten. Er hatte die Dateien nicht auf den Rechner kopiert. Aber er hatte, wie ihm siedend heiß einfiel, eine Software installiert, die sämtliche Inhalte externer Medien automatisch auf die Festplatte übertrug. Das Programm hatte er eingerichtet, nachdem ihm ein USB-Stick abhandengekommen war, auf dem sich ein Artikel befunden hatte, an dem er in seinem Büro in der Uni viele Stunden gearbeitet, den er jedoch weder dort noch zu Hause auf die Festplatte gespeichert hatte.

Das erklärte, weshalb sich die Aufnahmen auf der Platte befanden, nicht aber, woher Davari davon wusste. Forster ging im Geist rasch ein paar Schritte zurück. Er hatte alle Fenster und Türen geschlossen, als er am Morgen das Haus verlassen hatte, und die Haustür war abgesperrt gewesen. Davari würde sich als Polizistin doch nicht widerrechtlich Zutritt verschafft haben? Dass sie über das Internet Zugriff auf seinen Rechner bekommen hatte, konnte er sich ebenfalls nicht vorstellen. Die Software des LKA mochte Lücken haben, doch Davari war sicherlich keine Hackerin. Aber wie hatte sie es dann herausgefunden? Oder hatte sie nur geraten?

»Dr. Forster?« Davaris Miene zeigte Ungeduld und Ärger.

Forster dachte nach. Der Entführer hatte ihm verboten, mit der Polizei zu sprechen, doch nun war Davari ohnehin im Haus. Woher sollte der Mann wissen, was Forster ihr verriet und was nicht? Das könnte er nur, wenn er ihn beobachtete und abhörte. Forster hatte bei seiner Suche keine Spionagegeräte gefunden, aber das musste nichts heißen. Es gab zu viele mögliche Verstecke, und die Geräte könnten winzig klein sein. Er musste auf andere Weise sicherstellen, dass er nicht belauscht wurde.

Er stand auf und machte Davari ein Zeichen, ihm zu folgen. Die Kommissarin runzelte die Stirn, kam seiner Bitte aber nach. Forster führte sie in den Garten und dort hinter den Schuppen, in dem er seine Gartengeräte verwahrte. Auf der Rückseite befand sich ein schmaler unbewachsener Streifen, ehe die dichte Hecke begann, die sein Eigentum vom Nachbargrundstück abgrenzte. Die Nachbarn hatten das, was man euphemistisch einen Naturgarten nannte. Das Gelände hinter dem Zaun war komplett überwuchert. Es war also äußerst unwahrscheinlich, dass sich dort ein Lauscher verbergen könnte.

»Dr. Forster? Was soll das?«

Forster drehte sich zu ihr um. »Ich muss Ihnen ein Geständnis machen«, sagte er, bevor er es sich anders überlegen konnte. »Ich weiß tatsächlich, was mit den Jugendlichen passiert ist. Weil mir der Entführer diese Videos geschickt hat.«

Davari blickte ihn skeptisch an. »Warum sind Sie damit nicht zur Polizei gegangen?«

»Weil er mir gedroht hat, sämtliche Geiseln zu töten, wenn ich das tue.«

Er sah, wie sich hinter ihrer Stirn die Frage formierte, ob man den jungen Leuten einen Gefallen tat, wenn man sie durch diese Hölle jagte, statt ihnen einen schnellen und vermutlich schmerzloseren Tod zu gönnen, aber natürlich durfte man so nicht denken.

»Was will er von Ihnen? Geld?«

»Nein. Einen Namen. Von der Person, mit der ich fünfzig Prozent meiner Gene teile. Nicht meine Eltern.«

Davaris Miene spiegelte ihren Unglauben. »Wie bitte?«

Forster zuckte mit den Schultern. »Ich verstehe es auch nicht. Aber was noch viel schlimmer ist: Ich habe nicht die leiseste Ahnung, um wen es sich dabei handeln könnte. Ich habe keine Geschwister, und die Frauen, mit denen ich zusammen war, haben mir versichert, dass sie keine Kinder von mir haben.«

»Sie haben sie alle gefragt?«

»Ja.«

»Und Sie haben niemanden vergessen?«

»Ich denke nicht.«

Davaris Blick glitt durch den Garten mit den bunten Blättern, ehe er zu Forster zurückkehrte. »Wie haben Sie die Forderung des Erpressers erhalten?«

»Er hat mir Briefe geschickt. Schlichte braune Pappumschläge mit weißen Briefbögen, zweifach gefaltet. Die Texte sind mit dem Computer ausgedruckt. Der Verfasser ist sehr eloquent, und er nennt sich selbst Gott. Er hat die Briefe persönlich in den Kasten gesteckt. Er oder sein Helfershelfer.«

Davari wirkte nicht überrascht angesichts der Erwähnung eines zweiten Täters, was nur den Schluss zuließ, dass sie die Videos tatsächlich gesehen hatte.

Fast alle Serientäter arbeiteten allein. Nur wenige Psychopathen suchten sich einen Schüler oder Helfer. Dafür gab es verschiedene Gründe. Das Risiko, erwischt zu werden, erhöhte sich erheblich. Die Fantasien der Täter waren so speziell, dass es schwierig war, jemanden zu finden, der dieselben Visionen hatte.

Und kaum ein Serientäter wollte die Lorbeeren teilen. Die meisten waren stolz auf ihr Werk. Den Erfolg nicht komplett der eigenen Leistung zuschreiben zu können hätte ihre Befriedigung gemindert.

»Sie finden das ebenfalls ungewöhnlich, nicht wahr?« Davari ließ seinen Blick nicht los.

Forster hob die Hände. »Es kommt vor. Manche Psychopathen genießen es, jemanden zu haben, der zu ihnen aufschaut. Dem sie ihr Wissen weitergeben oder mit dem sie in Erinnerungen schwelgen können. Täter, die eine ausgeprägte narzisstische Störung haben.«

»Personen also, die gerne im Scheinwerferlicht stehen und andere belehren. So wie Sie«, provozierte Davari. »Sie haben Ihre Studenten an der Uni. Die Kollegen, die zu Ihnen aufsehen, in Ihrer Mittwochsrunde. Aber vielleicht reicht Ihnen das nicht? Vielleicht macht dieses Gefühl süchtig?«

Forster schob die Hände in die Hosentaschen. Es gab nichts, was er tun konnte, um die Kommissarin dazu zu bewegen, ihm zu glauben.

Endlich hörte Davari auf, ihn anzustarren. »Ich brauche die Briefe für eine kriminaltechnische Untersuchung«, sagte sie.

Forster schüttelte den Kopf. »Ich bin mir sicher, dass er keine Spuren hinterlassen hat. Wir haben es mit einem perfekt organisierten Täter zu tun. Er macht keine Fehler. Und ich fürchte, er beobachtet mich. Wenn er sieht, dass ich Ihnen die Briefe aushändige, wird er die letzten beiden Geiseln töten.«

»Die letzten beiden?«

Forster schloss kurz die Augen. Diese Information war ihm ungewollt herausgerutscht. »Er hat heute Morgen Leander Grossmann getötet. Mit Salzsäure, die er ihm mit einem Schlauch in den Rachen eingeführt hat.«

Davari verzog das Gesicht. Dann wurde ihr Blick wieder misstrauisch. »Woher wissen Sie das?«

»Er hat mich auf einen einsamen Waldparkplatz bestellt und mir dort ein Handy vor die Füße geworfen, auf dem ich zusehen musste.« Forster zog das Gerät aus der Tasche und hielt es Davari hin. Sie beäugte es einen Moment, ehe sie einen verschließbaren Plastikbeutel hervorholte. Forster steckte das Handy hinein.

»Das bedeutet, Sie haben keine Kopie des Videos?«

»Leider nicht. Es war ein Livestream.«

Davari nickte. »Schade. Aber ich werde das Handy trotzdem untersuchen lassen.«

»Sie werden nichts finden«, prognostizierte Forster.

»Weil Sie dafür gesorgt haben?«

»Nein.«

Er sah, dass sie ihm nicht glaubte. Aber sie hatte keine Beweise.

»Hat Sie irgendjemand heute Morgen gesehen?«, fragte sie. »Als Sie weggefahren sind oder auf diesem Parkplatz?«

»Ich glaube nicht.«

»Das heißt, Sie haben kein Alibi.«

Forster hob die Schultern. Er hatte getan, was er konnte.

Davari warf ihm noch einen letzten Blick zu, bevor sie ging. »Ich kriege Sie«, verkündete sie. »Wenn Sie irgendetwas mit diesen abscheulichen Taten zu tun haben, sorge ich persönlich dafür, dass Sie lebenslänglich hinter Gitter wandern.«

Sie verließ den geschützten Bereich hinter der Gartenhütte, ging über den Rasen zur Terrasse und von dort ins Haus. Forster überlegte, ob sie sich widerrechtlich im Inneren umsehen würde, doch ihm fehlte die Kraft, ihr zu folgen. Er lehnte sich mit dem Rücken gegen die Schuppenwand und presste die Finger an die Schläfen.

Was sollte er jetzt tun?

Kayra Davari fühlte sich hin und her gerissen. Die Geschichte, die Forster ihr aufgetischt hatte, war reichlich hanebüchen. Ein Täter, der sechs junge Menschen entführte und bestialisch folterte, nur um den Namen einer Person zu erfahren, die mit Forster eng verwandt war? Welchen Nutzen sollte der Täter davon haben? Und wieso wusste er überhaupt davon, wenn Forster selbst nicht die geringste Idee hatte, um wen es sich handeln könnte?

Sehr viel wahrscheinlicher war, dass der Psychologe sie an der Nase herumführen wollte. Das war für Serientäter nicht unüblich. Viele von ihnen liebten es, mit der Polizei Katz und Maus zu spielen.

Auf der anderen Seite hatte Forster ehrlich betroffen und erschüttert gewirkt, nicht wie ein Mann, der für die Durchsetzung seiner Interessen über Leichen ging. Aber genau das kennzeichnete einen Psychopathen. Er war sozial angepasst und erfolgreich, und niemand käme auf die Idee, dass in seinem Inneren ein kaltblütiger Dämon wohnte.

Davari zuckte zusammen, als das Telefon in ihrer Tasche zu klingeln begann. Rasch holte sie es hervor und nahm das Gespräch an.

»Davari«, meldete sie sich schroff.

»Kayra. Hier ist Inga. Wir haben einen neuen Leichenfund.«

»Leander Grossmann?«

»Richtig.« Ihre Kollegin stutzte. »Woher weißt du das? Wo bist du überhaupt?«

»Ich stehe vor dem Haus von Dr. Forster.«

Inga Jessen seufzte. »Wir hatten doch vereinbart, ihn nicht weiter zu behelligen.«

»Er hat eine Aussage gemacht«, sagte Davari. Das klang hoffentlich so, als hätte Forster sie aus freien Stück zu sich gebeten. »Angeblich wird er erpresst. Er soll dem Erpresser einen Namen nennen, sonst sterben die Geiseln.«

»Was für einen Namen?«

»Von jemandem, mit dem Forster zu fünfzig Prozent verwandt ist. Ein Kind oder ein Geschwister, aber nach Forsters Aussage gibt es weder das eine noch das andere.«

»Du glaubst ihm nicht?«

Davari überlegte, wie sie sich verhalten sollte. Von den Videos durfte sie Inga nichts erzählen, wenn sie sich und ihren Vater nicht in ernste Schwierigkeiten bringen wollte. »Es könnte stimmen«, gab sie sich nachdenklich. »Aber vielleicht ist es auch eine Finte. Ein geschickter Schachzug, um uns von seiner Unschuld zu überzeugen.«

»Würde er sich dann nicht etwas ausdenken, das weniger absurd klingt?«

Davari kaute auf ihrer Unterlippe. »Möglicherweise ist das genau der Trick. Forster kennt sich mit der Materie aus. Er weiß, wie Psychopathen ticken, und er weiß auch, wie er uns manipulieren kann.«

Stille, dann wieder Jessens Stimme. »Du solltest herkommen und dir das ansehen.«

»Wohin?«

Jessen gab ihr die genaue Adresse durch, und Davari machte sich auf den Weg.

Knappe zwanzig Minuten später stand sie neben ihrer Kollegin an der Absperrung. Eine wenig befahrene Landstraße, die Abzweigung zu einem Gestüt. Zwei junge Frauen, die von einem Ausritt zurückgekehrt waren, hatten den Toten entdeckt, der in der Nähe der Zufahrt an einem Baum lehnte, die Beine ausgestreckt,

332

die Arme locker neben dem Körper baumelnd. Der Kopf war auf die Brust gesunken, so als hätte er es sich dort gemütlich gemacht und wäre dann eingeschlafen. Ein wenig sonderbar angesichts der Jahreszeit und der kühlen Temperatur, aber jungen Männern fehlte oft das Kälteempfinden, gerade hier im Norden. Die Erfahrung hatte Davari schon öfter gemacht. Erst vor ein paar Tagen hatte sie einen Teenager gesehen, der bei acht Grad Außentemperatur in Shorts, T-Shirt und Badeschlappen vor einer Imbissbude gestanden und sich angeregt mit dem Besitzer unterhalten hatte.

Eine der Reiterinnen war vom Pferd gestiegen, hatte den jungen Mann unter dem Baum angesprochen und ihm, als er nicht reagierte, auf die Schulter getippt. Daraufhin war sein Körper zur Seite gesunken und sein Kopf nach hinten gekippt. Die Reiterin hatte sein Gesicht gesehen und sich ins nächste Gebüsch übergeben. Nach dem Puls des Mannes hatte sie nicht mehr tasten müssen.

Davari wartete, bis die Kollegen von der Spurensicherung ihnen das Zeichen gaben, dass sie den Tatort betreten durften. Sie wappnete sich, aber der Anblick war trotzdem unfassbar grauenvoll.

»Mein Gott.« Inga Jessen ging es nicht besser. Sie hielt die Hand vor den Mund gepresst. »Was, um alles in der Welt, hat man dem armen Jungen angetan?«

»Salzsäure«, sagte Davari. »Der Täter hat sie ihm mit einem Schlauch eingeflößt.«

»Wenn ihr schon alles wisst, braucht ihr mich ja nicht mehr«, ertönte eine Stimme hinter ihr. Dr. Barbara Cordes. Die Rechtsmedizinerin kniete sich neben den Toten. Sie untersuchte ihn nur kurz und schaute dann wieder auf. »Wer macht so etwas?«

Davari ballte die Fäuste und versuchte, ihre Atmung zu kontrollieren, um nicht zu hyperventilieren.

»Jemand, der vollkommen durchgeknallt ist«, sagte sie. »Und vollkommen gefühllos.«

Inga Jessen musterte sie. »Du denkst immer noch, diese Person könnte Dr. Forster sein?«

Davari dachte daran, wie Forster sie angesehen hatte. Die graublauen Augen waren stumpf vor Entsetzen gewesen, und die Verzweiflung hatte tiefe Furchen in sein Gesicht gegraben. Konnte man das spielen? Konnte sich hinter dieser mitfühlenden Miene tatsächlich der Teufel verbergen?

Davari war ins Schwanken geraten, aber noch immer nagten Misstrauen und Zweifel an ihr.

»Ich weiß es nicht«, erwiderte sie hart. »Aber ich werde es herausfinden.«

Robert Forster ging mit müden Schritten zurück ins Haus. Er fühlte sich vollkommen ausgelaugt. Die Niederlage auf dem Waldparkplatz, Leanders Hinrichtung und dann noch die Konfrontation mit der Kommissarin – das war einfach zu viel.

Er setzte sich mit einer Flasche Bitter Lemon in seinen Entspannungssessel im Wohnzimmer, doch der Sessel löste nicht ein, was er versprach. Forsters Nerven vibrierten, seine Rückenmuskulatur war hart wie ein Brett, und in seinem Kopf kreisten die Schreckensbilder der letzten Tage als flackernder Endlosfilm.

Forster stellte die leere Flasche beiseite, nahm die Brille ab und presste die Handballen gegen die geschlossenen Lider. Egal, wie erschöpft er sich fühlte, er durfte den Kampf nicht verloren geben. Noch immer befanden sich zwei Geiseln in der Gewalt des Entführers, und Forster war der Einzige, der sie retten konnte.

Er musste analytisch vorgehen, so, wie er es auch tun würde, wenn er es mit einem Fall zu tun hätte, bei dem ihn die Polizei oder das LKA zurate zogen.

Die Möglichkeiten, das unbekannte Kind aufzuspüren, hatte er restlos ausgeschöpft, ohne Erfolg. Also musste er sich der Lösung auf andere Weise nähern. Wenn er das Kind nicht fand, musste er eben den Täter finden.

Forster holte sich Papier und Stift und setzte sich wieder in den Sessel. Rasch notierte er die Informationen, die er besaß.

Der Entführer war ein Mann, daran ließ die Stimme trotz des elektronischen Verzerrers, den er benutzte, keinen Zweifel. Er versteckte sich hinter einer verspiegelten Scheibe, was darauf schließen ließ, dass er glaubte, mit seinen Taten davonzukommen. Er war ein Spieler, das zeigten die kuriosen Foltermaschinen ebenso wie die Briefe, die er Forster geschickt hatte. Die Schachmetaphern passten dazu, genau wie die Aufgaben, die er Forster und den Jugendlichen stellte. Abgesehen von den tödlichen Maschinen ähnelte das gesamte Arrangement den Fernsehshows, die sich heutzutage einer großen Beliebtheit erfreuten. Es war eine Mischung aus Dschungelcamp, Quizduell und Big Brother.

Darüber hinaus war der Mann eindeutig größenwahnsinnig. Er suchte den persönlichen Kontakt zu Forster, unterschrieb seine Briefe mit »Gott« und spielte sich als solcher auf, indem er über Leben und Tod entschied. Er war absolut kalt, skrupellos und offensichtlich von keinerlei Schuldgefühlen geplagt.

Selbst Psychopathen empfanden gewöhnlich Schuld und Reue, wenn sie einen Menschen getötet hatten. Es dauerte einige Zeit, bis diese Emotionen verschwanden und sich das Bedürfnis zu töten wieder in den Vordergrund schob. Der Entführer dagegen mordete täglich und hatte offensichtlich Spaß daran.

Zweifellos hatte er es hier mit einem Psychopathen der schlimmsten Sorte zu tun.

Daneben gab es noch den Handlanger. In den Filmen, die man Forster geschickt hatte, versteckte er sich hinter der Kunstfigur mit der Maske und dem langen schwarzen Umhang, um nicht erkannt zu werden, und im Livestream war der Bildausschnitt so gewählt gewesen, dass Forster nur die Hand gesehen hatte, die die Zuckerpäckchen in die Säulen geworfen hatte. Die Geiseln dagegen konnten möglicherweise sein Gesicht sehen, in jedem Fall aber seine wahre Größe und Statur.

Das könnte bedeuten, dass die beiden Entführer die Absicht hatten, sämtliche Geiseln zu töten, aber auch, dass der Handlanger plante, sich nach der Tat in ein Land abzusetzen, in dem er den Überlebenden mit großer Wahrscheinlichkeit niemals begegnen würde. Oder er war dem Haupttäter einfach hörig, und diesen kümmerte das weitere Schicksal seines Helfershelfers nicht. Da es aber vermutlich einen persönlichen Kontakt zwischen den Männern gegeben hatte und der Handlanger den Haupttäter identifizieren könnte, hielt Forster diese Variante für eher unwahrscheinlich.

Dass ein Serientäter überhaupt einen Helfer hatte, war ungewöhnlich, kam aber vor. Vielleicht hatten sich die beiden in einem Forum im Darknet kennengelernt und entdeckt, dass sie gemeinsame Interessen hatten. Oder der Haupttäter hatte gezielt nach jemandem gesucht, den er für seine Zwecke einspannen konnte.

Wenn er alle vorliegenden Informationen betrachtete, kam Forster zu dem Schluss, dass es dem Haupttäter vor allem um das Spiel mit ihm, Dr. Robert Forster, ging, während der Handlanger seine Befriedigung daraus zog, die Geiseln zu quälen. Der Helfer war ohne Frage ein Sadist. Aber was für eine Persönlichkeit war der Haupttäter? Was war sein Ziel? Und warum immer wieder die Frage nach diesem Kind?

Es hatte Forster von Anfang an irritiert, dass der Entführer von dem Kind wusste, während er selbst keine Ahnung hatte. Natürlich könnte es dafür verschiedene Erklärungen geben. Der Täter könnte bei irgendeiner Behörde arbeiten und den Namen aus dem Geburtsregister oder sonstigen Unterlagen haben. Doch aus welchem Grund sollte irgendein Standesbeamte ausgerechnet ihn als Gegner auswählen? Und woher sollte er wissen, dass Forster selbst die Existenz des Kindes unbekannt war?

Nein, die einzig sinnvolle Erklärung war, dass der Täter nicht nur Forster, sondern auch die Mutter des Kindes kannte, und zwar so gut, dass sie ihm im Gegensatz zu Forster von der Schwangerschaft erzählt hatte. Das bedeutete, dass es jemand sein musste, der schon länger zu Forsters persönlichem Umfeld gehörte.

Was die Sache schwierig machte, war, dass er keinerlei Informationen zum Alter des Kindes besaß. Hatte er es als junger Mann gezeugt oder irgendwann in den letzten Jahren?

Den Zeitpunkt würde er nicht herausfinden können, also musste er die Sache von der anderen Seite angehen. War er in den letzten Jahren oder vielleicht auch schon vor langer Zeit einem seiner Freunde, Bekannten, Kommilitonen oder Kollegen dermaßen auf die Füße getreten, dass sich dieser jetzt auf so grausame Weise rächte? Hatte er jemandem die Frau ausgespannt? Oder hatte eine Therapie, die er durchgeführt hatte, dazu geführt, dass sich das Leben dieser Person oder ihres Partners auf dramatische Weise geändert hatte?

Die Zahl der Möglichkeiten war zu groß, um ihnen allen nachzuspüren, und sämtliche Akten durchzusehen, würde Jahre dauern – Zeit, die er nicht hatte. Schon morgen sollte das Spiel des Entführers sein Ende finden. Forster brauchte noch heute eine Lösung.

Vielleicht würde es helfen, wenn er sich im Therapiezimmer auf die Couch legte und seinen Gedanken freien Lauf ließ? Diese Methode förderte bei seinen Patienten oft verschüttete Erinnerungen zutage.

Der Plan verlieh ihm neue Motivation, doch sein Körper zog nicht mit. Ihm war flau, und sein Magen fühlte sich komplett leer an. Wann hatte er zuletzt etwas gegessen?

Forster stemmte sich aus dem Sessel hoch und ging in die Küche. Brot war keines mehr da, aber vielleicht befand sich noch irgendetwas in der Tiefkühltruhe? Er hatte sich angewöhnt, von warmen Speisen stets größere Mengen zuzubereiten, sodass ein paar Portionen übrig blieben, die er einfrieren konnte. Täglich zu kochen war ihm zu aufwendig, und in der Mikrowelle waren die Gerichte in wenigen Minuten aufgetaut und erwärmt.

Er lächelte, als er die Tür des Gefrierfachs öffnete und entdeckte, dass tatsächlich noch eine einzelne Plastikdose darin stand. Allerdings konnte er sich beim besten Willen nicht daran erinnern, wann und womit er sie gefüllt hatte. Sogar die Dose selbst kam ihm unbekannt vor.

Du wirst alt, dachte er, stellte die Box auf die Arbeitsplatte neben dem Kühlschrank und zog den Deckel ab.

Im nächsten Augenblick würgte er sein Bitter Lemon hoch. Er schaffte es gerade noch zur Spüle. Die chininhaltige Limonade, vermischt mit Magensäure und etwas grüner Galle, klatschte auf das Edelmetall. Forster spülte sich den Mund mit kaltem Wasser aus, legte die Brille beiseite und fuhr sich mit der nassen Hand über das Gesicht.

Was er da eben zu sehen geglaubt hatte, konnte nicht sein.

Auf der anderen Seite: So lange lag seine letzte Mahlzeit nicht zurück, dass er vor Hunger zu halluzinieren begann.

Forster setzte die Brille wieder auf. Dann streckte er den Arm aus, zog die Dose zu sich heran und spähte vorsichtig über den Rand.

Er hatte sich nicht getäuscht. In der Box lagen, steif und tiefgefroren, zwei blutige Hände.

Forster starrte sie an.

Die Hände waren schmal und hatten feingliederige Finger mit langen, sorgfältig manikürten Nägeln, lackiert mit einem dezenten roten Nagellack. An beiden Ringfingern und am Mittelfinger der linken Hand steckten schmale Silberringe. Die Haut sah weich und glatt aus.

Es waren die Hände einer jungen Frau, auch wenn die Farbe nicht darauf hindeutete. Wachsbleich waren sie und außerdem von einer dünnen Eisschicht überzogen. Dort, wo sich die Handgelenke hätten befinden müssen, klafften blutverkrustete Stümpfe. Haut, Muskeln, Sehnen und Knochen waren glatt durchtrennt worden. Forster bezweifelte nicht eine Sekunde, dass es sich um die Hände von Alessia Ahrens handelte, die von der Guillotine abgehackt worden waren.

Er hetzte die Treppe hinunter in sein Büro, riss das Telefon an sich und tippte die Nummer von der Karte ein, die danebenlag. Kurz zögerte er, ehe er die Taste mit dem grünen Hörer drückte. Würde Davari ihm glauben? Oder lieferte er ihr in ihren Augen mit seinem Fund den ultimativen Beweis für seine Schuld?

48

Forsters Entsetzen war exakt das, was er sehen wollte.

Der Mann hinter der Scheibe betrachtete die Bilder aus dem Haus in Schilksee mit Genugtuung. Der große Monitor in der Steuerkabine war perfekt dafür. Dank der hohen Auflösung konnte er jede Falte, jede graue Barstoppel, jedes Zucken in Forsters Gesicht genau erkennen.

Sein Assistent errichtete unterdessen auf der anderen Seite der Scheibe den Aufbau für das große Finale.

Es war faszinierend zu beobachten, wie sich alles entfaltete. Monatelang hatte er jeden seiner Schritte präzise geplant, und bisher hatte alles genau so funktioniert, wie er es sich vorgestellt hatte.

Der Druck auf Forster wuchs mit jedem Tag. Sein Nervenkostüm wurde immer dünner, und nun stand er auch noch im Fokus der polizeilichen Ermittlungen. Noch schaffte er es, sein Denken und Handeln und seine Gefühle zu kontrollieren, doch schon bald würde er an seine Grenzen kommen. Der Moment, in dem Forster merkte, dass er vollkommen machtlos war, würde ihn brechen und in den Wahnsinn treiben.

Der Mann hinter der Scheibe nickte grimmig. Das war die gerechte Strafe für Forster. Weiterleben zu müssen mit dem Wissen, dass er allein die Schuld am Tod all dieser jungen Menschen trug.

Es war eine süße Rache, viel köstlicher, als wenn er Forster einfach nur entführt und getötet hätte. Keine Folter konnte einen Menschen auch nur annähernd so nachhaltig peinigen wie das psychische Gift, das er Forster einflößte. Und er war noch längst nicht am Ende. Die schlimmste Seelenqual stand Forster noch bevor.

Die Installation dafür war ein wahres Meisterwerk. Lächelnd sah der Mann hinter der Scheibe seinem Assistenten zu, der die Bauteile mit einem Multifunktionsfahrzeug mit Gabelstapler und Kran in den großen Raum brachte und zusammensetzte.

Es war wirklich ein glücklicher Zufall, dass sie beide sich begegnet waren.

49

Kayra Davari war nicht erreichbar, weder auf ihrem Handy noch über den Anschluss in ihrem Büro. Forster legte das Telefon beiseite und dachte nach. Vielleicht war es ein Wink des Schicksals?

Er war davon ausgegangen, dass die Kommissarin ihm helfen würde, aber was, wenn sie ihn stattdessen festnehmen und in die Untersuchungshaft überstellen ließ? Dann hätte er keine Möglichkeit mehr, irgendetwas für die jungen Leute zu tun, die sich immer noch in der Gewalt des Entführers befanden. Und was sollte die Polizei schon unternehmen? Sie hatten bis jetzt keine Spuren gefunden, die zum Täter führten, und sie würden mit Sicherheit auch an der Gefrierdose keine entdecken. Das Risiko, das er einging, wenn er die Kommissarin oder ihre Kollegin informierte, stand in keinem Verhältnis zum Nutzen.

Der Entführer hatte ihn als Gegner ausgewählt, und Forster blieb nichts anderes übrig, als sich dieser Aufgabe zu stellen. Es war tatsächlich eine Schachpartie, nur der Entführer und er. Forster hatte bereits etliche Figuren verloren. Nur noch zwei befanden sich auf dem Brett. Er musste geschickt agieren, um sie zu retten.

Forster hätte sich gern einen Kaffee gekocht, um seine Konzentration anzukurbeln, aber er wollte sich nicht länger als unbedingt nötig in der Küche aufhalten. Er huschte nur rasch hinein, drückte den Deckel auf die Gefrierbox mit Alessias abgehackten

Händen und stellte sie zurück ins Eisfach. Anschließend presste er die Tür des Eisschranks zu, eilte die Treppe hinunter und holte sich ein Wasser aus dem Gruppenraum. Mit der Flasche in der Hand ging er ins Therapiezimmer, setzte sich in den Therapeutensessel und trank einen Schluck.

Sein Atem wurde ruhiger. Sein Puls normalisierte sich, und die Gedanken begannen wieder, in geordneten Bahnen zu laufen, statt wild durcheinander zu fallen.

Alessias Hände befanden sich in der Gefrierbox im Eisfach seines Kühlschranks. Die Person, die sie dort abgelegt hatte, war in seinem Haus gewesen.

Forster ließ die letzten Tage Revue passieren. Seit dem Anschlag in der Anti-Aggressions-Gruppe hatte er keine Patienten mehr empfangen. Der Reinigungsfirma, die gewöhnlich zweimal in der Woche jemanden vorbeischickte, um die Praxisräume zu säubern, hatte er ebenfalls abgesagt. Die einzigen Personen, die seit der Bombenexplosion im Haus gewesen waren, waren die beiden Kommissarinnen und seine Kollegen – die Mittwochsgesellschaft.

Davari und Jessen konnte er ausschließen. Er wusste zwar nicht, wie weit Davari gehen würde, um ihn zu überführen, aber sie hätte nicht die Möglichkeit gehabt, ihm die Hände als falschen Beweis unterzuschieben. Alessia war auf dem Christian-Albrechts-Platz aus dem Laderaum eines Transporters gestoßen worden, ohne Hände. Die abgetrennten Hände waren nie in den Besitz der Polizei gelangt.

Die Erkenntnis ließ alles in Forsters Innerem erstarren. Der Entführer musste einer seiner drei Kollegen sein.

War das wirklich möglich? Könnte der Mann hinter der Scheibe Lars Gericke, René Steinke oder Simon Hildebrand sein?

Forster stellte die Wasserflasche beiseite. Er legte die Finger an die Schläfen und versuchte, sich zu konzentrieren. Wer von den dreien hätte eine Gelegenheit gehabt, die Dose mit Alessias abgetrennten Händen in seinem Eisfach zu deponieren?

Ein Bild stand ihm plötzlich vor Augen, Simon Hildebrand, der in seiner Umhängetasche kramte, an die Wand im Flur gelehnt. Forster hatte ihm in einem Moment der Schwäche die Wahrheit gesagt und sie dann widerrufen. Anschließend war ihm übel geworden von dem Schnaps, den er getrunken hatte, und er hatte sich in der Gästetoilette übergeben. Es waren nur ein paar Minuten gewesen, aber sie hätten Hildebrand gereicht, um rasch nach oben in Forsters Wohnung zu gehen und die Dose in den Eisschrank zu stellen.

Aber warum? Welches Motiv sollte Hildebrand haben? Er war ein düsterer, pessimistischer Charakter, das ließ sich nicht leugnen. Forster hatte schon oft gedacht, dass er irgendein dunkles Geheimnis verbarg. Doch was sollte das mit Forster zu tun haben?

Er hatte Hildebrand erst vor ein paar Jahren kennengelernt, als dieser gemeinsam mit Steinke und Gericke die Praxisgemeinschaft gegründet hatte. Vorher war er als psychologischer Psychotherapeut in einer Gemeinschaftspraxis in Hamburg tätig gewesen. Forster konnte sich nicht erinnern, dass Hildebrand je davon gesprochen hatte, weshalb er dort weggegangen war. Vielleicht hatte es irgendwelche Vorfälle gegeben?

Aber Steinke und Gericke hätten das doch geprüft? Oder nicht?

Erneut durchzuckte ihn ein Gedankenblitz. Hildebrand war nicht der Einzige, der die Dose ins Eisfach hätte stellen können. Auch Steinke hätte die Gelegenheit dazu gehabt. Als er Forster gemeinsam mit Gericke während ihrer samstäglichen Fahrradtour aufgesucht hatte, war er in die Küche gegangen, um sich einen Eiweißriegel zu holen, während Forster unten im Flur mit Gericke geredet hatte. Die Dose hätte in seinem als Trinkflasche getarnten Rucksack Platz gefunden. Und Steinke war es auch, der ihm den Umschlag mit der zweiten Nachricht des Entführers persönlich vorbeigebracht hatte.

Hatte Forster also recht gehabt mit seinem Verdacht? War Steinke tatsächlich heimlich in ihn verliebt, und Forsters Zurückweisung hatte ihn derart gekränkt, dass Steinke auf blutige Rache sann? Für einen psychisch gesunden Menschen wäre das eine völlig unverhältnismäßige Reaktion, doch bei einem Psychopathen reichten schon winzige Anlässe als Auslöser überbordender Brutalität. Aber konnte der feinsinnige Kollege wirklich ein Psychopath sein?

Lars Gericke hatte Forster geholfen und ihm ein falsches Alibi verschafft, doch auch er hätte die Gelegenheit gehabt, die Dose in Forsters Gefrierfach zu verstecken. Gericke hatte in Forsters Wohnung gewartet, während Forster mit Davari und Jessen gesprochen hatte, und auch er hatte einen Rucksack dabeigehabt. Aber warum sollte Gericke das tun?

Psychopathen töteten oft wahllos und ohne besonderen Grund, doch das Spiel des Entführers ging darüber hinaus. Er hatte sich Forster als Gegner ausgesucht. Vielleicht ging es nur darum, seine persönliche Eitelkeit zu befriedigen, indem er einen bekannten Forensiker herausforderte. Aber vielleicht gab es auch ein ganz persönliches Motiv?

Forsters Gedanken kehrten zu Hildebrand zurück. Wenn er wirklich ein dunkles Geheimnis hatte, befürchtete er vielleicht, dass Forster dahintergekommen war.

Vor ein paar Monaten hatten sie ihre Mittwochstreffen bei Hildebrand statt bei Forster abgehalten, weil Forster seine Praxisräume renoviert hatte, und Hildebrand, der in einem alten Haus lebte, das er von seinem Vater geerbt hatte, hatte die Mittwochsgruppe eingeladen, die Treffen in seinem riesigen Wohnzimmer abzuhalten. Forster erinnerte sich an die klobigen dunklen Ledersessel und den muffigen Geruch, den das Haus verströmte. Er hatte sich nicht besonders wohl dort gefühlt.

Er erinnerte sich auch, dass er sich auf der Suche nach der Gästetoilette verirrt hatte und stattdessen in einer Art Dunkelkammer gelandet war. Ehe er sich gründlicher hatte umsehen können, war Hildebrand in der Tür aufgetaucht und hatte ihn in den richtigen Raum dirigiert. Nicht unfreundlich, doch Forster hatte das Gefühl gehabt, etwas gesehen zu haben, das nicht für seine Augen bestimmt war.

Aber wenn Hildebrand wirklich ein dunkles Geheimnis hatte, hätte er dann nicht die Tür zu diesem Raum abgeschlossen? Oder sie gar nicht erst zu sich eingeladen? Doch auch die intelligentesten Täter machten Fehler. Oder sie liebten das Spiel mit dem Feuer.

Forster griff nach der Wasserflasche und leerte sie in einem Zug. Machten seine Überlegungen Sinn, oder begann er aus lauter Verzweiflung, vollkommen abstruse Theorien zu konstruieren? War es wirklich vorstellbar, dass einer seiner Kollegen ein Psychopath war und keiner von ihnen etwas davon bemerkt hatte?

Es gab nur eine Möglichkeit, das herauszufinden. Er musste zu Hildebrand fahren und sich die Dunkelkammer ansehen. Vielleicht wäre er dann schlauer.

50

Tyler saß auf seiner Pritsche. Er hatte die Knie angezogen und die Arme darum gelegt. Er schaukelte vor und zurück, immer wieder. Das tat er schon, seit ihn der Assistent zurück in die Zelle gebracht hatte.

Ihm war kalt, und er zitterte. Immer wieder durchlebte er die furchtbaren Momente. Als ihm die saure Substanz in den Mund geflossen war und er geglaubt hatte, es sei Salzsäure, die ihn von innen heraus auffressen würde. Und als das Entsetzliche gleich darauf bei Leander tatsächlich passiert war.

Tyler hatte Leander von der ersten Sekunde an nicht gemocht. Wie er sich an Alessia herangemacht und sie mit seinem billigen Charme einzuwickeln versucht hatte. Wie er Dustin in der zweiten Runde absichtlich dazu verführt hatte, die falschen Antworten zu geben. Wie seine Augen geleuchtet hatten, als Dustins Beine und Milas Brüste zerquetscht worden waren.

Leander war krank gewesen. Ein gestörter Charakter, dem Gewalt einen Adrenalinkick versetzte. Aber trotzdem konnte Tyler nicht anders, als Mitleid mit ihm zu empfinden.

Was die Säure mit Leanders Gesicht angerichtet hatte, war unfassbar schrecklich gewesen. Wie er am ganzen Körper gezuckt hatte, als würden permanent Stromstöße durch seinen Körper jagen. Wie seine Augen um Gnade gefleht hatten und er schließlich jeden Lebenswillen verloren und nur noch einen schnellen Tod herbeigesehnt hatte. Das waren Bilder, die Tyler sein Leben lang nicht vergessen würde.

Aber dieses Leben würde vermutlich auch nicht mehr lange dauern. Und sein Tod würde nicht weniger schrecklich sein als Leanders.

Tyler hatte schnell festgestellt, dass die Foltermaschinen mit jeder Runde des Spiels grausamer wurden. Der Mann hinter der Scheibe steigerte ihre Angst ins Unermessliche. Beinahe wünschte sich Tyler, er hätte gleich in der ersten Runde die Kugel losgelassen.

Doch das hätte auch nichts genützt. Das Spiel war nicht fair, aber es stimmte offensichtlich, dass sich immer nur eine tödliche Apparatur im Raum befand. Das bedeutete allerdings auch, dass es kein Zufall war, wen es traf. Der Entführer hatte das alles von vornherein festgelegt. Er hatte für jeden von ihnen einen ausgefeilten Plan. Aber warum?

Sosehr Tyler sich auch den Kopf zerbrach, er fand keine logische Erklärung. Der Mann hinter der Scheibe musste einfach ein sadistischer Psychopath sein.

Tyler schaukelte weiter, vor und zurück, vor und zurück.

Was würde der morgige Tag bringen? Würde es tatsächlich einen Sieger geben? Würde einer von ihnen, Tessa oder er, dieses Horrorhaus lebend verlassen? Wer von ihnen würde es sein? Und welche Torturen erwarteten den anderen?

Er wollte nicht mehr darüber nachdenken. Wenn er nur die geringste Idee gehabt hätte, wie er sich in seiner Zelle das Leben nehmen könnte, er hätte es getan.

Aber es gab nur die Pritsche, den Tisch und den Stuhl. Keine Haken, keine Stangen, an denen man irgendetwas hätte befestigen können. Der Overall hatte auch keinen Gürtel. Und selbst wenn. Sicher gab es auch in den Zellen Kameras, und der Entführer würde sofort einschreiten, wenn sich eine seiner Spielfiguren auf diese Weise davonstehlen wollte. Schließlich brauchte er sie noch für das große Finale, das er angekündigt hatte.

Tyler wusste nicht, ob er durchhalten würde. Er spürte, dass er nahe daran war, den Verstand zu verlieren.

Mama, dachte er. *Papa. Bitte. Kommt und holt mich hier raus.*

Erschöpft ließ er sich auf die Seite fallen.

51

Die Abenddämmerung setzte ein, als Forster seinen Wagen auf der Straße vor Hildebrands Haus abstellte. Der Kollege wohnte in einem Dorf, zwanzig Autominuten von seiner Praxis in der Stadt entfernt. Ringsherum lagen Wiesen und Felder. Es war ruhig und idyllisch. Hätte Forster nicht das Haus seiner Eltern übernommen, er wäre vielleicht auch irgendwann an einen Ort wie diesen gezogen.

Das Haus war klein und ebenso düster wie Hildebrands Ausstrahlung. Irgendwann war es vermutlich einmal hübsch gewesen, doch jetzt waren die roten Backsteine schmutzig und die grauen Dachschindeln grün angelaufen und verwittert. Der Vorgarten war überwuchert, und der Garten hinter dem Haus sah nicht besser aus, wie Forster von seinen früheren Besuchen wusste. Hildebrand verbrachte seine freie Zeit lieber damit zu lesen, statt sich um Haus und Garten zu kümmern.

Forster schob sich ein paar Pfefferminzpastillen in den Mund. Bevor er losgefahren war, hatte er sich zwei weitere Schachteln eingesteckt. Sein Vorrat ging langsam zur Neige, aber darum konnte er sich später kümmern. Jetzt brauchte er dringend etwas, um seine Nerven zu beruhigen.

Noch ein tiefer Atemzug, dann ging er zur Tür und drückte

auf den Klingelknopf. Im Inneren erklang ein schepperndes Geräusch.

Er hatte darüber nachgedacht, ob er versuchen sollte, sich heimlich Zutritt zu verschaffen, den Plan dann aber verworfen. Sein Verdacht gegen Hildebrand war mehr als vage und vielleicht nur seiner Verzweiflung entsprungen. Er konnte nicht einfach hingehen und eine Scheibe einschlagen, abgesehen davon, dass Hildebrand das vermutlich sofort bemerken würde. Und wie man eine verschlossene Tür geräuschlos öffnete, wusste Forster nicht. Also blieb ihm nur der übliche Weg.

Hildebrand öffnete nach kaum mehr als zehn Sekunden und sah Forster überrascht an.

»Robert.« Er blickte sich um, als erwartete er, auch Steinke und Gericke zu sehen. »Bist du allein?«

»Ja. Darf ich reinkommen?«

»Selbstverständlich.«

Hildebrand trat beiseite, und Forster durchquerte den Flur mit den braun gestrichenen Wänden. Die erste Tür auf der linken Seite führte in das große Wohnzimmer mit den klobigen Ledersesseln.

»Kaffee? Tee? Wasser?« Hildebrand hob die Hände. »Etwas anderes kann ich dir nicht anbieten. Du weißt, ich trinke keinen Alkohol.«

»Ein Kaffee wäre gut«, sagte Forster. Während Hildebrand mit der Zubereitung beschäftigt war, könnte er vielleicht rasch einen Blick in die Dunkelkammer werfen. »Und ich müsste mal kurz ...« Er deutete vage in Richtung Flur.

»Bitte. Du kennst ja die Gästetoilette. Der Kaffee kommt gleich.«

Hildebrand verschwand in der Küche, und Forster eilte ans Ende des Flurs. Er warf einen raschen Blick zurück, ehe er die Türklinke des Raums hinunterdrückte, den er damals versehentlich betreten hatte. Von Hildebrand war nichts zu sehen und zu hören. Die Zubereitung des Kaffees würde ein paar Minuten in Anspruch nehmen. Zeit genug, um sich einen Überblick zu verschaffen.

Forster öffnete die Tür, tastete an der Wand nach dem Lichtschalter und betätigte ihn. An der Decke flammte eine Halogenlampe auf und beleuchtete Fotos, die in langen Reihen an Schnüren hingen, die quer durch den Raum gespannt waren.

Die Bilder waren schwarz-weiß, und sie zeigten alle ein und dasselbe Motiv: einen halbwüchsigen Jungen, kniend auf dem Boden, bäuchlings auf der Sitzfläche eines Stuhls liegend oder an der Wand stehend, die Hände an einem Haken über seinem Kopf gefesselt. Hinter ihm stand ein Mann, von dem man nur den Rücken sah. Auf jedem der Bilder schwang er eine Schlagwaffe. Forster erkannte Peitschen und Gerten, Gürtel und Rohrstöcke. Der Rücken des Jungen war mit Striemen und Narben übersät, über sein Gesicht liefen Tränen.

Forster presste die Zähne zusammen. Das also war Hildebrands dunkles Geheimnis. Eine verbotene Leidenschaft für minderjährige Jungen und dafür, sich anzusehen, wie jemand ihnen Schmerzen zufügte.

Das war krank, aber passte es zu dem Psychopathen, der Jugendliche mit Foltermaschinen peinigte? Die Opfer des Entführers waren zwar jung, aber doch deutlich älter als der Junge auf den Fotos. Und warum das Spiel mit Forster? Er hatte keine Ahnung von Hildebrands Neigung gehabt. Aber vielleicht glaubte Hildebrand, er hätte schon damals etwas gesehen, als er die Kammer entdeckt hatte?

»Robert?«

Forster zuckte zusammen. Er war so schockiert von dem, was

er vorgefunden hatte, dass er nicht mehr daran gedacht hatte, rechtzeitig zu seinem Kollegen zurückzukehren.

Hildebrand streckte die Hand aus und löschte das Licht. »Komm«, sagte er. »Lass uns ins Wohnzimmer gehen. Ich erkläre es dir.«

Forster folgte ihm mit einem unbehaglichen Gefühl. Erst jetzt kam ihm der Gedanke, dass Hildebrand vielleicht nicht allein war. Wenn er der Entführer war, konnte sein Handlanger nicht weit sein. Forster traute sich zu, mit Hildebrand fertigzuwerden, doch gegen zwei erwachsene Männer hätte er keine Chance.

Hildebrand verschwand erneut in der Küche und kam mit einem Tablett mit zwei Kaffeetassen zurück, außerdem einem Milchkännchen und einer Zuckerdose. Er reichte Forster eine Tasse und nahm sich selbst die zweite.

Forsters Kopf spielte mittlerweile verrückt. Was, wenn ihm Hildebrand etwas in den Kaffee getan hatte? Wenn er ihn betäuben und ebenfalls in den Raum mit den Foltermaschinen verfrachten wollte? Wenn er einfach die Spielregeln geändert hatte?

»Robert?« Hildebrand sah ihn besorgt an. »Ist alles in Ordnung mit dir? Du bist leichenblass.«

Eine Anspielung? Eine Drohung?

Forster versuchte, sich auf seine Atmung zu konzentrieren. Seine überreizten Nerven vibrierten.

»Können wir die Tassen tauschen?«

»Bitte?« Hildebrand runzelte die Stirn. Er betrachtete erst seine eigene, dann Forsters Tasse. Schließlich zuckte er mit den Schultern. »Wie du willst.« Er reichte Forster seine Tasse und nahm im Gegenzug Forsters.

»Milch? Zucker?«

»Nur Milch.« Erneut kam Forster ins Schwanken. Nahm Hildebrand ebenfalls Milch? Und falls nicht: Hatte er vielleicht das Betäubungsmittel in die Milch gegeben?

»Du ziehst ein Gesicht, als wollte ich dich vergiften«, sagte Hildebrand. »Du musst den Kaffee nicht trinken, weißt du? Ich habe ihn nur dir zuliebe gemacht.« Hildebrand stellte die Tasse beiseite und stand auf. »Ich brauche jetzt ohnehin etwas Stärkeres.« Er ging zu dem wuchtigen Sideboard, öffnete ein Fach und nahm eine Flasche und zwei Gläser heraus. »Für dich auch?«

Forster musterte die Braunglasflasche. »Was ist das?«

»Ingwersaft. Brennt höllisch, ist aber gesund.« Hildebrand füllte beide Gläser einen Fingerbreit. Er prostete Forster zu und leerte sein Glas in einem Zug.

Forster griff ebenfalls zu und trank. Der Saft war definitiv nicht vergiftet.

Im nächsten Moment schnappte er nach Luft. Der Ingwer brannte in der Kehle, entfaltete dann aber eine wohltuende Wärme im Magen. Forster wurde ruhiger.

»Du brauchst Hilfe, Simon«, sagte er zu Hildebrand, der sich wieder gesetzt hatte.

Hildebrand verzog bitter den Mund. »Ich habe eine komplette Lehranalyse gemacht, Robert. Mein Analytiker war großartig. Trotzdem sind ein paar Baustellen geblieben.«

Forster wusste selbst, dass auch eine umfangreiche Analyse nicht sämtliche Probleme löste. Schon gar nicht jene, die man für sich behielt. Hätte Hildebrand seinem Lehranalytiker seine Vorliebe für kleine Jungen gestanden, wäre er niemals als Therapeut zugelassen worden.

»Warum das alles?«, fragte Forster. »Und warum ich? Was habe ich dir getan?«

Hildebrand blinzelte verwirrt. »Du meinst, warum ich zugelassen habe, dass du die Bilder findest?« Er zuckte mit den Schultern. »Vermutlich habe ich mir unbewusst gewünscht, dass endlich jemand mein Geheimnis entdeckt.«

»Aber warum die jungen Leute? Und was soll diese Frage nach meinem Kind?«

»Tut mir leid, Robert.« Hildebrand griff erneut nach der Flasche. Ohne zu fragen, schenkte er erst Forster, dann sich selbst ein. »Ich habe keine Ahnung, wovon du redest. Geht es immer noch um diesen Traum? Das ist eine Reaktion auf den Schock. Du brauchst Geduld.« Er trank das Glas leer. »Ich dachte, du wolltest etwas über die Bilder wissen.«

»Was gibt es da zu wissen? Du sammelst Fotos, auf denen erwachsene Männer minderjährigen Jungen brutale Schmerzen zufügen. Das ist krank, Simon.«

Hildebrand lachte auf. »Du hast dir die Bilder offenbar nicht besonders genau angesehen, Robert.«

»Genau genug.«

»Hast du erkannt, dass man mich auf den Fotos sieht?«

»Nein.« Forster wurde übel. Schlimm genug, dass Hildebrand Befriedigung darin fand, sich solche Bilder anzuschauen. Aber dass er selbst Kinder schlug …

»Robert.« Hildebrand stellte das Glas mit einem Knall auf den Tisch. »Du bist wirklich nicht bei Sinnen.«

Er stand auf und verließ das Wohnzimmer. Forster hörte seine Schritte auf dem Flur. Sie entfernten sich, hielten einen Moment inne und kamen dann wieder näher.

»Da. Sieh es dir an.« Hildebrand warf ein paar Fotos vor Forster auf den Tisch. »Der Junge, Robert. Das bin ich.«

Forster lief ein Schauer über den Rücken. Er nahm eines der Bilder und betrachtete es. Die Gesichtszüge des Jungen, die schmalen Augenbrauen, die hellen Augen, die gerade Nase. Es war tatsächlich Simon Hildebrand.

»Entschuldige, Simon«, sagte er heiser. »Ich dachte wirklich ...« Er wischte den angefangenen Satz mit einer Handbewegung beiseite. »Wer ist der Mann?«

Hildebrands hellblaue Augen waren wie Bergseen, so tief, dass man unmöglich bis auf den Grund blicken konnte.

»Mein Vater.«

52

Als er zwei Stunden später wieder in seinen Wagen stieg, war er wie vor den Kopf geschlagen. Nie hätte er geglaubt, dass einer seiner Kollegen einen solchen Ballast mit sich herumtragen könnte.

Simon Hildebrand war in dem kleinen Dorf zur Welt gekommen und aufgewachsen. Weil es keine anderen Kinder in seinem Alter gab und der Weg in die Stadt weit war, hatte er keine Freunde. Wenn ihn der Schulbus am Ortsrand ausgespuckt hatte, trottete er allein nach Hause. Dort erwartete ihn die tägliche Arbeit – kochen und backen, waschen und putzen, Holz hacken, Rasen mähen, das Auto waschen ... Die Liste hatte kein Ende.

Abends kam der Vater und kontrollierte, ob alles zu seiner Zufriedenheit erledigt worden war. Wenn nicht, gab es Strafen. Demütigungen, Schläge und nicht selten eine Nacht, die Simon im dunklen Keller verbringen musste.

Sein Vater war Landmaschinenvertreter, doch er verdiente nicht gut, obwohl man das in diesem Gewerbe durchaus konnte. Aber Simons Vater verstand es nicht, den Bauern ihre Wünsche von den Augen abzulesen. Er war ein harter, verbitterter Mann.

Simons Mutter war bei seiner Geburt gestorben, und sein Vater brachte sie beide allein durch. Er machte den Jungen für den Tod der geliebten Frau verantwortlich – etwas, das er ihm nie verzieh. Außerdem war er ein Trinker, einer von der Sorte, die rücksichtslos und brutal wurden, wenn sie betrunken waren, und das war er fast immer.

Als Simon das erste Mal eine schlechte Note aus der Schule nach Hause brachte, brach der Damm, und die Wut, die sein Vater so lange zurückgehalten hatte, überflutete ihn. Der Vater zog den Gürtel aus der Hose und schlug seinen achtjährigen Sohn grün und blau.

Zuerst verschaffte es ihm einfach nur Linderung. Er hatte endlich ein Ventil gefunden, um mit dem Verlust der geliebten Frau umzugehen. Er bestrafte den Schuldigen.

Dann irgendwann entdeckte er, dass es nicht nur Erleichterung war, was er empfand, sondern Genuss. Es erregte ihn, seinen Sohn zu demütigen, der es ja in seinen Augen nicht besser verdient hatte. Er besorgte sich verschiedene Schlagwaffen und eine Videokamera, mit der er seine Sitzungen, wie er es nannte, festhalten konnte.

Die Bilder, die Hildebrand Forster gezeigt hatte, waren aus diesen Filmen herausgeschnitten. Seine persönliche Leidensdokumentation.

Als Simon sechzehn war, starb sein Vater. An diesem Tag hatte Artur Hildebrand erfahren, dass die Landmaschinenfabrik seinen Job an einen Jüngeren weitergeben würde, der engagierter und erfolgreicher war als er. Hildebrands Vater hatte sich in der nächsten Kneipe volllaufen lassen. Auf dem Rückweg nach Hause hatte er sich mit dem Wagen um einen Baum gewickelt. Er war sofort tot gewesen.

Das Jugendamt hatte Simon einen Vormund oder eine Pflegefamilie besorgen wollen, doch der Sechzehnjährige hatte dafür gekämpft, in seinem Elternhaus wohnen bleiben zu dürfen. Weil er ausgesprochen gute Noten hatte und von allen Lehrern als sehr reif und verantwortungsbewusst beschrieben wurde, hatte man ihm den Wunsch gewährt.

Niemand hatte je erfahren, was der Vater Simon Hildebrand angetan hatte, nicht einmal der Lehranalytiker, bei dem er mehr als fünf Jahre auf der Couch gelegen hatte. Er hatte es selbst fast vergessen.

Aber dann hatten sie in der Mittwochsrunde über Forsters Anti-Aggressions-Gruppe gesprochen und über Vincenzo Biraghi, der seinen misshandelnden Stiefvater getötet hatte, und plötzlich war alles wieder da gewesen. Deshalb hatte Hildebrand angefangen, sich die alten Filme anzusehen und die Bilder herauszuschneiden. Entwickeln hatte er sie problemlos zu Hause können. Hildebrand fotografierte leidenschaftlich mit einer alten Spiegelreflexkamera, weil seiner Meinung nach kein digitaler Chip die Tiefe eines echten Fotofilms erreichte. Da es heutzutage nur noch wenige und meist umständliche Möglichkeiten gab, Filme entwickeln zu lassen, hatte er sich die Kammer eingerichtet.

Forster stoppte vor einer roten Ampel und schob sich zwei Pfefferminzpastillen in den Mund. War das nun der Beweis, dass Hildebrand unmöglich der Täter sein konnte? Weil er aus eigener Erfahrung wusste, wie man sich als Opfer fühlte? Oder war das Gegenteil der Fall, und Hildebrand genoss es wie sein Vater, junge Menschen zu quälen? Hatte er Vincenzo Biraghi in die Luft gesprengt, weil dieser sich das Recht genommen hatte, das zu tun, was Hildebrand selbst sich all die Jahre versagt hatte? Oder einfach, weil er der Auslöser dafür war, dass ihn die schrecklichen Erinnerungen wieder eingeholt hatten?

Forster hatte großes Mitgefühl mit Hildebrand, aber er wusste, dass das Pendel nach einer solchen traumatischen Jugend zu beiden Seiten ausschlagen konnte. Es gab Menschen, die ihre Angst nie wirklich überwanden und immer Opfer blieben, aber es gab auch jene, die sich aus der Not heraus mit dem Täter identifizierten und folgerichtig später selbst Täter wurden. Was davon für Simon Hildebrand galt, ließ sich unmöglich sagen.

53

Inga Jessen versuchte zum wiederholten Mal, ihre Kollegin zu erreichen. Vor zwei Stunden hatte Kayra ihr eine Kurzmitteilung geschickt.

Habe eine heiße Spur!!!

Seitdem hatte sie nichts mehr von ihr gehört. Ihr Handy war ausgeschaltet, in ihrer Wohnung sprang nur der Anrufbeantworter an, und ihre Eltern wussten ebenfalls nicht, wo sie war. Sie reagierte auch nicht auf WhatsApp, SMS oder E-Mails. Das war ausgesprochen ungewöhnlich.

Jessen machte sich Sorgen. Weshalb hatte Kayra sie nicht informiert, bevor sie der neuen Spur gefolgt war? Warum dieser Alleingang? Es konnte also nur daran liegen, dass es irgendetwas mit Dr. Forster zu tun hatte. Kayra hatte sich in ihn verbissen. Ihre Überzeugung, dass er der Täter war, geriet zwar immer wieder ins Wanken, doch vollständig davon lösen konnte sie sich auch nicht.

Jessen sah auf die Uhr. Es war nach elf. Sollte sie die Staatsanwältin informieren? Eine Personensuche nach Kayra einleiten? Oder war das übertrieben? Vielleicht saß ihre Kollegin auch einfach in ihrem Auto, beobachtete Forsters Haus und reagierte nicht auf Nachrichten, weil der Akku ihres Handys leer war.

Jessen beschloss, dort vorbeizufahren. Wenn Kayra den Psychologen observierte, würde sie ihr raten, nach Hause zu fahren. Und wenn nicht, dann würde sie die Kollegin zur Fahndung ausschreiben lassen. In einem Fall, in dem der Täter so gewaltbereit und skrupellos war, machte man besser keine Fehler.

54

Robert Forster stellte seinen Wagen in der Einfahrt vor dem Haus ab und schloss die Augen. Die Erschöpfung schlug wie eine Welle über ihm zusammen.

Er war noch immer keinen Schritt weitergekommen. Für einen Moment hatte er geglaubt, dem Täter auf der Spur zu sein, als er die Bilder bei Hildebrand entdeckt hatte, doch jetzt wusste er nicht mehr als vorher.

Er hatte Hildebrand die Wahrheit gesagt, ihm von den Entführungen, der Folter und den Videos berichtet. Der Kollege hatte aufmerksam zugehört, und in seinen Augen hatte Forster sein eigenes Entsetzen gespiegelt gesehen. Aber er konnte nicht entscheiden, ob Hildebrands Reaktion echt oder nur Theater gewesen war. Die Ereignisse der letzten Tage hatten Forster derart erschüttert, dass sein Sensorium nicht mehr funktionierte.

Eigentlich müsste er merken, ob er einem Psychopathen gegenübersaß oder einem Menschen, der emotional mitschwang und sich einfühlte. Jemandem, der seine Angst, seine Wut, seine Trauer, seine Verzweiflung nachempfinden konnte. Es war Forsters Beruf, hinter die Fassade zu blicken.

Aber auch ein guter Therapeut konnte getäuscht werden. Einige Psychopathen waren ausgezeichnete Schauspieler. Und jemand, der wie Hildebrand eine komplette psychoanalytische Ausbildung durchlaufen hatte, wusste natürlich, worauf es ankam. Er hatte Forster jede erdenkliche Hilfe angeboten, doch tatsächlich gab es nichts, was er tun konnte.

Dass Forster auch die beiden anderen aus der Mittwochsrunde, Steinke und Gericke, in Verdacht zog, hatte Hildebrand als völlig abstrus zurückgewiesen. Seiner Ansicht nach musste der Täter sich heimlich Zutritt zu Forsters Haus verschafft haben. Wenn es einer der Kollegen wäre, so hatte Hildebrand argumentiert, warum sollte er dann derartig dumm sein, mit den abgeschnittenen Händen in der Gefrierbox eine Leuchtspur zu legen, die direkt zu ihm führte, wenn er doch ansonsten so überaus vorsichtig war und alles vermied, was Forster einen Hinweis hätte geben können?

Von der Hand zu weisen war diese Überlegung nicht, aber es könnte auch einfach ein kühner Schachzug des Entführers sein, um den Reiz des Spiels zusätzlich zu erhöhen. Auch wenn Forster sich wünschte, dass er sich täuschte – er konnte die Idee, dass der Täter einer der Kollegen war, nicht einfach verwerfen. Aber falls es stimmte – wer von den dreien war dann der Entführer?

Hildebrands Kindheitstrauma war ein mögliches Motiv, mehr aber auch nicht. Nach wie vor wusste Forster nicht, womit er den Kollegen gegen sich aufgebracht und sich zur Zielscheibe in dessen Spiel gemacht haben könnte.

Oder ging es um seine Position in der Mittwochsrunde? Litt Hildebrand unter einem Größenwahn, der nicht zuließ, dass jemand anders als er selbst im Mittelpunkt der Treffen stand? Das wäre ein reichlich nichtiger Grund, doch für einen Psychopathen könnte auch ein winziger Zündfunke reichen.

Allerdings hatte Forster nie beobachtet, dass Hildebrand den Versuch unternommen hätte, sich in der Gruppe in den Vordergrund zu drängen. Eher im Gegenteil. Er war still und zurückhaltend. Aber auch das musste nichts bedeuten.

Forster stieg aus dem Wagen und verriegelte die Türen mit dem elektronischen Schlüssel. Dann ging er ins Haus.

Es hatte keinen Sinn, sich weiter den Kopf zu zerbrechen. Forsters Gedanken drehten sich im Kreis, sprangen von Hildebrand zu Steinke, der möglicherweise in ihn verliebt war und sich von Forster zurückgewiesen gefühlt hatte, von dort zu Gericke, für den sich sicher auch irgendein Motiv konstruieren ließ, und wieder zurück zu Hildebrand, aber nichts davon führte zu einem Ergebnis.

In dieser Nacht würde keine Entscheidung fallen, und es gab auch nichts mehr zu tun.

Er konnte nur abwarten, wie der nächste Zug des Entführers aussah.

55

Sie konnte nichts sehen, und sie konnte sich auch nicht bewegen. Der Raum war stockfinster. Ihre Handgelenke waren hinter dem Rücken gefesselt, und auch ihre Fußgelenke waren zusammengebunden. So, wie es sich anfühlte, mit einem starken Klebeband, Panzertape oder etwas Ähnlichem. Über ihrem Mund klebte ebenfalls ein Streifen davon.

Kayra Davari blinzelte. Ihr Schädel dröhnte. Alles schien sich um sie herum zu drehen. Zugleich hatte sie das Gefühl, dass ein Metallband ihren Kopf zusammenpresste.

Obwohl sich ihre Gedanken wie durch einen Nebel bewegten, versuchte sie, sich zu konzentrieren. Sie befand sich offenbar in einem fensterlosen Kellerraum und lag seitlich auf einer dünnen harten Unterlage, einer dieser sich selbst aufblasenden Isomatten wahrscheinlich. Die Augen konnte sie öffnen, aber es nützte ihr nichts. Die einzigen Bilder, die sie sah, waren jene, die auf der Innenseite ihrer Netzhaut flimmerten. Ein psychedelisch bunter Film, wie mit einem Stroboskop projiziert.

Er zeigte ihre Schwäche. Ihre Dummheit. Ihren Irrtum.

Sie hatte sich vollkommen verrannt und dem Falschen vertraut, und nun zahlte sie den Preis dafür.

Er musste ihr irgendetwas in den Tee getan haben. Ein Betäubungsmittel, das dafür gesorgt hatte, dass sie einfach auf dem

Sofa eingeschlafen war. Danach hatte er sie in aller Ruhe an diesen Ort bringen und fesseln können, und vermutlich war ihr Schicksal damit besiegelt.

Sie hatte geglaubt, dass sie Robert Forster nun endlich am Haken hätte.

Stattdessen hing sie jetzt selbst daran.

56

Das Klingeln des Handys riss Forster am nächsten Morgen um kurz nach sechs aus dem Schlaf. Es war eine SMS von Gott.

*Heute Mittag startet das Finale. Alle Informationen
zur Party per Mail.*

Angehängt war ein Grinse-Smiley.

Forster setzte sich im Bett auf und öffnete die E-Mail auf dem Handy.

Die Mail trug den Titel *Gott ist böse final*.

Der Text lautete:

Mein Beileid, Dr. Forster
Nur noch ein Zug, und Sie sind schachmatt.
Sie haben es nicht geschafft, Ihr Kind zu finden. Ich schon.
Aber Sie bekommen eine letzte Chance.
Sie haben die Wahl. Riskieren Sie Ihr eigenes Leben, dann können Sie vielleicht das Leben Ihres Kindes retten. Andernfalls sind Sie wieder nur Zuschauer.
Wenn Sie bereit sind zu spielen, begeben Sie sich um Punkt 10.00 Uhr auf das Parkdeck hinter dem Institut für Psychologie. Sie werden abgeholt.

Sollten Sie die Polizei einschalten, sterben Tyler Hartwig, Tessa Eilers und Ihr Kind. Den Fahrer zu verhaften nützt Ihnen nichts, weil Sie ihm nichts nachweisen können. Den Wagen verfolgen zu lassen kostet alle Geiseln das Leben. Wenn Sie irgendwelche Geräte mit sich führen, mit denen man Ihre Position lokalisieren kann, sterben die Geiseln ebenfalls.

Kommen Sie ohne Begleitung, ohne Handy und ohne andere elektronische Hilfsmittel, sonst haben Sie verloren.

Ich freue mich darauf, Sie persönlich zu unserem Spiel begrüßen zu dürfen.

Gott

Forster donnerte die Faust auf den Nachttisch. Der Entführer war wahnsinnig und unfassbar dreist. Nicht genug, dass er Forsters Patienten und Studenten entführt hatte, jetzt wollte er auch noch ihn.

Adrenalin pumpte durch seine Adern. Sein Herz hämmerte hart gegen seinen Brustkorb.

Was sollte er tun? Hatte er überhaupt eine andere Wahl, als der Aufforderung des Entführers Folge zu leisten? Selbst wenn das alles nur ein Trick war und es dieses angebliche Kind gar nicht gab, waren da immer noch Tessa und Tyler, die sich in den Händen des Verrückten befanden. Forster musste tun, was in seiner Macht stand, um sie zu retten, auch wenn er sich damit selbst in Gefahr begab.

Erst mit Verspätung registrierte er, dass der Mail eine Fotodatei angehängt war. Rasch öffnete er sie.

Das Bild zeigte eine junge Frau, die an einen Stuhl gefesselt war. Ihre untere Gesichtshälfte war von einem breiten silberfarbenen Klebeband verdeckt, das ihren Mund verschloss und mehrfach um ihren Kopf gewickelt war, aber Forster erkannte sie trotzdem an den dunklen Augen, die wutsprühend in die Kamera gerichtet waren.

Es war Kayra Davari.

Der Verrückte hatte eine Polizistin entführt!

Aber warum, um alles in der Welt?

Forster las erneut die E-Mail, und sein Blick blieb an einer Zeile hängen.

Sie haben es nicht geschafft, Ihr Kind zu finden. Ich schon.

Forster blinzelte. Die Worte verschwammen vor seinen Augen. In seinem Kopf löste sich eine Lawine.

Sollte das bedeuten, dass Davari seine Tochter war? Doch wie könnte das sein?

Davari war Iranerin, und Forster war niemals mit einer Frau aus dem Iran zusammen gewesen.

Hatten ihre Eltern sie adoptiert? Aber Davaris Abstammung war in der Farbe ihrer Haare, ihrer Augen und ihrer Haut deutlich zu erkennen.

Das alles machte überhaupt keinen Sinn.

Forster legte das Handy beiseite. Bis zehn Uhr blieben ihm noch knapp vier Stunden Zeit.

Er musste mit Davaris Eltern sprechen. Vielleicht würde er dann klarer sehen.

57

Die Frau, die ihm die Tür öffnete, war klein und schlank. Sie hatte lange schwarze Haare, braune Augen und einen dunklen Teint. Irgendwo in Forsters Hinterkopf zuckte eine ferne Erinnerung auf. War er dieser Frau schon einmal begegnet?

»Guten Morgen, Frau Davari«, sagte er. »Entschuldigen Sie bitte die frühe Störung.« Es war kurz vor sieben.

Aysan Davari hielt den Blick gesenkt. »Ja, bitte?«, fragte sie. »Was kann ich für Sie tun?«

»Mein Name ist Dr. Robert Forster. Ich muss Sie dringend sprechen. Es geht um Ihre Tochter.«

»Meine Tochter ist nicht hier.«

»Das weiß ich.« Forster suchte nach den richtigen Worten, um es ihr schonend beizubringen, aber letztlich konnte er ihr einfach nur die Wahrheit sagen. »Ich habe leider keine guten Nachrichten«, erklärte er. »Ihre Tochter wurde entführt.«

Davaris Kopf schnellte hoch. »Was? Nein. Das ist nicht wahr.«

»Es tut mir leid«, sagte Forster. »Darf ich kurz hereinkommen?«

»Wer ist denn da?«, ertönte eine männliche Stimme aus einem der hinteren Räume.

»Nur ein Kollege«, rief Aysan Davari zurück. »Er hat eine Frage zu einer Versuchsreihe, die wir letzte Woche angesetzt haben.« Sie neigte sich zu Forster. »Wenn er kommt und fragt: Sie arbeiten mit mir zusammen. Pharmazeutische Forschung«, flüsterte sie. Dann hob sie die Stimme wieder. »Wir gehen ins Wohnzimmer.«

»In Ordnung«, kam die Antwort aus den Tiefen der Wohnung. »Ich räume den Tisch ab.« Anscheinend hatte Forster das Ehepaar beim Frühstück gestört.

Aysan Davari führte ihn durch den Flur in einen Raum, der norddeutsche und orientalische Elemente auf gelungene Weise kombinierte. Sie bot Forster einen der beiden Sessel an und setzte sich selbst auf das Sofa mit der bunt gemusterten Wolldecke mit den langen geflochtenen Fransen. Nur auf die Kante, die Knie zusammengepresst, die Hände dazwischengesteckt. Sie war eindeutig nervös.

Forster betrachtete sie. Aysan trug kein Kopftuch. Die Haare fielen ihr offen über die Schultern. Bekleidet war sie mit einer engen Jeans und einer hübschen Bluse in Erdtönen. Ihr Make-up war dezent, die Fingernägel waren kurz und unlackiert. Wenn sie als Pharmazeutin in der Forschung arbeitete, musste sie vermutlich oft Latexhandschuhe tragen, bei denen lange und lackierte Fingernägel unpraktisch wären.

Wieder durchzuckte ihn das Gefühl, dass er ihr irgendwann schon einmal begegnet war.

»Wie alt ist Ihre Tochter?«, erkundigte er sich.

»Sechsundzwanzig. Spielt das eine Rolle?«

»Leider ja.« Er fasste zusammen, was in den letzten Tagen geschehen war, ohne allzu sehr ins Detail zu gehen. Die Erpresserbriefe erwähnte er, ebenso den Tod der drei Jugendlichen, nicht aber die Foltermaschinen und die grässlichen Verstümmelungen, an denen Alessia, Dustin und Leander gestorben waren. Mila lag, soweit er das wusste, immer noch im Koma. Sie würde hoffentlich überleben, aber sie war für ihr Leben gezeichnet, und es würde lange dauern, das Trauma zu überwinden. Wenn es überhaupt gelang.

»Der Erpresser hat mich aufgefordert, denjenigen Menschen zu finden, mit dem ich fünfzig Prozent meiner Gene gemeinsam habe«, sagte er abschließend, während er darüber nachdachte, was er vor siebenundzwanzig Jahren getan hatte. »Heute hat er mir ein Foto geschickt. Es zeigt Ihre Tochter.«

Aysan Davari hatte ihm schweigend zugehört. Sie blinzelte nicht einmal. »Warum hat er Ihnen das Bild geschickt?«, fragte sie.

»Er will, dass ich mich freiwillig in seine Gewalt begebe, um Kayra zu retten.«

Die Augen der Iranerin wurden feucht. »Werden Sie es tun?«

»Wenn es nicht anders geht. Aber zuerst will ich wissen, ob es stimmt. Kann das sein? Ist Kayra meine Tochter?«

Die Wohnzimmertür öffnete sich, und ein Mann kam herein, der etwa im selben Alter war wie Aysan. Auch er trug Jeans, dazu ein weißes Hemd und schwarze Schuhe. Seine Haare, sein Teint und seine Augen waren ebenso dunkel wie die seiner Frau.

»Hallo«, sagte er. »Möchten Sie einen Tee? Oder einen Kaffee?«

Aysan wischte sich rasch die Augen trocken. »Das ist Robert«, sagte sie und deutete auf Forster. »Mein Mann Abtin.«

»Freut mich.« Forster stand auf und reichte Abtin die Hand. Sein Händedruck war angenehm, fest und warm. »Ein Kaffee wäre großartig.« Aus der Nähe stellte er fest, dass der Mann dunkle Ringe unter den Augen hatte.

»Kommt sofort.« Abtin verließ den Raum, und seine Frau atmete auf.

»Danke«, sagte sie und fügte erklärend hinzu: »Mein Mann ist krank. Ich möchte nicht, dass er sich aufregt.«

»Aha?« Auf Forster hatte Abtin abgesehen von den Augenringen gesund und vital gewirkt.

»Seine Nieren arbeiten nicht mehr. Er muss dreimal in der Woche an die Dialyse, und seine Werte werden schlechter.« Sie atmete tief durch. »Meine Tochter möchte ihm gern eine Niere spenden«, setzte sie dann hinzu.

»Aber das ist nicht möglich«, sagte Forster, dem sich innerhalb von Sekunden das ganze Drama erschloss. »Weil sie nicht seine Tochter ist.«

Aysan senkte den Kopf. »Mein Mann darf das auf keinen Fall erfahren. Die Schande und die Scham würden ihn umbringen.«

»Die Scham?«

»Dass er nicht in der Lage war, ein Kind zu zeugen.«

Forster lehnte sich im Sessel zurück und schlug die Beine übereinander, so wie er es auch in seiner Praxis tat, wenn ihm ein Patient seine intimsten Geheimnisse anvertraute. Er versuchte, eine ruhige und offene Atmosphäre zu erzeugen und seinem Gesprächspartner ein wohlwollendes und aufmerksames Gegenüber zu zeigen. In der augenblicklichen Situation fiel ihm das schwer. Er war selbst betroffen. In seiner Brust tobten die widersprüchlichsten Gefühle, und ihm lief die Zeit davon. Trotzdem durfte er Aysan nicht zu sehr bedrängen.

Sie zögerte lange, ehe sie zu sprechen begann. Forster hoffte, dass ihr Mann nicht ausgerechnet jetzt mit dem Kaffee kam.

»Abtin und ich haben uns während des Studiums kennengelernt«, berichtete sie. »Wir stammen beide aus dem Iran, aber wir wussten, dass wir hier ein freieres Leben führen könnten.« Ihre Hand bewegte sich zu ihren Haaren, unbewusst vermutlich. Im Iran müsste sie ein Kopftuch tragen. »Wir haben jung geheiratet. Wir wollten Kinder, aber es hat nicht geklappt.«

Sie verstummte, weil sich die Wohnzimmertür öffnete und

Abtin den Kaffee brachte, doch Forster konnte sich den Rest auch so zusammenreimen.

»Sie haben heimlich sein Sperma testen lassen und festgestellt, dass er nicht zeugungsfähig ist«, mutmaßte er, nachdem Abtin eingeschenkt und den Raum wieder verlassen hatte. »Sie haben Pharmazie studiert und hatten die entsprechenden Möglichkeiten.«

Aysan nickte.

»Aber Sie wollten ein Kind. Deshalb haben Sie sich einen Erzeuger gesucht. Mich.«

Plötzlich sah er die Bilder wieder vor sich. Die Partys bei den Pharmazeuten mit der lauten Musik, den zuckenden Lichtern und den vielen Menschen. Dort hatte er irgendwann Constanze kennengelernt. Und offenbar auch Aysan, obwohl er sich nicht daran erinnerte.

»Nein. So war es nicht«, sagte sie ernst. »Die Initiative ging von Ihnen aus.«

»Warum habe ich dann keine Erinnerung daran? Eine attraktive Frau wie Sie vergisst man doch nicht einfach.« Er nahm die kleine Tasse mit dem arabischen Kaffee, rührte etwas Zucker hinein und nippte daran. Das Aroma war kräftig und zugleich weich, mit einer Note von Kardamom.

Aysan lächelte schwach. »Es tut mir wirklich leid«, erklärte sie. »Aber wir waren an diesem Abend beide berauscht, vom Alkohol, und wahrscheinlich auch noch von etwas anderem. Es schien mir ein Wink des Schicksals zu sein, als Sie mir Avancen gemacht haben.«

Forster blinzelte. Er hatte nie übermäßig viel getrunken, und auf keinen Fall hatte er Drogen konsumiert. Allerdings, fiel ihm siedend heiß ein, war er in dieser Zeit oft mit seinem Kommilitonen Tobi unterwegs gewesen war. Tobi hatte mit den Scheinen nur so um sich geworfen. Die Menschen gaben Geld, das sie nicht selbst verdient hatten, leichteren Herzens aus als das, für das sie hart gearbeitet hatten, und Tobis Eltern hatten ihn immer mit großzügigem Taschengeld für sein Studium ausgestattet.

In Forsters Kopf fielen die Teile an ihren Platz. Wenn Forster ohne Tobi ausgegangen war, hatte er meistens Bier getrunken, gerne auch alkoholfrei, aber sein Kommilitone hatte darauf bestanden, dass sie Cola-Rum bestellten. Tobi war zu jener Zeit mit einer Pharmaziestudentin liiert gewesen. Wahrscheinlich war es ein Leichtes für ihn gewesen, an irgendwelche bewusstseinsverändernden Substanzen heranzukommen. In den pharmazeutischen Labors wurde immer alles Mögliche gebraut. Tobi könnte Aysan und ihm etwas in die Gläser gefüllt haben, damit sie sich näherkamen, und aus dem hochprozentigen Cola-Mischgetränk hatte man die Drogen nicht herausgeschmeckt.

Eine solche Aktion hätte genau Tobis Sinn für Humor entsprochen. Er war ja immer der Ansicht gewesen, dass Forster das Leben zu ernst nahm und sich mehr amüsieren sollte. Was für Tobi vor allem bedeutete, mit einer Frau ins Bett zu gehen.

Forster sah Aysan Davari an. »Wir waren an dem Abend mit Tobi und seiner Freundin zusammen? Und er hat uns etwas in die Drinks geschüttet?«

Aysan nickte und hob zugleich die Schultern. »So habe ich es mir später zusammengereimt. Wir waren in einer wunderbar leichten, beschwingten Stimmung, haben miteinander getanzt und sind uns immer nähergekommen. Irgendwann haben Sie mir ein sehr eindeutiges Angebot gemacht. Und ich habe plötzlich nur noch meinen Kinderwunsch gesehen und verdrängt, dass ich damit nicht nur meinen Mann, sondern auch Sie betrüge. Am nächsten Morgen war es zu spät. Da war nur noch die Scham, und ich habe gehofft, dass diese Nacht für immer mein Geheimnis bleibt.

Aber trotzdem habe ich mich unbändig gefreut, als ich ein paar Wochen später feststellte, dass ich schwanger war.« Aysan suchte seinen Blick. »Ich hoffe, Sie können mir verzeihen, dass ich in dieser Nacht meiner Sehnsucht gefolgt bin und Sie nicht zurückgewiesen habe. Einer Nacht, die im Übrigen sehr schön war.«

Ihr Lächeln war bezaubernd. Kein Wunder, dass er sich von ihr angezogen gefühlt hatte. Erst recht, wenn irgendwelche Drogen seine Lust angefacht hatten.

»Hatten Sie keine Angst?«, erkundigte er sich. »Dass das Kind meine Augenfarbe erben könnte?« Forsters Augen waren blaugrau.

»Nein.« Aysan Davari war jetzt wieder ernst. »Die braune Augenfarbe ist dominant. Das Kind hätte nur helle Augen bekommen können, wenn ich selbst rezessive Gene für helle Augen hätte, aber die habe ich nicht. Alle meine Vorfahren haben braune Augen.«

»Es hat sich also alles so gefügt, wie Sie es sich gewünscht haben.« Forster leerte die Kaffeetasse und stellte sie auf den Tisch. Er fühlte sich seltsam benommen und zugleich euphorisch, obwohl in seinem Getränk nichts anderes gewesen war als Koffein. Aber zu wissen, dass er eine Tochter hatte! Eine ganze Reihe widersprüchlicher Gefühle überrollte ihn. Die Freude darüber, ein Kind gezeugt zu haben. Stolz, dass aus dem kleinen Mädchen eine bemerkenswerte junge Frau geworden war, aber auch Trauer. Er hatte die ersten fünfundzwanzig Jahre im Leben seiner Tochter verpasst, und so, wie die Dinge lagen, würde er auch in Zukunft keinen Anteil an ihrem Leben haben. Die Freude wich einer plötzlichen Wut. Aber Aysan war nicht diejenige, auf die er sie richten konnte. Der Schuldige war Tobi. Aysan hatte nur eine Möglichkeit gesehen, sich einen bereits verloren geglaubten Traum doch noch zu erfüllen, und sie hatte zugegriffen, ohne lange darüber nachzudenken. Auch sie hatte schließlich unter Drogeneinfluss gestanden.

Forster nahm sich vor, Tobi ausfindig zu machen und ihm ordentlich den Marsch zu blasen. Nach dem gemeinsamen Studium hatten sich ihre Wege getrennt. Soweit Forster wusste, ließ Tobi sich sein psychologisches Know-how mittlerweile als Immobilienmakler in München vergolden. Doch das hatte Zeit. Momentan gab es wichtigere Dinge.

Forster drängte seine Emotionen zurück und konzentrierte sich wieder auf sein Gegenüber.

»Sie sind also nach unserer gemeinsamen Nacht schwanger geworden und haben eine Tochter zur Welt gebracht. Und Ihr Mann hat bis heute keine Ahnung, dass er nicht Kayras Vater ist?«

»Nein. Er darf es auf keinen Fall erfahren.«

»Und Kayra?«

»Sie weiß es auch nicht.«

»Deshalb der Plan mit der Nierenspende.« Forster musste erneut seine aufwallenden Emotionen hinunterschlucken. »Ich vermute, Sie sind in Panik geraten, als Ihre Tochter die Idee aufgebracht hat? Weil bei den Untersuchungen herausgekommen wäre, dass es keine genetische Übereinstimmung zwischen Ihrem Mann und Ihrer Tochter gibt.«

Aysan Davari nickte.

»Was haben Sie dann getan?«

»Ich wusste einfach nicht, wie ich mich verhalten soll. Ich bin zu einem Therapeuten gegangen, um mir Rat zu holen.«

Forster lief ein Schauer über den Rücken. Jetzt endlich ergab alles einen Sinn.

»Wie heißt Ihr Therapeut?«

Aysan biss sich auf die Lippen. »Dr. Lars Gericke.«

Forster schloss für einen Moment die Augen, während sein In-

neres zu Eis erstarrte. Also doch! Und dann auch noch ausgerechnet Gericke!

»Sie haben ihm den Namen des Vaters genannt? Meinen Namen?«

»Ja.«

Forster ballte die Fäuste. Er hatte recht gehabt. Der Entführer
war einer seiner Kollegen aus der Mittwochsrunde. Aber warum
Gericke? Was hatte er ihm getan?

Erneut überfiel ihn die Erkenntnis wie ein Blitz. Doch das
konnte nicht sein. Es war unmöglich, dass Gericke davon erfahren
hatte.

Forster schob den Gedanken beiseite. Die Frage nach dem
Motiv war zweitrangig. Wichtig war jetzt nur, Gerickes Versteck zu
finden und die Geiseln zu befreien. Er hatte nur keine Ahnung,
wie er das anstellen sollte.

58

Heute war der Tag, an dem sie sterben würde.

Mit dieser Gewissheit war Tessa am Morgen aufgewacht, und überraschenderweise hatte der Gedanke eine tiefe Ruhe mit sich gebracht. Für ihr Leben war eben nichts Größeres vorgesehen. Sie hatte nicht die besten Voraussetzungen mitbekommen, und aus dem, was sie besaß, hatte sie nichts gemacht. Stattdessen flippte sie ständig aus, wenn ihr etwas nicht passte. Sie brüllte herum, knallte Türen und zerstörte irgendwelche Dinge.

Bei der Auseinandersetzung mit dem Bäckermeister hatte sie den Bogen überspannt. Mit dem Nudelholz die Ladentheke zu zertrümmern und sogar noch Genugtuung zu empfinden, als ihr Chef mit dem Gesicht voran in die Scherben fiel, das zeugte einfach nur von einem miesen Charakter.

Sie hatte es verdient, bestraft zu werden, genau wie Dustin und Leander. Und für das, was man Mila und Alessia angetan hatte, gab es bestimmt auch Gründe.

Nun waren nur noch sie und Tyler übrig, und Tyler war mit Sicherheit der anständigste Junge, dem sie je begegnet war. Wenn also irgendein Sinn hinter all den Grausamkeiten steckte, würde es in der letzten Runde sie treffen, nicht ihn.

Als der Assistent die Tür öffnete, stand sie auf und trat in den Flur. Nur ganz kurz dachte sie an ihren Bruder Linus, der genau wie sie auf den Abgrund zusteuerte, und an den anderen Bruder Elias, der es geschafft hatte, dem Familienschicksal zu entrinnen. Sie hätte sich gern von beiden verabschiedet. Aber das Leben war eben kein Wunschkonzert.

Der Assistent öffnete die Tür zu dem großen Raum, und Tessa ging hinein. Sie wusste nicht, was sie erwartet hatte, aber jedenfalls nicht das, was sie sah.

Dort, wo sich bisher der Stuhlkreis befunden hatte, stand ein nach oben offener Kasten mit Glaswänden, der mit einer durchsichtigen Flüssigkeit gefüllt war, wie ein überdimensionales Aquarium. Von einer Seite aus führte ein Steg – so wie es aussah, ein loses Brett, das auf zwei Reihen schmaler, aufrecht stehender Säulen im Aquarium auflag – bis in die Mitte des Beckens. Genau über diesem Punkt schwebte ein Gestell, das aus einer langen, senkrecht stehenden Metallstrebe und zwei kurzen waagerechten Streben bestand. Die senkrechte Strebe war in der Mitte unterbrochen, als hätte man sie aus zwei Teilen zusammengesteckt. Das Verbindungsstück war weiß; es schien aus Keramik oder Plastik zu bestehen.

Das ganze Gebilde erinnerte an zwei Kreuze, die man übereinandergestellt hatte, das obere aufrecht, das untere auf dem Kopf stehend. Das Doppelkreuz hing an einem dicken Haken, der mit einer massiven Kette an der Decke befestigt war. Und dort oben, auf dem Gestell, stand eine Frau.

Sie hatte halblange dunkle Haare und einen dunklen Teint. Weil sie nur Unterwäsche trug, einen schwarzen Slip und einen ebenfalls schwarzen BH, konnte Tessa ihren durchtrainierten Körper sehen. Ihre nackten Füße befanden sich auf der unteren Strebe, ihre Hände waren um die obere geklammert. Silberfarbenes Panzertape fixierte ihre Hände und Füße an der Längsstange.

Ihr Mund war mit demselben Panzertape verschlossen, ihre Augen dagegen waren weit geöffnet.

Unwillkürlich flammte Hoffnung in Tessas Brust auf. Wenn es eine neue Mitspielerin gab, war sie vielleicht doch noch nicht verloren.

Vor dem Aquarium standen zwei Stühle, die Sitzflächen einander zugewandt. Beide Stühle hatten einen fest installierten Tisch, auf dem sich jeweils ein dicker pilzförmiger Druckschalter befand, wie der Abstimm-Button in einer Fernsehshow. Hinter den Stühlen standen altmodische Trockenhauben, die aus einem Friseursalon aus der Mitte des letzten Jahrhunderts zu stammen schienen.

»Setz dich.« Der Assistent deutete auf den Stuhl rechts vor dem Aquarium.

Tessa, die ihren Blick nicht von der Frau oben auf dem Gestell abwenden konnte, befolgte die Anweisung. Der Assistent fesselte ihre Füße an die Stuhlbeine, die linke Hand an die Armlehne und fixierte ihren Oberkörper mit einem Gurt an der Rückenlehne. Die rechte Hand blieb frei, wahrscheinlich, damit sie den Button betätigen konnte.

Erst jetzt bemerkte sie, dass von ihrem Tisch ein dickes Kabel zu einer klobigen Kiste verlief, von der wiederum mehrere Kabel zu dem Gestell führten, auf dem die Frau stand. Tessa schaute auf den zweiten Stuhl. Auch von dort führte ein Kabel in die Kiste hinein.

Tessa fehlte die Fantasie, um sich vorzustellen, wozu dieser Aufbau gut sein sollte, aber es würde sicher nicht angenehm werden, weder für sie noch für die Frau auf dem Gerüst.

59

Aysan Davari griff nach dem Telefon, das auf dem Tisch lag. »Wir informieren die Polizei. Sie müssen Gericke verhaften und Kayra und die anderen jungen Leute befreien.«

Forster hielt sie zurück. »Warten Sie. Wir haben nichts in der Hand. Wenn die Polizei ihn festnimmt, wird er alles leugnen, und sein Helfershelfer wird die Geiseln töten.«

»Er ist nicht allein?«

»Nein.«

Aysan ließ das Telefon sinken. »Warum tut er das? Warum entführt er Kayra und diese jungen Leute? Warum tötet er sie?«

»Weil er krank ist«, sagte Forster. Welche Gründe Lars Gericke auch immer für sein Handeln haben mochte, es gab keine, die eine solche Brutalität erklärten. Gericke war offenbar ein Psychopath, genau wie sein Handlanger.

Aysan sah ratlos aus. »Was machen wir denn jetzt?«

»Wir müssen herausfinden, wo er die Geiseln gefangen hält. Dann können wir auch die Polizei einschalten.«

Wenn Gericke von einem Spezialeinsatzkommando umzingelt war, würde er vielleicht aufgeben. Oder die Beamten könnten sich schnell genug Zutritt verschaffen, um zu verhindern, dass weitere Geiseln starben. Zumindest könnte man verhandeln. Aber solange sie den Ort nicht kannten, gab es keine Chance.

Forster sah Aysan ernst an. »Sie sollten Ihrem Mann die Wahrheit sagen. Bevor er es von jemand anderem erfährt.«

Bis jetzt hatte Kayras Mutter Haltung bewahrt. Nun schluchzte sie auf und rang die Hände. »Wenn sie tot ist, meinen Sie? Wenn ihre Kollegen kommen und uns erklären, was ihr widerfahren ist? Und warum es passiert ist?«

Forster stand auf. »Ich werde alles tun, was in meiner Macht steht, um das zu verhindern. Aber ich weiß nicht, ob es reicht.«

Aysan blieb auf dem Sofa sitzen. Ihr Mann kam Forster im Flur entgegen, als er das Wohnzimmer verließ.

»Alles geklärt?«, fragte Abtin lächelnd.

Forster sah ihn ernst an. »Nein«, sagte er nach einem kurzen Zögern. »Sie sollten mit Ihrer Frau sprechen. Versuchen Sie, sie zu verstehen.«

Abtin zog die Augenbrauen zusammen. »Ich weiß nicht, was Sie meinen.«

»Fragen Sie Ihre Frau.«

Forster eilte zur Tür. Abtins dunkle Augen folgten ihm wie Suchscheinwerfer.

60

Die Sitzhöcker schmerzten bei jeder Bewegung, doch Tyler konnte trotzdem nicht aufhören, auf der Pritsche vor und zurück zu schaukeln. Sein Kopf fühlte sich leer und wattig an. Ihm war flau, weil er seit mehr als vierundzwanzig Stunden nichts gegessen hatte, seit dem Spiel mit der Säureinfusion. Nur getrunken hatte er, literweise Wasser, um das Brennen in seiner Kehle zu mildern. Es war zwar nur Essig gewesen, aber in einer Konzentration, die hoch genug war, um die empfindlichen Schleimhäute in Mund, Rachen und Speiseröhre anzugreifen.

Als sich die Tür öffnete und der Assistent ihn herauswinkte, stand Tyler folgsam auf und ging ihm voran zu dem großen Raum. Er fühlte nichts mehr. Gleichgültigkeit hatte sich über alles gelegt wie eine dicke schwere Decke. Es gab nichts, was er tun konnte. Er konnte sich nur so klein machen wie möglich, zu einer Kugel, einem Sandkorn schrumpfen, bis man ihn nicht mehr sah und er vom Wind verweht wurde.

Das änderte sich jedoch mit einem Schlag, als der Assistent die Tür öffnete. Plötzlich war Tyler wieder hellwach, und sein Puls raste.

Die Frau, die an das Gerüst über dem riesigen Aquarium gefesselt war und nur ihre Unterwäsche trug, hatte er noch nie gesehen. Sie konnte sich keinen Millimeter rühren, aber sie wirkte stark und entschlossen. Bestimmt hatte sie Angst, doch man merkte ihr nichts davon an.

Tyler ließ den Blick zu Tessa weiterwandern, die bereits auf einem der Stühle saß, vor sich einen großen farblosen Button, hinter sich eine Art altertümliche Trockenhaube. Zwischen den Tischen und dem Gestell über dem Aquarium verliefen zahlreiche Kabel, die alle mit einem großen Transformator verbunden waren, der vor dem Glaskasten stand.

Der Assistent führte Tyler zu dem freien Stuhl, fesselte seine Beine und seinen linken Arm und fixierte Tylers Oberkörper an der Rückenlehne des Stuhls.

Nachdem das erledigt war, trug er einen weiteren Stuhl herein, den er im rechten Winkel zu Tessas und Tylers Stühlen aufstellte, mit Blick auf das Aquarium. An beiden Stuhlbeinen und an den Armlehnen waren Metallschellen angebracht. An der rechten Armlehne befand sich ein Holzkasten, der so aussah wie die Stimmabgabekästen, die sie in der zweiten und vierten Runde benutzt hatten.

Anscheinend erwarteten sie noch einen weiteren Mitspieler. Ob die Anwesenheit der Frau und des Neuen bedeutete, dass sich Tessas und Tylers Überlebenschancen wieder erhöht hatten? Oder hieß es nur, dass das Finale noch viel grausamer werden würde, als er es sich überhaupt vorstellen konnte?

Der Assistent montierte Kabel an die Metallschellen und verband sie mit dem großen Transformator, der vor dem Aquarium stand. Seine Augen leuchteten. Was auch immer hier mit ihnen geschah, der Handlanger des Spielleiters hinter der Scheibe würde jede Sekunde davon genießen.

61

Robert Forster trat aus dem gepflegten Altbau in der Wik, in dem sich die Wohnung von Aysan und Abtin Davari befand. Während er die Straße überquerte, nahm er sein Smartphone zur Hand.

Lars Gericke meldete sich schon nach dem zweiten Klingeln. »Robert, endlich«, sagte er. »Ich habe gestern den ganzen Tag darauf gewartet, dass du dich meldest. Ich habe auch ein paar Mal versucht, dich anzurufen, aber du hast nicht abgenommen.«

»Es war ein turbulenter Tag.«

»Das kann ich mir vorstellen. Hast du deinen Sohn retten können?«

»Tyler ist nicht mein Sohn. Die Antwort war falsch.«

Gericke sog hörbar die Luft ein. »Um Gottes willen. Das heißt, der Verrückte hat wieder jemanden umgebracht?«

Forster geriet ins Wanken. Gericke klang so aufrichtig, so anteilnehmend, so warm. War er tatsächlich der Entführer? Oder hatte sich einer seiner beiden Kollegen Zugang zu seinen Akten verschafft und auf diese Weise Aysan Davaris Geheimnis entdeckt?

Gericke, Steinke und Hildebrand hatten eine Gemeinschaftspraxis. Sie teilten sich einen Büroraum, den sie zu verschiedenen Zeiten nutzten. Jeder hatte seinen eigenen Aktenschrank, aber vermutlich war es nicht schwer, die Schränke der anderen zu öffnen. Vielleicht war Gericke sogar so leichtsinnig und bewahrte den Schlüssel in der Schreibtischschublade auf.

Forsters Vernunft sagte ihm, dass er nach Ausflüchten suchte. Nach dem Gespräch mit Aysan war doch alles klar. Lars Gericke war der Entführer. Derjenige, der die jungen Menschen folterte und tötete. Die Zweifel, die sich jetzt in Forsters Kopf einnisteten, resultierten einzig und allein daraus, dass er es nicht wahrhaben wollte.

Verleugnung der Realität, eine normale psychische Reaktion auf einen Schock.

Oder nicht?

War nicht gerade die offensichtliche Verbindung zwischen Aysan Davari und Lars Gericke ein Hinweis darauf, dass er nicht der Täter war? Gericke war intelligent. Er musste wissen, dass man früher oder später dahinterkommen würde, dass Aysan seine Patientin war und dass er von der Liebesnacht mit Forster gewusst hatte. Wenn er der Mann wäre, der sich »Gott« nannte und mit Forster dieses grausame Spiel spielte, hätte er sich dann nicht ein anderes Thema gesucht? Eines, das nicht direkt zu ihm führte?

Forster fuhr sich frustriert durch die Haare. Er brauchte einen weiteren Beweis. Irgendetwas, das ihm endgültig Gewissheit verschaffte.

Ein Blick auf die Uhr sagte ihm, dass bis zum Ablauf des Ultimatums noch knapp zwei Stunden Zeit blieben. Wenn er bis dahin nicht herausfand, wer die jungen Leute entführt hatte und wo er sie gefangen hielt, würde ihm nichts anderes übrig bleiben, als sich auf dem Parkdeck hinter dem Institut einzufinden und sich freiwillig in die Gewalt des Entführers zu begeben.

»Er hat Leander getötet. Mit Säure, die er ihm mit einem Schlauch eingeflößt hat«, beantwortete er endlich Gerickes Frage.

»Im Ernst? Du liebe Güte. Das ist ja vollkommen krank.« Gericke schnaufte. »Kann ich irgendetwas für dich tun?«

Forster überlegte. Er könnte Gericke um ein Treffen bitten, aber das würde nichts nützen. Wenn er der Entführer war, würde er ihn kaum an den Ort bestellen, an dem er die Geiseln festhielt. Gericke könnte ihm einfach einen Kaffee anbieten und abwarten, bis Forster sich zum Institut begeben musste, um pünktlich auf dem Parkdeck zu erscheinen. Abholen würde ihn der Assistent oder irgendjemand sonst, den Gericke dafür bezahlte. Und Gericke selbst könnte in aller Ruhe an den Ort fahren, an dem das Finale stattfinden sollte.

Aber vielleicht könnte er ein Treffen in der Praxis arrangieren? Wenn er die drei Kollegen mit der Wahrheit konfrontierte, könnte er vielleicht an ihren Mienen ablesen, wer dahintersteckte.

»Ich würde mich gerne mit euch treffen, mit René, Simon und dir. Am besten in der Praxis.«

»Das wird nicht gehen«, bedauerte Gericke. »Du weißt doch, René hat montags seinen Sozialtag. Ich habe keine Ahnung, wo er genau steckt, aber sein Zeitplan ist immer sehr eng.«

Forster schloss kurz die Augen. Natürlich. Steinke, der nicht nur Künstler und Intellektuelle behandelte, sondern auch eine Zusatzausbildung als Kinder- und Jugendlichentherapeut besaß, arbeitete einmal die Woche ehrenamtlich mit Jugendlichen aus schwierigen Familien. Jedenfalls behauptete er das. Vielleicht verbrachte er die freien Montage ja auch auf vollkommen andere Weise?

»Simon hat einen Zahnarzttermin«, fuhr Gericke fort. »Irgendeine langwierige Geschichte. Die beiden kommen heute nicht in die Praxis.«

Was bedeutete, dass sowohl René Steinke als auch Simon Hildebrand Zeit und Gelegenheit hätten, sich in irgendeiner einsam gelegenen Halle mit den Geiseln zu beschäftigen.

»Und du?«, fragte Forster.

»Ich habe um neun meinen ersten Patienten.«

»Können wir uns vorher treffen? Ich würde mir gern deinen Aktenschrank ansehen.«

»Aha. Wozu?«

»Das Kind, das wir gesucht haben, ist die Tochter einer Patientin von dir.«

»Ist das so?« Gerickes Tonfall wurde abweisend. »Ich kann dir über Patienten keine Auskunft geben, das weißt du.«

»Ja. Ich möchte auch nur wissen, wie sicher die Informationen sind, die in deinen Akten stehen.«

Am anderen Ende blieb es ein paar Sekunden lang still. Als Lars Gericke dann wieder sprach, klang seine Stimme fassungslos und verärgert zugleich. »Moment mal. Du glaubst, René oder Simon könnten etwas mit der Entführung zu tun haben?«

Forster schwieg, aber Gericke erwartete offensichtlich auch keine Antwort.

»Ich muss dich enttäuschen, Robert«, sagte er kühl. »Die Akten sind sicher, aber wir haben alles auch digital archiviert. Wenn, dann hat sich jemand über das Netz Zugriff darauf verschafft. Wir haben natürlich eine Sicherheitssoftware, aber jemand, der sich auskennt, kann sie womöglich umgehen.«

Forster konnte den Unterton in Gerickes Stimme nicht deuten. War das eine Anspielung auf Forsters Patientenakten, die offenbar jemand ausgespäht hatte? Oder war es nur Gerickes Unverständnis, wie Forster dazu kam, seine Kollegen zu verdächtigen?

»Darf ich trotzdem vorbeikommen?« Es war ein letzter Versuch, ein verzweifeltes Aufbäumen. »Ich könnte in zehn Minuten da sein.«

»Sorry. Ich verstehe, dass du Hilfe brauchst, Robert. Aber ich bin frühestens in einer halben Stunde da, und um neun kommt, wie gesagt, mein erster Termin. Wir sehen uns ja heute Abend. Der letzte Montag im Monat, unsere übliche Schachpartie, das hast du doch nicht vergessen? Wenn du keine Lust hast zu spielen, können wir stattdessen in Ruhe reden, einverstanden?«

Forster versuchte, ruhig zu atmen. Gericke hatte recht, die Zeit war viel zu knapp. Und was sollte ein Besuch bei ihm schon bringen? Er würde nicht plötzlich gestehen, dass er der Entführer war.

»Okay. Dann heute Abend. Um acht wie immer?«

»Ich werde pünktlich sein.«

»Schön.« Forster drückte das Gespräch weg. Er öffnete die Tür seines Wagens und setzte sich hinters Steuer.

Was sollte er jetzt tun?

Die Polizei zu informieren war viel zu riskant. Forster war sich relativ sicher, dass einer seiner Kollegen der Täter war, aber was, wenn er sich täuschte? Er durfte nicht mit dem Leben dreier Menschen spielen.

Drei Personen, von denen eine seine Tochter war. Ausgerechnet Kayra Davari, diese hübsche taffe Polizistin, die ihn für den Täter hielt.

Nun, auch das hatte der Entführer geschickt eingefädelt. Er war ein Spieler, und er hatte Forster herausgefordert. Forster blieb nichts anderes übrig, als sich ganz auf seinen nächsten Zug zu konzentrieren.

62

Es war zehn Minuten vor zehn, als Robert Forster auf das Parkdeck hinter dem Institut für Psychologie fuhr. Er stellte den Wagen in der hintersten Ecke ab, legte sein Handy unter die Fußmatte vor dem Beifahrersitz und stieg aus. Während er wartete, leerte er eine der beiden Schachteln mit Pfefferminzpastillen, die er eingesteckt hatte. Danach war ihm übel. Nicht nur von den Süßigkeiten, sondern auch aufgrund der bangen Frage, was ihn erwartete.

Um Punkt zehn kam ein weißer Lieferwagen die Rampe herauf. Forster spürte, wie sich sein Herzschlag beschleunigte.

Der Wagen kurvte um die parkenden Fahrzeuge herum und hielt auf Forster zu. Direkt neben ihm stoppte er. Der Fahrer stieg aus, ein großer blonder Mann mit kurz geschnittenen Haaren. Obwohl er vollkommen anders aussah als der Avatar in den Videos, wusste Forster sofort, wen er vor sich hatte.

»Dr. Forster.« Der Assistent lächelte. »Schön, dass Sie pünktlich sind.«

Forster erwiderte das Lächeln und hoffte, dass sein Gegenüber nicht merkte, wie viel Mühe es ihn kostete.

Der Assistent öffnete die hinteren Türen des Transporters, winkte Forster zu sich und nahm einen Gegenstand von der Ladefläche. Es war ein Metalldetektor in der Form eines Tennisschlägers.

»Die Füße schulterbreit auseinander, die Arme ausstrecken«, forderte der Assistent.

Forster befolgte die Anweisung, und der Assistent fuhr mit dem Gerät an seinem Körper entlang. Forsters Puls raste. Der Assistent konnte es vermutlich an seiner pochenden Halsschlagader sehen.

»Gut«, sagte der Assistent schließlich und machte eine einladende Geste.

Forster nahm seinen ganzen Mut zusammen und kletterte in den Laderaum des Transporters. Der Assistent schlug die Tür hinter ihm zu. Forster saß im Dunkeln, allein mit seiner Angst und seinem Herzklopfen. Die Fensterscheiben in den hinteren Türen waren zugeklebt, von außen, wie Forster feststellte, als er mit dem Fingernagel über die Scheibe kratzte. Ihm blieb nichts anderes übrig, als sich auf den Wagenboden zu kauern und abzuwarten, was als Nächstes geschah.

Der Motor startete, und das Fahrzeug setzte sich in Bewegung. Forster spürte, wie sie die Rampe des Parkdecks hinunterrollten und dann nach links abbogen.

Um sich abzulenken, versuchte er nachzuvollziehen, wohin sie fuhren. Eine Weile lang schaffte er es, doch irgendwann verlor er den Überblick. Der Wagen kurvte durch die halbe Stadt, ehe er schließlich beschleunigte. Sie waren auf einer Landstraße, aber Forster hätte nicht sagen können, ob sie nach Norden oder Süden, Osten oder Westen fuhren.

Nach etwa einer halben Stunde drosselte der Fahrer das Tempo. Der Wagen rumpelte über einen unebenen Weg, ehe die Räder wieder auf einer glatten Fläche rollten. Gleich darauf hielt der Transporter an. Forster hörte, wie der Fahrer ausstieg. Einen Moment lang geschah nichts. Dann wurden die hinteren Türen geöffnet.

Helles Sonnenlicht blendete Forster. Er beschirmte die Hand mit den Augen.

Sie waren irgendwo auf dem Land. Forster sah die typische schleswig-holsteinische Landschaft mit den sanften Hügeln. Ein paar Wiesen und abgeerntete Felder, einige windschiefe Bäume am Feldrain, und in der Ferne die Silhouetten mehrerer Rehe.

Der Wagen parkte auf einer verwitterten Betonfläche. Auf der linken Seite erhob sich ein Gebäude, ebenfalls betongrau, ebenfalls verwittert. Eine nicht mehr genutzte Fahrzeughalle oder dergleichen.

»Bitte sehr.« Der Handlanger des Entführers winkte, und Forster kletterte von der Ladefläche. Fast hätte er den Halt verloren, weil seine schweißnassen Hände am Metall der Wagentüren abglitten.

Der Assistent führte ihn über eine Rampe zu einer Stahltür an der Seite des Gebäudes und öffnete sie. Forster wappnete sich und versuchte, seine Gefühle abzuschalten.

Sie gelangten in einen grauen Gang. Rechts und links gingen mehrere Türen ab. Dahinter befanden sich enge Räume, die mit einer Pritsche, einem Tisch und einem Stuhl ausgestattet waren wie Gefängniszellen. Forster nahm an, dass man hier die Jugendlichen gefangen gehalten hatte. Jetzt waren die Zellen leer.

Der Helfershelfer dirigierte ihn zur nächsten Tür und öffnete sie.

Dahinter lag der Raum, den Forster aus den Videos kannte. Allerdings hatte sich einiges verändert. In der Mitte des Raums befand sich nicht mehr der bekannte Stuhlkreis, sondern eine gewaltige Installation. Forster sah Tessa und Tyler, die auf zwei sich gegenüberstehenden Stühlen fixiert waren, und Kayra, die an ein Metallgestell über einem großen Aquarium gefesselt war.

Tyler, der mit dem Gesicht zur Tür saß, riss die Augen auf.

»Dr. Forster«, stieß er hervor. Offenbar war er sich nicht sicher, in welcher Rolle sein Dozent hier war.

Der Lautsprecher unter der Decke knackte.

»Guten Morgen, Dr. Forster«, erklang die elektronisch verzerrte Stimme des Mannes hinter der verspiegelten Scheibe. »Es freut mich, dass Sie den Weg zu uns gefunden haben. Wie Sie sehen, haben wir einen Platz für Sie freigehalten.«

Der Assistent führte Forster zu dem dritten Stuhl, der mit Blick auf das riesige Aquarium aufgestellt war. Forster setzte sich. Der Assistent fesselte seine Arme und Beine mit den Metallschellen an Stuhlbeinen und Armlehnen, die mit Kabeln mit einem großen Transformator verbunden waren.

Forster atmete langsam ein und aus. Angst jagte durch seinen Körper. Es kostete ihn fast übermenschliche Anstrengung, sich nicht von ihr überrollen zu lassen.

Er wusste, dass es vollkommener Irrsinn gewesen war, freiwillig hierherzukommen. Aber was hätte er sonst tun sollen? Nie im Leben hätte er es mit seinem Gewissen vereinbaren können, zu Hause vor dem Bildschirm zu sitzen und zuzusehen, wie der Entführer Tessa, Tyler und Kayra ermordete.

»Damit sind wir vollzählig«, ertönte wieder die Stimme des Mannes, der sich hinter der Scheibe in Forsters Rücken befand. »Ich erkläre Ihnen nun die Spielregeln für das Finale. Es ist eine Art Replikationsstudie. Sie haben vielleicht schon von dem berühmten Milgram-Experiment gehört? Stanley Milgram und seine Kollegen an der US-Eliteuniversität Yale haben damals, im Jahr 1961, untersucht, ob ganz normale Menschen in der Lage sind, anderen Personen Stromschläge zu verabreichen, wenn man sie dazu auffordert.« Eine kurze, effektheischende Pause. »Nun, genau das tun wir hier auch.«

Forster durchlief ein Schauer. Spätestens jetzt hatte er keinen

Zweifel mehr, dass der Mann hinter der Scheibe einer seiner Kollegen war. Die Frage war nur, welcher.

Der Lautsprecher an der Decke knackte wieder.

»Ich darf Ihnen kurz den Aufbau unseres Experiments erklären«, sagte der Spielleiter. »Die Metallstreben, an denen sich unsere neue Mitspielerin, Frau Kayra Davari, festhält, sind mit dem Transformator verbunden, der auf dem Boden steht. Die Schalter, um einen Stromschlag auszulösen, befinden sich auf den Tischen unserer Kandidaten Tessa und Tyler. Sie bekommen ungefähr einmal pro Minute die Aufforderung, einen Stromstoß durch die Streben zu schicken. Die beiden Buttons leuchten dann weiß. Bei demjenigen, der zuerst auf seinen Knopf drückt und einen Stromschlag auslöst, färbt sich der Button rot. Wie stark dieser Stromstoß ist, bestimmt ein Zufallsgenerator. Das Spektrum reicht von Stromflüssen, die so zart sind wie ein Streicheln, bis zu Stromschlägen, die einen heftigen Schmerz auslösen, so ähnlich, wie wenn man die Hand auf ein rot glühendes Stück Eisen legen würde.«

Wieder machte der Spielleiter eine Pause, damit jeder im Raum Gelegenheit hatte, das Gesagte zu verarbeiten.

»Kommen wir zu Ihren Aufgaben. Das Ziel des Spiels besteht darin, Frau Davari dazu zu bringen, die Stangen loszulassen, sodass sie in das Becken unter dem Gerüst fällt. Derjenige von Ihnen beiden, Tessa und Tyler, der ihr zu diesem Zeitpunkt öfter einen Stromstoß versetzt hat, ist der Gewinner des Finales. Um es noch einmal in aller Deutlichkeit zu sagen: Es gewinnt nicht die Person, die den finalen Stromschlag auslöst. Entscheidend ist allein die absolute Zahl der verabreichten Stromstöße, sonst nichts.«

Erneut eine Pause.

»Das klingt nicht besonders aufregend, meinen Sie? Nun, es

gibt ein paar Details, die Sie kennen sollten. Da wäre zunächst einmal die Strafe, die den Verlierer erwartet. Bei demjenigen, der bei Spielende seltener auf seinen Knopf gedrückt hat, schaltet sich das Gerät hinter Ihnen ein, das aussieht wie eine Trockenhaube.«

Forster schluckte. Er hatte die perversen Fantasien des Entführers kennengelernt. Was mochte sich in den Hauben verbergen?

»Im Inneren der Trockenhauben verlaufen dünne Metalldrähte, die unter Strom gesetzt werden«, erklärte der Mann hinter der Scheibe. »Sie können sich das wie das Innere eines Toasters vorstellen. Die Haube senkt sich langsam auf Ihren Kopf. Anschließend wird ein Mechanismus in Gang gesetzt, durch den das Innere des Helms immer enger wird, bis sich die heißen Drähte in das Gesicht der Person graben, die unter der Haube sitzt. Die glühenden Drähte werden Ihnen erst die Nase verschmoren, dann die Lippen, Ohren und Augenbrauen. Ihre Augäpfel werden verkochen, und die Drähte werden sich durch Ihren Kiefer, Ihre Wangen und Ihre Stirn bis in Ihr Gehirn fressen.«

Forster sah, wie sich die Augen von Tessa und Tyler vor Entsetzen weiteten. Tyler zitterte am ganzen Körper. Tessa zerrte an ihren Fesseln, doch das nützte nichts, sie saßen fest.

»Vermutlich fragen Sie sich jetzt, was Sie daran hindern sollte, jedes Mal, wenn die Buttons aktiviert werden, so rasch wie möglich auf den Knopf zu drücken, um einen Stromschlag auszulösen, nicht wahr?« Der Spielleiter lachte. »Nun, das Problem wird sein, dass Sie trotz Ihrer Angst vor der Strafe Skrupel haben werden. Weil sich in dem Glaskasten unter den Metallstreben nämlich kein Wasser befindet, sondern eine hochprozentige Lauge. Falls Sie im Chemieunterricht nicht aufgepasst haben: Laugen wirken ähnlich wie Säuren, nur um ein Vielfaches stärker. Wenn Frau Davari in das Becken fällt, wird sich ihr Körper binnen kürzester Zeit zersetzen. Das Gefühl dabei dürfte in etwa so sein, wie bei lebendigem Leib zu verbrennen.«

Forster hatte Mühe zu atmen. Der Mann hinter der Scheibe war nicht nur wahnsinnig, er war auch der schlimmste Sadist, den man sich vorstellen konnte. Forster konnte sich an keinen Serienmörder oder Psychopathen erinnern, der auch nur annähernd so grausam vorgegangen wäre.

»Die Aufgabe von Ihnen beiden, Tessa und Tyler, wird also darin bestehen, das richtige Maß zu finden. Oft genug auf den Knopf zu drücken, um nicht mit der Trockenhaube Bekanntschaft zu schließen, aber der Dame auf dem Gerüst eben nicht den tödlichen Stoß zu versetzen, weil Sie mit dieser Schuld nicht leben könnten.«

Forster ballte die Fäuste. Nicht genug, dass der Mann hinter der Scheibe seine Opfer körperlich malträtierte, er folterte sie auch psychisch.

»Ach ja«, erklang die Stimme aus dem Lautsprecher. »Nicht auf den Knopf zu drücken ist keine Alternative. Nach Ablauf einer Minute wird der Stromstoß automatisch ausgelöst, nur dass dann keiner von Ihnen einen Punkt dafür erhält.«

Wieder eine Pause.

»Welche Rolle spielt bei diesem Experiment unser geschätzter Experte für Forensik, Dr. Robert Forster?«, fuhr der Entführer fort. »Nun, Dr. Forster, Sie haben die Möglichkeit, Ihre diagnostischen Fähigkeiten unter Beweis zu stellen, von denen Sie so überzeugt sind. Vor Beginn jeder Runde geben Sie versteckt einen Tipp ab, wer als Nächster den Button auf seinem Tisch drücken wird, Tessa oder Tyler oder keiner von beiden.«

Forster biss die Zähne zusammen. Die perverse Fantasie dieses Ungeheuers hinter der Scheibe kannte wirklich keine Grenzen.

»Wenn Sie zehnmal richtig getippt haben, öffnen sich Ihre Fesseln. Sie können dann versuchen, Ihre Tochter zu retten, bevor sie die Stangen loslässt und in das Laugenbad fällt.«

Der Assistent kam zu Forster und schob ihm den Stimmkasten über die rechte Hand. »Der Zeigefinger ist für Tessa, der Mittelfinger für Tyler, der Ringfinger für niemanden«, erklärte er mit einem Lächeln, das so abgrundtief böse war, dass es Forster schauderte.

»Sollten Sie dagegen zehnmal falsch tippen«, meldete sich der Mann hinter der Scheibe wieder zu Wort, »wird sich Ihr Sitzplatz in einen elektrischen Stuhl verwandeln. Der Strom fließt durch die Metallschellen an Ihren Handgelenken und Knöcheln. Er ist so stark, dass Sie zappeln werden wie ein Fisch im Netz, aber es wird eine ganze Weile dauern, bis Sie das Bewusstsein verlieren und sterben.«

Forster biss sich auf die Lippen. Es gelang ihm nicht mehr, sein Zittern zu unterdrücken. Er hatte gewusst, dass er sein Leben riskierte, wenn er hierherkam. Aber er hatte vollkommen ausgeblendet, dass der Entführer ihn ebenso foltern und verstümmeln könnte wie die anderen Geiseln. Weil ihn sonst der Mut verlassen hätte.

»Damit Sie nicht den Überblick verlieren, werden wir den Spielstand einblenden«, erklärte der Entführer. »Sie sehen an der Wand über dem Glasbecken ebenso wie an der Wand über der Scheibe jeweils zwei Projektionen. An der linken können Sie ablesen, wie es bei Forster gegen den elektrischen Stuhl steht. Die rechte zeigt Ihnen den Spielstand im Duell Tessa gegen Tyler.«

Wieder eine Pause, als würde der Mann hinter der Scheibe darüber nachdenken, ob er irgendetwas vergessen hatte.

»Nun, ich denke, damit sind die Regeln klar«, verkündete er. »Lassen Sie uns beginnen.«

Kayra Davari versuchte, das Zittern zu kontrollieren, das ihren gesamten Körper erfasst hatte. Ihr Atem ging hektisch, und sie bekam kaum Luft, weil das Klebeband, mit dem man ihren Mund verschlossen hatte, auch einen Teil der Nasenlöcher bedeckte. Ihr Puls raste, und das Blut rauschte in ihren Ohren.

Davaris Augen waren auf die Flüssigkeit im Becken unter ihr gerichtet. Sie hatte geglaubt, es sei einfach nur Wasser. Nachdem sie nun wusste, was es in Wirklichkeit war, war sie vor Entsetzen fast gelähmt.

Der hünenhafte blonde Mann im dunklen Anzug, der sie ein paar Stunden zuvor aus ihrer Bewusstlosigkeit geweckt hatte, kam durch den Raum auf das Aquarium zu. Er schob eine Trittleiter an den riesigen Glasbehälter heran und kletterte auf den Steg, der vom Rand bis zur Mitte führte. Er balancierte über das Brett, das mit einem Metallrahmen eingefasst und mit zahllosen Metallstreifen versehen war, zu dem Gestell, an dem Davari hing. Bei ihr angekommen, zückte er ein Messer und durchtrennte rasch das Klebeband, mit dem ihre Hände und Füße an der Mittelstange fixiert gewesen waren.

Davari fragte sich, ob sie es auf einen Kampf ankommen lassen könnte. Aber der Mann war größer und stärker als sie. Stünde sie auf festem Boden, könnte sie ihn vielleicht mit ein paar schnellen Tritten aus dem Kung Fu To'A außer Gefecht setzen, aber von einem Gestell mit winzigen Fußstützen und Haltegriffen aus war das kaum möglich.

Der Mann bemerkte offenbar, was in ihrem Kopf vorging. »Versuch es gar nicht erst«, riet er ihr. »Wir können den Strom auch einfach so anstellen. Mir passiert nichts, ich habe dicke Gummisohlen. Aber du mit deinen nackten Füßen ...«

Er musste nicht weitersprechen, Davari verstand das Problem. Der Mann war durch seine Schuhe davor geschützt, einen Stromschlag zu bekommen. Sie selbst dagegen musste sich an dem Gestell festhalten, um nicht herunterzufallen. Da ihre Füße ebenfalls das Metall berührten, würde der Strom durch ihren Körper fließen.

Der Assistent balancierte zurück und kletterte über den Beckenrand auf die Trittleiter. Anschließend entfernte er das Brett, das vom Rand bis zu Davari gereicht hatte.

Nun gab es keine Verbindung mehr. Das Gestell, auf dem sie stand, schwebte über dem Laugenbad, und die Glaswände waren zu allen Seiten ungefähr zwei Meter von ihr entfernt. Zu weit weg, um vom Gerüst aus darüber zu springen.

Kurz betrachtete sie die Stangen, auf denen das Brett gelegen hatte, aber diese waren so dünn, dass sie vermutlich überhaupt keinen Halt darauf fände, und außerdem befanden sie sich knapp unter der Flüssigkeitsoberfläche. Wenn Davari versuchen würde, von einer Stange zur nächsten zu springen, würde die Lauge ihre Füße angreifen, und sie bezweifelte, dass sie angesichts der damit verbundenen Schmerzen das Gleichgewicht halten könnte. Wenn sie überhaupt so weit käme. Viel wahrscheinlicher war, dass schon der Sprung vom Gerüst zur ersten Stange misslang, weil es keine Möglichkeit gab, den Schwung abzufedern. Nein, wenn sie diese Variante wählte, konnte sie sich ebenso gut direkt in die Lauge stürzen.

Egal, wie man es wendete: Es gab keine Chance zu entkommen. Wenn sie nicht in die Flüssigkeit fallen und von der Lauge zersetzt werden wollte, musste sie sich an den Metallstreben festklammern, egal, wie schmerzhaft es werden würde.

Davaris Blick ging zu Robert Forster, der gefesselt auf dem elektrischen Stuhl saß.

Sie hatte ihm nicht geglaubt. Sie hatte gedacht, dass er mit dieser abstrusen Erpressungsgeschichte nur von sich selbst ablenken wollte.

Aber Forster hatte die Wahrheit gesagt. Der Erpresser spielte tatsächlich ein perverses Spiel mit ihm. Er hatte Forster aufgefordert, sein Kind zu finden. Und gerade eben hatte er behauptet, sie, Kayra, sei Forsters Tochter.

Aber das konnte nicht sein.

Tessa Eilers starrte den farblosen Button auf dem Tisch vor sich an. Sie hatte es gewusst. Am Ende würde es eine Strafe geben, die ihr Gesicht zerstörte, genau so, wie das Gesicht des Bäckermeisters bei seinem Sturz in die gläserne Verkaufstheke zerstört worden war, die Tessa mit dem Nudelholz zertrümmert hatte.

Aber heute schien nicht von vornherein festzustehen, wen die Strafe traf. Tessa könnte das Spiel auch gewinnen. Sie müsste der Frau auf dem Gerüst nur mehr Stromstöße versetzen als Tyler.

Im Grunde war es völlig gleichgültig, wer es tat. Die Frau würde ohnehin sterben. Aber trotzdem wollte Tessa nicht diejenige sein, die den entscheidenden Stromschlag auslöste, der die Frau ins Laugenbad beförderte.

Der Mann hinter der Scheibe hatte recht. Es war eine grausame Zwickmühle.

Vielleicht sollte sie einfach gar nichts tun? Nicht auf den Knopf drücken und Tyler gewinnen lassen? Der würde auch nicht oft drücken, aber doch wohl mindestens einmal. Dann käme vielleicht wenigstens er lebend hier raus.

Tyler war ein anständiger Mensch. Er hatte eine Chance verdient. Und das Leben, das er vor sich hatte, war sicherlich wertvoller als das, das für sie bereitstand. Aber Tessa wollte nicht sterben. Nicht so.

Der Lautsprecher knackte wieder.

»Dr. Forster, treffen Sie Ihre Wahl. Sie haben fünfzehn Sekunden Zeit. Wenn Sie dann keine Antwort gewählt haben, gilt das als falsch. Und Sie wissen ja: Zehn Fehler, dann wird Ihr Stuhl unter Strom gesetzt.«

Tessa schaute zu Forster. Er war ein guter Therapeut. Als man ihr gesagt hatte, dass sie in seine Gruppe gehen müsste, war sie fürchterlich wütend geworden und hatte auf dem Weg nach Hause ein Dutzend Biotonnen umgetreten, die für die Abholung am nächsten Tag an der Straße standen. Aber dann hatte sie ihn kennengelernt und das Gefühl gehabt, dass er sie wirklich verstand.

Er hätte ihr helfen können, ihr Leben in den Griff zu kriegen und so zu werden wie ihr älterer Bruder Elias, aber dieser Wahnsinnige hinter der Scheibe hatte alles kaputt gemacht und sie stattdessen in diesen Albtraum entführt.

Forster zauderte. Dann traf er offensichtlich eine Wahl.

Für wen hatte er sich entschieden? Für sie? Oder für Tyler? Oder glaubte er, dass in der ersten Runde niemand drücken würde, weil sie es einfach nicht fertigbrachten?

Sie hatte den Eindruck gehabt, dass Forster in der Lage wäre, direkt in ihren Kopf hineinzublicken. Aber konnte er auch sehen, was jetzt in ihr vorging? Sie wusste es ja selbst nicht.

Tyler hatte die Augen geschlossen. Wegen der engen Fesseln konnte er sich kaum rühren, aber innerlich wippte er weiter. Vor und zurück, vor und zurück.

Er wusste nicht, wie er sich verhalten sollte. Er konnte nicht auf einen Knopf drücken und einen Menschen in den Tod schicken. Aber er konnte auch nicht einfach hier sitzen und darauf warten, dass eine zur Foltermaschine umgebaute Trockenhaube sein Gesicht grillte.

Doch was konnte er tun? Es gab keine Chance, dieses Spiel zu beenden, ohne dass irgendjemand qualvoll starb. Er hätte gern die Märtyrerrolle übernommen und sich für die anderen geopfert, doch leider war er überhaupt nicht der Typ dafür.

Als die Stimme aus dem Lautsprecher ertönte, riss er erschrocken die Augen auf.

»Dr. Forster hat seine Wahl getroffen«, verkündete der Mann hinter der Scheibe. »Jetzt sind Sie an der Reihe, Tessa und Tyler.«

Unter den pilzförmigen Druckschaltern leuchtete ein weißes Licht auf. Tyler sah, wie Tessas Finger zuckten. Rasch streckte er seinen Arm aus und schlug mit der flachen Hand auf den Button.

Der Knopf änderte seine Farbe und leuchtete in der nächsten Sekunde flammend rot. Vom Gestell über dem Glasbassin kam ein durch den Knebel gedämpfter Schmerzensschrei. Die Frau da oben zuckte und zitterte am ganzen Körper, ließ aber die Stangen nicht los.

Tyler biss die Zähne zusammen. Das schlechte Gewissen nahm ihm fast den Atem. Er hatte einer hilflosen Frau einen Stromschlag versetzt. Was war er nur für ein Mensch?

Der Mann hinter der Scheibe lächelte.

Sein Assistent war einfach genial. Er war derjenige, der sich all diese unglaublichen Foltermaschinen ausgedacht und sie gebaut hatte, und alles funktionierte genau so, wie er es sich ausgemalt hatte. Sein Name war Marek Eckert. Er stammte aus schwierigen Verhältnissen. Der Vater war Lkw-Fahrer und während Eckerts Kindheit meistens abwesend, weil er Touren nach Spanien, Portugal oder Italien fuhr. Die Mutter war krank, manisch-depressiv, dazu promiskuitiv und tablettensüchtig. Während ihr Mann unterwegs war, trieb sie es mit fremden Männern im Ehebett. Marek, der älteste von drei Söhnen, hatte das häufig mitbekommen.

Weil sein Vater nicht da und seine Mutter nicht dazu in der Lage war, oblag es Marek, sich um die beiden deutlich jüngeren Brüder zu kümmern. Er hasste seine Geschwister dafür, dass er ihnen die Windeln wechseln und später mit ihnen Hausaufgaben machen musste, während sich seine Klassenkameraden auf dem Bolzplatz trafen. Sein ganzes Leben kam ihm leer und sinnlos vor. Bis er irgendwann ein Ventil fand.

Es fing bei einer streunenden Katze an und endete bei seinen jüngeren Brüdern. Als die beiden älter wurden und sich zu wehren begannen, zog er von zu Hause aus.

Ein paar Jahre lang schaffte er es, seine dunklen Triebe im Zaum zu halten. Disziplin und hartes Fitnesstraining brachten ihn erfolgreich durchs Studium. Aber dann nahm der Druck wieder zu, und Eckert erkannte, dass er etwas unternehmen musste.

Er war in die Therapie gekommen, weil ihn seine sadistischen Fantasien quälten. Eckert wusste, dass er Hilfe brauchte. Aber er war auch besessen.

Es hatte nicht viel Mühe gekostet, ihn davon zu überzeugen, dass es besser war, seine Triebe auszuleben, als sie zu unterdrücken. Gemeinsam hatten sie einen Plan entwickelt, wie Eckert seine Wünsche befriedigen konnte, ohne dafür zur Rechenschaft gezogen zu werden.

Eckert wusste vermutlich, dass er benutzt wurde, aber es störte ihn nicht. Er fand viel zu viel Gefallen daran, seine Ideen endlich in die Realität umzusetzen.

Der Spielleiter hinter der Scheibe hätte das nicht gekonnt. Ihm fehlte nicht nur das handwerkliche Geschick, sondern auch die Fantasie. Was er dagegen besaß, war der glühende Hass, der einen Vollstrecker gesucht hatte. Und die ganz besondere Gabe, Menschen zu manipulieren.

Mit Marek Eckert hatte ihm das Schicksal eine Wunderwaffe in die Hand gegeben.

Der Mann hinter der Scheibe beugte sich zu seinem Mikrofon vor.

»Es steht eins zu null für Tyler im Duell gegen Tessa. Und Dr. Forster hat leider falsch getippt. Aber vielleicht klappt es ja beim nächsten Mal besser.« Der Spielleiter fixierte den Mann auf dem elektrischen Stuhl. »Treffen Sie Ihre Wahl, Mr. Superdoktor.«

63

»Was soll das heißen, sie ist nicht erschienen?«

Die Augen der Staatsanwältin hinter der schwarzen Brille waren nicht viel mehr als schmale Schlitze.

Inga Jessen zog den Reißverschluss am Kragen ihres marineblauen Troyers so weit herunter, wie es nur ging. Sie hatte das Gefühl, keine Luft zu bekommen.

»Wir hatten um neun eine Verabredung in der Rechtsmedizin. Die Obduktion von Leander Grossmann. Der junge Mann, dem man Mund und Rachen mit Säure verätzt hat. Aber Kayra ist nicht aufgetaucht.«

Dr. Andrea Timm zog die Akte zu sich heran. »Frau Davari ist immer noch der Überzeugung, dass Dr. Forster hinter der ganzen Sache steckt?«

Jessen hob unbehaglich die Schultern. »Ich fürchte, ja. Sie hat sich ziemlich in ihn verbissen.«

Die Staatsanwältin schüttelte den Kopf. »Ich dachte, das hätten wir geklärt. Dr. Forster arbeitet seit Jahren als forensischer Gutachter und Berater für uns. Ich hatte selbst oft genug mit ihm zu tun. Er ist mit Sicherheit kein Psychopath.«

Inga Jessen wusste nicht, wie sie reagieren sollte. Sie fand Davaris Ermittlungsansatz zu einseitig, aber sie wollte der neuen Kollegin auch nicht in den Rücken fallen.

»Ich kann mir ebenfalls nicht vorstellen, dass Dr. Forster ein Psychopath ist«, versuchte sie einen Mittelweg. »Aber auf der anderen Seite – so etwas kommt vor, oder nicht?«

Andrea Timm seufzte. »Schön. Frau Davari erledigt ihre Arbeit gründlich und zieht auch das Unwahrscheinliche in Betracht. Von mir aus. Aber wo ist sie jetzt?«

Das war der Punkt, der Jessen Sorgen machte.

»Ich habe keine Ahnung. Die letzte Nachricht von ihr kam gestern am frühen Abend. Sie hat geschrieben, sie hätte eine heiße Spur. Seitdem kann ich sie nicht mehr erreichen. Bei ihrem Handy springt nur die Mailbox an, bei ihrem Festnetz zu Hause der Anrufbeantworter. In den sozialen Netzwerken war sie seit gestern Abend nicht mehr eingeloggt, und bei ihren Eltern ist sie auch nicht.«

»Vielleicht observiert sie Dr. Forster und hat die Nacht in ihrem Wagen vor seinem Haus verbracht«, mutmaßte die Staatsanwältin, was auch Inga Jessen in Erwägung gezogen hatte. »Oder was meinen Sie, worin diese angeblich so heiße Spur besteht?«

Jessen zupfte an ihrem Troyer. Er schien an ihrem Körper zu kleben. Ihr Unterhemd war durchgeschwitzt, dabei war es weder draußen noch in den Räumen der Staatsanwaltschaft am Schützenwall besonders warm.

»Den Gedanken hatte ich ebenfalls, deswegen bin ich gestern Abend bei Dr. Forster vorbeigefahren und heute Morgen nach der Obduktion erneut. Kayras Wagen war nicht dort. Ich habe auch versucht, Dr. Forster zu erreichen, aber bei ihm ist es dasselbe. Mailbox, Anrufbeantworter. Zu Hause ist er nicht, ich habe mehrfach geklingelt. Sein Wagen steht auf dem Parkdeck hinter dem Institut für Psychologie, aber von Forster selbst fehlt jede Spur. Im Institut hat ihn seit Donnerstag niemand mehr gesehen.«

Die Staatsanwältin stützte ihr Kinn auf die Fingerspitzen. »Sie glauben, Ihrer Kollegin ist etwas passiert?«

Jessen hob die Schultern. Sie war ein bodenständiger Typ, niemand, der zu überzogenen Ängsten neigte, aber bei dieser Sache hatte sie ein ganz blödes Gefühl. »Der Täter ist wahnsinnig. Ich will keine Panik verbreiten, aber vielleicht hat er Kayra entführt?«

»Und Dr. Forster ist dieser Täter? Oder befindet er sich ebenfalls in dessen Gewalt?«

Inga spürte, wie ihr der Schweiß den Rücken hinabrann. Ihren Wiedereinstieg in die praktische Polizeiarbeit hatte sie sich einfacher vorgestellt. »Ich weiß es nicht«, bekannte sie. »Ich kann mir nicht vorstellen, dass Dr. Forster diese Dinge getan hat. Aber egal, wer es ist, der Täter ist auf jeden Fall brutal und vollkommen skrupellos.«

»Also gut.« Die Staatsanwältin presste die Lippen zusammen. »Wir schreiben Frau Davari zur Fahndung aus.«

Jessen rutschte unbehaglich auf ihrem Stuhl herum. »Das habe ich gestern Abend bereits getan.«

»Ohne Absprache mit mir?«

»Ich wollte nicht die Pferde scheu machen.«

Die Staatsanwältin gab einen unwilligen Laut von sich. »Sie sind ja ein wunderbares Team, Frau Davari und Sie.«

Jessen lächelte entschuldigend.

»Gut.« Andrea Timm verzichtete auf die Ansprache, die sie offenbar schon auf den Lippen gehabt hatte. »Hat die Fahndung etwas ergeben?«

»Die Kollegen haben vor einer Stunde Kayras Auto in der Nähe des Schrevenparks entdeckt. Aber von ihr selbst war nichts zu sehen.«

»Das ist in der Tat sonderbar.« Dr. Timm schob die Akte beiseite und blickte Jessen ernst an. »Was wollen Sie jetzt tun?«

»Ich könnte zu Kayras Eltern fahren.«

»Zu welchem Zweck?«

»Kayra hat gesagt, ihr Vater wüsste immer, wie er sie finden kann.«

»Aha?« Die Miene der Staatsanwältin blieb skeptisch. »Weil Allah ihn führt?«

Jessen musste trotz der angespannten Situation lachen. »Nein. Die Davaris sind gläubige Moslems, soweit ich das verstanden habe, aber sie sind auch Wissenschaftler. Kayras Vater ist Professor für Informatik. Ich nehme an, er hat eine intelligente Software, mit der er ihr Handy aufspüren kann.«

»So etwas haben wir selbst«, entgegnete Timm. »Fragen Sie die Kollegen von der IT.«

»Das habe ich bereits getan. Kayras Handy ist ausgeschaltet und nicht auffindbar. Die Kollegen können es nicht orten.«

»Und was soll dann Professor Davari tun?«

»Keine Ahnung. Aber einen Versuch wäre es wert. Vielleicht haben die Eltern auch eine Idee, wo sie sein könnte.«

»Also gut.« Andrea Timm faltete die Hände vor sich auf dem Tisch. »Fahren Sie hin. Sprechen Sie mit den Eltern. Und melden Sie sich, wenn Sie etwas Neues haben.

»Selbstverständlich.« Jessen verließ das Büro der Staatsanwältin und lüftete ihren Troyer. Die Angst jagte das Blut in heißen Wellen durch ihren Körper.

Was, wenn der Täter Kayra tatsächlich in seine Gewalt gebracht hatte? Wenn er dabei war, sie ebenso zu foltern wie seine bisherigen Opfer? Und wenn er sie am Ende töten wollte?

64

Die ganze Sache war vollkommen aussichtslos. Robert Forster konnte den beiden jungen Leuten nicht ansehen, wer von ihnen als Nächstes auf den Button drücken würde. Beim ersten Mal hatte er auf Tessa getippt, aber es war Tyler gewesen, der panisch den Knopf betätigt hatte.

Der Stromschlag, den Kayra daraufhin erhielt, war heftig. Ihr Körper zitterte und zuckte ein paar Sekunden lang unkontrolliert, aber sie klammerte sich eisern an den Metallstreben fest.

Forster konnte an Tylers Miene ablesen, wie sehr es ihn quälte, dass er derjenige war, der Kayra das angetan hatte, und auch Tessa saß wie erstarrt auf ihrem Stuhl.

Also tippte Forster in der zweiten Runde darauf, dass keiner von beiden den Stromstoß auslösen würde, doch er lag wieder falsch. Eine Sekunde, bevor die Zeit abgelaufen war, drückte Tessa.

Was vernünftig war, weil der Strom ohnehin angeschaltet wurde, auch wenn keiner der beiden seinen Knopf betätigte.

Kayra auf ihrem Gerüst zuckte wieder, schlimmer noch als beim ersten Mal. Forster hatte keine Ahnung, wie viele dieser Stromschläge sie verkraften könnte, ehe sie die Streben losließ, aber die Zahl war mit Sicherheit begrenzt.

Tessa sah nun ebenso schuldbewusst aus wie Tyler, sodass es

Forster wahrscheinlicher erschien, dass beim nächsten Mal erneut der junge Mann drücken würde.

Er lag wieder falsch. In der dritten Runde betätigte tatsächlich keiner der beiden den Knopf. Der Strom, der daraufhin durch die Stangen lief, schien kaum spürbar zu sein. Kayra zuckte nur kurz und entspannte sich sofort wieder.

In Forster keimte der Verdacht, dass die Stromstärke keinesfalls durch einen Zufallsgenerator geregelt wurde. Der Entführer manipulierte auch hier. In dieser Runde gab er den jungen Leuten das Gefühl, dass sie ruhig hätten drücken können, weil der Effekt so harmlos gewesen war.

Forster nahm an, dass Tyler diesen Schluss schneller ziehen und umsetzen würde als Tessa, doch Tyler zögerte eine Sekunde, und Tessa drückte den Button.

Wieder war es nur ein zarter Stromstoß. Kayra zuckte nicht einmal.

Das schien die jungen Leute zu ermutigen, und Forster konnte nur raten, wer beim nächsten Mal schneller sein würde. Er tippte auf Tessa, doch Tyler hatte an Entschlossenheit zugelegt und schlug sie um eine halbe Sekunde.

Die Anzeigetafel zeigte zwei zu zwei bei Tessa gegen Tyler. Bei Forster gegen den elektrischen Stuhl stand es null zu fünf.

Der Strom war offenbar nicht mehr als ein zartes Kribbeln. Kayras verkrampfte Haltung löste sich. Tessa und Tyler machten sich bereit.

Forsters Chance, zu erraten, wer schneller sein würde, war fünfzig zu fünfzig. In den folgenden vier Runden lag er zweimal richtig, zweimal falsch. Die Stromstöße, die Kayra erhielt, waren jedes Mal leicht.

Forster starrte auf die Wand über dem Aquarium, wo sein persönlicher Spielstand eingeblendet war. Es stand sieben zu zwei für den Entführer. Noch drei falsche Tipps, und er würde Forsters Stuhl unter Strom setzen. Dagegen bräuchte Forster acht richtige Antworten, damit sich die Handfesseln öffneten und er versuchen könnte, die Geiseln zu retten.

Zwischen Tyler und Tessa herrschte Gleichstand, vier zu vier. Die beiden fixierten einander wie Duellanten. Dass jedes Betätigen des Buttons Kayra in den Tod stürzen könnte, schienen sie komplett aus dem Blick verloren zu haben.

Forster schloss für eine Sekunde die Augen, um sich zu besinnen und die Angst zurückzudrängen, die ihn zu überschwemmen drohte.

Er durfte das Spiel des Entführers nicht einfach mitspielen. Er musste irgendetwas unternehmen, um das Schicksal in eine andere Richtung zu lenken.

Tyler fühlte sich wie in einem Tunnel. Er war normalerweise kein Spieler und auch kein Kämpfer. Er war höflich, mitfühlend und rücksichtsvoll. Aber irgendwann in den letzten Minuten war etwas in ihm erwacht, das vollkommen neu für ihn war.

Seine Sinne waren so geschärft, wie er es noch nie erlebt hatte, und er war konzentrierter als jemals zuvor. Er fühlte sich aufgeputscht wie nach fünf Tassen Kaffee und zugleich vollkommen ruhig. Jeder Muskel in seinem Körper war angespannt, und sein Blick war unverwandt auf den farblosen pilzförmigen Druckschalter gerichtet. Seine gesamte Energie sammelte sich in seinem Arm, seiner Hand, die nur darauf wartete, auf den Button herabzusausen, sobald das weiße Licht aufleuchtete und anzeigte, dass der Strom freigeschaltet war.

Nebenbei behielt er Tessa im Auge, die ihn gleichermaßen belauerte. Im Augenblick herrschte Gleichstand, sie hatten beide viermal gedrückt. Nur die beiden ersten Stromstöße waren heftig gewesen. Danach schien jedes Mal nur wenig Strom durch die Streben zu fließen. Der Entführer wollte vermutlich nicht, dass das Spiel zu rasch vorbei war. Und er wollte zuerst Dr. Forster schlagen.

Tylers Blick glitt von seiner eigenen Spielstandsanzeige zu Forsters Ergebnis, und er fröstelte plötzlich. Im Eifer des Gefechts hatte er vollkommen vergessen, dass es nicht nur um Tessa und ihn, sondern auch um das Leben der Frau auf dem Gerüst und das seines Professors ging.

Die Scham überfiel ihn wie eine Flutwelle, und Tyler biss sich auf die Lippen. Wollte er das wirklich? Wollte er dieses Spiel gewinnen, ohne sich darum zu kümmern, was mit den anderen geschah?

Er spürte, dass Dr. Forster ihn ansah. Ein Gefühl wie ein Sonnenstrahl, der auf seiner Haut kitzelte. Erst versuchte Tyler, es zu ignorieren, doch er schaffte es nicht. Er wandte den Kopf ein kleines Stück zur Seite, während er zugleich den Button im Blick zu behalten versuchte.

Forster sah ihm direkt in die Augen. Tyler begriff, dass er ihm irgendetwas mitteilen wollte. Aber was?

Der Psychologe blinzelte. Er kniff das rechte Auge eine Sekunde lang zusammen. Dann ließ er seinen Blick bedeutungsvoll zu Tessa schweifen, die rechts von Forster saß, und wieder zurück zu Tyler, der links von ihm saß. Erneut das Zusammenpressen des rechten Auges.

Tyler runzelte die Stirn. Dann begriff er. Forster würde beim nächsten Mal auf Tessa tippen, und er wollte, dass Tyler sie gewinnen ließ.

Heiße Angst jagte durch seinen Körper. Was, wenn der nächste Schlag der entscheidende war und Tyler das Spiel verlor, weil er sich auf Forsters Plan eingelassen hatte? Andererseits:

Hatte er nicht gerade gedacht, dass der Entführer erst mit Forster abrechnen wollte? Und wer, wenn nicht Dr. Forster, sollte sie alle hier herausholen?

Tyler drückte kurz die Augen zusammen. Nicken wollte er lieber nicht. Forsters Mimik konnte der Mann hinter der Scheibe nicht sehen, weil der Psychologe mit dem Rücken zu ihm saß, aber auf die Gesichter von Tyler und Tessa hatte der Entführer einen guten Blick.

Wegen des Assistenten machte Tyler sich keine Sorgen. Der blonde Hüne stand neben Forsters Stuhl und hatte seine gesamte Aufmerksamkeit auf die Frau über dem Glasbecken gerichtet. An die Kandidaten und den Psychologen verschwendete er keinen Gedanken. Natürlich nicht.

Forster wurde erst interessant, wenn sein Stuhl unter Strom gesetzt wurde, und Tessa und Tyler wurden es, wenn die umgebauten Trockenhauben eingeschaltet wurden. Deshalb fixierte der Assistent die Frau, die mit Stromstößen gequält wurde. Der Mann war ein Sadist. Er genoss das Leiden anderer und wollte keine Sekunde davon verpassen.

Der Plan funktionierte. Tessa schlug auf den Button. Ein leichter Stromstoß ging durch den Körper der Frau über dem Glasbassin. Das Zwei zu sieben auf Forsters Ergebnistafel verwandelte sich in ein Drei zu sieben. Für den Bruchteil einer Sekunde huschte ein Lächeln über das Gesicht des Psychologen. Er sah Tyler an und drückte wieder das rechte Auge zu.

Tyler signalisierte erneut seine Zustimmung, aber er spürte, wie ihm mulmig wurde. Forster konnte sich retten, indem er ihn, Tyler, dazu brachte, Tessa auf den Knopf drücken zu lassen. Aber Tyler selbst geriet dadurch ins Hintertreffen. Wenn das Spiel plötzlich zu Ende wäre, wäre er derjenige, der die Zeche zahlen müsste.

Wieder sah Forster ihn an. Seine Augen zuckten immer wieder nach rechts, dorthin, wo Tessa saß, und endlich begriff Tyler, was er ihm sagen wollte. Er musste Tessa in das Spiel mit einbeziehen.

Tyler suchte ihren Blick, und als er ihn schließlich eingefangen hatte, versuchte er, ihr nur mit den Augen klarzumachen, was Forster vorhatte. Er sah, dass sie zwischen Forster und ihm hin- und herschaute.

Aber würde sie auch mitspielen? Oder würde sie einfach ihr Ding durchziehen? In dem Fall hätten Forster, die Frau auf dem Gerüst und er schon jetzt verloren.

Tessa hatte schon in der Runde zuvor bemerkt, dass Dr. Forster und Tyler sich heimliche Blicke zuwarfen. Ihr war auch nicht entgangen, dass sie die Runde zuvor nur gewonnen hatte, weil Tyler absichtlich gezögert hatte. Aber warum? Was hatten die beiden davon, wenn sie sich einen Vorsprung erarbeitete?

Die Knöpfe auf ihren Tischen leuchteten weiß, und Tyler schien ihr zuzunicken. Wollte er den Helden spielen und sterben, während sie mit der Schuld leben musste, der Frau auf dem Gerüst den finalen Todesstoß versetzt zu haben?

Aber die Anweisung schien von Dr. Forster zu kommen, also hatte der Psychologe offenbar einen Plan.

Tessa hätte sich fast mit der Hand vor die Stirn geschlagen, als sie es endlich begriff. Dr. Forster sollte erraten, wer von ihnen als Nächstes drücken würde. Gelang es ihm nicht, würde der Entführer ihn töten. Im Augenblick sah es nicht gut für Forster aus. Aber wenn er ihnen heimlich mitteilte, für wen er sich entschieden hatte, konnten sie entsprechend auf den Knopf drücken oder es sein lassen. Dann wäre Forster irgendwann frei und könnte sie retten.

Ein plötzliches Hochgefühl erfasste Tessa. Endlich musste sie nicht mehr selbst entscheiden, was gut und richtig war. Sie konnte die Verantwortung abgeben.

Tessa erwiderte Tylers heimliches Nicken und schlug auf den Button.

Kayra Davari sah, was Dr. Forster tat. Er hatte die Aufmerksamkeit der beiden jungen Leute erregt und teilte ihnen durch Augenzwinkern mit, auf wen er getippt hatte. Wenn die Entführer nichts davon bemerkten, könnte er gewinnen und Davari befreien.

Allerdings stand es sieben zu vier für den Entführer. Selbst wenn Forster jetzt jede Runde gewann, bedeutete das sechs weitere Stromstöße, ehe er frei war.

Der letzte Stromstoß war harmlos gewesen, genau wie die acht davor. Nur die beiden ersten hatten Davari so schmerzhaft durchzuckt, dass sie es kaum geschafft hatte, die Streben festzuhalten. Aber das bedeutete ja nicht, dass es so bleiben würde.

Erneut schätzte sie die Chance ab, sich mit einem Sprung über eine der Glaswände zu retten. Prinzipiell war es möglich, eine Distanz von zwei Metern mit einem Satz zu überwinden. Aber das Doppelkreuz, auf dem sie stand, hing frei an dem massiven Haken, der mit einer Kette an der Decke befestigt war. Sie würde sich nicht abstoßen können, weil das Kreuz bei der entsprechenden Bewegung einfach zur Gegenseite schwingen würde. Statt auf der anderen Seite der Glaswand würde Davari nur bäuchlings im Becken landen.

Sie konnte nichts anderes tun, als auszuharren. Beim Kung Fu To'A hatte sie trainiert, Schmerzen zu ertragen. Aber wenn der Stromstoß zu heftig wäre, würde ihr das nichts nützen.

Was würde geschehen, wenn Forster frei war? Würde der Entführer seelenruhig zusehen, wie der Psychologe das Brett zurück auf die dünnen Säulen im Becken legte und ihr hinüberhalf? Oder würde der Handlanger sich ihm in den Weg stellen?

Davari glaubte nicht, dass Forster mit ihm fertigwürde. Der Psychologe wirkte zwar sportlich, aber der Helfershelfer des Spielleiters war ihm an Körpergröße und Muskelmasse deutlich überlegen. Und er war skrupellos. Bei einem Kampf kam es letzten Endes darauf an, wer weniger Hemmungen hatte, dem Gegner Schmerzen zuzufügen. Vermutlich hatte Forster keine Chance gegen den blonden Hünen.

Was würde dann geschehen? Würde der Handlanger Forster zurück auf den elektrischen Stuhl zwingen und ihn töten? Oder würde der Entführer das Spiel für beendet erklären und sie alle gehen lassen? Wohl kaum.

Davari spürte, wie sich die Hoffnungslosigkeit wie eine schwarze Wolke auf sie herabsenkte. Aber sie durfte jetzt nicht den Mut verlieren. Egal, wie aussichtslos die Lage war. Solange sie lebte, konnte sich immer noch alles zum Guten wenden.

Sie schloss die Augen und flüsterte leise ein Gebet. Zu Allah oder zu Gott. Wer auch immer es hörte, sollte ihr helfen.

Forster tippte auf Tyler und kniff das linke Auge zu. Er überlegte, ob er zwischendurch einen falschen Tipp abgeben sollte, damit der Entführer nicht misstrauisch wurde, wenn Forster plötzlich bei jedem Versuch richtig lag. Aber jeder weitere Stromstoß, den Davari deshalb erleiden musste, war ein Risiko.

Tyler und Tessa streckten ihre Arme aus, aber Tyler war den Bruchteil einer Sekunde schneller. Die beiden machten das gut. Sie gaben sich große Mühe, das Duell realistisch wirken zu lassen.

Der Stromstoß war heftiger als die letzten. Davari zuckte, doch sie hielt sich eisern an den Stangen fest. Die Anzeigetafel wechselte auf fünf zu sieben für Forster gegen den elektrischen Stuhl.

Forster tippte auf Tessa und kniff das rechte Auge zu. Tessa drückte auf ihren Button. Davari heulte hinter ihrem Knebel auf. Sie erzitterte und riss die Hände von der Stange weg. Forster sah, wie ihr Körper nach hinten kippte In letzter Sekunde griff sie wieder zu und verhinderte, dass sie fiel. Ihre dunklen Augen waren weit aufgerissen, und sie bebte am ganzen Körper.

Aber Forster kam näher. Nur noch sechs zu sieben in Forsters Duell gegen den elektrischen Stuhl.

Forster tippte erneut auf Tessa und kniff das rechte Auge zu. Er sah, wie Tyler die Zähne zusammenbiss. Tessa hatte sich bereits einen Vorsprung erarbeitet. Sie hatte ihren Button siebenmal betätigt, Tyler seinen erst fünfmal. Aber Forster konnte die beiden nicht immer abwechselnd drücken lassen, das wäre zu auffällig. Zum Glück spielte Tyler mit, und Tessa schlug auf ihren Knopf.

Gleichstand zwischen dem Entführer und Forster, acht zu fünf im Duell Tessa gegen Tyler. Der Stromstoß war sanft, Davari zuckte nur leicht.

Als Nächstes tippte Forster zweimal hintereinander auf Tyler, der zweimal drückte, jedes Mal gefolgt von einem harmlosen Stromstoß für Davari.

Forster spürte, wie sich sein Puls beschleunigte und Adrenalin durch seine Adern rauschte. Es stand neun zu sieben bei seinem Duell gegen den elektrischen Stuhl, acht zu sieben zwischen Tessa und Tyler. Forster musste nur noch einmal auf Tyler tippen, Tyler nur noch einmal seinen Button drücken, dann hätte Forster gewonnen, und zwischen Tessa und Tyler stünde es unentschieden. Wenn der Entführer die Wahrheit gesagt hatte, wäre Forster dann frei und könnte versuchen, Davari vor dem Laugenbad zu retten.

Aber würde der Entführer ihm wirklich eine Chance geben?

Oder waren das alles nur leere Versprechen, um die Hoffnung seiner Opfer zu befeuern, damit er sie anschließend umso tiefer in den Höllenschlund stoßen könnte?

Forster spannte die Muskeln an. Er tippte auf Tyler und kniff das linke Auge zu.

65

Der Mann hinter der Scheibe schmunzelte. Forster machte das wirklich geschickt. Aber er hatte nichts anderes erwartet.

Natürlich war ihm die Manipulation nicht entgangen. In der Wand hinter dem Becken, direkt unter der Spielstandsanzeige, befand sich eine versteckte Kamera. Sie übertrug ein gestochen scharfes Bild von Forsters Gesicht auf den großen Monitor in der Beobachtungskabine. Der Spielleiter konnte jeden Blick sehen, den Forster Tessa und Tyler zuwarf.

Nun fehlte Forster nur noch ein Punkt, damit sich seine Hand- und Fußfesseln öffneten. Der Mann hinter der Scheibe war gespannt, was Forster dann tun würde. Es hätte ihm gefallen, Forster auf dem elektrischen Stuhl zu rösten, aber so war es noch viel besser.

Das Finale würde großartig werden.

Tessa und Tyler hatten ihre Arme bereits ausgestreckt, ihre Hände schwebten über den Buttons. Aber der Mann hinter der Scheibe gab die Knöpfe nicht frei. Stattdessen schaltete er das Mikrofon ein.

»Bravo«, sagte er. »Eine beeindruckende Leistung, Dr. Forster. Nur noch ein richtiger Tipp, und Sie sind frei.« Er machte eine Pause. »Sie sollten sich gut überlegen, was Sie mit dieser Chance anstellen. Dazu müssen Sie ein paar Dinge wissen.« Erneut eine kurze Pause, um sich die Aufmerksamkeit aller Anwesenden zu sichern. »In dem Moment, in dem sich Ihre Fesseln öffnen, werden mehrere Dinge gleichzeitig geschehen«, erklärte er. »Erstens: Die Trockenhaube des Kandidaten, der zu diesem Zeitpunkt seltener seinen Button betätigt hat, wird sich einschalten. Bei einem Unentschieden schalten sich beide ein.«

Die Köpfe von Tessa und Tyler fuhren zur Scheibe herum. Der Mann dahinter sah den Schrecken auf ihren Gesichtern und grinste. Die Ankündigung machte die Sache noch einmal spannend. Wenn Tessa zuließ, dass Tyler seinen Button betätigte, war Forster frei, aber zwischen ihr und Tyler würde Gleichstand herrschen, und beide Hauben würden eingeschaltet.

Tyler würde auf jeden Fall drücken, er hatte nichts zu verlieren. Aber wenn Tessa schneller war, hätte sie mehr Punkte als Tyler und würde der Haube entgehen. Allerdings würde dann auch Forster nicht freikommen und hätte keine Chance, sie alle zu retten. Wie würde Tessa sich entscheiden?

»Zweitens«, fuhr der Mann hinter der Scheibe fort, »wird sich im selben Moment der Motor einschalten, der mit der Kette an der Decke verbunden ist. Damit wird das Gestell, auf dem Frau Davari steht, langsam herabgesenkt. Es dauert exakt zwei Minuten, bis die untere Strebe, auf der sich ihre Füße befinden, die Flüssigkeitsoberfläche des Laugenbads berührt, fünf Minuten, bis das Gestell komplett im Becken eingetaucht ist. Während der gesamten Zeit wird Strom durch das Gestell fließen. Da die Lauge leitfähig ist, wird auch sie unter Strom stehen.«

Erneut machte er eine Pause, um Forsters Mienenspiel zu genießen. Wut, Entsetzen und Hilflosigkeit hielten sich die Waage.

»Und drittens: Mein Assistent wird selbstverständlich sein Bestes geben, um zu verhindern, dass Sie, Dr. Forster, eine der

Maschinen abschalten«, setzte er dann hinzu. »Immerhin erfüllt er sich hier seinen persönlichen Traum.«

Der Mann hinter der Scheibe ließ den Knopf des Mikrofons los und genoss für ein paar Sekunden das Gefühl absoluter Macht, das ihn durchströmte. Dann schaltete er das Mikrofon wieder ein.

»Ich hoffe, Sie haben alles verstanden?«, sagte er und lehnte sich in seinem bequemen Sessel zurück. »Dann gebe ich jetzt die Buttons frei.«

66

Marek Eckert leckte sich die Lippen. Sein ganzer Körper vibrierte vor Aufregung. Er wusste, dass sein Therapeut das alles nicht für ihn tat, aber das war ihm egal.

Sein ganzes Leben lang hatte er davon geträumt, die Bestie sein zu dürfen. Er hatte sich dafür geschämt, dagegen angekämpft und schließlich die Therapie begonnen, um etwas gegen seine abartigen Triebe zu unternehmen. Aber sein Therapeut hatte nicht versucht, ihn zu heilen.

Stattdessen hatte er ihm diese Halle als Spielwiese zur Verfügung gestellt und dafür gesorgt, dass sich die Opfer für seine Inszenierung freiwillig hier einfanden, weil sie dachten, sie würden an einem Experiment bei Dr. Robert Forster teilnehmen. Dem Mann, den Eckerts Therapeut so leidenschaftlich hasste, dass er ihn vernichten wollte. Wenn es sich nicht umgehen ließ, physisch, aber noch viel lieber psychisch. Forster sollte für den Rest seines Lebens darunter leiden, dass er seine Patienten und Studenten nicht hatte retten können.

Zu diesem Zweck hatte Eckert die Bombe und den Fernzünder gebaut, die sein Therapeut unter Forsters Sessel im Gruppenraum am Walkerdamm platziert hatte. Kein Kunststück, schließlich betreute Eckerts Therapeut in denselben Räumlichkeiten ebenfalls Gruppen und hatte Schlüssel für sämtliche Türen.

Eckert hatte auch die Kamera manipuliert, mit der Forster die Treffen seiner Anti-Aggressions-Gruppe aufzeichnete, und die Sitzung per Bluetooth verfolgt. So hatte er exakt in dem Moment, als sich einer von Forsters Schützlingen auf den Sessel gesetzt hatte, die Bombe zünden können.

Außerdem hatte Eckert sich all diese wunderbaren Installationen ausgedacht, die Handguillotine, die Schraubzwingen für Beine und Brüste, die Säureinfusion und schließlich diesen gigantischen Finalaufbau. Es war einfacher gewesen, als er gedacht hatte. Alles, was man dazu brauchte, konnte man im Baumarkt kaufen oder im Internet bestellen. Zeit genug hatten sie ja gehabt.

Auch Eckerts Flucht war bis ins letzte Detail vorbereitet. Er würde am Abend in ein Flugzeug steigen und dieses Land für immer verlassen. Sein Therapeut hatte ihn auf die Idee gebracht. Es gab genügend Diktaturen auf der Welt, in denen Folterknechte gebraucht wurden. Bei Eckerts Fähigkeiten würde es kein Problem sein, rasch Kontakte zu knüpfen. Statt sich verstellen und verstecken zu müssen, würde er in Zukunft mit seiner Leidenschaft Geld verdienen.

Deshalb hatte er auch kein Problem damit, sein Gesicht zu zeigen. Wenn eine der Geiseln das Finale überlebte, würde sie ihm mit Sicherheit nie wieder begegnen.

Sein Therapeut dagegen würde hinter seine bürgerliche Fassade zurückkehren. Sie hatten dafür gesorgt, dass man ihm nichts nachweisen konnte, mit der verspiegelten Scheibe, dem Stimmverzerrer und all den anderen technischen Spielereien, die es unmöglich machten, die Mails und Videos zu ihrem Urheber zurückzuverfolgen.

Das Sahnehäubchen war die Gefrierbox mit den abgetrennten Händen der hübschen Studentin, die sie ihrem Gegner untergejubelt hatten. Wenn die Polizei die Box im Gefrierfach von Dr. Robert Forster fand, würde der Psychologe Mühe haben, seine Unschuld zu beweisen. Aber um überhaupt die Gelegenheit dazu zu bekommen, musste er zunächst einmal das Finale überstehen.

Eckert betrachtete liebevoll den gesamten Aufbau, das Glasbecken mit dem schwebenden Doppelkreuz darüber, die Trockenhauben, die im Inneren einem Toaster glichen, und den elektrischen Stuhl, auf dem Forster saß.

Jeden Moment würden die Buttons weiß aufleuchten, und dann begann das große Finale. Es würde wunderbar blutig werden.

67

Tessa spürte, wie sie von Panik regelrecht überschwemmt wurde. Es war eine grauenvolle Zwickmühle, in der sie steckte. Wenn sie die Anweisung von Dr. Forster befolgte und Tyler den Kampf um den Knopf gewinnen ließ, würden sich beide Trockenhauben einschalten. Die heißen Drähte würden sich in ihr Gesicht graben, sie verstümmeln und töten. Befolgte sie die Anweisung dagegen nicht, würde Forster nicht freikommen. Aber hatte er nach allem, was der Entführer angekündigt hatte, überhaupt eine Chance?

Er müsste den Assistenten besiegen, und anschließend würde er versuchen zu verhindern, dass die Frau auf dem Doppelkreuz ins Becken getaucht wurde. Das alles würde mehrere Minuten dauern, und in der Zeit hätten die glühenden Drähte in der Haube längst ihr Gesicht erreicht. Wenn Forster es überhaupt schaffte, Tyler und sie ebenfalls zu retten, wäre sie längst entstellt und wahrscheinlich auch blind, weil ihre kochenden Augäpfel platzen würden wie Eier in der Mikrowelle.

Die Vorstellung war einfach zu schrecklich. Sie konnte ihr Schicksal nicht in die Hände eines fremden Menschen legen. Noch nie hatte jemand sie beschützt, weder ihre Eltern noch ihre Brüder. Am Ende würde auch Forster sich nur um die junge Frau auf dem Gestell kümmern. Hatte der Entführer nicht gesagt, sie sei seine Tochter?

Nein, für Tessa gab es nur eine Möglichkeit. Sie musste gewinnen. Und dazu würde sie so oft und so schnell auf den Button drücken, wie sie nur konnte. Die Hoffnung auf ein Happy End war längst dahin. Jetzt konnte es nur noch darum gehen, die eigene Haut zu retten.

Tessa streckte die Hand aus und machte sich bereit.

Tyler sah an Tessas Augen, was in ihrem Kopf passierte. Tessa hatte begriffen, dass sie der Haube entging, wenn sie ihren Vorsprung über die Zeit rettete. Dass damit zugleich alle anderen verloren, spielte keine Rolle mehr.

Heiße Angst pulsierte durch Tylers Körper. Wenn Tessa gewann, kam Forster nicht frei, und es gab keine Chance, dass der Psychologe ihn retten könnte. Tylers Schicksal, die Haube, die seinen Kopf in ein verbranntes Stück Fleisch verwandelte, wäre besiegelt.

Er musste einfach schneller sein. Er musste Tessa schlagen.

Forsters Herz zog sich schmerzhaft zusammen, als er bemerkte, wie sich Tessas Gesichtsausdruck veränderte. Sie würde nicht länger mitspielen, das begriff er sofort.

Es wäre sicherer gewesen, wenn er auf Tessa getippt und Tyler die Anweisung gegeben hätte, sie gewinnen zu lassen. Aber er hatte gewollt, dass zwischen den beiden Gleichstand herrschte. Er hatte ja nicht ahnen können, dass der Mann hinter der Scheibe in diesem Fall beide Trockenhauben aktivieren würde.

Forster versuchte, sich einen Plan zurechtzulegen.

Falls Tyler schneller war.

Falls sich Forsters Hand- und Fußschellen daraufhin öffneten.

Als Erstes musste er den Assistenten ausschalten. Anschließend musste er Kayra von dem Gestell über dem Laugenbad herunterholen. Und danach konnte er die Trockenhauben abschalten.

Doch würde das alles nicht viel zu lange dauern? Wären die Köpfe von Tessa und Tyler zu diesem Zeitpunkt nicht schon längst verschmort?

Zwei Minuten, bis die untere Strebe das Laugenbad berührte, hatte der Mann hinter der Scheibe gesagt. Das war nicht viel. Aber möglicherweise reichte die Zeit, um den Assistenten außer Gefecht zu setzen, die Kabel von den Trockenhauben abzureißen und erst danach Kayra zu retten?

Es war mit Sicherheit die logische Reihenfolge und genau das, was er getan hätte, wenn er keine der Personen im Raum gekannt hätte.

Aber die Situation war eine andere. Kayra war nicht nur irgendeine Geisel. Sie war seine Tochter.

Tessas ausgestreckte Hand schwebte über dem Button. Sie zitterte am ganzen Leib, und ihr Mund war so trocken, dass sie nicht mehr schlucken konnte. Alles hing jetzt davon ab, dass sie sofort reagierte, wenn der Knopf weiß aufleuchtete.

Rasch huschte ihr Blick zu Tyler. Er hatte die Lippen zusammengepresst und sah ebenso wild entschlossen aus wie sie. Auch seine Hand schwebte über dem Druckschalter, und seine Augen waren nur noch schmale Schlitze, so konzentriert fixierte er seinen Knopf.

Dann erschien das weiße Licht, und sie schlugen beide gleichzeitig auf den Button.

Tessas Knopf blieb weiß, der von Tyler färbte sich rot. Er war den Bruchteil einer Sekunde schneller gewesen.

Vom Becken her ertönte ein Laut, der kaum noch menschlich klang. Die Frau auf dem Gestell schrie, und trotz des Panzertapes über ihrem Mund war es fast ohrenbetäubend. Die Augen der Frau quollen fast aus den Höhlen. Ihr ganzer Körper zuckte wie in Ekstase. Sie musste unglaubliche Schmerzen haben, aber trotzdem hielt sie die Streben fest.

Endlich wurde der Strom wieder abgestellt, und für ein paar Sekunden war es totenstill im Raum. Dann hörte Tessa leise Motorengeräusche.

Die Haube hinter Tyler bewegte sich und senkte sich langsam über seinen Kopf. Eine Sekunde später passierte dasselbe bei Tessas Haube. Sie fuhr nach unten, bis sie beinahe Tessas Schultern berührte. Dann klappte von oben ein Visier herunter, das die vordere Öffnung der Haube verschloss.

Das Visier bestand aus einem dicken lichtdurchlässigen Kunststoff, auf dessen Innenseite, etwa zehn Zentimeter von der Verkleidung und ungefähr genauso weit von ihrer Nasenspitze entfernt, ein Netz aus Drähten befestigt war. Tessa sah, wie die Drähte sich zu färben begannen, erst dunkelrot, dann immer heller. Sie spürte bereits jetzt die Hitze, die sie abstrahlten.

Im Inneren der Haube ertönte plötzlich die laute Stimme des Spielleiters. »Zu Ihrer Information: Das Visier mit dem glühenden Drahtgestell bewegt sich alle zehn Sekunden fünf Millimeter nach vorn. Das bedeutet, dass es in ungefähr drei Minuten Ihre Nasenspitze erreicht haben wird.«

Tessa presste den Kopf so fest es ging gegen die Rückseite der Haube. Damit gewann sie vielleicht einen Zentimeter. Zwanzig Sekunden mehr, ehe sich der heiße Draht in ihre Nase fraß.

Sie spürte, wie jemand ihr rechtes Handgelenk packte und mit einem Lederriemen an die Armlehne des Stuhls fesselte. Nun konnte sie sich überhaupt nicht mehr rühren.

Ein Klicken, und das rot glühende Drahtgestell kam fünf Millimeter näher. Tessa begann zu schreien.

68

Robert Forster sah fassungslos zu, wie sich die Hauben auf die Köpfe von Tessa und Tyler senkten und die Visiere mit den Drahtgittern herunterklappten, bis die Öffnungen vorne an den Hauben komplett verschlossen waren. Er hörte die Stimme des Mannes hinter der Scheibe, der verkündete, dass den beiden noch drei Minuten blieben, bis ihr Gesicht verschmort würde. Und er konnte nichts tun, weil er nach wie vor an seinen Stuhl gefesselt war.

Erneut ertönte ein Klacken, und das Geräusch eines weiteren startenden Motors drang an Forsters Ohr. Das Gestell, an dem sich Kayra festklammerte, ruckte. Dann bewegte sich die Kette mit dem Haken, und das Doppelkreuz begann sich zu senken.

»Zehn Sekunden, Dr. Forster«, ertönte die Stimme des Mannes hinter der Scheibe. »Dann öffnen sich Ihre Fesseln, und zugleich wird das Gestänge über dem Laugenbad beständig unter Strom gesetzt. Von diesem Moment an dauert es zwei Minuten, bis die untere Strebe die Oberfläche der Lauge erreicht, und ebenfalls zwei Minuten, bis die glühenden Drähte in den Trockenhauben die Gesichter der Kandidaten berühren. Sie müssen die Wahl treffen, Dr. Forster. Retten Sie Ihre Patientin und Ihren Studenten, oder retten Sie Ihre Tochter? Wie auch immer Sie sich entscheiden: Mein Assistent wird es Ihnen nicht leicht machen. Seien Sie auf alles vorbereitet.«

An der Wand erschien die Projektion der Zahl Zehn. Der Mann hinter der Scheibe begann, den Countdown herunterzuzählen, die Zahl veränderte sich entsprechend.

»Drei, zwei, eins, null.«

Die Metallschellen an Forsters Hand- und Fußgelenken sprangen auf. Gleichzeitig erklang ein Stöhnen von der anderen Seite des Raums, und Forster sah, wie Davari auf dem Gestell heftig zu zucken begann. Ihr ganzer Körper wurde hin und her geworfen, und jeder ihrer Muskeln schien zu vibrieren. Trotzdem klammerte sie sich immer noch tapfer an der oberen Strebe fest.

Der Assistent stand vor dem Becken und sah mit schief gelegtem Kopf und einem seligen Lächeln auf den Lippen zu.

Das gab Forster die Chance, sich um Tessa und Tyler zu kümmern. Er sprang vom Stuhl, eilte zu Tessa und zerrte an den Kabeln, die ihre Trockenhaube mit dem Transformator verbanden. Sie saßen fest.

Forsters Blick glitt zum Transformator. Das Einfachste wäre, wenn er den Strom ausschalten könnte, aber der Transformator befand sich in einer stabilen, fest verschlossenen Plexiglaskiste. Der Mann hinter der Scheibe hatte offenbar die Möglichkeit, den Stromfluss von dort aus zu regeln, aber wer sich diesseits der Scheibe befand, kam nicht heran.

Forster überlegte, ob er versuchen sollte, sich Zutritt zur Steuerkabine zu verschaffen. Aber die Eingangstür zur Kabine befand sich außerhalb des Raums, in dem sie sich aufhielten, und die Türen hinaus waren sicher verschlossen. Forster hatte nicht die Zeit, es auszuprobieren. Er zerrte weiter an dem Kabel, und plötzlich löste es sich. Tessas Haube bewegte sich nicht mehr.

Forster eilte weiter zu Tyler und zog auch dort so lange an dem Kabel, bis er es aus der Verankerung gerissen hatte. Dann wirbelte er zum Aquarium herum.

Davari wand sich in schmerzhaften Zuckungen. Ihre Augen traten fast aus den Höhlen. Sie sah nicht so aus, als könnte sie sich noch lange halten. Das Doppelkreuz schwebte nur noch knapp dreißig Zentimeter über der Lauge.

Hinter ihr hatte der Entführer eine neue Anzeige eingeblendet. Sie zeigte, wie viel Zeit seit dem Öffnen von Forsters Fesseln vergangen war. In diesem Moment: eine Minute und zehn Sekunden. Nur noch fünfzig Sekunden, dann würden Davaris Füße das Laugenbad berühren.

Forster rannte zum Aquarium, stellte die Trittleiter auf und legte das mit Metallumrandung und Metallstreifen versehene Brett auf die dünnen Säulen, die in zwei parallel verlaufenden Reihen in der Lauge standen. Im selben Moment tauchte das Doppelkreuz in die Flüssigkeit ein, und ein heftiger Schmerz schoss Forster von den Fingern aus bis in den Hinterkopf.

Eilig zog er die Arme zurück. Erst jetzt fiel ihm auf, dass die Oberkante des Glasbeckens ebenfalls eine Metallumrandung besaß, die offenbar genauso unter Strom stand wie das Doppelkreuz. Zwischen Kreuz, Brett und Beckenrand war über die Lauge eine Verbindung entstanden, die den Strom leitete, und jede Berührung könnte tödlich sein.

Forster riss sich das Hemd vom Leib und wickelte es sich um die Hände. So geschützt, konnte er sich auf das Brett stemmen. Vorsichtig richtete er sich auf und balancierte zu Davari.

Die untere Strebe des Doppelkreuzes erreichte die Oberfläche des Laugenbads, doch Davari hatte rechtzeitig die Füße hochgezogen. Mit angewinkelten Armen und Beinen klammerte sie sich an die obere Strebe. Die Position war zweifellos kräftezehrend, und Davari würde sich nicht über längere Zeit halten können, aber zumindest war der Stromfluss durch ihren Körper unterbrochen. Dafür wurde durch die Anstrengung offenbar das Atmen schwierig, das durch das eng gewickelte Panzertape über ihrem Mund, das auch einen Teil der Nasenlöcher bedeckte, ohnehin behindert zu sein schien.

Forster setzte seine Schritte dennoch langsam und vorsichtig. Keinem von ihnen beiden war geholfen, wenn er stolperte und in die Lauge stürzte.

Als er Davari erreicht hatte, streckte er die Hände aus. Davari umklammerte mit den Beinen seine Taille und schlang die Arme um seinen Hals. Absetzen durfte er sie wegen der dünnen Metallstreifen, die auf dem Brett im Abstand von wenigen Zentimetern verliefen, nicht. Sobald Davari zwei verschieden gepolte Metallstreifen mit ihren nackten Füßen berührte, würde ihr Körper erneut unter Strom stehen. Forster musste sie zum Beckenrand tragen und dort auf die Trittleiter heben. Das war nicht leicht, aber Davari, die das Problem offenbar erkannt hatte, unterstützte ihn, indem sie sich eng an ihn schmiegte.

Forster drehte sich um – und sah, dass der Assistent die Trittleiter heraufgeklettert war und nun am anderen Ende des Stegs wartete.

»Bravo«, ertönte die Stimme des Spielleiters aus dem Lautsprecher an der Decke. »Das war eine gute Leistung. Aber Sie haben etwas vergessen, Dr. Forster. Sie hätten zuerst Ihren Gegner ausschalten müssen. Wie wollen Sie jetzt kämpfen? Auf einem schmalen, stromdurchflossenen Brett, mit Ihrer Tochter auf den Armen und zu allen Seiten vom Tod umgeben?« Der Mann hinter der Scheibe lachte. »Eine reichlich aussichtslose Situation, wenn Sie mich fragen.«

Der Assistent kam langsam näher. Er lächelte, und in seinem Blick lag ein Glänzen, das Forster erschütterte. Es war, als würde er in die Augen des Teufels blicken, der nur darauf wartete, ihn in den Schlund der Hölle zu stoßen, und der dabei größtes Vergnügen empfinden würde.

»Sie müssen das nicht tun«, sagte Forster. Es würde nichts nützen, doch er konnte auch nicht einfach aufgeben.

»Das weiß ich.« Der Assistent zog einen kurzen Metallstab aus der Hosentasche. »Aber ich will.«

Eine rasche Bewegung aus dem Handgelenk, und aus dem Metallstab kamen drei weitere hervor, die sich zu einer Stange verbanden, an deren Ende eine Metallkugel saß. Forster kannte solche Waffen von Bildern, die ihm die Beamten beim LKA gezeigt hatten. Es war ein Teleskopschlagstock.

»Was meinen Sie, Dr. Forster? Wie viele Schläge können Sie einstecken?«, ertönte die Stimme aus dem Lautsprecher.

Wieder eine schnelle Bewegung, ein Pfeifen in der Luft, und die kleine Metallkugel am Ende des Schlagstocks traf exakt Forsters linken Fußknöchel. Ein scharfer Schmerz schoss ihm das Bein hinauf, und er schwankte.

Der Schlagstock sirrte ein weiteres Mal durch die Luft. Forster sprang rasch ein Stück zurück. Beinahe geriet er dabei aus dem Gleichgewicht, doch im letzten Moment fing er sich.

»Schade. Kein Treffer. Probieren wir das Ganze doch mal auf der anderen Seite«, schlug der Mann hinter der Scheibe vor, und der Assistent wechselte den Schlagstock von der rechten in die linke Hand. Forster spürte, wie Davari sich anspannte.

Der Assistent setzte zum nächsten Schlag an, doch ehe er den Metallstab in Forsters Richtung bewegen konnte, schwang Davari ihr rechtes Bein herum und trat zu.

Sie traf den Assistenten mit dem Spann genau am Hals.

Der blonde Hüne verdrehte die Augen und fiel wie ein gefällter Baum ins Becken. Forster wandte sich rasch ab, damit sie möglichst wenig von der aufspritzenden Lauge abbekamen. Ein paar

Tropfen trafen seinen Rücken, und er spürte einen heißen Schmerz. An den Beinen brannte die Lauge Löcher in seine Hose, aber das war nichts im Vergleich zu dem, was mit dem Assistenten passierte.

Der Handlanger war binnen Sekunden wieder aus der Lauge aufgetaucht, aber trotzdem löste sich die Haut an seinem Gesicht und seinen Armen bereits ab. Blutiges Fleisch kam zum Vorschein, und die Flüssigkeit im Becken färbte sich rosa. Der Assistent öffnete den Mund, um zu schreien oder Luft zu holen, und die aufgewühlte Lauge schwappte ihm in den Rachen. Gurgelnd ging er zum zweiten Mal unter, die Arme zur Oberfläche gereckt, die blutenden Augen weit aufgerissen.

Forster zwang sich, den Kopf abzuwenden. Es war ein derart schrecklicher Anblick, dass er fürchtete, er würde vor lauter Entsetzen ins Stolpern geraten und gemeinsam mit Davari ebenfalls ins Laugenbad stürzen.

Sein Knöchel schmerzte bei jeder Bewegung, aber Forster biss die Zähne zusammen. Mit vorsichtigen Schritten tastete er sich zum Beckenrand vor – und erstarrte.

Oben auf der Trittleiter stand ein weiterer Mann. In der Hand hielt er einen Elektroschocker, den er auf Forster richtete.

»Bleib stehen«, sagte der Mann.

Forster schüttelte den Kopf. Er hatte es gewusst, und trotzdem hatte sein Verstand sich bis zuletzt geweigert, es zu glauben.

»Lars.« Ausgerechnet Gericke, der Kollege, den er von den dreien aus der Mittwochsrunde immer am meisten geschätzt hatte. »Warum?«

Lars Gericke sah ihn finster an. »Das weißt du nicht?«, spuckte er. »Du hast mit deiner Arroganz und Selbstherrlichkeit mein Leben zerstört. Die Berufungskommission hätte mir die Forensik-

Professur gegeben. Aber du hast in deinem Gutachten geschrieben, ich sei nicht geeignet.«

Forster blinzelte. »Woher weißt du das?« Die Namen der Gutachter wurden nicht öffentlich gemacht, ebenso wenig wie der Inhalt ihrer Stellungnahmen.

Gericke deutete auf den blutenden Leichnam im Laugenbad.

»Mein Freund Marek war nicht nur ein genialer Konstrukteur von Foltermaschinen, er war auch Informatiker und auf diesem Gebiet ebenfalls brillant. Er hat sich in die Unterlagen der Berufungskommission gehackt. Genau wie in deinen Rechner zu Hause und in die Bluetooth-Funktion der Kamera, mit der du die Sitzungen deiner Anti-Aggressions-Gruppe aufgenommen hast. So wussten wir immer, wann wir welche Knöpfe drücken müssen.«

Forster knirschte mit den Zähnen. Er hatte sich lange dagegen gesperrt, die Stellungnahme zu Gerickes Eignung für die Professur zu verfassen, weil Lars ein Kollege, fast ein Freund war, aber die Community war so klein, dass für alle anderen möglichen Gutachter dasselbe galt. Nur deswegen hatte Forster sich am Ende breitschlagen lassen.

Er hatte sich um Objektivität bemüht und Gerickes Leistungen gewürdigt. Zahlreiche Publikationen zur Behandlung von Männern mit pädophilen Neigungen und ein paar interessante Vorschläge zum Täter-Opfer-Ausgleich.

Gericke war ein begabter Therapeut, aber die Zahlen in seinen Veröffentlichungen waren Forster merkwürdig vorgekommen. Er hatte nachgerechnet und verglichen, und am Ende war er sich sicher gewesen, dass Gericke die Ergebnisse seiner Studien getürkt hatte. Ihm war keine andere Wahl geblieben, als sich schweren Herzens gegen die Berufung auszusprechen, und die Kommission war seinem Rat gefolgt.

»Und deshalb dieses ganze Morden?«, fragte Forster. »Wegen einer Stelle, die du nicht bekommen hast?«

Gericke fletschte die Zähne. »Es war nicht nur die Stelle. Du hast mir immer alles weggenommen. Das Angebot vom Verlag für ein Forensik-Lehrbuch, die Auszeichnung für die beste forensische Publikation, die Möglichkeit, als Fallanalytiker für die Polizei zu arbeiten. Egal, wo ich hinwill, du bist immer schon da. Aber jetzt ist Schluss damit.« Ein irres Funkeln trat in Gerickes Augen, das dem seines Assistenten in nichts nachstand. »In Zukunft gehört das alles mir. Deine Praxis, deine Patienten, deine Stelle an der Uni und der Job bei der Polizei. Die können sich glücklich schätzen. Sie bekommen jemanden, der sich wirklich in die Seele von Psychopathen hineinversetzen kann.«

»Weil du selbst einer bist.«

In dem Moment, in dem er es aussprach, begriff Forster, was seinen Gegenspieler zu dem gemacht hatte, was er war. Gericke war intelligent und gut aussehend, aber in seiner Familie war er trotzdem immer derjenige gewesen, der nicht mithalten konnte. Der Vater plastischer Chirurg mit Professur am UKSH, die Mutter promovierte Internistin mit eigener Praxis, die zwei Jahre jüngere Schwester ein Wunderkind, das mit vierunddreißig bereits eine Professur an der medizinischen Fakultät in Hamburg hatte.

Lars Gericke hatte alles getan, um mithalten zu können, war aber gescheitert – nicht zuletzt deshalb, weil ihm Robert Forster als Gutachter auf dem Weg zu seiner ersehnten Forensik-Professur Knüppel zwischen die Beine geworfen und seinen Traum zerschlagen hatte.

In Gerickes Familie waren Erfolg, Macht und Geld alles, und die Bedürfnisse des kleinen Lars' waren dabei vermutlich auf der Strecke geblieben.

Das war sicherlich nur ein Teil der Erklärung. Psychopathie

war so gut wie nie ausschließlich durch die Sozialisation und die psychischen Wunden der Kindheit bedingt, aber beides konnte eine vorhandene Anlage abmildern oder verstärken.

Bei Gericke war offensichtlich Letzteres der Fall gewesen. Er war ein Mann mit einer ausgeprägten narzisstischen Persönlichkeitsstörung und ein Psychopath reinsten Wassers.

»Das ist wohl so.« Gericke lächelte. »Und jetzt dreh dich um und spring.« Er hob die Hand mit dem Elektroschocker. »Oder ich helfe nach.«

Von draußen war plötzlich Lärm zu hören.

Gerickes Augen zuckten zur Eingangstür, die im nächsten Moment aufflog. Ein Dutzend mit Maschinenpistolen bewaffneter Polizisten stürmte herein, alle mit schwarzen Schutzwesten, Helmen und Stiefeln bekleidet. Zwölf rote Lasermarker trafen sich auf Gerickes Brust.

»Schon gut.« Gericke warf den Elektroschocker ins Becken und hob die Hände, als wollte er sich ergeben. Ehe Forster begriff, was geschah, schob sich der Kollege mit einer eleganten Bewegung an Davari und ihm vorbei, und die roten Marker befanden sich plötzlich auf Davaris Rücken. Die Beamten des Spezialeinsatzkommandos nahmen rasch die Waffen herunter, bewegten sich um das Aquarium herum und positionierten sich neu.

Gericke lief bis zum Ende des Stegs in der Beckenmitte, griff in die Hosentasche und holte einen kleinen rechteckigen Gegenstand hervor. Auf Knopfdruck öffnete sich direkt über ihm eine Luke in der Decke. Eine Strickleiter fiel heraus. Gericke griff danach und kletterte behände nach oben. Erneut erfassten ihn die roten Lasermarker.

»Nicht schießen«, befahl der Einsatzleiter. »Er fällt sonst in die Brühe. Wir kriegen ihn draußen.«

Auf sein Zeichen hin rannte die Hälfte der Beamten hinaus.

Der Rest blieb in der Halle, die Waffen weiterhin auf Gericke gerichtet.

Forster balancierte mit zusammengepressten Zähnen über den Steg zum Beckenrand, und einer der Beamten, der auf die Trittleiter geklettert war, nahm ihm Davari ab. Ein zweiter kam dazu und half Forster nach unten, während Gericke weiter in Richtung Deckenluke kletterte.

Als er oben war, drehte er sich noch einmal um und grinste die verbliebenen SEK-Männer an, die ihn nach wie vor im Visier hatten.

»Ihr kriegt mich nie«, verkündete er und winkte ihnen zu.

Durch die Bewegung kam er aus dem Gleichgewicht. Die Strickleiter verhedderte sich, und Gericke geriet ins Rotieren.

Forster sah das Unheil kommen. »Lars! Nein!«

Aber es war zu spät. Gericke rutschte das dünne Seil aus der Hand, und er kippte auf der Leiter nach hinten. Mit dem Kopf voran stürzte er ins Laugenbad. Es brodelte, und das Rot im Becken wurde noch intensiver.

Forster wandte rasch den Blick ab. Er hatte fürs Erste mehr als genug Blut gesehen.

69

Es war eine besondere Runde, die sich in Forsters Gruppenraum versammelt hatte. Kayra Davari und ihre Kollegin Inga Jessen, Kayras Eltern Aysan und Abtin, dazu Tyler Hartwig, Mila Bruns und Tessa Eilers. Forsters Kollegen Steinke und Hildebrand leiteten die Sitzung. Forster war nur ein Teilnehmer, so wie die anderen.

Die Idee war von Simon Hildebrand gekommen. Sie hatten alle dasselbe Trauma erlitten, wenn auch auf unterschiedliche Weise. Aber jedem von ihnen hatten Lars Gericke und Marek Eckert Wunden zugefügt. Körperlichen oder seelischen Schmerz, Verletzungen, die langsam heilen mussten.

Mila war aus dem Koma erwacht. Man hatte ihr mehrfach Haut transplantiert, und vor zwei Wochen hatte sie neue Brüste bekommen. Neben ihr saß Tyler und hielt ihre Hand. Er war genau wie Tessa mit dem Schrecken davongekommen. Die glühenden Drähte hatten ihre Gesichter erhitzt, aber die Haut war nicht schlimmer geschädigt gewesen als bei einem heftigen Sonnenbrand. Man hatte sie mit kühlender Salbe behandelt, und es waren keine Narben zurückgeblieben.

Kayra hatte von den Stromschlägen zum Glück keine bleibenden Schäden davongetragen, und auch die Haut an Forsters Rücken, die von der aufspritzenden Lauge verätzt worden war, war wieder verheilt. Sein Fuß war ebenfalls unversehrt geblieben. Eckerts Schlagstock hatte nur eine Prellung verursacht, die Forster eine Weile Schwierigkeiten beim Laufen gemacht hatte, mittlerweile aber abgeklungen war.

Körperlich waren sie alle auf einem guten Weg, aber die seelischen Verletzungen saßen tief.

René Steinke und Simon Hildebrand hatten kaum glauben können, dass Lars Gericke, mit dem sie seit Jahren Tür an Tür gearbeitet und sich regelmäßig ausgetauscht hatten, zu solch schrecklichen Taten fähig gewesen war.

Abtin und Kayra Davari hatten erfahren, dass sie nicht Vater und Tochter waren, und Kayra war darüber mindestens ebenso schockiert wie Abtin. Dass sie ihren biologischen Vater verdächtigt hatte, ein Psychopath und Serienmörder zu sein, machte ihr schwer zu schaffen. Genauso wie der Umstand, dass sie ihrem Vater Abtin keine Niere spenden konnte, weil ihre Parameter nicht passten.

Doch gemeinsam würden sie die Traumata verarbeiten können.

Aysan Davari wies auf die bunte Decke, die sie mitten im Raum ausgebreitet hatte. Darauf waren alle möglichen persischen Köstlichkeiten arrangiert.

»Setzen wir uns doch einfach auf den Boden«, schlug sie vor.

Alle kamen der Aufforderung nach, und so saßen sie gleich darauf dicht gedrängt im Schneidersitz um die Decke herum und schoben sich Dattelomelette, Kräuterwraps – Sabzi Khordan –, gebackene Nüsse und Haferflocken – Ajil-Granola – und Lavashbrot mit Kräutern, Dattelsirup oder Dattelmus in den Mund.

Nur Tessa aß nicht, sondern starrte auf den dünnen Brotfladen in ihrer Hand.

Forster neigte den Kopf. »Alles in Ordnung bei dir, Tessa?«

Tessa ließ die Hand sinken. Ihr Blick wanderte zu Tyler und Mila, dann zurück zu Forster.

»Es tut mir so leid«, sagte sie. »Dass ich so egoistisch war. Ich wusste genau, was ich tun muss, damit Sie freikommen und versuchen können, uns zu retten, aber trotzdem wollte ich unbedingt schneller sein als Tyler. Damit nur sein Gesicht verbrennt und nicht meines.«

Forster sah sie ernst an. »Du hattest Todesangst, Tessa. Was du getan hast, war menschlich. Kein Grund, dir Vorwürfe zu machen.«

»Aber Tyler hat Ihre Anweisungen befolgt, obwohl er dadurch ins Hintertreffen geraten ist.«

»Tyler war sehr, sehr mutig«, sagte Forster und blinzelte Tyler zu, der bis unter die Haarspitzen errötete. Mila sah ihn stolz an und drückte seine Hand. »Aber als er mitgespielt hat, war die Bedrohung noch nicht so akut. Tyler wusste zwar, dass sich vielleicht irgendwann eine der Hauben einschalten würde, doch es bestand auch die Hoffnung, dass es dazu gar nicht käme, wenn ich mich rechtzeitig befreien könnte. Als du deine Entscheidung treffen musstest, stand das Anschalten beider Hauben dagegen unmittelbar bevor. Tyler hatte keine Chance mehr, Einfluss zu nehmen, aber du konntest das grausame Schicksal abwenden. Du hast versucht, dein Leben zu retten. Das ist vollkommen normal.«

»Aber ich wusste, dass Sie dann nicht freikommen. Dass Sie nichts tun können.«

»Der Überlebensinstinkt ist stärker als jede rationale Überlegung«, erwiderte Forster. »Das ist nichts, wofür du dich schämen müsstest.«

»Hm.« Tessa kratzte sich im Nacken. Sie lächelte scheu in die Runde, und die anderen erwiderten ihr Lächeln.

»Sie dürfen nicht denken, dass Sie ein schlechter Mensch

sind«, bekräftigte Simon Hildebrand. »Was da in diesem Raum passiert ist, war nicht Ihre Schuld, sondern die von Lars Gericke. Er hat Sie in diese grauenvolle Situation gebracht. Niemand sollte jemals vor eine solche Wahl gestellt werden.«

»Ich habe jahrelang an der Polizeischule gelehrt«, warf Inga Jessen ein. »Wir zeigen unseren Neulingen gerne Fotos von dramatischen Verbrechen, damit sie wissen, worauf sie sich einlassen, und da gibt es weiß Gott einiges. Aber etwas derart abgrundtief Böses wie bei Gericke und Eckert ist mir noch nie untergekommen. Die beiden haben wirklich vor nichts zurückgeschreckt. Entführung, Folter, Mord.« Sie schaute zu ihrer Kollegin. »Nicht einmal vor der Polizei haben sie haltgemacht.«

»Wie hat er das eigentlich fertiggebracht?«, fragte René Steinke. »Lars, meine ich. Wie hat er es geschafft, eine Polizistin zu entführen?«

Kayra Davari schnitt eine Grimasse. »Er hat mich reingelegt. Das hatte er von Anfang an so geplant. Er hat dafür gesorgt, dass Dr. Forster ... Robert ein Alibi brauchte, und Gericke hat es ihm gegeben. Die ganze Sache war so arrangiert, dass ich glauben musste, Robert sei derjenige, der die jungen Leute tötet. Mit jedem Toten, den uns Gericke präsentiert hat, habe ich mich mehr in diese Theorie verbissen. Und dann hat Dr. Gericke mich angerufen. Er hat so getan, als würde er einen inneren Kampf ausfechten, könne es am Ende aber nicht mit seinem Gewissen vereinbaren zu lügen. Er hat mich gebeten, zu ihm zu kommen. Er wollte das Alibi widerrufen, das er Robert gegeben hat. Ich dachte, jetzt habe ich Robert am Haken. Ich habe alle Regeln missachtet. Anstatt Inga zu informieren und sie zu bitten mitzukommen, habe ich ihr nur eine SMS geschickt. Wie ein kleines Mädchen, das anderen die Zunge rausstreckt. Ich dachte, jetzt kann ich ihr und der Staatsanwältin beweisen, dass ich recht hatte. Ich bin zu Gericke gefahren, und er hat mich hereingebeten. Wir haben uns ins Wohnzimmer gesetzt und Tee getrunken. Er war höflich und charmant. Absolut überzeugend. Er hat mir erzählt, dass er Robert das Alibi aus Freundschaft gegeben hat, aber dass es nicht stimmt. Sie hatten an diesem Tag nicht zusammen Schach gespielt. Ich wollte die Staatsanwältin anrufen und mir einen Haftbefehl besorgen, aber plötzlich war ich todmüde.«

»Er hat dir heimlich ein Schlafmittel verabreicht«, stellte die Pharmazeutin Aysan Davari fest. »Etwas, das schnell wirkt, sich aber auch schnell wieder abbaut.«

»Richtig.« Davari lächelte ihre Mutter an. Sie schien Aysan keine Vorwürfe zu machen, dass sie einen anderen Vater für ihr Kind akzeptiert hatte, als sie den Beweis gehabt hatte, dass ihr Mann nicht zeugungsfähig war. »Ich bin auf Gerickes Sofa eingeschlafen und in seinem stockfinsteren Keller wieder aufgewacht, gefesselt und geknebelt. Da ist mir endlich klar geworden, dass ich mich komplett verrannt hatte, aber zu spät. Als nach einer gefühlten Ewigkeit das Licht anging, stand dieser blonde Riese vor mir. Marek Eckert. Er hat mich in den Folterraum gebracht und an dem Gestell festgebunden. Zum Glück wusste ich den größten Teil der Zeit nicht, was sich in dem Bassin unter mir befand. Sonst wäre ich vor Angst durchgedreht.« Sie schaute zu Forster. »Wenn du Gericke nicht ausgetrickst hättest, wäre ich jetzt tot.«

Forster winkte ab. Er wollte kein Lob und keine Dankbarkeit. Er hatte Lars Gericke jahrelang gekannt und nicht gemerkt, dass sich hinter der Fassade des wohlmeinenden Psychotherapeuten ein eiskalter Psychopath verbarg. Seine Intuition hatte ihn im Stich gelassen. Er würde Zeit brauchen. Nicht nur, um das Trauma zu überwinden, sondern auch, um das Vertrauen in seine Fähigkeiten zurückzugewinnen.

Immerhin wusste er sich mittlerweile wieder unbeobachtet.

Die Spurensicherung des LKA hatte sein Haus unter die Lupe genommen und eine ganze Reihe versteckter Kameras und Mikrofone aufgespürt, die Forster bei seiner Suche nicht gefunden hatte. Die Verstecke waren intelligent gewesen; vom Rauchmelder bis zu Forsters Aufsteck-Webcam für den Computer hatten Gericke und Eckert alle Möglichkeiten genutzt. Aber jetzt waren sämtliche Geräte entfernt und deaktiviert worden, und auch Forsters Rechner hatte eine neue und noch bessere Sicherheitssoftware bekommen.

Objektiv waren alle Bedrohungen beseitigt, und er war wieder gut geschützt, doch bis sich auch ein Gefühl von Sicherheit wieder einstellte, würde er noch Zeit brauchen. Immerhin gab es Kollegen und Freunde, die ihm dabei halfen. Echte Freunde.

Simon Hildebrand nippte an seinem Tee mit Kardamom und Rosenblüten. »Eine Sache verstehe ich immer noch nicht«, sagte er. »Wo kam auf einmal die Polizei her?«

Kayra sah zu ihrem Vater – dem Vater, der sie großgezogen hatte – und lächelte. »Abtin hat vor einiger Zeit einen Chip in mein Smartphone eingebaut. Damit kann er mich orten, selbst wenn das Telefon ausgeschaltet und die SIM-Karte entfernt worden ist.«

René Steinke zerbiss krachend ein paar Nüsse. »Das nenne ich Glück«, sagte er.

»Nein«, entgegnete Abtin Davari und tauschte einen verständnisinnigen Blick mit Forster. »Das ist Vaterliebe.«

Danksagung

Die Idee zu diesem Thriller entstand an einem warmen Sommertag bei einem Brainstorming-Frühstück im *Café MoccaFee* in Laboe beim Anblick einer Möwe, deren rechter Flügel von einem Radfahrer überrollt wurde, die sich danach aber scheinbar unbeeindruckt und majestätisch wieder in die Lüfte erhob. Danke dafür und für viele weitere inspirierende Gespräche und Mailwechsel meinem Agenten Dirk Meynecke.

Claudia Winkler und dem ganzen Team vom Ullstein Verlag danke ich für die Möglichkeit, Robert Forster und Kayra Davari eine Bühne zu geben, für die intensive Zusammenarbeit an der Geschichte und für das großartige Cover.

Es hat Spaß gemacht, einen Thriller zu schreiben, der direkt vor der eigenen Haustür spielt – in einer Stadt, die sich eigentlich nicht durch blutige Spuren auszeichnet, sondern dadurch, dass sie inmitten einer wunderbaren Landschaft zwischen Meer und zahllosen Seen liegt, die der Fantasie Flügel verleiht – zusammen mit dem frischen Wind, dem Duft unzähliger gelb leuchtender Rapsfelder im Frühsommer und dem Geschrei der Möwen. Es ist ein Geschenk, dort leben und schreiben zu dürfen.

Ein besonderer Dank gilt meiner Frau, die es möglich macht, Freiheit und Liebe und Nähe miteinander zu verbinden.

Und ich danke Ihnen, liebe Leserinnen und Leser, dass Sie Robert Forster und Kayra Davari durch ihren erschütternden ersten Fall begleitet haben. Ich hoffe, wir lesen uns bald einmal wieder.

Tom Falkner, Mai 2023